VAL
McDERMID

1979

La prima indagine di Allie Burns

TRADUZIONE DI SEBA PEZZANI

HarperCollins

ISBN 979-12-5985-358-5

Titolo originale dell'edizione in lingua inglese:
1979
Little, Brown

Traduzione di Seba Pezzani

Prima edizione HarperCollins
giugno 2024

FSC www.fsc.org
MISTO
Carta da fonti gestite
in maniera responsabile
FSC® C021883

A tutti gli amici che mi hanno camminato accanto durante il lockdown. E specialmente a Jo; per parafrasare Robert Burns, "noi due abbiamo pagaiato in mare e raccolto l'aglio orsino migliore; ci faremo una bella chiacchierata e una cordiale bevuta in ricordo dei tempi andati".

I piani meglio congegnati di uomini e topi
vanno spesso a catafascio.

A un topo,
Robert Burns

PROLOGO

Grossi fiocchi gli finirono in faccia, baci umidi e freddi sulle guance e sulle palpebre. L'ultimo inverno simile di cui lui aveva memoria era ancora un bimbo e tutto ciò che ricordava era lo spasso: scendere dal grande colle con la slitta, giocare a palle di neve nel cortile della scuola, scivolare sul lago ghiacciato nel parco. Adesso, era una gran rottura di coglioni. Guidare era un incubo di fanghiglia e ghiaccio nero. Camminare era pure peggio. Aveva già rovinato il suo paio di scarpe preferito e, ogni volta che si toglieva le calze, le dita dei piedi parevano uvetta rosa raggrinzita.

Ma c'era qualche vantaggio. Nessuno avrebbe mai saputo che era stato lì. Le sue orme si sarebbero cancellate nel giro di un'ora. Sulla strada non si vedeva anima viva. Tutte le tende erano tirate per tenere la notte fuori e il caldo dentro. I bambini ormai erano in casa e, dopo una giornata all'aperto nella neve, ogni loro capo di vestiario era stato messo ad asciugare sugli stendibiancheria a carrucola della cucina e su appendiabiti fumanti. Tutti gli altri erano raggruppati davanti al televisore. In quel gennaio di neve ce n'era stata a sufficienza per attenuare l'entusiasmo della novità. Persino l'autobus dell'azienda dei trasporti pubblici che aveva superato sulla strada principale era vuoto, un vascello fantasma nella notte. Le uniche persone a cui fosse passato accanto erano stati due irriducibili diretti al pub. In quella traversa, però, c'era una quiete innaturale. La neve soffocava il rumore dei motori dei pochi veicoli che avevano sfidato la tormenta. Lui si sentiva l'ultimo sopravvissuto.

A capo chino per proteggersi dalle intemperie, la sua destinazione gli era quasi sfuggita. All'ultimo istante, si rese conto dell'errore e sterzò bruscamente, infilandosi nell'ingresso del caseggiato popolare. Fece un respiro profondo, scostandosi la neve dagli occhi.

Salì le scale, ripassando ciò che aveva pianificato dall'inizio della giornata. Si trovava sul ciglio della strada verso il nulla. Forse era troppo tardi per pensare a tutelare il suo futuro, però meglio tardi che mai. E avrebbe escogitato una via d'uscita. Forse più di una.

Non sarebbe stato semplice. Magari non sarebbe stato agevole. Però lui meritava di meglio.

E quella sera ci sarebbe stata una resa dei conti.

1

Era iniziato male e non aveva fatto che peggiorare. Bufere, scioperi, corpi esumati, interruzioni della corrente, minacce terroristiche e il *Greatest Hits* degli Showaddywaddy finito in cima alla classifica degli album più venduti: il 1979 era stato una successione ininterrotta di disastri. Sempre che, come Allie Burns, tu non fossi stata una giornalista. Per la sua tribù, le brutte notizie di qualcun altro erano l'inconfondibile suono di un'opportunità che bussava alla porta.

Allie Burns fissò il biancore fuori dal finestrino della carrozza del treno, interrotto solo da una fila di pali del telefono. Erano ancora miracolosamente scuri da un lato, protetti dal vento aggressivo che sferzava i fiocchi con raffiche improvvise. Il treno era fermo, intrappolato a metà tragitto dai cumuli di neve che ostruivano i binari. Diede un'occhiata a Danny Sullivan, di fronte a lei. «Com'è che l'inverno porta sempre la Scozia a uno stallo totale?»

Lui soffocò una risata. «È come in *Assassinio sull'Orient Express*. Bloccati a bordo di un treno, nella neve.»

«Senza l'assassinio, però» sottolineò Allie.

«Sì, senza l'assassinio.»

«E il lusso. E i cocktail. E Albert Finney con la retina per capelli.»

Danny fece una smorfia. «Esigente, esigente, esigente. Chiunque penserebbe che tu sieda al tavolo dei revisori a gingillarti con le mie virgole e i miei participi sconnessi.»

Allie rise. «Non so nemmeno cosa sia un participio sconnesso. E dubito che lo sappia tu.»

«Un tempo lo sapevo. Se conta qualcosa...»

Si zittirono di nuovo. Si erano incontrati per caso lungo il gelido binario della stazione di Haymarket il secondo giorno dell'anno, colleghi di ritorno al lavoro da Hogmanay – la notte di San Silvestro in Scozia –, trascorsa con le rispettive famiglie. Di colleghi scribacchini ce n'erano così tanti che, pur di evitarli, Allie sarebbe stata pronta a nascondersi dietro la colonna di una banchina, ma Danny era probabilmente il meno detestabile di tutti. Se era sessista, razzista e settario fino al midollo, era stato bravo a nasconderlo. E non si poteva negare che, dopo aver trascorso un po' di tempo con i suoi genitori, Allie aveva una voglia matta di conversare con qualcuno del suo mondo. L'occasione più prossima si era presentata con gli articoli del primo giornale dell'anno sull'Anno Internazionale del Bambino, a proposito dell'imminente sciopero dei camionisti e delle camicette in saldo da Frasers.

Aveva incontrato un paio di amiche della scuola per un drink nel pub del paese, ma la situazione non era affatto migliorata. Fin dall'inizio, la chiacchierata era stata impacciata e artificiosa, aveva sterzato verso il rassicurante terreno comune delle reminiscenze e poi si era nuovamente infilata nel vicolo cieco dei pettegolezzi su persone che lei non ricordava o non aveva mai incontrato. Era come se gli ultimi anni l'avessero disgiunta dalle sue vecchie conoscenze.

Quando il treno era partito da Kirkcaldy, nella prima tappa del viaggio di ritorno a Glasgow, Allie aveva avvertito la leggerezza della tregua. Aveva debitamente salutato con la mano i genitori, che stazionavano sulla banchina innevata. L'avevano accompagnata in macchina dall'ex villaggio di minatori di East Wemyss in cui era cresciuta, a tredici chilometri da lì, e lei si era chiesta se avvertissero anche loro quella sensazione di sollievo.

Non avevano nulla da dirsi: ecco il cuore del disagio che provava ogni volta che tornava a casa. Piano piano era giunta alla conclusione che non l'avessero mai avuto. Solo che, negli anni della crescita, quella mancanza di connessione era stata mascherata dalle routine giornaliere del lavoro e della scuola, delle guide scout e del circolo delle bocce, della Women's Guild e della squadra di hockey. Poi, Allie aveva frequentato l'università in un altro paese ed era stata paracadutata nella vita da Marte. A Cambridge, ogni cosa era strana. Gli accenti, il cibo, le aspettative, le distrazioni. Era convinta di aver finalmente trovato la sua tribù. Si era integrata velocemente. Tre anni erano volati, ma poi era stata sbrigativamente abbandonata alla deriva.

E ora, dopo aver passato due anni nel Nordest dell'Inghilterra a imparare un mestiere, eccola di nuovo in Scozia. Non era ciò che aveva pianificato. Aveva messo nel mirino Fleet Street e un quotidiano nazionale. Ma il capocronista nel suo ultimo tirocinio era un vecchio compagno di bevute del suo omologo presso il *Daily Clarion* di Glasgow. Ovvero un quotidiano nazionale, se si considerava la Scozia una nazione. Lo slogan del giornale recitava: "Un adulto su due in Scozia legge il *Clarion*". I buontemponi dell'ufficio avevano aggiunto: «L'altro non sa leggere». Qualcuno si era dato da fare, un'offerta era stata fatta. Non aveva potuto rifiutare.

Per cinque anni era stata sufficientemente distante da ridurre al minimo le visite a casa, ma adesso sarebbe stato impossibile evitare le date significative. Compleanni. Celebrazioni di famiglia. E, siccome erano in Scozia, Hogmanay.

Il che significava tre serate di film speciali e musical senza fine: *Oliver!*, *My Fair Lady*, *Lo squattrinato*. Avrebbe voluto guardare *L'appartamento*, con Jack Lemmon e Shirley MacLaine, ma, dopo che sua madre ne aveva letto il breve riassunto sulla rubrica degli spettacoli, era stato estromesso dal programma con decisione. Allie non intendeva rivisitare quella tortura e, dunque, si limitò a dire: «Com'è stato il tuo Capodanno?».

Danny sbuffò. «Come ogni Capodanno di cui mi ricordi. Abbiamo un appartamento enorme, perciò vengono tutti da noi. Mio papà ha cinque sorelle: zia Mary, zia Cathy, zia Theresa, zia Bernie e zia Senga.»

Allie fece una risatina. «Hai una zia Senga? Sul serio? Pensavo che Senga fosse solo un soprannome buffo...»

«No. È "Agnes" al contrario. È stata battezzata Agnes, ma tutti la chiamano Senga. Qualsiasi cosa, dice, pur di non essere chiamata Aggie.»

«Capisco. Dunque, sono venute a trovarvi le tue cinque zie?»

Danny annuì. «Cinque zie, quattro zii e vari cugini assortiti.»

«Solo quattro zii?»

«Già, zio Paul è rimasto ucciso sul lavoro. È stato schiacciato da un barile di whisky nel deposito doganale giù a Leith.» Fece una smorfia. «Secondo mio papà, l'incidente potrebbe aver avuto a che fare con il quantitativo significativo di whisky che al tempo si trovava nella pancia di zio Paul.»

«Quindi fate una grande festa in famiglia?»

«Già. La stessa cosa ogni anno. Le zie preparano ognuna le rispettive specialità. Theresa si fa prestare il pentolone dalla chiesa e prepara un tino di zuppa di lenticchie. Mary si occupa dei panini con lo stinco in gelatina. Cathy prepara i migliori *sausage rolls* di Edimburgo, mia mamma fa il polpettone, Bernie porta un dolce tipico scozzese, il *black bun*, che non mangia nessuno, oltre agli *shortbread* confezionati, e Senga il *fudge* di tre gusti diversi.»

«Caspita, questo sì che è un banchetto.» Non pareva il tipo che seguisse una dieta tradizionale scozzese. Danny era slanciato come un levriero, con gli zigomi alti, il naso sottile e il mento appuntito di un asceta medievale. Solo la cascata di riccioli che gli lambiva le spalle lo faceva sembrare di questo tempo.

Fece un sorrisino. «Altroché! In quella casa di Gorgie ce n'è a sufficienza per nutrire metà quartiere. E c'è abbastanza alcol per aprire un pub privato.»

«Quindi, cosa fate? Mangiate, bevete e parlate a vanvera?»

«Be', mangiamo e beviamo, e poi ognuno contribuisce alle decorazioni. Il che ci tiene occupati finché è ora di accendere la televisione per il conto alla rovescia. E poi papà mette i Corries sul giradischi e l'atmosfera si fa ancor più chiassosa. Qualche vicino entra in casa per essere il primo a varcare la soglia nel nuovo anno, come vuole la tradizione scozzese.»

«Mi pare una forma di autodifesa!»

Danny fece spallucce. «È un finale cordiale. E voi?»

Allie non fu costretta a rispondere perché la porta all'estremità della carrozza si aprì, sferragliando, e il capotreno entrò, barcollando, carico di coperte. Man mano che si avvicinava, le distribuì tra i pochi altri passeggeri. «Resteremo bloccati qui ancora per un po'» annunciò, con un pessimismo compiaciuto nella voce. «Dovremo attendere che lo spartineve giunga da Falkirk, e mi è stato detto che sta procedendo lentamente. E il riscaldamento si è spento. Scusate, ma almeno abbiamo qualche coperta.»

Consegnò a ciascuno di loro una ruvida coperta grigia che pareva più adatta a un cavallo che a un essere umano. Allie se la avvolse intorno, arricciando il naso per l'odore di naftalina.

«Hai freddo?» le chiese Danny.

«In realtà, no. Ma ora che il riscaldamento è spento, impiegheremo pochissimo a perdere il nostro calore corporeo.»

Lui la scrutò dallo spazio angusto tra i sedili. «Se venissi a sederti accanto a me, potremmo condividere le coperte. E il calore corporeo.» Le fece un sorrisone. «Non intendo minimamente provarci. Mi sto solo comportando da egoista. Guardami, non ho il fisico. Patisco il freddo.»

Non si poteva negare che fosse intabarrato: scarpe da trekking, pantaloni di velluto a coste infilati dentro calzettoni di lana, grosso maglione a collo alto che spuntava dal cappotto pesante. Allie non pensava di aver mai visto nessuno meglio attrezzato per le basse temperature. Nemmeno suo nonno, un uomo che non poteva fare a meno di starsene all'aria aperta, a dispetto del clima. Una vita intera in una miniera di carbone poteva farti quello. «D'accordo» disse, fingendo una riluttanza che non avvertiva. Era probabilmente l'unico uomo della redazione che non emettesse vibrazioni da predatore. Di certo, bisognava avere l'istinto da predatore per essere un bravo giornalista. Ma era altrettanto vero che bisognava sapere anche quando spegnerlo.

Allie cambiò posto. Trafficarono con le coperte finché non si furono creati intorno un duplice manto. «Qual è il tuo prossimo turno?» gli chiese.

«Il diurno di domani. Il tuo?»

Lei fece una smorfia. «Dovrei fare il turno di domani notte. Se quel dannato spartineve non si dà una mossa, sarò davvero nei guai.»

«Sei in tempo. Sono appena le tre. E anche se non arrivi in tempo, non sarai l'unica. Stai lavorando a qualcosa oppure ti occuperai di quello che succede in tempo reale?» Lo disse con una disinvoltura che richiese una domanda come risposta.

«Sono in attesa che arrivi la prossima notizia dell'ultim'ora. Sai come va nel turno di notte. E tu?»

Danny sorrise. «Ne sto seguendo una grossa. Un'inchiesta. Ci sto lavorando da alcune settimane, tra una caccia a un'ambulanza e l'altra. Ho ricevuto una soffiata da qualcuno che non sapeva nemmeno quello che mi stava dicendo, e da allora ho cercato di andare a fondo. Soprattutto nel tempo libero. In teoria, i fantaccini come te e il sottoscritto non si occupano di storie simili. Dovrebbero passarle alla redazione e lasciare che a guidare la carica siano quelli a caccia di onori. A noi tocca fare il lavoro sporco ai margini, ma la nostra firma sotto il pezzo non compare.»

Era la mera verità. C'era una schiera di reporter che avevano i titoli: corrispondente per la cronaca nera, capocronista, corrispondente per l'istruzione, corrispondente per la cronaca giudiziaria e un'altra mezza dozzina. Quando i gradi inferiori scoprivano una storia importante, veniva immediatamente sottratta loro da uno dei tizi che poteva accampare diritti su quello che riteneva un suo feudo. «E quindi come hai fatto a tenertela stretta?»

«Non ne ho ancora parlato a nessuno» si limitò a dire Danny. «La terrò per me finché le cose non si saranno spinte troppo avanti perché qualcuno possa fregarmela. Ma è dinamite.»

Allie avvertì uno spasimo di gelosia. Non nei confronti di Danny, però. Piuttosto, era un anelito a una storia importante per lei stessa. «Di cosa si tratta? Quando sarà pronta?»

«Presto. Tutto quello di cui ho bisogno è l'ultima tessera del puzzle. Il prossimo weekend lungo devo fare un viaggetto giù al Sud e trovare ciò che manca per finire il cielo.»

Dunque, non tra molto. Il personale del *Clarion* lavorava in quattro lunghi turni settimanali, un programma strutturato in maniera tale da concedere loro cinque giorni consecutivi di riposo ogni tre settimane. Allie non aveva ancora del tutto capito in che modo sfruttare tale tempo al meglio, anche se, prima dell'arrivo dell'inverno, aveva sviluppato una passione per le passeggiate in collina. Ma stava tentando a fatica di comprare un appartamento e nel suo futuro vedeva un'infinità di lavori per migliorare la casa e decorarla. «Buon per te. Se hai bisogno di una fantaccina...»

La porta sferragliò di nuovo. Stavolta, il capotreno era rosso in viso e agitato. «Tra voi c'è un dottore?» Si guardò intorno, disperato. «O un'infermiera?»

Prima che qualcuno potesse rispondere, il grido di una donna fendette l'aria alle sue spalle. «Porca puttana, ti ammazzo, bastardo.»

2

Allie scattò in piedi, a bocca aperta. I suoi occhi incrociarono quelli di Danny e, senza dire una parola, entrambi si lanciarono verso la porta. Danny scostò il capotreno, gridando: «Sono un operatore di primo soccorso». Allie sfruttò il suo slancio per proiettarsi dietro di lui. Una donna giaceva, scomposta, su una delle sedute a tre posti, con i pantaloni della tuta abbassati alle caviglie, le cosce imbrattate del sangue che stava impregnando anche la grezza imbottitura felpata. Un uomo le stazionava davanti, con le labbra tese in una smorfia. Allie si bloccò.

Il suo primo pensiero fu che la donna fosse stata vittima di un'aggressione. Dopodiché, notò il gonfiore pallido della sua pancia. «Sta per avere un bambino.» Come succede con i commenti superflui, se ne rese conto mentre lo articolava.

Danny, invece, seguitò ad avanzare finché non fu al fianco della donna. «Sono un operatore di primo soccorso. Capito, amico?» disse all'uomo, che fece un paio di passi malfermi all'indietro, annuendo come uno di quei gadget a forma di cane che certi vecchi sistemano sulla cappelliera dell'auto.

La donna non aveva smesso di strepitare e gridare da quando avevano messo piede nella carrozza e nulla lasciava intendere che avesse intenzione di farlo. Danny si spostò per vedere cosa stesse succedendo tra le gambe della signora e poi alzò gli occhi verso Allie. Nonostante la sua ostentata sicurezza, lei notò l'apprensione nel suo sguardo. «Tienile la mano» le disse. «Cerca di calmarla.»

Terrorizzata di fronte a tale responsabilità, Allie si sporse leggermente in avanti e afferrò una mano agitata scompostamente dalla donna. In qualche modo, era al tempo stesso madida di sudore e appiccicaticcia per il sangue. Si rivolse all'uomo, la cui espressione si era fatta commovente. «Come si chiama?»

«J-J-Jenny» balbettò lui. Poi, con maggior decisione: «Jenny. Il parto non era previsto prima di altre due settimane». Pescò un pacchetto malconcio di No. 6 dai jeans, estrasse con dita tremanti una sigaretta e la accese, inalando una lunga boccata di fumo nei polmoni.

«Il bambino ha intenzioni completamente diverse» brontolò Danny, liberandosi del cappotto e rimboccandosi le maniche.

Allie strinse con forza la mano di Jenny e si protese per scostarle i folti capelli neri dalla faccia sudata. «Andrà tutto bene, Jenny.»

«Fanculo, come cazzo fai a saperlo?» gridò lei.

«Il mio amico sa quello che sta facendo.» Allie rivolse uno sguardo implorante a Danny.

«È vero, Jenny.» Scoppiò in una risata nervosa. «Sono cresciuto con la soap opera *Emergency Ward 10*. Devi fare qualche respiro profondo, cara. Vedo la testa del bambino, il tuo piccino è determinato a uscire e a venire al mondo. Ma il piccolo ha bisogno del tuo aiuto. Ha bisogno che tu la smetta di opporti.» Si sporse in avanti. Allie non aveva voglia di pensare a ciò che lui stava facendo. La semplice idea di quel sangue viscoso e di qualsiasi altra cosa ci fosse là sotto le stava rivoltando lo stomaco.

Si girò nuovamente verso Jenny, che stava strabuzzando gli occhi come un cavallo spaventato in un film western. «So che fa male» disse delicatamente. «Ma presto sarà tutto finito, Jenny. E a quel punto avrai il tuo piccolo tra le braccia. Sarai una mamma orgogliosa e tutto questo non sarà altro che un brutto sogno. Davvero.»

Jenny fu scossa da uno spasmo improvviso e urlò di nuovo, strizzando la mano di Allie nella sua. «Così va bene, Jenny» riuscì a dire Danny. Ora sudava tanto quanto Jenny. «Spingi di nuovo.» Attese. «Ora inspira. Un bel respiro profondo per me. Vedo una spalla. Adesso spingi di nuovo, cara. Puoi farcela.»

I venti minuti successivi trascorsero come in una macchia indistinta di sangue e sudore, lamenti di Jenny, incoraggiamenti di Allie, occhiate ansiose di Danny e una sigaretta dietro l'altra del futuro padre. Allie seguitò a ripetere le stesse frasi senza senso. «Stai andando benissimo», «Sei una star, Jenny», «Ci siamo quasi». Era conscia delle altre persone che avevano formato un capannello intorno a loro. Poi, d'un tratto, Danny si ritrovò un fagottino viola tra le braccia e il flebile pianto di un neonato fece da contrappunto ai lamenti di Jenny.

«Ottimo lavoro, sei stata bravissima» disse Allie.

«È un maschietto.» Danny si rivolse con un sorriso all'uomo dietro di lui, a cui cedettero le ginocchia mentre sprofondava su un sedile. Le lacrime gli schizzarono fuori dagli occhi.

«Ti amo, Jenny» gridò, con voce velata e roca.

«E io continuo a odiarti, cazzo» singhiozzò lei. Ma non c'era più rabbia nella sua voce.

Uno degli altri passeggeri offrì una salvietta. Allie mantenne la faccia rivolta verso Jenny, determinata a evitare ciò che stava avvenendo all'altra estremità. La aiutò a mettersi a sedere, spingendola sul sedile per consentirle di appoggiarsi al finestrino. A quel punto, Danny passò il bambino alla madre. Era avvolto nel telo e la sua faccina era accartocciata, come per proteggersi dall'aggressione delle immagini, dei rumori e delle sensazioni.

Il padre si alzò in piedi a fatica e si aprì un varco fino a posizionarsi accanto a Jenny. Si inginocchiò accanto a loro e baciò suo figlio e poi la neomamma. «Sei incredibile, Jenny» disse. «Ti amo. Vuoi sposarmi?»

Jenny lo scrutò dall'alto e, in quel momento, Allie vide un luccichio di acciaio dietro i suoi occhi esausti. «Merda, Stevie. Se avessi saputo che era tutto quello che ci voleva per spingerti a chiedermelo, mi sarei fatta mettere incinta un'eternità fa.»

Danny si sporse verso Allie, mugugnando: «Citazione fantastica. Un sottotitolo, se ne ho mai sentito uno». Notò l'espressione sorpresa sul suo viso. «È come minimo da prima pagina, Allie. Forse, addirittura un'apertura.»

«Se lo è, è il tuo pezzo» gli disse Allie. «Hai risolto una situazione complicata.»

Lui scosse la testa. «È una storia da donne. Sai che è quello che diranno i grandi capi.»

Aveva ragione. Allie stava iniziando ad abituarsi alla logica contorta dietro l'allocazione delle storie. Le donne avevano impiegato anni e anni per poter mettere piede nelle redazioni dei tabloid nazionali. Alla fine, i capi avevano capito che certe storie traevano vantaggio da quello che chiamavano "un tocco femminile". Allie comprendeva perfettamente la motivazione per la quale era stata assunta. Il che, però, non significava dovervisi adeguare in silenzio. «Hai fatto nascere il bambino, dannazione» protestò.

Danny si guardò mestamente le mani chiazzate di sangue e le macchie sul maglione e sui pantaloni. «Esatto. Ho sofferto abbastanza. Sai che razza di prese per il culo subirò dai ragazzi della redazione? Cose tipo: "Ooh, l'ostetrica", come finire in un film della serie *Carry On* ogni volta che giro le spalle. Inoltre, vorranno la foto con il nome del giornalista sul posto e questo potrebbe fottere il lavoro sotto copertura che sto svolgendo. Non appena avrò reso pubblica questa cosa che ho per le mani, avrò la chance di scrivere pezzi investigativi importanti. Senti, Allie, ti basterà dire che si trattava di un uomo misterioso che si è rifiutato di comunicare il proprio nome.»

«Cosa? E beccarmi una sfuriata in redazione per essere tornata con una storia incompleta?»

Danny scrutò gli astanti e vide il capotreno tenersi a prudente distanza dal gruppo di persone che si stavano complimentando con la nuova famiglia. Si fece avanti, verso di lui. «Sono un reporter del *Clarion*» iniziò.

Il capotreno indietreggiò. «Non ho mai fatto niente di male» si affrettò a dire.

«No, amico, nessuno intende insinuarlo. Ma se scrivessimo un pezzo su di me che ho fatto nascere un bambino a bordo di un treno bloccato nel mezzo di una bufera di neve sembrerebbe che vogliamo stare sotto le luci della ribalta. E se, invece, il protagonista dell'articolo fosse lei? Sarebbe l'eroe del momento. E non è che non sia venuto a chiedere aiuto, giusto?»

Il capotreno sembrava confuso. «Ma tutte queste persone hanno visto cos'è successo realmente.»

«Se ne scorderanno del tutto, si limiteranno a raccontare agli amici di aver visto nascere un bambino su un treno. Sarà la mia collega» disse, indicando Allie, «a scrivere il pezzo. A Jenny e Stevie... non importa chi si prende il merito.» Allie dovette ammettere che aveva un sorriso accattivante.

«Non so...» Il capotreno stava vacillando.

«Forse, addirittura, riceverà un encomio o un aumento di stipendio, o che so.» Tornò a rivolgersi ad Allie. «Hai una macchina fotografica con te?»

Lei annuì. «Nella borsetta.» Si portava sempre appresso la sua Olympus Trip 35 compatta: il suo primo caporedattore le aveva insegnato a non uscire di casa senza. «Non c'è mai un dannato fotografo nei paraggi quando te ne serve uno» aveva detto.

«Va' a prenderla» le disse Danny. «Vorranno delle foto.»

3

Allie tirò fuori la velina finale del suo pezzo dalla macchina per scrivere e separò con cura il foglio superiore e le copie, accartocciando i malridotti fogli di carta carbone nera e gettandoli nel cestino. Copia in cima per la redazione, seconda copia per il revisore, terza copia per la redazione fotografica e il foglio rosa sbiadito per il cassetto della sua scrivania.

Infilò ciascuna pagina in fondo alla sua pila e poi fece un'ultima rilettura scrupolosa.

> Ieri il personale della stazione di Glasgow ha ricevuto una sorpresa quando è giunto un treno con un passeggero inatteso a bordo.
> Jenny Forsyth è entrata in travaglio sul treno Waverley-Queen Street delle 14.00 che era rimasto bloccato a causa di un cumulo di neve.
> Ma grazie al rapido intervento del capotreno, Thomas Mulrine, 47 anni, Jenny è arrivata alla stazione di Queen Street come neomamma di un vivace maschietto.
> Jenny, 23 anni, e il suo fidanzato Stephen Hamilton, 25 anni, stavano tornando alla loro casa in White Street, Partick, quando il dramma si è scatenato.

Una forte nevicata aveva ostruito la linea tra Falkirk High e Linlithgow, bloccando il treno.
Prima che lo spartineve liberasse i vagoni intrappolati, il piccolo Craig ha deciso di fare prematuramente la sua comparsa. Allertato dalle grida di dolore di Jenny, il signor Mulrine ha preso la situazione in mano e ha fatto nascere suo figlio tra gli applausi degli altri passeggeri.
E come se la situazione non fosse stata sufficientemente drammatica, Stephen era così felice del parto senza complicazioni di suo figlio da inginocchiarsi e chiedere a Jenny di sposarlo.
Jenny, entusiasta, ha risposto: «Se avessi saputo che era tutto quello che ci voleva per spingerti a chiedermelo, mi sarei fatta mettere incinta un'eternità fa».
L'orgoglioso papà ha affermato: «La nascita di Craig non era prevista prima di altre due settimane, perciò avevamo pensato che non sarebbe stato un problema andare a Edimburgo per festeggiare l'anno nuovo insieme alla mamma e al papà di Jenny. Non avrei mai immaginato che avrebbe finito per partorire sul treno. Non so cosa sarebbe successo se il capotreno non fosse entrato in azione. È stato l'eroe del momento».
Ma il signor Mulrine ha negato di aver compiuto un gesto eroico. «È mio dovere prendermi cura dei passeggeri. Però, non mi era mai capitato di far nascere un bambino. E spero di non doverlo fare mai più. Grazie a Dio, mia moglie ha partorito uno dei nostri tre figli a casa, dunque un'idea del da farsi l'avevo. Ma è stata una grossa responsabilità. Sono solo felice che le cose siano andate come sono andate.»
Finalmente, mezz'ora più tardi, i binari erano stati ripuliti e il treno ha completato il suo viaggio verso Glasgow senza ulteriori sorprese.
Il signor Mulrine aveva comunicato la notizia via radio e così ad attenderli c'era un'ambulanza che ha portato di corsa madre e neonato alla vicina Glasgow Royal Infirmary, dove il personale medico li ha visitati e dichiarati entrambi in ottima salute.
Un portavoce della compagnia ferroviaria British Rail ha dichia-

rato: «Siamo felicissimi che Craig sia nato sano. Doneremo a questo specialissimo bambino un abbonamento ferroviario gratuito a vita».

Tredici paragrafi. Un po' lunghetto, ma era una giornata senza grandi notizie, quindi forse l'avrebbe fatta franca. Aveva scattato mezza dozzina di fotografie alla famiglia felice, con e senza l'imbarazzato Thomas Mulrine, e aveva consegnato il rullino alla redazione fotografica non appena era arrivata in ufficio. Aveva già dovuto subire i pesanti sfottò del photoeditor e dei suoi tirapiedi. «Perlomeno, hanno tutti gli occhi aperti» le aveva detto a denti stretti, dopo essersi fatto beffe delle immagini della festa di Natale che occupavano la prima metà del rullino.

Allie distribuì il suo articolo e stava per tornare alla sua sedia quando Gavin, il caporedattore del turno di notte, la chiamò a gran voce. Lei si riavvicinò con cautela alla serie di scrivanie disposte a U in cui i capiredattori tenevano corte. Gavin Todd era un ometto mingherlino addosso a cui gli abiti parevano appesi come se le spalle ossute fossero delle grucce. Ogni cosa in lui era un lavoro in corso, per quanto non nella direzione giusta: i capelli erano sempre più radi e più grigi, la schiena si era ingobbita ulteriormente nei pochi mesi in cui Allie era stata lì e la quantità di whisky rispetto al tè nel thermos che si portava in ufficio sembrava in costante aumento. Tutte le sere iniziava a bere dieci minuti dopo che quelli del turno diurno erano usciti. Alle nove in punto se ne andava al pub per la sua pausa. Lei ci era stata qualche volta e lo aveva osservato tracannare cinque abbondanti bicchieri di whisky – "gioiellini", li chiamava – in poco più di un'ora. Dopodiché, si comprava una bottiglia di un quarto di litro che gli bastava finché non andava via tra l'una e le due del mattino.

Lo scrutò con circospezione, avvicinandosi a lui. All'inizio del turno, Gavin appariva come un normale, ragionevole caporedattore. E ciò significava che avere a che fare con lui era un po' come giocherellare con una granata la cui linguetta stava per cadere sul pavimento. Ma non appena il whisky faceva effetto, la sua voce e il suo cervello iniziavano a incepparsi e la sua frustrazione si trasformava in piagnucolose lagnanze. «Quest'articolo» disse.

«Sì?» Meglio non ribattere finché non sapevi con certezza con quale Gavin avresti avuto a che fare.

«Eri presente, vero? Eri lì sul posto?»

Allie annuì. «Già, ero lì.»

«E allora cos'è 'sta roba?» Sbatté i fogli sul bordo della scrivania. «Perché allora non un pezzo autoreferenziale? Dovresti sfruttarlo, Burns. A quest'ora, gli altri giornali disporranno della storia. L'unica cosa che la renda esclusiva è la tua presenza sul posto.»

«Ma non è la mia storia, Gay. Il dramma... riguarda interamente Jenny, il capotreno e la proposta di matrimonio.» Avvertì una pressione sul petto. Avrebbe mai capito come funzionavano le cose? Sembrava che tutti gli altri agissero di istinto, un istinto che lei non possedeva.

Prima che Gavin potesse insinuarsi di nuovo nella sua cassa toracica, il direttore del turno di notte si materializzò accanto a lui. Arnie Anderson era praticamente l'opposto di Gavin: corpulento e gioioso, chioma e barba nere, le sue pause le faceva alla mensa aziendale e non al pub, rimpinzandosi di zuppa e pasticci fatti in casa che erano costantemente sul menu. «Bell'articoletto, Burns» tuonò.

«Avrebbe dovuto essere un pezzo autoreferenziale» gemette Gavin. «La ragazza era presente. È quella l'esclusiva.»

«Gavin, Gavin.» Arnie emise un sospiro esagerato di disappunto. Indicò con un ampio movimento del braccio muscoloso la redazione fotografica. «Le foto: l'esclusiva sta in quelle. Ecco il colpo da maestro. Qualcosa di allegro invece degli infiniti, maledetti articoli sulla tormenta di cui tutti si sono già stancati. La fotografia che pubblicheremo occuperà cinque colonne. Ma per farci stare l'intero l'articolo dovremo farlo finire a pagina 2. Il che significa che ci sarà lo spazio per un'integrazione di cinque paragrafi sul tuo drammatico viaggio in treno, Burns.» La congedò agitando le dita. «Sei ancora qui?»

Allie si ritirò, lasciando Arnie, chino su una spalla di Gavin, a frugare tra gli articoli nel cestino. Inserì una velina nuova nella macchina per scrivere e fissò la pagina bianca con un misto di terrore e odio. «Mi serve per le nove» le gridò Arnie, voltandosi verso il banco posteriore, dove si prendevano le decisioni su impaginazione e contenuti.

«Cazzo» brontolò. Come tutti i suoi colleghi tirocinanti, aveva letto Tom Wolfe e Joan Didion, Nick Tomalin e Truman Capote. Aveva sognato di ingrossare le file del Nuovo Giornalismo. Ma lavorare prima in un giornale della sera locale e ora in un tabloid quotidiano era stato un brusco risveglio. Persino gli autori degli articoli di approfondimento scrivevano in tabloidese, un bizzarro gergo fatto di cliché e di abbreviazioni. Chiunque avesse il cancro "lottava strenuamente"; qualsiasi donna al di sopra dei cinquant'anni era una "nonnina battagliera"; al di sotto dei cinquanta, era probabile che fosse una "bionda strepitosa". Era pronta a scommettere una sterlina contro un orologio d'oro che, una volta che i revisori avessero terminato di lavorare sul suo articolo, Craig sarebbe stato un "piccolo miracolo". Dunque, dove si sarebbe collocato il suo pezzo autoreferenziale in quella modesta pozzanghera?

Allie rifletté sul consiglio che un collega più anziano le aveva dato all'inizio, quando si era occupata di tribunali civili e riunioni del consiglio comunale a Newcastle. «Come lo racconteresti ai tuoi amici al pub?» le aveva chiesto. «Nove volte su dieci, ti fornisce l'intro.»

"Non avrò *mai* un figlio" fu quello che le balzò in mente. Non aveva bisogno di sentirsi dire da un revisore che quello non era il modo per cominciare un articolo del *Clarion*. Malgrado le opinioni anticattoliche che alimentavano tuttora la politica di assunzioni della testata, le madri erano Madonne nell'universo giornalistico.

Allie cercò le sigarette nella sua borsetta: Silk Cut, le preferite di chiunque fingesse di voler perdere il vizio del tabacco optando per la dose più blanda di tutte. Provava a limitarsi a dieci al giorno e perlopiù ci riusciva. Quella sera forse non ce l'avrebbe fatta, ammise con una smorfia, utilizzando un accendino usa e getta. Un altro elemento di finzione: non le dava l'aspetto di continuare a lungo come uno Zippo avrebbe alluso. Fece un tiro profondo, coprendo volutamente i fori concepiti per consentire a una parte del fumo tossico di dissiparsi prima di raggiungere il fumatore. Chi stava cercando di ingannare?, si chiese.

Durante la pausa di riflessione offertale dalla sigaretta, riuscì a farsi venire in mente qualcosa con cui magari l'avrebbe sfangata. "Doveva essere un normalissimo viaggio in treno. Invece ieri, sui binari tra Edimburgo e Glasgow, ho assistito a un miracolo dell'anno nuovo." Si odiava già.

Scrisse altri quattro paragrafi che iniziavano con un grido, continuavano con una mano che ne teneva un'altra e terminavano con quella che lei pensava fosse l'unica frase decente dell'articolo. "I miei buoni propositi per il nuovo anno? Frequentare un corso di primo soccorso."

Mentre batteva a macchina le ultime parole, Gavin si avvicinò furtivamente a lei e diede una sbirciata da dietro le sue spalle. «Hai quasi finito? Una fortuna per te che non ci sia praticamente nessun'altra notizia. Arnie ti sta dando una grossa chance: il titolo a caratteri cubitali e l'articolo che si conclude nella pagina seguente.»

Allie tirò fuori bruscamente la velina dalla macchina per scrivere. «Finito.»

Gavin gliela strappò di mano e si allontanò rapidamente, pronto a prendersi il merito per averla consegnata in tempo per la chiusura della prima edizione. Alla fine della sequenza di scrivanie, si voltò nuovamente verso di lei. «Non startene lì con le mani in mano, Burns. Renditi utile. Fatti portare da un'autista a fare un giro di visite. Ricordati: l'unica cosa che conta è il tuo ultimo titolo da prima pagina.»

4

Allie non era l'unica giornalista del *Clarion* che quella notte stesse faticando a scrivere un pezzo. Sulla sponda opposta del fiume, nell'appartamento al primo piano delle case a schiera di Pollokshields, Danny Sullivan stava cercando di mettere insieme una bozza grezza dell'articolo di giornalismo investigativo che era convinto gli avrebbe svoltato la carriera, trasformandolo da scribacchino di bassa lega a professionista da prendere sul serio. Da quando, tre anni prima, aveva assistito, rapito, a *Tutti gli uomini del presidente* in una calda serata estiva, sognava di diventare una versione scozzese di Woodward o di Bernstein. Avrebbe preferito essere Robert Redford, più affascinante e ammodo, ma, sotto sotto, sapeva di essere più simile a Dustin Hoffman, che correva da un posto all'altro in abiti della taglia sbagliata, lavorando instancabilmente sul più piccolo indizio finché non rivelava tutti i suoi segreti. Ma sapeva anche di essere simile sia a Woodward sia a Bernstein in un elemento chiave: si rendeva conto di avere per le mani un pezzo formidabile. Dargli la massima visibilità sulla pagina era la parte difficile. Soprattutto perché c'erano ancora un paio di buchi vistosi.

Il seme della storia gli era finito sotto il naso casualmente due mesi prima. I pomeriggi domenicali implicavano la frequentazione obbligatoria dell'appartamento dei suoi genitori in vista della cena. Il che comportava, per riuscirci, un costante scambio di turni e favori. Non che a Danny dispiacesse. Adorava la cucina di sua madre e andava d'accordo con i suoi genitori. L'unico pomo della discordia era la scoperta da parte della mamma che, da quando si era trasferito dalla casa di famiglia a Edimburgo, aveva smesso di andare a messa. All'inizio aveva accampato la scusa del lavoro, ma, alla fine, aveva ammesso che semplicemente non gli andava più di andarci. Dapprima, Marie Sullivan aveva reagito con rabbia, però il padre di Danny aveva usato il fascino dei Sullivan su di lei e ora, quando saltava fuori l'argomento, lei assumeva un'aria di rassegnato martirio. Aveva fatto del suo meglio e, se Danny aveva scelto la strada dell'inferno, era un uomo adulto e la decisione spettava a lui.

In maniera irritante, suo fratello Joseph aveva professato una dedizione costante alla fede di famiglia. Viveva tuttora in casa e ogni domenica andava rispettosamente a messa con i suoi. Danny era pressoché certo che fossero solo belle parole, così come era sicuro che Joseph fosse rimasto sotto il tetto dei genitori perché gli costava meno che avere un posto tutto suo. Danny si stupiva della frequenza con cui il mestiere di assicuratore svolto da Joseph gli facesse passare la notte lontano da casa. Danny non sarebbe mai riuscito a immaginare cosa dovesse fare, se non che fosse una scusa per una notte di bagordi. Sua madre gli aveva detto che era perché Joseph si occupava dei clienti più facoltosi che richiedevano un servizio *ad personam*. Era una di quelle spiegazioni che non spiegavano nulla, ma che facevano colpo. Joseph ci aveva sempre saputo fare in quello.

Danny non ricordava di essersi mai fidato di suo fratello. Pensava che il termine "mellifluo" lo si sarebbe potuto coniare per Joseph. Untuoso, astuto e antiaderente come una padella in Teflon: ecco com'era suo fratello. I suoi genitori erano sempre inclini a concedergli il beneficio del dubbio perché lo avevano adottato. Per anni avevano cercato di concepire, ma, come talvolta succede, avevano preso in casa un figlio adottivo quando Marie era rimasta incinta di Danny. La loro determinazione a far sì che Joseph non si sentisse il figlio di seconda categoria spesso li aveva spinti eccessivamente nella direzione opposta, a giudizio di Danny. Associata al fascino insolente di Joseph, le cose sembravano andare sempre a suo vantaggio.

Così, una domenica di novembre, si erano ritrovati tutti intorno al pasticcio di manzo con purè di patate e piselli surgelati a parlare della fine dello sciopero della Ford. Un bel cambiamento rispetto alla solita tiritera della madre sul sermone di padre Martin. Gli operai della fabbrica di automobili avevano inizialmente richiesto un aumento salariale del venti per cento e la settimana lavorativa più corta. L'azienda aveva tentato di nascondersi dietro la politica salariale del governo e aveva offerto il cinque per cento. Dopo otto rovinose settimane di sciopero, la Ford aveva ceduto e si era accordata sul diciassette per cento. «Mi piacerebbe tanto ricevere un aumento del genere» aveva detto Eddie Sullivan, versando un grumo di ketchup accanto alle patate. Guidava un furgone per una fabbrica di biscotti locale il cui titolare si rifiutava da anni di iscrivere ai sindacati. «Per come vanno le cose, presto voi giovani guadagnerete più di me.»

Danny sospettava che quella pietra miliare fosse da tempo alle loro spalle, ma non aveva la minima intenzione di umiliare suo padre. «Il governo sta tentando di mantenere bassa l'inflazione» disse.

Joseph soffocò una risata. «Certa gente non deve preoccuparsi dell'inflazione. I clienti per cui lavoro sono corazzati.»

Marie si accigliò. «Com'è possibile? Dobbiamo andare tutti a fare la spesa negli stessi negozi e pagare le stesse tasse. Come possono esserne immuni?»

A Danny parve che il sorriso di Joseph fosse carico di sussiego. «Noi della Paragon disponiamo di sistemi per aggirare le regole.»

«È sempre la solita storia» disse Eddie, con un sospiro. «Una legge per i ricchi, un'altra per i poveri.»

«La legge è uguale per tutti» disse Joseph. «Ma, come ho detto, ci sono modi per aggirarla.»

«Come?» chiese Danny.

Joseph si diede un colpetto su un lato del naso. «È qualcosa che non avrai mai bisogno di sapere, fratellino.»

Parole che bruciavano, ma Danny non voleva scatenare una lite al tavolo di sua madre. Meglio mantenere un basso profilo e scoprire esattamente in quali maneggi segreti Joseph fosse coinvolto. Se quello a cui suo fratello aveva alluso era vero, magari c'era una storia da scrivere al riguardo.

Per prima cosa, aveva fatto visita alla sede della Paragon Investment Insurance, un imponente palazzo georgiano ornato di colonne in George Street, nel cuore del piccolo distretto finanziario di Edimburgo. Aveva finto di essere l'assistente personale del direttore di una compagnia petrolifera del Mare del Nord e se n'era andato con un fascio di dépliant e la testa piena delle sbandierate capacità della PII di preservare la ricchezza dei suoi clienti. Nessun dettaglio, ma la chiara sensazione di qualcosa di molto promettente.

Quello dell'alta finanza non era un linguaggio che Danny conoscesse bene, ma lui procedette nella lettura dei dépliant e redasse una lista di domande. Il *Clarion* aveva un corrispondente finanziario, anche se i suoi lettori di rado conoscevano investimenti che non fossero un Premium Bond da cinque sterline acquistato da una zia al momento della loro nascita. Peter McGovern era un ometto ordinato con una serie di curati completi a tre pezzi e di cravatte anonime. L'unica cosa memorabile in lui era un paio di occhiali enormi dalla montatura spessa come quelli di Brains in *Thunderbirds*. Danny non aveva mai capito perché un uomo adulto basasse il suo stile su una serie televisiva con delle marionette per bambini, ma i gusti erano gusti. McGovern passava buona parte dei pomeriggi nel pub dell'ufficio, chiamato, con una certa fantasia, Printer's Pie. Era un basso capanno di cemento che occupava la riva settentrionale del Clyde, con alte fessure orizzontali a mo' di finestre che parevano più adatte a una casamatta da guerra che a un luogo di piacere. La clientela era un'incongrua miscela di scribacchini ben foderati ma malvestiti e spiantati della vicina Model Lodging House. Era lì che Danny si era presentato all'esperto finanziario dell'ufficio.

Piazzò una bella dose di Famous Grouse di fronte a McGovern e gli si sedette davanti, nel suo abituale tavolo d'angolo. McGovern alzò gli occhi dalle pagine rosa del *Financial Times* e si accigliò. «A chi serve un favore?» chiese, con sufficiente garbo.

«Ho bisogno di un minimo di assistenza» disse Danny, estraendo il taccuino su cui aveva elencato le sue domande.

«Non sono uno di quelli che fanno le soffiate alle corse» disse McGovern, mentre un'espressione sdegnosa si faceva strada sul suo volto, come se lo avesse investito un cattivo odore. «Non sono arrivato dove mi trovo oggi svelando i frutti della mia agenda.»

«Non mi riferivo a quel tipo di assistenza. Sto approfondendo una cosa e non ho le conoscenze per capire tutto ciò che ho scoperto. Pensavo che, magari, saresti stato in grado di spiegarmelo.»

«È per un articolo, figliolo?» D'un tratto, McGovern si era fatto cordialissimo.

«Onestamente, non lo so ancora. Devo prima dare un senso a ciò che tutta questa merda significa.» Diede un colpetto sul taccuino.

«Se vuoi il mio aiuto, dovrai darmi una fetta della torta quando avrai la storia.» Ripiegò il giornale, estrasse una sottile scatola di cigarilli Henri Wintermans Café Crème e se ne accese ostentatamente uno con un accendino Dunhill di oro e tartaruga.

Danny ci pensò un po' su. Quasi tutto il lavoro l'avrebbe fatto lui: non voleva spartirne i meriti. Ma senza aiuto non sapeva cosa cercare o dove iniziare a cercarlo. «"Con la collaborazione di"» disse.

McGovern scosse la testa. «"E", ragazzino. "E".»

Sospirò. «D'accordo. Sullivan *e* McGovern.»

McGovern gli rivolse uno sguardo serio. «Al contrario. In ordine alfabetico.»

Danny fece un sorrisino. «Danny viene prima di Peter.»

Stavolta, McGovern tirò fuori un sorriso analogo. «D'accordo, figliolo. Vediamo cos'hai in mano.»

Danny uscì dal Printer's Pie chiedendosi se quanto era appena successo era ciò che intendevano gli studenti quando parlavano di lezioni private. McGovern aveva prestato ascolto alle domande di Danny e passato rapidamente in rassegna i dépliant che lui si era portato appresso, con l'aria di un uomo su un terreno familiare. Dopodiché, li aveva illustrati a Danny, punto per punto. In soldoni, McGovern era convinto che la PII offrisse sofisticati consigli su come eludere le tasse.

«Non è una cosa illegale. In parte, lo rasenta di brutto, ma quella gente deve aver sottoposto i suoi stratagemmi a qualche costoso consulente legale del Tesoro...» Notando l'espressione confusa di Danny, aveva ceduto. «Avvocati specializzati in diritto tributario e su come aggirarlo.»

«Dunque, non si può scrivere nulla al riguardo?»

McGovern aveva svuotato il bicchiere. «No, almeno a prima vista.»

«Ma qui c'è qualcosa di anomalo» aveva insistito Danny. «Niente di tangibile, però... sai, quella sensazione che avverti quando percepisci la presenza di qualcuno con la coda dell'occhio e, appena ti giri, non c'è nessuno?»

McGovern aveva annuito. «L'istinto del giornalista. Negli anni, mi è stato di grande aiuto.»

«Quindi magari vale la pena indagare ancora un po'?»

«Perché no? Non hai nulla da perdere.»

«In che modo posso farlo?»

«Torna alla fonte originaria che ti ha spinto a ficcanasare. Nel frattempo, io farò qualche domanda in giro sulla PII.»

Colto di sorpresa, Danny aveva detto: «Non me lo aspettavo».

«Nemmeno io, figliolo. Nemmeno io.»

5

Ci era voluta buona parte di novembre per convincere Danny di avere davvero per le mani il tipo di storia che aveva sognato. Nel tempo libero, aveva fatto qualche ricerca nella rassegna stampa dell'archivio, nel tentativo di scovare qualsiasi cosa possibile su frodi alle assicurazioni ed evasione fiscale. Quello contro cui, in sostanza, seguitava a sbattere la testa era che nessuno che avesse guadagnato un sacco di soldi voleva pagare le alte tasse imposte dal governo laburista. Ma tra i ritagli di giornale non riuscì a trovare nulla di losco che corrispondesse al prospetto della PII. Se intendeva fare dei passi avanti, avrebbe dovuto muoversi in modo furtivo.

E così, la seconda domenica di dicembre, quando sapeva che Joseph sarebbe andato a messa con i loro genitori, trovò il coraggio per usare la chiave che ancora teneva e sgusciare in casa. Andò dritto nella camera da letto di suo fratello e aprì l'armadio, dove c'era la ventiquattrore di Joseph, una borsa di pelle nera dalle finiture in alluminio opacizzato sui bordi del coperchio e sulla base. Era un motivo d'orgoglio e Joseph se la portava appresso con lo stesso rispetto che un paracadutista avrebbe tributato al suo fucile automatico.

E non era chiusa a chiave. Perché avrebbe dovuto esserlo? Ai suoi genitori non sarebbe mai passato per la testa di invadere la sacralità della ventiquattrore di Joseph. Danny ne passò in rassegna il contenuto. Un paio di noti dépliant della PII. Una rivista di automobili. Poi, cosa più promettente, una sottile rubrica nera. Danny rimpianse di non disporre di una microcamera come quella di James Bond in *Agente 007 – Al servizio segreto di Sua Maestà*. Decise che sarebbe tornato se avesse avuto tempo, per tentare di copiare qualche recapito. Un paio di pieghevoli delle banche sui servizi di investimento. Aveva quasi perso la speranza di trovare qualcosa di utile, quando si imbatté in un foglio di carta scritto a mano nella grafia di Joseph.

Brian McGillivray – Gen – 100 sacchi
Wilson Brodie – Feb – 125 sacchi
Andrew Mutch – Mar – 130 sacchi

Non significava nulla per lui, ma era qualcosa fuori dall'ordinario. Qualcosa che non si sposava con ciò che lui capiva del mondo delle polizze in caso di morte e delle polizze miste. Danny copiò la lista sul suo taccuino. Poi cercò i nomi nella rubrica. Ciascuno era elencato, con tanto di indirizzo e numero di telefono e fax. Si annotò le informazioni e poi ripose tutto come lo aveva trovato.

Uscì frettolosamente dall'appartamento e si diresse alla caffetteria di fronte alla stazione di Haymarket, nella direzione opposta rispetto alla funzione religiosa da cui i suoi genitori si sarebbero presto allontanati. Lì, avrebbe ammazzato quasi un'ora con una tazzona di tè e i quotidiani della domenica. In tal modo, sarebbe arrivato al momento consueto e nessuno avrebbe sospettato di nulla.

All'inizio del turno del mattino seguente, la redazione aveva mandato Danny e un fotografo a occuparsi di una faccenda. Una corsa a Falkirk per intervistare una famiglia la cui automobile era stata inghiottita da un sifone apparso dalla sera alla mattina nel vialetto di accesso. «Robe da matti, cazzo» aveva detto il fotografo. «Non intendo parcheggiare nelle vicinanze della loro casa.»

Alla fine, era andata come previsto. Voragine misteriosa, risveglio della famiglia che aveva trovato l'automobile immersa in un laghetto di acque reflue, stupore generale, rifiuto da parte del servizio idrico di accettare la minima responsabilità. Erano tornati a Glasgow in tempo per farsi un rapido pasticcio con pinta al pub, prima che qualcuno notasse che erano stati via troppo a lungo.

Danny approfittò del momento per bloccare Peter McGovern che, come al solito, stava bevendo per conto suo dietro lo schermo rosa del *Financial Times*. «Questi nomi ti dicono qualcosa?» disse, senza preamboli. Li snocciolò tutti. Le sopracciglia di McGovern si alzarono sempre più.

«Perché me lo chiedi?»

«Ho trovato un pezzo di carta che la mia fonte non voleva che io vedessi. Sopra ci sono quei nomi.»

«Interessante.» McGovern fece la sua solita trafila dei Café Crème e del Dunhill. «Brian McGillivray è l'uomo che sta dietro WestBet. Possiede qualcosa come una quarantina di agenzie ippiche ed è pure una presenza all'ippodromo. Wilson Brodie ha una catena di sale giochi sulla Costa del Clyde. Sai di cosa parlo: bingo, slot machine, flipper. E quelle stupide macchinette-artiglio in cui non riesci mai a beccare nulla di valido. Andrew Mutch è un costruttore. È specializzato in contratti con gli enti locali: scuole, ospizi, uffici. Ci vedi un filo comune?»

Danny corrugò la fronte. «Il business di McGillivray e Brodie è quello dei contanti. Così, possono mentire sui loro incassi e fregare il fisco. Ma, se Mutch lavora per i Comuni, sicuramente fatturerà tutto e riceverà i pagamenti direttamente sul suo conto bancario, giusto?»

«Sei nella parte giusta della foresta. È molto probabile che Mutch metta le mani su grosse somme in contanti. Ipotizziamo che il progetto che hai in mente richieda del materiale per cento sacchi. Lo acquisti in maniera legale, poi lo vendi per una cifra in contanti scontata, dopodiché acquisti materiale di qualità inferiore con una parte di tale somma. E *oplà!* Hai a disposizione un bel po' di soldi non tracciabili. Ovvero quello che questi tre tizi hanno in comune. Uomini d'affari rispettabili, di alto profilo, che cercano un modo per sottrarsi ai loro obblighi fiscali. Qualche idea di come ci riescono?»

Danny scosse la testa. «Però, credo che parliamo di tanti soldi. Tra cento e centotrenta sacchi.»

McGovern fece una pausa, con il cigarillo sospeso a mezz'aria. «Se riesci ad andare a fondo, sarà un gran pezzo. Dunque, ce la puoi fare?»

Danny trangugiò quel che restava della sua pinta di birra forte. «Se non pensassi di potercela fare, non sarei qui.» Avrebbe voluto avvertire la medesima sicurezza manifestata dalla sua voce. La verità era che non aveva per le mani nient'altro che una scommessa azzardata.

Dopo la conversazione con McGovern, Danny aveva ponderato la sua mossa seguente. Era possibile che un drink potesse sciogliere la lingua di Joseph nel corso di una delle varie feste di famiglia della stagione natalizia, ma Danny non avrebbe potuto farci conto; inoltre, non intendeva far suonare nessun allarme. Suo fratello non era mai stato incline a fornire dettagli della vita che conduceva fuori dalle quattro mura dell'appartamento dei genitori: preferiva decisamente il tipo di allusioni elusive che lo facevano sembrare intrigante e importante. Se pressato, non si lasciava mai inchiodare. Danny non sapeva nemmeno se aveva una fidanzata di cui fare sfoggio sul sedile del passeggero della sua appariscente Triumph TR7 rossa.

Se Danny intendeva pescare qualcosa di concreto, avrebbe dovuto correre un rischio e andare direttamente alla fonte. Ma avrebbe dovuto scegliere il momento giusto, onde evitare di suscitare sospetti nel fratello. Quell'anno, la vigilia di Natale cadeva di domenica, e ciò significava che, tanto per cominciare, la messa del mattino sarebbe stata ancora più lunga del solito, con la funzione di mezzanotte a seguire.

Danny preparò il suo piano con cura. Telefonò alla madre nel tardo pomeriggio di sabato e spiegò che la domenica mattina avrebbe dovuto lavorare per sostituire un collega la cui figlia era stata trasportata all'ospedale d'urgenza. Una strattonatina alle corde del cuore sortiva sempre l'effetto desiderato, quando c'era di mezzo Marie Sullivan.

Alla vigilia di Natale, di buon'ora, raggiunse Edimburgo in macchina, godendosi le strade vuote, e parcheggiò lungo la strada dove c'era l'appartamento dei suoi genitori. La sua Ford Escort era anonima – l'aveva scelta appositamente perché non avrebbe dato nell'occhio nel corso degli appostamenti che sognava di fare – e lui si lasciò scivolare sul sedile in modo da risultare praticamente invisibile. Attese per quasi un'ora, avvertendo sempre più freddo e sperando che un turbine di neve non gli ostruisse la vista.

Ma, alla fine, i tre Sullivan spuntarono, con sciarpa e guanti, i colletti alzati, avviandosi di buona lena alla funzione religiosa. Danny attese cinque minuti, nel caso qualcuno si fosse scordato qualcosa di cruciale, e poi mise piede nell'appartamento, godendosi un istante di tepore prima di avviarsi verso la camera di Joseph. Puntò direttamente il cassetto del comodino, nella speranza che fosse ancora il posto in cui il fratello nascondeva le chiavi. E lì c'era quella della TR7, attaccata al suo cordino di cuoio, accanto alla chiave della porta esterna dell'andito e al paio che apriva la porta dell'appartamento stesso. E, sotto, un altro mazzo. Due Yale, una mortasa e un paio di chiavette che sembravano fatte per una scrivania o un casellario.

«Favoloso!» mormorò Danny, infilandosele tutte in tasca.

Mezz'ora dopo, stava camminando nel vicolo lungo il palazzo della Paragon, tentando di ostentare disinvoltura. Due anni prima, quando con la promozione gli era stato assegnato un ufficio tutto suo, Joseph non era riuscito a non pavoneggiarsi di fronte al fratellino. «Scommetto che un ufficio così non lo avrai mai» si era vantato, accompagnando Danny fin su al terzo piano e aprendo la porta con un gesto teatrale.

Danny, suo malgrado, era rimasto molto colpito. D'accordo, la stanza era alquanto piccola e dava sul vicolo, ma era rivestita di pannelli di legno scuro fino a un metro circa di altezza e su una parete aveva un'enorme stampa incorniciata di una barca a vela. La scrivania era di fibra impiallacciata, come quella a cui si sedeva Danny ogni giorno. Joseph, però, disponeva di una grande sedia di legno con lo schienale e i braccioli intagliati, mentre i giornalisti del *Clarion* erano chini sulle loro macchine per scrivere su sedie malconce e scomode. C'erano due poltroncine per gli ospiti rivestite di tweed scuro e uno schedario nell'angolo, dietro la scrivania. Sulla scrivania c'erano due telefoni ai lati di un sottomano di cuoio. Aveva biascicato qualcosa di vagamente complimentoso ed era fuggito il più velocemente possibile, consapevole che Joseph aveva già mostrato ai genitori l'ufficio che, in qualche modo, doveva aver trasformato in un mezzo attraverso cui compatire il povero Danny.

Quel giorno, però, intendeva capovolgere la situazione. Se avesse trovato ciò che stava cercando – per quanto non sapesse cosa – sarebbe stato un regalo di Natale in grado di spostare per sempre l'equilibrio tra i fratelli.

Danny infilò la porta laterale. Non c'erano addetti alla sicurezza. Perché avrebbero dovuto essercene? Non c'era nulla da rubare. Nessuno scassinatore con un minimo di sale in zucca si sarebbe curato di dotazioni da ufficio di seconda mano. Danny salì rapidamente a passo felpato fino al terzo piano e si introdusse nell'ufficio di Joseph. Chiuse la porta a chiave dietro di sé e iniziò a darsi da fare con i cassetti della scrivania. I primi due erano aperti e non contenevano nulla di interessante: dépliant, un blocco di biglietti da visita di Joseph, carta da lettere e il solito intrico di graffette, elastici e penne.

Il cassetto in basso invece era chiuso. Danny passò in rassegna le chiavi. Una di quelle piccole lo aprì. La prima cosa che vide fu un foglio di carta con una lista di nomi. Gli stessi nomi che aveva visto in precedenza, con l'aggiunta di un altro. E quelli che sembravano i cavalli della corsa delle 2.15 a Musselburgh.

Graeme Brown – Dic – 125 sacchi – Snagglecat 2
Brian McGillivray – Gen – 100 sacchi – Meridian Flyer
Wilson Brodie – Feb – 125 sacchi – ?Benbecula IV
Andrew Mutch – Mar – 130 sacchi – Lady Lydnia

Danny prese il foglio in mano per fotografarne il testo con la sua Kodak Instamatic e notò che sul lato opposto c'era un appunto scarabocchiato.

Maclays So'ton → Jespersen Nassau

Aveva ancor meno idea di cosa potesse significare. Ma, quando sarebbe venuto il momento di scoprire delle informazioni, avrebbe saputo dove iniziare a cercare. Diede un'altra occhiata all'interno del cassetto e si rese conto che, sotto il foglio di carta, c'era una cassetta di metallo. La sollevò e la posò sulla scrivania. Era chiusa da un lucchetto piccolo ma dall'aria sicura che si aprì con la seconda chiave del mazzo di Joseph. Danny posò gli occhi sul contenuto, con un nodo allo stomaco per lo shock.

6

Danny non aveva mai visto nulla di simile. Una cassetta piena di soldi. Grosse mazzette di banconote usate, tenute insieme da spessi elastici. Non tagli da una sterlina o da cinque. Sarebbe stata una cifra di per sé esorbitante. Ma buona parte di quei blocchetti di soldi erano fatti di banconote da cento sterline, più qualcuna da venti. Una cosa davvero impressionante.

E pure spaventosa. Non esistevano spiegazioni innocenti. Interpretazioni che escludessero pericoli. Gli si seccò la bocca e fu come se la lingua gliel'avesse riempita.

Avrebbe voluto chiudere violentemente la cassetta e scappare, scordarsi di quello che aveva visto e non preoccuparsi più delle relative implicazioni. E poi la sua ambizione si fece sentire e il suo istinto da reporter ebbe la meglio sui brutti presentimenti.

La prima cosa da fare era capire quanti soldi c'erano in quella cassetta. Con circospezione, come se potesse disintegrarglisi tra le mani, estrasse una mazzetta di banconote da cento. Sfilò l'elastico e le aprì a ventaglio. Non aveva mai visto una banconota da cento sterline. Se non avessero evidenziato una certa usura, gli sarebbero sembrate false.

Ne prese qualcuna e le studiò. Provenivano dalle tre banche scozzesi che avevano il diritto di emettere banconote. La Royal Bank of Scotland, di colore rosso scuro, sulla cui filigrana appariva Adam Smith, con un dettagliato disegno a tratto del castello di Balmoral sullo sfondo. La Bank of Scotland, a righe rosse e brune che sembravano essere state fatte con lo spirografo-giocattolo da lui posseduto da bambino. Sir Walter Scott che lo fissava e la vista della sede della banca dal Mound, la collina artificiale nel centro di Edimburgo. E la Clydesdale, un disegno scarlatto di Lord Kelvin sul lato anteriore e un'imponente aula magna universitaria sul retro. Se le avvicinò al naso e le annusò. Odoravano di soldi, quella miscela inconfondibile lasciata da mani e portafogli, corpi e fumo.

Dopodiché, contò le banconote. Cento in totale, per una cifra pari a diecimila sterline a mazzetta. Più di quanto avesse pagato per l'appartamento. Più di quanto avrebbe guadagnato in due anni, al lordo delle imposte, spese incluse. Nella cassetta c'erano altre otto mazzette da cento. E cinque mazzette da venti, tra cui qualche banconota inglese, con san Giorgio che uccide il drago accanto alla testa della regina. Cento sacchi in bella mostra davanti a lui.

Mentre fissava il denaro, il suo cervello si rimise al lavoro. *Brian McGillivray – Gen – 100 sacchi – Meridian Flyer*. Erano i soldi di gennaio spettanti a McGillivray per una corsa dei cavalli? O qualcos'altro? A ogni buon conto, avrebbe fatto bene a scattare un'altra fotografia.

Di nuove risposte non ce n'erano nel cassetto come negli schedari, che non contenevano nulla di più eccitante di quelle che a Danny parvero normalissime pratiche di polizze di assicurazione sulle proprietà e sulla vita dei vari clienti. Era venuto il momento di rimettere tutto in ordine e di andarsene.

Superare il giorno di Natale era stata dura. Cercare di far finta di niente in presenza di Joseph fu faticosissimo per Danny. Per lui fu un passo da giganti passare dal non fidarsi sostanzialmente mai di suo fratello al riconoscere che era effettivamente disonesto. E il passo successivo sarebbe stato come affrontare la questione. Danny non pensava di poter lasciar perdere una storia in grado di dare una svolta alla sua carriera, una storia che sarebbe stato fiero di raccontare. Ma quali effetti avrebbe avuto sui suoi genitori?

Danny si sforzò di prendere parte ai riti del Natale. Lo scambio di doni – un maglione nuovo di Marks & Spencer dalla madre e dal padre, una cravatta di seta sgargiante da Joseph – e poi birra in lattina per gli uomini e sherry dolce per la madre. Una cena a base di tanto di quel tacchino arrosto da avanzare e sfamarli per una settimana. Il dolce *Clootie dumpling* con crema, con i vecchi pezzi d'argento da tre centesimi di cui sua madre aveva fatto incetta, avvolti in carta oleata e infilati nel pudding per mettere a repentaglio i denti degli sprovveduti. Dopodiché, cioccolatini alla menta After Eight e il tè contenuto nella latta con l'effige della regina. *Agente 007 – Missione Goldfinger*, con l'idolo locale Sean Connery nel ruolo di James Bond. A seguire, stupidi giochi a premi speciali di Natale che facevano tanto ridere Marie mentre i tre uomini sonnecchiavano sulle rispettive sedie. E poi il film principale: *La stangata*, con Robert Redford e Paul Newman. La storia di quella complicata truffa mise a disagio Danny, che non poté ignorare l'assonanza fastidiosa di Redford in *Tutti gli uomini del presidente*. Bob Woodward avrebbe saputo esattamente cosa fare subito dopo.

Mentre scorrevano i titoli, si alzò dal divano e gemette, stirandosi. «Sarà meglio che torni a Glasgow» disse, con un sospiro.

«Pensavo che ti saresti fermato, figliolo.» Sua madre sembrava offesa.

«Mi piacerebbe tanto, mamma, ma domani ho il turno diurno e le previsioni del tempo non sono il massimo.»

«Una buona scusa per fare il lavativo, se resti bloccato dalla neve» disse Joseph, strascicando le parole.

«Non si ragiona così» disse il padre, quasi arcigno. «Danny ha delle responsabilità verso i colleghi del suo turno. Se non si presenta, qualcun altro dovrà rimpiazzarlo. Giusto, figliolo?»

«Sì, papà. E tornerò per l'ultimo dell'anno. Non intendo certo perdermelo.»

Gli ci volle un altro quarto d'ora per scappare, con sua madre che doveva a tutti i costi impacchettargli una coscia di tacchino e un'enorme fetta di dolce che gli avrebbero fatto da corroborante nei giorni a venire. Ma, finalmente, si mise in viaggio. Spinse la sua cassetta di *Power in the Darkness* di Tom Robinson nel mangianastri e alzò il volume, scacciando ogni altro pensiero dalla sua mente grazie al ritmo incalzante di *2-4-6-8 Motorway*.

Il giorno di Santo Stefano era un giorno come un altro nella vita di un quotidiano. Il mattino seguente, Danny avrebbe dovuto iniziare alle dieci, ma giunse con un'ora di anticipo e andò dritto all'archivio. L'archivista di turno alzò gli occhi dalla sua colazione, talmente sorpreso di vedere qualcuno nel suo regno a quell'ora che strizzò il suo panino al bacon con tanta forza da far colare fuori la salsa marrone, insudiciandosi le dita. «Cristo, Danny, mi hai spaventato a morte» esclamò. «Che succede?»

«Nulla di cui preoccuparsi. Mangia pure il tuo panino. Non sono interessato a ritagli di giornale. Voglio solo controllare qualcosa sugli scaffali. Non serve che alzi il culo.» Danny gli rivolse un sorriso sfacciato e procedette, superando gli scaffali grigi di metallo dall'impenetrabile sistema di classificazione che a nessun giornalista era stato consentito di apprendere. Impossibile che gli archivisti finissero in esubero fintantoché erano gli unici a sapere come trovare qualsiasi busta marrone venisse richiesta.

La sala di consultazione era all'estremità opposta. Tre pareti di libri e un lungo tavolo sotto la finestra con la sua incomparabile vista sul parcheggio e sul muro di mattoni antistante. Gli scaffali contenevano una collezione di libri che coprivano un'incredibile varietà di argomenti. Da *Jane's Fighting Ships* alla *Guida Michelin: Gran Bretagna e Irlanda*, passando per *Crockford's Clerical Directory*, *Debrett's Peerage and Baronetage* e dieci anni di *Whitaker's Almanack*. Quello che Danny cercava si trovava sul ripiano più in basso: una serie ininterrotta di spesse coste in tinte tenui. Azzurro e grigio, rosa e corallo, ocra e verde, racchiudevano gli attuali elenchi telefonici di tutte le isole britanniche. Avanzò lentamente sul pavimento finché non trovò ciò che stava cercando ed estrasse il volume comprendente Southampton.

Danny si sedette a gambe incrociate con il grosso elenco in grembo e cercò "Maclay". C'erano due voci sotto la sezione "residenti" dell'elenco. Una era un certo James T. Maclay, Burgess Road; l'altra era un certo W.J. Maclay, Applewood House, Applewood Lane, Hythe. Danny rimpianse, non per la prima volta, che gli elenchi telefonici non fossero illustrati. Sarebbe stato utile vedere le case dei rispettivi indirizzi, tanto per farsi un'idea del tipo di persona con cui avrebbe avuto a che fare. Era un pensiero folle, lo sapeva. Gli elenchi sarebbero stati incredibilmente ingombranti e ci sarebbe voluta una vita per compilarli.

Passò alla sezione "aziende", nella seconda parte del registro, e si mise a voltare le pagine nervosamente. Non c'era una semplice voce per il cognome Maclay, ma addirittura uno spazio pubblicitario che occupava due colonne: "MACLAYS, i più importanti broker marittimi di Southampton Water. Specialisti in imbarcazioni di lusso", con tanto di disegno a tratto di un elegante panfilo a due alberi. E indirizzo e due numeri di telefono.

E se i nomi misteriosi su quel foglio non fossero stati di cavalli da corsa? E se fossero stati di barche? Altrimenti, cosa c'entrava con l'assicurazione un cantiere per piccole imbarcazioni? E soprattutto, cosa c'entrava con suo fratello? Aveva bisogno di Peter McGovern.

Passarono altri due giorni sulle spine prima che il corrispondente finanziario tornasse al lavoro. Danny lo seguì fino al pub nel primo pomeriggio e gli piazzò un'abbondante dose di whisky davanti.

McGovern alzò il bicchiere a mo' di saluto. «Buon Natale anche a te. Allora, sei riuscito a far buon uso delle festività?»

Danny esitò. Stava raccontando troppo a McGovern? Poteva fidarsi del fatto che lui non lo ingannasse e presentasse la storia come farina del suo sacco? Non sarebbe stata la prima volta in cui Danny fosse rimasto scottato da un cosiddetto collega. D'altro canto, McGovern gli aveva fornito informazioni utili, senza tenersele per sé. E Danny non si intendeva minimamente di questioni finanziarie.

Con riluttanza, estrasse il taccuino e lo aprì alla pagina in cui si era annotato i suoi appunti. «Ho trovato un'altra lista.» Mostrò la pagina a McGovern.

L'uomo si accigliò. «Graeme Brown...» Alzò un dito per impedire a Danny di interromperlo. Dopodiché, fece un sorrisino compiaciuto. «Lavanderie a gettoni. E pure qualche sospetto di droga. Dovrai chiedere a Piccolo Gordon Beattie al riguardo. I suoi contatti tra gli sbirri lo tengono informato sui pesci piccoli. Per cui, ripeto, hai di fronte qualcuno che potrebbe essere nella posizione di evadere il fisco.»

«C'era un nome sul lato opposto del foglio» disse Danny, archiviando nella mente la nuova informazione. «Ho fatto qualche ricerca e ho scoperto che i Maclay di Southampton sono broker marittimi. Sono specializzati in barche di lusso. Sarà forse lì che questi tizi spendono i loro soldi?»

«Ottimo lavoro» disse McGovern, lentamente. «Ma non particolarmente utili a quella gente in mare aperto, giusto?»

7

Il servizio informazioni internazionale gli aveva suggerito dove cercare nel suo tentativo di seguire i soldi. L'unico Jespersen indicato a Nassau era la Jespersen Marine, con sede a Frog Cay. Danny attese il tardo pomeriggio, quando l'ufficio era un calderone di chiavi tintinnanti, fumo di sigaretta e sforzi disperati per far pervenire articoli alla redazione sufficientemente in fretta per guadagnarsi un posto nella prima edizione. A quel punto, chiamò il numero, tamburellando con le dita sul suo taccuino mentre gli squilli stranieri, a lui non familiari, gli risuonavano nell'orecchio.

Stava per riattaccare, quando quell'insistente suoneria venne interrotta da una voce grave, roca quanto quella di Louis Armstrong. «Sì, parla la Jespersen. Come posso aiutarla?»

Aveva provato e riprovato l'approccio, ma, in quel momento, Danny perse di vista ciò che aveva pianificato. «Vendete barche, giusto?»

«È per quello che ci chiamiamo Jespersen Marine, signore. La compravendita di imbarcazioni è il nostro campo. È nel mercato anche lei?» La linea era incredibilmente pulita. Danny non aveva mai effettuato una chiamata transatlantica prima di allora e si era spettato qualcosa come sintonizzarsi su Radio

Luxembourg, su un'onda media con la radiolina transistor che aveva ascoltato sotto le coperte da adolescente.

«Mi chiamo David Black. Telefono dalla Scozia. Il mio capo opera nel settore petrolifero e sta pensando di vendere la sua barca.»

«O-ka-y» disse l'uomo, allungando la prima vocale in tre sillabe. «Di che tipo di barca si tratta?»

Danny si schiarì la voce. «Non dispongo dei dettagli. Mi ha solo chiesto di cercargli un paio di rimesse per imbarcazioni. È una barca a vela, grossa, con mezza dozzina di posti letto.»

Udì un risolino grasso. «Dovrà darmi qualche informazione in più prima che io le possa dire se siamo interessati. Deve mandarci la scheda tecnica della barca, l'età, cose così. E qualche foto. A quel punto, potremo affrontare una conversazione come si deve.»

«Posso farlo» disse Danny. «Come si chiama? E qual è il vostro indirizzo?» Scarabocchiò i dettagli sul suo taccuino. «I proventi della vendita come li mandate ai vostri clienti?»

«Possiamo inviare bonifici ovunque nel mondo. Oppure possiamo darvi una mano ad aprire un conto corrente qui, se è quello che il cliente desidera. Così è più semplice reinvestire in un'imbarcazione nuova. La barca dove si trova in questo momento?» chiese Conrad Jespersen.

Non era una delle risposte che Danny si era preparato. «Alle Canarie» improvvisò. «Lanzarote.» Gli sudavano le ascelle.

«Mmh. Ci vorranno fino a tre settimane per farla venire qui, dunque ha il tempo per inviarci quelle informazioni via FedEx per consentirci di chiamare il suo capo e fargli sapere se siamo interessati. Mi sento di ipotizzare che non sarà sulla barca.» Rise di nuovo.

Danny provò a fare una risata cospiratoria. «Improbabile. È un navigatore da tinozza.»

«È sua intenzione rimpiazzare la barca? Perché, da queste parti, siamo i migliori nelle imbarcazioni di lusso. Nuove o classiche.»

Che dire? «Ha parlato di un catamarano, forse.»

«Possiamo aiutarlo. Siamo i migliori in circolazione, David. Non vedo l'ora di ricevere il vostro plico. Le auguro buona giornata.»

«Grazie. Anche a lei.»

Danny posò la cornetta ed espirò profondamente. L'uomo seduto alla scrivania accanto alla sua inarcò un sopracciglio e lo guardò. «Cristo, Danny, sembri una balena affiorata dall'acqua.»

«Solo una telefonatina impegnativa» brontolò lui. Una telefonatina impegnativa che aveva affrontato talmente bene da scoprire in che modo i clienti di suo fratello portavano a casa i soldi. O, forse, era il caso di dire "all'estero"?

Era stata la sua ultima raccolta di notizie per il 1978. Ora avrebbe iniziato l'anno lavorativo cercando di mettere su carta una bozza grezza del suo articolo. Certo, c'erano dei buchi. Ma, per Danny, il sistema migliore per fare in modo di porre le domande giuste era scrivere quello che per lui era "il pezzo per il momento", prima dell'intervista cruciale. Ciò che aveva appreso nella pausa di Capodanno gli aveva sgombrato la strada. Come aveva detto ad Allie Burns in treno, il weekend lungo successivo gli avrebbe assicurato l'opportunità perfetta per riempire tali buchi di solidi fatti.

Quella sera, però, stava facendo fatica. La scarica di adrenalina del viaggio in treno si era spenta e trovare le parole giuste per avviare il pezzo non fu facile. Danny non aveva mai lavorato su una storia importante come quella e il livello della sua ansia lo sorprese. Aveva dei sistemi collaudati per affrontare lo stress, ma quella sera capì istintivamente di aver bisogno di una soluzione diversa. Doveva parlare con qualcuno che capisse il gioco. Ma non qualcuno come McGovern, che avrebbe tentato di fregargli la sua storia. O che lo avrebbe deliberatamente turbato per gelosia.

Qualcuno come Allie Burns.

Gli venne in mente che stava facendo il turno di notte. Impegnata a scrivere il suo articolo drammatico sul "neonato in treno". Diede un'occhiata all'orologio. Le nove appena scoccate. Gavin Todd doveva essere in pausa, chino sul bancone del Printer's Pie, con un bicchierone di whisky nella manina salda. Accanto a lui doveva esserci il collega di turno di Allie, che accompagnava il capo perché aveva maggiore anzianità di servizio di lei e, dunque, il diritto di allungare la sua pausa tanto quanto quella di Todd. Allie si sarebbe dovuta accontentare di presidiare il forte fino al loro rientro.

Danny alzò la cornetta e chiamò il numero della redazione. Come avrebbe potuto immaginare, Allie rispose al secondo squillo. «Redazione del *Daily Clarion*, parla Alison Burns.» Stava usando il suo nome di battesimo, perché la regola era quella. Lui si firmava Daniel Sullivan, lei Alison. A parte quella sera in cui aveva fatto arrabbiare uno dei revisori, che aveva scritto "Alister Burns" accanto a un suo pezzo.

«Ciao, Allie, sono Danny. Hai già fatto la tua pausa?»

«Io? No, sto mandando avanti la baracca mentre i ragazzoni se la spassano.»

«Mi domandavo se ti andasse un piatto di curry.»

Una pausa. «Stasera?»

«Già. Sto faticando alquanto con quella storia di cui ti parlavo. Il parere di una persona amica mi tornerebbe comodo.» Un'altra pausa. «Offro io» aggiunse.

«E io che pensavo che fossi interessato al mio umorismo e al mio fascino irresistibili.» Sembrava più divertita che offesa.

«Un'altra volta. Stasera, quello che voglio stimolare è il tuo cervello.»

«Mi hai convinta. Prenderò *pakora* di pesce, *bhuna* d'agnello e *paratha*. Ci vediamo in mensa alle dieci e mezza. Per quell'ora, dovrebbero essere tornati.»

«Intesi.»

«E portati appresso un paio di lattine di birra chiara, Danny. Ascoltare stimola la sete.»

Allie mise giù il telefono, chiedendosi perché Danny Sullivan avesse scelto lei come banco di prova. Probabilmente, era convinto che glielo dovesse, dato che le aveva passato il titolo di prima pagina sul "piccolo miracolo" quando avrebbe potuto tenerlo a buon diritto per sé. Non osava permettere a se stessa di pensare di piacergli o che lui si fidasse di lei. Ai tempi del quotidiano locale, si era scottata con più di uno dei cosiddetti colleghi.

Non si sarebbe mai scordata la volta in cui era stata mandata alla stazione televisiva del posto per una giornata di formazione. Le era stato mostrato come funzionava la sezione notizie, a partire dalla stanza del dattilografo sotto dettatura. Sbirciando il lavoro di uno dei dattilografi, Allie ci era rimasta di sasso, riconoscendo le frasi che le apparivano davanti. Erano, parola per parola, quelle che aveva scritto lei stessa il pomeriggio precedente in vista della nuova edizione del suo giornale. «È il mio pezzo» aveva sbottato.

Il dattilografo non si era nemmeno interrotto, indicando con un cenno la velina accanto a lui sulla scrivania. Ma quello sulla sommità della pagina non era il nome di Allie. «Di Andy Barratt» lesse ad alta voce. Il suo collega tirocinante, un ragazzo affabile che era sempre interessato alle storie di Allie, così come lei era interessata alle sue.

«La fottuta gazza ladra» aveva detto tra i denti. Non solo le aveva sottratto l'articolo da sotto il naso, ma l'aveva esposta al biasimo che avrebbe potuto accompagnarsi al pezzo trapelato prima ancora che il loro giornale lo usasse. E siccome gli articoli in televisione non apparivano con il nome di chi li aveva scritti, il dito sarebbe stato puntato direttamente su di lei se qualcuno della redazione lo avesse notato.

Quel giorno aveva impartito ad Allie una lezione indelebile. Ora tutelava il suo lavoro scrupolosamente e la sua fiducia la distribuiva in piccolissime dosi. Forse di Danny Sullivan si sarebbe potuta fidare. Oppure stava solo cercando di ingraziarsela, per poi tradirla ancora più in futuro.

Fu sottratta alla sua agitazione dal revisore, che fece cadere una pagina di dispaccio d'agenzia davanti a lei. «Puoi verificare? Vedere se sono stati fatti degli arresti in Scozia?» chiese.

Allie diede una rapida scorsa al foglio. Sei uomini erano stati arrestati nel Lancashire ed erano tenuti in custodia in base al Prevention of Terrorism Act, la legge antiterrorismo. Il breve pezzo diceva che avevano raggiunto il Regno Unito in traghetto. Non veniva specificato da dove, ma era un codice chiarissimo per tutti i giornalisti. Sospetti provenienti dall'Irlanda, probabilmente repubblicani ma forse unionisti.

Allie fece una telefonata alla sala di controllo della Strathclyde Police in Pitt Street, nel centro cittadino, e chiese dell'ufficiale in servizio. Nel giro di cinque minuti aveva appreso – senza la possibilità di pubblicare la notizia – che quegli uomini erano una cellula di noti militanti dell'IRA e che non vi era alcuna indicazione sul fatto che ve ne fossero altri in viaggio verso la Scozia, per mare o su strada. Lei riportò le sue scoperte al revisore, che decise di scartare la notizia. «Non ci serve» mugugnò, tornando a rivolgersi al suo paniere di agenzie in arrivo.

Poco dopo le dieci, arrivò la prima edizione, quando uno dei vecchi fattorini scaricò un fastello sulla scrivania della redazione e fece una deviazione per consegnarne una direttamente ad Allie. «Vedo che hai il titolo principale» disse, con un ghigno che metteva in mostra il sorriso perfetto di una dentatura finta. «Buon per te, Allie.»

«Grazie, Sammy. Mi è solo capitato di trovarmi nel posto giusto al momento giusto.»

«È un dono utile. Continua ad avere fortuna, tesoro» aggiunse, procedendo con le consegne.

Allie stava passando in rassegna il giornale quando Todd e il suo collega di turno, Big Kenny Stone, tornarono dal pub, entrambi arrossati dall'alcol e dal freddo. «Lì fuori si gela, cazzo» si lagnò Big Kenny. Scosse la testa per liberarsi dei fiocchi di neve semisciolti che gli erano finiti tra i folti capelli scuri. «Sarà meglio che tu ti copra bene, se intendi andare al pub.»

«Vado giù alla mensa» disse Allie, afferrando la borsetta.

«Alla mensa? A quest'ora della notte non ti daranno nulla laggiù. Ci saranno solo distributori automatici in funzione.»

«Danny Sullivan mi porterà del curry.»

«Ah, capito.» Iniziò a cantare i primi versi di *Love Is in the Air*. Addirittura, abbozzò qualche passo di danza con sorprendente agilità per un uomo della sua stazza.

Allie scosse la testa in segno di scarsa considerazione, con un sorriso sdegnoso in viso. «Sei geloso solo perché a te il curry non lo porteranno.»

Lui alzò le mani in segno di resa. «E non sono geloso di nient'altro. Passa pure una bella serata insieme a Danny Boy.»

Lei gli rivolse un'occhiataccia e si allontanò, tutta impettita, diretta alle scale. Però, mentre scendeva verso la mensa, due piani più in basso, la sua mente tornò alla canzone di Big Kenny. Danny Sullivan le piaceva? Non era brutto, se si preferiva un ragazzino a un pezzo d'uomo. Di certo, più David Bowie che Burt Reynolds. Era sempre pulito e ordinato, il che era più di quanto si potesse dire di quei colleghi di Allie che non avevano mogli o fidanzate bistrattate che stiravano loro le camicie e portavano i loro abiti alla lavanderia a secco. Non si univa alle punzecchiature sessiste della redazione e non le sventolava sotto il naso le ragazze seminude a pagina 3 dei tabloid, come facevano certi uomini, costringendola a confrontarsi con esse.

Se doveva uscire con un collega di lavoro, Danny Sullivan era certamente l'opzione migliore. E, di questi tempi, in quale altro posto avrebbe incontrato un uomo?

Ad Allie piaceva ritenersi una femminista. Non una che detestava gli uomini, ovviamente. Ma aveva deciso che non aveva bisogno di definire se stessa in termini di una relazione. Eppure, c'erano volte in cui pensava malinconicamente che, forse, sarebbe stato divertente. Danny Sullivan era qualcuno con cui divertirsi, magari?

8

Ma non sembrava che il romanticismo fosse nei programmi di Danny per quella sera. Perlomeno, a giudicare dalla scelta del locale. La grande mensa era divisa in due. Una metà disponeva di sedute in vinile lavabile per gli uomini in tuta da lavoro che vi lasciavano macchie di inchiostro e di unto. L'altra metà, dove aveva preso posto Danny, disponeva di sedie rivestite di tela color tabacco e di moquette sul pavimento al posto delle mattonelle. Entrambe le metà puzzavano di frittura e di fumo stantio di sigaretta. Era, pensò Allie, leggermente meglio del pub, che a quella miscela aggiungeva un sentore rancido di birra.

Individuò Danny al tavolo poco vistoso, ubicato dietro un graticcio di legno con tanto di edera di plastica che vi si arrampicava svogliatamente. Non proprio nascosto, ma un chiaro segnale della natura privata della loro conversazione. L'attenzione di Danny era rivolta al sacchetto di cellophane davanti a lui. Era impegnato a tirare fuori alcune vaschette di alluminio troppo calde per tenerle in mano, a giudicare da come le stava faticosamente sistemando sul tavolo. Come se avesse percepito l'avvicinarsi di Allie, alzò lo sguardo e sorrise. «Prendi delle posate» fu il suo benvenuto.

Allie sterzò verso il bancone della mensa e prese cucchiai e forchette, e poi, quasi ci avesse ripensato, dei coltelli. Certe persone mangiavano il curry come se fosse carne con due verdure di contorno, aveva appreso dal suo arrivo a Glasgow. Quando fece ritorno al tavolo, lui stava togliendo i coperchi delle vaschette e sistemando le portate accanto a due degli spessi piatti bianchi su cui veniva servito il cibo della mensa.

«La cena è servita.» Danny aprì i coperchi dei contenitori delle salse per la *pakora* e li spinse verso di lei. La fragranza delle spezie le ricordò che non mangiava da quando era partita da Fife, diverse ore prima.

«Mi vizi.» Si protese verso l'antipasto.

Lui si strinse nelle spalle. «Non è certo una cena a sbafo. Il prezzo consiste nel prestarmi ascolto mentre cerco di dare un senso all'indagine in cui mi sto impantanando.»

«Se te la cavi bene come con quel bambino che hai fatto nascere oggi pomeriggio, non avrai nulla di cui preoccuparti.»

«In tutta onestà? Preferirei far nascere un neonato su un treno che cercare di capire bene questa faccenda.»

Allie divorò la sua cena mentre Danny le esponeva il pezzo che aveva scritto fino a quel momento. Parlò tra un boccone e l'altro, lasciandole il tempo per assorbire ciò che stava dicendo e per chiedere un chiarimento di quando in quando. Mentre lui si avviava verso la fine di ciò che sapeva, lei divorò ciò che restava del suo agnello insieme a un pezzo di *paratha* e masticò, pensierosa. «Sai che non mi intendo minimamente di inchieste?» gli disse, alla fine.

«Da ciò che ho capito di te, hai buoni istinti e sei stata addestrata bene. Che ne pensi? È una storia da pubblicare?»

«Caspita, sai benissimo che è una storia da pubblicare, Danny. Non sei arrivato ancora in fondo, ma non manca tanto. Prima hai detto che nel tuo prossimo weekend lungo l'avresti portata a termine. Che intenzioni hai? Affronterai tuo fratello e lo costringerai a vuotare il sacco?»

Gli occhi di Danny si spalancarono e lui appoggiò la schiena alla sedia. «Stai scherzando? Joseph non ammetterebbe mai nulla. Se lo prendo di petto, mi riderà in faccia e poi farà in modo che chiunque altro sia coinvolto copra le proprie tracce. No, ho un piano diverso. Ecco perché ho voluto parlartene.»

«Hai detto che stai lavorando insieme a McGovern. Perché non parlarne con lui?»

Danny scosse la testa, con un'espressione vistosamente dubbiosa. «Non è un tipo da *hard news*. Stare nel giro con questa gente è tutta la sua vita. Non credo che possa tradirmi, ma non credo nemmeno che sia disposto ad assumersi dei rischi. Non accetterebbe nulla che possa guastargli i suoi preziosi contatti.»

«E allora qual è il piano?»

«Andrò a Southampton. Pensavo di fare lo stesso gioco che ho fatto alla Paragon: dire a quella gente che lavoro per un importante petroliere di Aberdeen che cerca di beneficiare del piano della società. Dirò che ho parlato con Joseph, ma che il mio capo vuole che verifichi quel raggiro di persona. Perché lui è fatto così.»

Allie rifletté. «Potrebbe funzionare. Soprattutto se ci butti dentro il nome di Joseph. Ma non hai paura di ciò che accadrà quando uscirà il pezzo? Joseph è stato coinvolto in una truffa. Non potrà fingere di non aver saputo cosa stesse succedendo. Verrà arrestato, giusto? E cosa ne sarà della tua famiglia?»

L'espressione sgomenta di Danny diceva tutto. La capacità delle persone di negare la realtà non smetteva mai di sorprendere Allie. Solitamente, però, andava a suo vantaggio: quelli che intervistava non pensavano mai di essere coloro che avrebbero figurato peggio sulla pagina. «Pensavo di tenere fuori il suo nome» disse, un debole tentativo di salvarsi.

«Come conti di riuscirci? Non appena farai il suo nome ai broker marittimi, lo implicherai in maniera chiara. Non puoi scrivere un articolo accurato dell'intervista in cui lo lasci fuori. Se la cosa finisce in tribunale, i broker diranno che il motivo per cui si sono fidati di te è che gli avevi fatto il nome del loro contatto presso la Paragon.» Allie tentò di mantenere una voce garbata, ma non fu semplice.

«Lo so, ma in quale altro modo li convincerò a fidarsi di me?»

Si fissarono mestamente a vicenda davanti ai resti ormai freddissimi della loro cena. Dopodiché, Allie disse, lentamente: «Non puoi usare il nome di uno dei clienti? L'ideale sarebbe qualcuno che è già finito nel loro sistema. In un certo senso, renderebbe ancora più convincente il fatto che tu ne possa farne parte».

Lui si accigliò. «E se telefonano per avere conferma?»

Allie fece spallucce. «In tal caso, sei fottuto. Ma saresti ancora più fottuto se telefonassero a Joseph per chiedere conferma.»

Lui sospirò. «Il ragionamento fila. Quindi, potrei usare il tizio del mese di dicembre, Graeme Brown, per dimostrare la mia credibilità.»

«A quel punto, quando scrivi il pezzo, forse puoi lasciare Joseph completamente fuori. Dovrai comunque fare il nome di quel Brown e dovrai affrontarlo prima che l'articolo esca sul giornale. Non otterrai mai il benestare degli avvocati se non gli dai la possibilità di raccontare la sua versione dei fatti.»

Danny emise un gemito. «Ecco una prospettiva che non mi sorride per niente: ovvero che i dannati avvocati passino al vaglio ogni mia frase con cura maniacale.»

Allie provò pietà per lui. L'anno precedente aveva visto un caso record di diffamazione contro un altro quotidiano scozzese. Con le sue diciassette settimane, era stato il processo più lungo mai tenutosi presso la Court di sessione, e la richiesta di danni per quasi mezzo milione era stata la più alta nella storia di un tribunale scozzese: ci si aspettava la sentenza da un giorno all'altro e nessuno nel mondo dei quotidiani era ottimista sull'esito. E a querelarli era stata una compagnia di assicurazioni. Gli avvocati del *Clarion* sarebbero stati nervosissimi all'idea della minima controversia riguardante il settore assicurativo. «Quindi, ciò che hai in mano deve essere a prova di bomba. Dovrai affrontare il capo di Joseph alla Paragon oltre che i bastardi imbroglioni che hanno approfittato della truffa. E, anche se si comportano da innocenti, dovrai insistere perché quelli della rimessa delle imbarcazioni ti concedano a loro volta una dichiarazione.»

Danny annuì. «Lo so. Ma prima devo ottenere dalla Maclays una conferma di come funziona la truffa.»

«È lì che andrai nel fine settimana?»

«Per caso, nel corso di una conversazione con mia mamma, sono riuscito a scoprire che Joseph domani si recherà al Sud. Solo per una notte, mi ha detto lei. Sarà di ritorno giovedì, sul tardi. Lui non le ha detto dove va, ma partirà dall'aeroporto di Edimburgo. Ho controllato e c'è un volo diretto per Southampton. Ho il sospetto che ci vada con una borsa di soldi. Giovedì scenderò in macchina e venerdì raggiungerò la Maclays.»

«Entrarci da solo è un bel rischio. Un manipolo di imbroglioni con accesso a una gran quantità di corpi contundenti e imbarcazioni che potrebbero trasportarti in mare aperto, nel canale della Manica, e gettarti in acqua?»

Sorpreso nel bel mezzo di un sorso, Danny spruzzò un po' di birra sui contenitori di alluminio. «Cristo, Allie, hai guardato troppi episodi dei *Professionals*. Sarei preoccupato se si trattasse di una squadra di gangster di Glasgow, ma qui siamo alle prese con crimini dal colletto bianco. Se devono combatterci, lo faranno con degli avvocati, non con dei bravacci.»

Allie non era certa di credergli. Le vennero in mente uomini che aveva incontrato a Cambridge e che erano finiti nella City. Forse, non si sarebbero ammaccati le nocche, ma era certa che alcuni conoscevano dei tipi pronti a fare quel tipo di cose per loro. E non era l'unico rischio che Danny avrebbe corso. «Che mi dici del clima? Si prevedono altre bufere di neve nella seconda metà della settimana. Riuscirai ad arrivarci se le strade sono in condizioni pessime? Gli aeroporti saranno aperti per consentire a Joseph di arrivarci?»

Lo sguardo di Danny lo tradì, evidenziando la preoccupazione che stava tentando di nascondere. «Me la caverò» disse, in tono insolitamente brusco.

«Potresti aspettare fino al mese prossimo. Non è che ci sia qualcun altro a caccia di questa storia.»

Lui scosse la testa. «Non puoi saperlo. Joseph non sarà certo l'unico uomo al mondo a sapere cosa sta succedendo. Uno qualsiasi degli evasori fiscali potrebbe parlare dell'imbroglio a un collega che salta fuori che sta dalla parte dei giusti.»

Allie capì che aveva fame di quel pezzo, fame di ciò che si sarebbe portato appresso. Fama, opportunità, reputazione. Conosceva se stessa abbastanza bene da capire che sarebbe stata come lui. Non ebbe il fegato per sconsigliarlo ulteriormente. «C'è qualcosa che posso fare per aiutarti?»

Danny armeggiò con i contenitori, impilandoli uno sull'altro. Non incrociò il suo sguardo e Allie non capì perché. Pigiò i bordi, unendoli, e rimise la scultura scintillante nel sacchetto. Le rivolse un'espressione indecifrabile, sopra e sotto gli occhi. «Ho abbandonato la scuola prima di sostenere l'esame di maturità» disse, a volume quasi impercettibile. «Sono bravissimo a fiutare storie e a far parlare la gente con me. Ma non sono uno scrittore.» Deglutì con forza e alzò la testa. «Se davvero voglio che questa storia abbia un impatto, deve essere scritta alla perfezione. Ti andrebbe di dare un'occhiata al mio articolo una volta che l'avrò messo nero su bianco? Di dargli, magari, una sistematina?»

Allie non esitò. Non solo perché glielo doveva per averle lasciato il titolo di punta di quella sera. Ma perché il suo istinto continuava a essere quello di tendere una mano. «Non so bene quanto io possa esserti d'aiuto, Danny. Ma puoi contare su di me.»

9

I due giorni successivi offrirono ad Allie poche opportunità di pensare a Danny e alla sua indagine. Quando, alle quattro del mattino, terminava il turno di notte, aveva sempre un disperato bisogno del letto, di sprofondare nel sonno ancora più a lungo di quanto dormisse di norma.

Si era resa conto, dopo il suo primo turno di servizio notturno, che le tende nella camera da letto del suo appartamento in affitto non erano minimamente adeguate a tenere fuori la luce del giorno. E, per Allie, un sonno spezzato era peggio di un cuore spezzato. Rona Dunsyre, un membro del terzetto tormentato che dirigeva le pagine femminili, aveva per caso captato la sua lagnanza mentre erano in coda alla mensa e le aveva indicato un'azienda che vendeva arredi alberghieri di seconda mano. Allie aveva passato una mattina nel loro magazzino, curiosando tra malconce sedie da ristorante e testiere sbeccate di letti, prima di scovare una scorta di velluto rosso scuro impolverato. Aveva sborsato una bella porzione dello stipendio del suo secondo mese per due spessi drappi, alti quanto la parete, provenienti dalla sala da ballo di un albergo, e non se n'era minimamente pentita, fino all'ultimo centesimo speso. Una volta messa da parte la somma sufficiente per comprarsi una casa tutta sua, trovare un posto con tende che rendessero la sua camera un bozzolo buio avrebbe fatto la differenza nella scelta.

Il giorno dopo il curry con Danny, Allie non riemerse che a metà pomeriggio, dopodiché restò a mollo nella vasca da bagno leggendo il romanzo di McIlvanney che aveva pescato in un negozio di libri usati in Otago Lane, in un gelido pomeriggio di dicembre. Ci era entrata solo per starsene mezz'ora al riparo dal freddo, ma, come sempre, ne era uscita con mezza dozzina di libri. Quello, *Laidlaw*, era ambientato in una Glasgow operaia che riconobbe immediatamente. Secondo la descrizione, era un noir, ma era diverso da qualsiasi noir che lei avesse mai letto. Il protagonista, Jack Laidlaw, era lo sbirro letterario più strano che avesse mai incontrato. Teneva Camus accanto al whisky nel cassetto della sua scrivania e, per tutta la durata di un'indagine per omicidio, si trasferiva dalla casa della sua famiglia in un albergo. E non c'era nessun mistero. L'assassino veniva identificato fin dal principio. Ma era intrigata dalla qualità della prosa, una caratteristica non comune tra i polizieschi da lei letti in precedenza. E quando i personaggi parlavano, lo facevano nella cadenza riconoscibile della strada. Allie sapeva di dover apprendere altro sulla sua città adottiva e, dunque, seguitò ad aggiungere acqua calda, riluttante a spezzare l'atmosfera del libro uscendo dalla vasca.

Quando girò l'ultima pagina, fu uno shock per Allie scoprire che erano già passate le sei. Le restava meno di un'ora per vestirsi, mangiare un boccone e andare al lavoro. Indossò gli abiti frettolosamente e corse giù per le scale, fino in strada, dove fermò un taxi sulla trafficata arteria principale, accanto ai giardini botanici. Aveva giusto il tempo per fare un salto alla mensa e prendere un panino al bacon prima che iniziasse il turno. Rona Dunsyre stava scendendo nel momento in cui Allie correva al piano di sopra. «Aspetta un attimo» disse Rona. «Fai il turno di notte?»

«Sì e tra due minuti sarò in ritardo.»

«Ti va di vederci domani a pranzo? È ora di conoscerci meglio. Solidarietà e via discorrendo...»

Allie non ebbe esitazioni. «Ottima idea. Dove? E quando?»

«C'è un fantastico ristorantino italiano sulla Great Western Road di Kelvinbridge. La Parmigiana. Lo conosci?»

Allie annuì. Ci era passata accanto spesso e le era parso che meritasse di farci un salto, ma non aveva ancora trovato nessuno con cui andarci a mangiare.

«Ce la fai per l'una?»

«Credo di poter essere sveglia per quell'ora.»

«Prenoto io. Ci vediamo all'una. Vai e mantieni felici quei poveri stronzi della redazione.»

Allie appoggiò il cappotto sullo schienale della sedia e si accomodò alla scrivania in cui disponeva di un solo cassetto tutto suo. Aveva un alleato – e, forse, qualcosa di più – in Danny e ora una possibile amica in Rona. Per quanto stesse sufficientemente bene per conto suo, Allie in fondo era una creatura socievole. Ancor più degli amici studenti, le mancava il cameratismo del tirocinio a Newcastle. Magari il corso delle cose stava cambiando. La solitudine che si era insinuata in lei da quando si era trasferita a Glasgow forse sarebbe finalmente svanita.

Studiando Rona Dunsyre da lontano, Allie aveva già deciso che le era simpatica. Ipotizzò che avesse poco meno o poco più di trent'anni. Il suo vestiario era spavaldo, l'unica persona dell'ufficio a indossare tinte vivaci, chiazze di contrasto tra sciarpe e borsette. I capelli erano biondi e svolazzanti come quelli di Debbie Harry, per quanto evitasse il trucco vistoso della rockstar. Rona preferiva un look quasi *nude*, a parte folte ciglia scure e sopracciglia proporzionate, in contrasto con la propensione locale alla linea sottile e alla curvatura improbabile. Ma a intrigare Allie non era solo il suo aspetto, era il suo stile. Era chiassosa e dogmatica, ma il suo eloquio aveva sempre una punta di umorismo che le consentiva di farla franca nell'arena testosteronica del *Clarion*. Osservando Rona, Allie aveva capito che in quell'ufficio l'umorismo era la chiave per la sopravvivenza di una donna. Prendere per il culo se stessa oltre che gli altri era l'arma da coltivare. Rinunciare a un paio d'ore di sonno per pranzare con Rona era un sacrificio che valeva la pena di fare.

Il ristorante era affollato e Allie indugiò sulla soglia, cercando di individuare Rona nella confusione. Prime impressioni di pannelli di legno, stampe poco vistose e tegole di terracotta sulle pareti, tavoli pieni e aromi da far venire l'acquolina in bocca. Un cameriere le fu accanto in un battibaleno. «*Buongiorno, signorina*» la salutò in italiano. «Ha prenotato un tavolo?»

«Devo incontrare una collega.»

Le parole non le erano ancora uscite di bocca che lui si illuminò. «È con la signorina Rona?»

«Come ha fatto a capirlo?» chiese Allie, seguendolo verso il retro, tra i tavoli ravvicinati. Lui si diede un'occhiata alle spalle. «Ha detto che lei aveva l'aspetto di una giornalista. Con un impermeabile à la Robert Mitchum.»

Allie arrossì in volto. Aveva investito una fetta del suo primo stipendio in un impermeabile classico di Burberry perché pensava che fosse quello che avrebbe dovuto indossare un reporter. L'ennesima nota fuori posto da affiancare al fatto di essere femmina. Il suo Burberry era sempre l'unico appeso all'attaccapanni dei giornalisti.

Ma prima che lei potesse rispondere, lui l'aveva già portata al tavolo più lontano dalla porta, con quattro posti e vista sull'intera sala. Rona era seduta, con la sigaretta accesa, un bicchiere di vino rosso davanti a sé.

«Per me è l'ora della colazione» protestò Allie.

«Giusto. Sandro, porta un Bloody Mary ad Allie.» Rona fece un sorrisino. «La colazione dei campioni. E sia.»

Allie tentò di protestare, ma ormai era tardi. «Grazie» disse. «Darà una botta di vita al pomeriggio.»

«Be', ti serve qualcosa per farcela.» Rona le passò il menu. «So già cosa prendo, ordino sempre la stessa cosa. Spaghetti alla carbonara con pane all'aglio. Il migliore che abbia mai assaggiato. Fidati, non è quello di Mother's Pride.»

«Tanto meglio, considerata la carenza di pane di cui ieri sera mi sono occupata.» Allie diede un'occhiata al menu, pur sapendo già che avrebbe seguito il consiglio di Rona. Continuava a essere poco esperta di cucina italiana: quelli indiani o cinesi erano stati i suoi cibi da asporto abituali all'università, e da allora non si era mai spinta molto più in là. «Lo stesso anche per me, direi.»

Il cameriere arrivò con il drink di Allie e Rona ordinò da mangiare con una battutina sul fatto che Allie si era fatta sedurre dal menu. Dopodiché, Rona rivolse la sua piena attenzione ad Allie. «Allora, come sta andando?»

«È piuttosto diverso da dov'ero prima. Tanto per cominciare, siccome si trattava di un tirocinio, in redazione c'erano molte più donne.»

«Il *Clarion* è così. Tre giornaliste, ma mai nello stesso turno, giusto? Perché sappiamo tutti cosa succederebbe: ve ne stareste semplicemente sedute a scambiarvi modelli a maglia e pettegolezzi.»

Allie fece un sorriso sardonico. «A differenza dei maschietti, che se ne stanno semplicemente seduti a scambiarsi pettegolezzi.»

«Ma che apprezzano la tua presenza lì perché così non devono scrivere pezzi sul "piccolo miracolo", giusto?»

«Te n'eri accorta.»

Rona rise, producendo un suono forte e gioioso che fece girare qualche testa nei tavoli vicini. «Ti racconto io una bella storia su un "piccolo miracolo". Non c'era una donna in servizio e, dunque, hanno mandato Big Kenny Stone. Ecco la storia: una donna di quarantacinque anni pensava di avere una cisti ovarica e, invece, si è scoperto che era incinta di sette mesi. Big Kenny è tornato e ha scritto la favola di come per anni avesse tentato di concepire, per poi perdere del tutto la speranza. È persino riuscito a farne un pezzo strappalacrime. E così, viene pubblicato come pezzo principale della quinta pagina, con tanto di enorme fotografia. Secondo te, subito dopo cos'è accaduto?»

«Illuminami.» Allie bevve un sorso del suo Bloody Mary, che le procurò una fitta in mezzo agli occhi.

«Un tizio telefona alla redazione e dice che è il marito della mamma del miracolo. Che lei vive con il suo ganzo e ha già tre figli dal suo matrimonio. Dopodiché, la figlia adulta più grande chiama per dare una severa ammonizione. Big Kenny è costretto a ingoiare il rospo e a scrivere una ritrattazione della serie "non tanto miracoloso".» Rona rise e, stavolta, a lei si unì anche Allie.

Il pranzo fu il più divertente che Allie avesse fatto da quando si era trasferita a Glasgow. I racconti del dietro le quinte della pagina femminile, il cibo squisito e un secondo Bloody Mary molto carico le accompagnarono fin quasi alle tre. Poi, mentre bevevano un caffè, Rona disse: «Però ti lasciano pure scrivere qualche pezzo serio. Ne ho visti un paio di qualità con la tua firma».

Allie fece una faccia. «A volte. Perlopiù nel turno di notte o nel secondo turno, quando non ci sono troppi giornalisti tra cui scegliere.»

«Hai curato la replica della morte del papa. Una cosa davvero spettacolare.»

Era stata una notte che Allie non si sarebbe mai scordata. Durante quel turno era rimasta da sola in ufficio. Gavin Todd era andato al pub con Big Kenny e l'unico altro reporter in servizio era in giro a occuparsi di una notizia. Il revisore le aveva consegnato un dispaccio della Press Association secondo cui il papa era morto. «È successo il mese scorso» aveva detto Allie.

«No, a tirare le cuoia è stato quello nuovo. Ci servono un titolo d'apertura e due pagine di servizio, e dobbiamo essere già in stampa tra quarantacinque minuti.»

Si era sentita il cuore martellare nel petto. Aveva tentato di far tornare Todd e Big Kenny dal pub, ma avevano pensato che fosse una presa per i fondelli e le avevano sbattuto il telefono in faccia. Così, aveva chiesto dei ritagli di giornale all'archivio e convinto un giornalista della pagina sportiva ad aiutarla.

«Telefona all'arcivescovo Winning e chiedigli un commento, mentre io scriverò il pezzo partendo da storie di repertorio» lo aveva istruito. In un modo o nell'altro, avevano messo insieme la prima pagina e le due centrali per il rotto della cuffia. Aveva in effetti vissuto la leggendaria esperienza di vedere il vicedirettore strappare le veline dalla sua macchina per scrivere un paragrafo alla volta e distribuirli al tavolo dei redattori.

Quando era uscita la prima edizione, la notizia vecchia di non più di un'ora era già sulle strade. «E quando Gavin è tornato dal pub, mi ha forse ringraziato per avergli salvato il culo? Mi ha fatto le congratulazioni per un lavoro ben fatto? No. Mi ha fatto a pezzi per non averlo fatto tornare dal pub.»

Rona rise mestamente. «Tipico. Vedo che hai quel che serve, Allie. Ma dovrai ritagliarti una nicchia tutta tua. Quella gente non ti darà nulla.»

«Lo so. Quel triplice assassinio a Dundee: non avrò la minima possibilità di occuparmene, nonostante le vittime fossero donne. Il vero problema è che non ho i contatti che avevo a Newcastle. Sono in concorrenza con una redazione zeppa di maschietti che hanno libretti neri zeppi dei nomi degli uomini che contano.»

«A te servono le donne che contano. Stammi vicina. Farò in modo che tu abbia la possibilità di stabilire una serie diversa di relazioni. Non faccio altro che incontrare donne con una storia da raccontare, che non è quella tipica della pagina femminile.»

«E non vuoi seguirle tu stessa?»

Rona scosse la testa. «So in cosa ci so fare e mi piace un sacco. Ammiro profondamente quello che fai, il modo in cui ti rapporti con le persone nel momento in cui le loro vite si sono sgretolate, ma so che io non potrei farcela.» Le rivolse un sorrisino. «Voglio dire, il mese prossimo intervisterò Lauren Bacall. Ecco la mia idea di paradiso. E quello che fai tu? Mi spaventa a morte. Mi accontenterò delle cose superficiali. Grazie mille.»

«Ciò che fai non è solo roba superficiale. Ho visto quel pezzo sul rifugio antiviolenza domestica che hanno aperto a Dundee.»

Rona le accarezzò una mano. «È gentile da parte tua, ma sappiamo entrambe che il novanta per cento di quello che faccio finire sulla pagina è pura banalità. Tu puoi far approdare una storia del tutto diversa. Ecco un piccolo suggerimento iniziale. Tra non molto ci sarà il referendum per la devoluzione. I maschietti in politica ci si butteranno sopra, scambiandosi pacche sulle spalle, con le mani in pasta. Ma ora ci sono pure parecchie donne. Una o due nel Partito laburista ma pure qualcuna nell'SNP, lo Scottish National Party. Si stizziscono tanto quanto ci stizziamo noi quando veniamo tagliate fuori dai maschi. Vuoi un consiglio? Entra a far parte delle donne pro-devoluzione e ti imbatterai in storie che non capiteranno a nessun altro.»

«Grazie. È una buona idea. Ma perché sei tanto gentile con me?»

Rona fece un sorrisino. «Perché sono una femminista, Allie. E so riconoscere una sorella.» Fece una pausa. «Però, per l'amor del cielo, non dirlo a nessuno, cazzo.»

10

Era ancora buio quando Danny era partito per Southampton. Aveva riflettuto se partire subito dopo il lavoro la sera prima, ma, dopo aver controllato le previsioni del tempo e i bollettini sul traffico stradale, aveva cambiato idea. Si prevedevano altre nevicate e si informavano i viaggiatori che la A74 era stata ridotta a una sola corsia in molti punti. La strada migliorava notevolmente subito dopo Carlisle, oltre il confine con l'Inghilterra, ma a centosessanta chilometri di distanza. In condizioni climatiche come quelle, per coprire tale distanza ci sarebbe voluto fino a un massimo di quattro ore.

Al mattino, la situazione non era migliorata granché, ma lo sciopero dei camionisti implicava che il traffico fosse visibilmente più leggero del solito. Danny, per tutta risposta, sentì crescere la sua solidarietà per la loro causa. Gli spandisale e gli spartineve, però, avevano fatto il loro lavoro. Nonostante vi fossero cumuli di neve mista a fanghiglia su entrambi i lati della carreggiata, uscire dalla Scozia fu più semplice di quanto Danny avesse temuto.

Si tenne sveglio con le sue compilation su cassetta di vivace musica da viaggio, cantandoci immancabilmente sopra, che si trattasse di Gloria Gaynor o Blondie, passando per David

Bowie, Grace Jones ed Elton John. Ma nemmeno quello riuscì a coprire i chilometri più velocemente. Cadde nella trappola di controllare il contachilometri alla fine di ogni brano, sempre più sconfortato dato che non crescevano abbastanza in fretta. Di quel passo, sarebbe stato ancora al volante al calare della sera.

Il clima migliorò leggermente man mano che procedeva verso sud. In un punto imprecisato delle Midlands, si fermò nella piazzola di una lercia caffetteria sulla strada. Immaginò che di norma fosse zeppa di camionisti impegnati a rabboccare l'olio in vista della tappa successiva del loro viaggio. Ma quel giorno lo sciopero e il clima avevano lasciato quasi vuota l'area di sosta. Danny parcheggiò accanto all'ingresso ed entrò nell'aria viziata, tra fumo di sigaretta, condensa, odore di fritto e bacon. C'era un tepore meraviglioso. Ordinò salsicce, bacon, fagioli e patatine fritte e si chiese perché lo stesse facendo. La sua storia non sarebbe certo scappata. Nessun altro l'avrebbe fiutata. Forse avrebbe dovuto dare retta ad Allie e aspettare che quel terribile inverno passasse.

Però la risposta la conosceva già. Fin dal principio, il giornalismo era stato una sorta di virus nel suo cervello. Non sapeva resistere al fascino di una storia. E non era in grado di ignorare il pungolo dell'ambizione che lo spronava. Una miscela a cui era impossibile opporsi. Domani non era mai troppo presto quando si poteva inseguire una storia oggi. Aveva pensato che tutti nella redazione fossero come lui. Scoprire che non era così era stato uno shock: per molti colleghi, a spingerli erano lo stipendio, le spese, l'approvazione della cultura dell'alcol, il mero vanto di svolgere quel lavoro.

Il motivo per cui aveva preso Allie Burns in simpatia era aver notato che era come lui. Era frustrata dalle limitazioni di ciò a cui veniva assegnata. La differenza stava nel fatto che lei non aveva capito dove trovare le notizie che le avrebbero consentito di ritagliarsi una nicchia, come quella storia avrebbe fatto per lui. Ma il talento di quella donna per le parole lo avrebbe agevolato e se ciò, a lungo andare, avesse aiutato lei, per lui non sarebbe stato un problema.

Quando giunse il cibo, lo divorò allo stesso modo in cui un caldaista alimenta il fuoco, senza quasi sentirne il sapore, unicamente conscio del suo desiderio di essere di nuovo in strada, di nuovo con la forza evocativa di quella storia che lo avrebbe spinto a continuare nel fosco pomeriggio e nella fredda, buia serata. Con la musica a tutto volume, coprì i chilometri, sospinto dalla prospettiva di ciò che il mattino avrebbe portato con sé.

Southampton aveva un'aria lugubre dalla finestra fuligginosa della camera d'albergo malconcio in cui Danny aveva preso alloggio quattordici ore dopo essere partito da Glasgow. In tutta onestà, pensò, qualsiasi posto sarebbe parso lugubre nella luce fioca del mattino, mentre il nevischio cadeva sulla neve sporca sottostante. Il materasso era sprofondato sotto di lui, i cuscini e le salviette erano ugualmente lisi, ma lui aveva dormito come un sasso dopo la lunga fatica del viaggio.

Era l'unico cliente nell'opprimente sala delle colazioni. Si sforzò di mangiare l'uovo gommoso e le salsicce tigliose che gli si materializzarono davanti, innaffiando il tutto con tè in tazze di porcellana fastidiosamente raffinate. Dopodiché, di nuovo in macchina, tra le proteste del suo fisico, quando lui si piegò dietro il volante.

Si fermò in una stazione di servizio, dove per riempire il serbatoio dovette accodarsi ad alcuni motociclisti impazienti, preoccupati di non farsi sorprendere dallo sciopero degli autocisternisti. Nell'attesa, andò dentro e acquistò una cartina stradale della città. Stabilì un percorso che lo avrebbe portato prima in Burgess Road e Applewood Lane, per scovare le possibili residenze dei titolari della rimessa per barche. Poi avrebbe proceduto fino alla società di brokeraggio stessa.

Burgess Road comprendeva un'ampia varietà di proprietà. C'erano negozi con qualche appartamento sopra, case bifamiliari di mattoni, case a schiera anonime e, di fronte a quello che sembrava un parco, ville unifamiliari più grandi. L'indirizzo di James T Maclay corrispondeva a un giornalaio bene illuminato, con due piani sopra il livello della strada. Danny decise che non aveva l'aria di essere particolarmente prospero: non il Maclay che stava cercando, ipotizzò.

Applewood House era totalmente diversa. Si trovava su un vialetto alberato, reso ancora più angusto dai resti della nevicata che si stavano a poco a poco sciogliendo. Procedendo lentamente, Danny intravide il fiume tra le grandi ville unifamiliari che punteggiavano il lato orientale della via. Applewood House era l'ultima a cui approdò. Era una casa quadrata in stile georgiano, in pietra grigia, con tanto di colonnato antistante, tre finestroni su ogni lato. Al piano superiore, altre sei finestre identiche e, sopra il colonnato, una grande finestra rotonda. Un breve tratto in ghiaietto del vialetto di accesso conduceva a un'appendice più moderna, un garage a tre posti. La gravità delle linee dell'edificio era enfatizzata dal giardino: prati curatissimi e arboscelli potati con scrupolo militare. Non c'era alcun segno di vita al suo interno. Era il tipo di casa che la sicurezza economica avrebbe comprato, si disse Danny. Chiaramente costosa, ma l'opposto del pretenzioso.

L'ostentazione era unicamente riservata all'attività di brokeraggio marittimo. Il tragitto in macchina dalla casa di Applewood Lane era breve, ma ad anni luce di distanza sotto ogni altro aspetto. Due fabbricati, moderni cubi brutalisti verniciati di celeste, fiancheggiavano l'entrata su cui un'insegna sgargiante proclamava "MACLAYS – la bella vita sulla cresta dell'onda". Danny entrò e trovò uno spazio in cui parcheggiare di fronte all'edificio contrassegnato dalla scritta "Ricevimento e vendite". Oltre il parcheggio, vide uno spiegamento di yacht su sostegni rigidi, coperti da teloni azzurri recanti il logo della società. Più avanti, intravide un pontile con altre barche più grandi.

Danny prese l'elegante ventiquattrore nera che usava quando voleva far colpo sulla gente e convincerla della sua serietà, e iniziò ad attraversare l'asfalto sdrucciolevole. L'area del ricevimento era piccola, ma erano stati spesi dei soldi per trasmetterle un bell'aspetto. Moquette passabile, sedie comode, foto a effetto di yacht a vele spiegate. Nulla di logoro o dall'aria sfibrata, nemmeno l'impiegata di mezza età. Danny le rivolse il suo sorriso migliore. «Salve. Sono venuto fin da Aberdeen per parlare con qualcuno dell'intesa che avete con la Paragon Investment Insurance.»

Non sembrò per niente colpita. «Ha un appuntamento?»

«Spiacente, ma è stata una decisione dell'ultimo minuto. Quando il mio capo si mette in testa qualcosa, niente può fargli cambiare idea.» Tentò di assumere un tono mesto e contrito. «L'ultimo dell'anno ha parlato con qualcuno di quella cosa e da allora non ha altro per la testa.» Danny si batté la mano libera sul petto. «Quindi, eccomi qui, spedito nel freddo e nella neve.»

La donna soffocò una risatina. «La povera, maledetta fanteria, vero?»

«Qualcosa del genere. Immagino che lei non...?»

«Vuole Billy. È lui che si occupa di tutta la faccenda della Paragon. È fortunato. Stamattina è in ufficio. Avrebbe dovuto incontrare un cliente di Londra, che però ha disdetto per via del maltempo. Si accomodi. Come si chiama?»

«Charlie Wishart» disse. Era andato a scuola con Charlie Wishart. Un ragazzone che si era messo a guidare gli autobus. «Lavoro nel settore petrolifero.»

La donna alzò la testa di scatto. «Vedrò cosa posso fare.»

Bill Maclay collimava perfettamente con l'idea di Danny di come dovesse apparire un diportista. Jeans logori, maglione Guernsey blu scuro e mocassini. Era alto più o meno un metro e ottanta, aveva spalle larghe e fianchi stretti, con una zazzera biondo scuro appena tendente al grigio sulle tempie. Quando sorrise per salutarlo, il suo viso si trasformò in una mappa di rughe sgorbiate dal vento e dal sole, mentre gli occhi azzurri scintillarono sotto folte sopracciglia. «Da Aberdeen, mi ha detto Penny?» Tese una mano e Danny gliela strinse obbedientemente. Callosa e forte, fece sentire Danny debole e insignificante.

L'incontro avveniva nell'ufficio di Maclay al primo piano. Si affacciava sulla rimessa per le barche della società, con il Southampton Water sullo sfondo, acciaio screziato di squarci di bianco. «Esatto» disse Danny. «Mi spiace presentarmi così dal nulla. Ma al mio capo non piace che lo si faccia attendere...»

Maclay fece spallucce. «Non le invidio il viaggio in macchina con questo clima. Penny mi ha detto che voleva parlare con qualcuno del lavoro che svolgiamo insieme alla Paragon Investment Insurance, giusto?»

Danny annuì. «Il mio capo è un petroliere. Lavoriamo per una grande società americana. Il petrolio del Mare del Nord sta andando ottimamente per noi e lui incassa grossi bonus. Grossi bonus in contanti. Ha sentito dire che la Paragon aveva escogitato un sistema per proteggere dal fisco la gente come lui.» Sorrise, quasi per scusarsi. «Il mio capo non accetta mai nulla sulla parola. Perciò mi ha mandato a parlare con voi, per sentirlo direttamente alla fonte.»

Maclay lo fissò a lungo, con calma. «Mi dica quello che sapete.»

«Non sono certo di disporre di tutti i dettagli giusti, ma ciò che mi è stato detto è che vendete yacht ai clienti della Paragon. Gli yacht vengono recapitati a Nassau, dove vengono rivenduti, e i proventi vengono versati su una banca del posto. Fuori dalla portata del fisco.» Il momento della verità. Maclay avrebbe spiattellato tutto oppure Danny sarebbe stato messo alla porta.

L'uomo inclinò la testa di lato. «Si direbbe che abbia sprecato il suo tempo, signor Wishart.»

Danny avvertì un grumo gelido allo stomaco. Com'era possibile che avesse mandato tutto in vacca? Maclay non si fidava di lui? «In che senso? È quello che ci hanno detto quelli della Paragon.»

«Con chi ha parlato della Paragon?»

Aveva una sola possibilità di recuperare. Fu in quel momento che si rese conto delle falle nel suo piano. Fare il nome di uno dei trasgressori sarebbe quasi equivalso a invitare Maclay a chiamarli per avere conferma della storia di Danny. Inoltre, l'uomo dei contanti, l'uomo che faceva le visite misteriose per conto dei clienti, doveva essere stato quello con cui aveva avuto a che fare Maclay. E Joseph stava tornando a Edimburgo. Non avrebbe potuto rispondere al telefono, non quel giorno. Danny fece un respiro profondo. Non era come se stesse dando suo fratello in pasto ai lupi. «Con un certo Sullivan» disse Danny. «Mi ha spiegato tutto.»

11

Nonostante la gran voglia di sentire com'era andato il viaggio di Danny, Allie non aveva sprecato i giorni finché non erano tornati entrambi in ufficio. La domenica aveva ripreso il turno diurno, disorientata e a corto di sonno come succedeva sempre nella giornata di transizione dalle notti ai giorni. Ma, perlomeno, la domenica di solito era una giornata tranquilla per le notizie. Al timone c'era Desmond, il nuovo vice capocronista, uno sgraziato omone che nascondeva le proprie insicurezze dietro battutacce aggressive. La sua colpa più grande era la mancanza di immaginazione. La sua idea di come organizzare la redazione la domenica mattina era concentrare la sua attenzione sul *Sunday Thistle*, una pubblicazione letta in giro per il mondo da scozzesi risiedenti all'estero che si crogiolavano nella nostalgia di una terra natia mai esistita al di fuori delle sue pagine. Millantava, inoltre, una decadente circolazione tra quelli che vivevano ancora in Scozia e volevano credere che non fosse cambiato granché dagli anni Trenta. Sulla generazione di Allie non esercitava la minima attrazione.

Quando dirigeva la redazione domenicale, Desmond amava rovistare tra le colonne del *Thistle*, ricavandone storie che pensava valesse la pena di approfondire e distribuendole tra i giornalisti in servizio. Il che non sarebbe stato un problema, se quelle storie avessero offerto il minimo spunto di approfondimento. A peggiorare la situazione era la loro invariabile imprecisione. Tendevano a presentare indirizzi vaghi, spesso in strade lunghe un chilometro e mezzo. Talvolta, venivano direttamente da un'edizione del giornale di vent'anni prima, come aveva scoperto a proprie spese Allie nella sua seconda settimana al *Clarion*.

L'avevano spedita a Knightswood, un quartiere di case popolari del comune nella parte occidentale della città. Era stato costruito come sobborgo verde tra la Prima e la Seconda guerra mondiale e le sue vie ordinate comprendevano villette bifamiliari e case indipendenti a due piani – edifici che assomigliavano a villette familiari, ma più grandi e costituite, in realtà, da quattro appartamenti. Il tipo di posto che faceva ben figurare l'edilizia popolare.

La storia era parsa chiara, potenzialmente divertente. Una certa signora Mackenzie rischiava lo sfratto a causa delle lamentele espresse al consiglio comunale dai vicini, per via del suo pappagallo. Non solo il volume del pappagallo era alto, ma l'animale possedeva un vocabolario ricco e sconcio. Secondo il giornalista del *Thistle*, un vicino aveva detto: «Ho dovuto chiedere al sacerdote di interrompere le sue visite a causa delle terribili bestemmie che quell'uccello rivolge a chiunque».

L'unico indirizzo era Archerhill Road, la strada più lunga del quartiere. Allie inizialmente aveva fatto un tentativo con l'elenco telefonico. C'erano un certo J. Mackenzie e un certo T. McKenzie. Con un minimo di fortuna, sarebbe stato uno dei due. Nessuno della redazione fotografica aveva voluto accompagnarla. «Se va tutto bene, manderemo qualcuno a scattare delle foto» era il massimo che fosse riuscita a strappare loro. Pertanto, aveva convocato un autista e si era diretta a Knightswood. Ovviamente, nessuno dei Mackenzie sull'elenco telefonico aveva sentito parlare di Aggie Mackenzie e del suo pappagallo. Però, siccome era domenica, si era diretta alla chiesa e aveva atteso la fine della funzione. L'intervista a mezza dozzina di membri della congregazione era stato un buco nell'acqua, ma la sorte era cambiata con la diacona, che le aveva fornito indicazioni precise.

Allie aveva suonato il campanello dell'appartamento al piano terra e aveva atteso. Aveva posato nuovamente il dito sul campanello quando la porta si era aperta di un paio di centimetri, rivelando una donna ricurva dalla faccia vetusta e dagli occhiali spessi. Allie aveva esitato. «Signora Mackenzie?»

«Sì, ragazzina. Chi sei?»

«Mi chiamo Alison Burns. Sono una reporter del *Clarion*.»

«Il giornale?» Era parsa sbigottita. «Che cosa vuole il giornale da me?»

«Ha a che fare con il suo pappagallo.» Vedendo l'espressione confusa della donna, Allie aveva proceduto con risolutezza. «Con le lamentele al consiglio comunale per gli strepiti fastidiosi.»

«Il mio pappagallo? Avete saputo del mio pappagallo?»

«Sì. Dopo il pezzo uscito oggi sul *Sunday Thistle*.»

«Oggi?»

Allie aveva tirato fuori il ritaglio dalla sua borsetta. «Eccolo. È lei, giusto? La signora Aggie Mackenzie di Archerhill Road?»

D'un tratto, la vecchia era sbottata in una risata sguaiata, oscillando avanti e indietro. «Perdinci, che svergognati! Quella storia è apparsa sul giornale vent'anni fa.»

«Vent'anni fa? Ne è sicura?»

«Tesoro, sarò anche vecchia, ma non sono ancora rincitrullita. Ha vent'anni, la vostra storia. Il mio pappagallo è morto diciassette anni fa.» Aveva scosso la testa. «Qualcuno ti ha fatto uno scherzo, ragazzina.»

«Mi dispiace» aveva detto Allie, paonazza per l'imbarazzo e la rabbia.

«Non essere dispiaciuta. Erano anni che non mi facevo una grassa risata.»

Tornata a bordo dell'automobile del giornale, aveva raccontato l'accaduto all'autista. Anche lui aveva riso. «C'è quel maledetto Desmond ai comandi» aveva detto. «Quello stupido bastardo non impara mai. Ogni domenica, manda uno di voi a seguire un pezzo del *Thistle*. È storia antica oppure inventata di sana pianta.»

«In che modo quel giornale riesce a farla franca?» Allie era ancora furibonda.

«Regole diverse, Allie. Il *Thistle* non è un giornale. È un fumetto.»

Ricordando tale episodio, Allie mostrò la faccia in redazione e poi sgattaiolò in archivio, onde evitare un incarico della serie *Thistle*. Per un paio d'ore, si immerse in ritagli di giornale relativi alla recente storia dell'SNP e ai dibattiti sulla devoluzione, poi tornò al piano di sopra, scoprendo che Desmond aveva portato tre giornalisti del turno diurno al Press Club per fare una partita a snooker. Il suo posto era stato preso da una quarantenne dai capelli rosso fuoco e con un paio d'occhiali dalla montatura nera. Alzò gli occhi quando Allie si avvicinò. «Mi chiedevo dove ti fossi nascosta. Devi essere Allie Burns» disse, con quello che Allie aveva imparato a identificare come l'accento della Glasgow "fighetta".

«Sì, e non mi stavo nascondendo. Ho detto a Desmond che sarei scesa in archivio. Se avesse avuto bisogno di me, sapeva dove trovarmi.»

La donna storse la bocca in un sorriso sardonico. «Il solito, dannato Desmond. *Divide et impera.* Io sono Fatima» disse. «Fatima McGeechan.»

Allie tentò di mascherare la sorpresa davanti a quel nome. Non aveva mai visto nessuno di aspetto meno arabo della donna al timone della redazione. «Piacere di conoscerti.» Le parole le erano uscite in tono più interrogativo di quanto avesse voluto.

La donna sospirò. «Permettimi di spiegarti due cose. Non sono musulmana. Sono una brava ragazza cattolica. Be', una brava ragazza cattolica finita sulla cattiva strada, se vogliamo essere pedanti. E la pedanteria è uno dei tanti attributi che un bravo cronista dovrebbe coltivare. Ecco la mia storia. Mia madre desiderava disperatamente un figlio che non ne voleva sapere di arrivare finché non andò a pregare al santuario di Nostra Signora di Fatima, a Johnstone. Da lì l'origine del nome. E chiunque cerchi di accorciarlo in Fats, "cicciona"... be', l'unica cosa che possa accorciare è la sua aspettativa di vita. Chiaro?»

Autoritaria, dunque. «Chiaro.» Una pausa. «Hai parlato di due cose...»

Un altro sospiro. «Mi trovo qui contro la mia volontà. Faccio la redattrice per la BBC a pochi passi da qui, in Queen Margaret Drive. Quando il tuo stimato caporedattore ha esaurito la sua lista di colleghi casuali della domenica, mi corrompe pagandomi un turno doppio pur di farmi venire a tenere la mano di Desmond.» Un sorriso sardonico. Ad Allie, Fatima iniziava a stare simpatica.

«Ho il sospetto che siano tutti guadagnati, fino all'ultimo centesimo.»

«E anche di più. Allora, cosa facevi in archivio, a parte scansare la pallottola del *Sunday Thistle*...?»

Allie rifletté. Una conversazione di trenta secondi con l'archivista di turno – cosa che, pensò, "Non chiamarmi 'Fats'" sarebbe stata più che capace di fare – avrebbe smascherato un'eventuale bugia. Pertanto, si strinse nelle spalle. «È da poco più di tre mesi che sono tornata in Scozia. Prima, sono stata in Inghilterra per cinque anni. In vista dell'imminente referendum sulla devoluzione, ho pensato che mi sarebbe stato utile conoscere qualche antefatto.»

Fatima annuì per esprimere il suo assenso. «Saggio. Purtroppo per il tuo livello di istruzione, ho un lavoro per te. Ci sono appena giunti i dettagli di un incidente stradale mortale avvenuto la notte scorsa poco a nord di Carlisle.» Per un istante, ricordandosi cosa aveva fatto Danny, il petto di Allie si contrasse. Ma la frase successiva di Fatima fu un sollievo. «L'autista di un furgone proveniente da Kilmarnock. Pare che dovesse fare una consegna giù a Preston. Avrebbe dovuto essere su un camion diretto a sud, ma a causa dello sciopero… be', un'idea te la sei fatta. Va' a parlare con la vedova afflitta e non tornare senza una fotografia dalla famiglia. Prendi un'auto aziendale e…» Alzò la voce per destare l'attenzione del responsabile della redazione fotografica. «Prendi un fotografo. Potrebbe esserci qualcosa di commovente, se hanno dei bimbi fotogenici.» Sbuffò. «Chi voglio prendere in giro? Portati comunque appresso un fotografo.»

A nessuno piaceva bussare alla porta di una famiglia in lutto. Ma Allie ci sapeva fare in casi simili. Era decisamente una situazione in cui essere donna era un vantaggio. Nessuno si sentiva minacciato da lei, a meno che non facesse del suo meglio per risultare minacciosa. Era pure un test. Il primo incarico assegnatole da Angus Carlyle, lo spietato, sfrontato e sgraziato caporedattore del *Clarion*, era stato una visita quadrupla di quel tipo – quattro adolescenti rimasti uccisi in un incidente stradale a tarda notte sulla Rest and be Thankful Road. Nessuno si aspettava che la ragazza nuova – con una laurea a Cambridge, uscita da un programma di tirocinio – se ne occupasse il primo giorno di lavoro.

Allie era tornata con fotografie di tutti e quattro, oltre a dichiarazioni dei genitori e dei fratelli distrutti dal dolore. Era una domenica tranquilla che aveva fatto ottenere la prima pagina al suo pezzo di debutto. «Ce la farai» le aveva detto Carlyle. Per poi guastare lo stentato complimento con due parole finali. «Per ora.»

E così, partì per eseguire le istruzioni di Fatima. Rannicchiata sul sedile del passeggero della Cortina aziendale, Allie passò in rassegna gli appunti che aveva preso, mandando a memoria la lista di nomi femminili, insieme alle relative affiliazioni al partito. Ora non avrebbe dovuto far altro che capire come trasformarli in fonti proficue.

12

Lunedì fu una giornata desolata fuori e dentro la redazione. Il primo ministro era tornato da una conferenza nei Caraibi, abbronzato e riluttante ad ammettere la minima situazione di crisi in patria. Probabilmente, non si era nemmeno accorto del clima, pensò Allie mentre si occupava con una certa fatica dei postumi delle bufere di Capodanno. Il grande freddo seguito dal disgelo comportava tribolazioni per milioni di persone. Be', per migliaia in realtà, ma l'allitterazione della parola "milioni" suonava meglio. Secondo le dichiarazioni ufficiali, era costato alla Scozia dieci milioni di sterline. Dozzine di case erano inagibili per via dei tubi esplosi e le temperature erano nuovamente in picchiata. Per quanto la notizia garantisse un articolo di fondo, realizzare il pezzo implicò grande noia alla scrivania e infinite telefonate. Nessuna possibilità di seguire qualcosa di suo e niente notizie di Danny Sullivan fino al giorno seguente.

Tornata a casa, riscaldò un po' di zuppa surgelata e cercò di distrarsi con la televisione. *Blake's 7* e *Strangers*, in cui Don Henderson recitava l'idiosincratico detective Bulman, con i suoi guanti, il suo inalatore e la sua abitudine di raggiungere le scene dei crimini in autobus. Allie sarebbe stata la prima ad ammettere di non aver passato molto tempo in compagnia di sbirri, ma non si era mai imbattuta in nessuno che rassomigliasse anche solo lontanamente a Bulman. Lui e Laidlaw le rammentarono la distanza tra la narrativa e la realtà nelle indagini su un crimine. Quanto sarebbe stata più interessante la sua vita professionale se avesse imitato maggiormente l'arte, pensò.

Nonostante la stufa a gas, il salotto si stava facendo sempre più freddo, perciò si diresse verso il letto in compagnia di *Donne*, un romanzo di Marilyn French, anch'esso usato. Per qualche ragione, non era avvincente tanto quanto lo era stato *Laidlaw* e le era caduto di mano non appena il sonno aveva avuto la meglio su di lei.

Il mattino seguente, quando Allie si svegliò, Danny Sullivan era già alla sua macchina per scrivere, impegnato a realizzare una bella copia finale degli appunti presi a Southampton. Persino dopo nove ore di sonno profondo, continuava a sentirsi svuotato, ma era determinato a presentare una storia ben articolata a Peter McGovern. E, cosa ancora più importante, ad Allie. Dopotutto, era lei quella che le avrebbe dato una spruzzata di polvere di stelle. Non sapeva perché, ma voleva fare colpo su di lei con il suo successo, anche se per fare la migliore impressione ci sarebbe voluta una profonda sistemata da parte della stessa Allie.

Gli ultimi giorni erano stati snervanti. L'intervista a Bill Maclay aveva richiesto focus e impegno oltre all'energia necessaria per mantenere viva la finzione. Non si era reso conto di quanto lo avesse assorbito finché, in un punto imprecisato a sud di Birmingham, era stato sopraffatto dal desiderio di dormire. Si era ritrovato in un albergo anonimo di una catena, in una città del Black Country di cui non si era ricordato il nome finché non aveva verificato sulla ricevuta. Il sabato, Danny si era sforzato di continuare a guidare per tutto il resto del tragitto di ritorno, tra le proteste del suo fisico per le due notti passate in letti terribili e i due giorni rattrappito sul sedile di un'automobile. Le condizioni di guida continuavano a essere atroci e non era mai stato così felice di tornare a casa.

Le traversie, però, non erano finite lì. C'era comunque da superare il rito del pranzo domenicale in famiglia, con ciò che ora sapeva sul conto di suo fratello. Danny si era agitato per tutto il viaggio in treno fino a Edimburgo, incapace di calmarsi, con il terrore che per qualche ragione il suo giro a caccia di informazioni a Southampton fosse stata scoperto. Ma la sua agitazione era stata inutile. Era stata una domenica come tutte le altre. Joseph, borioso, si era vantato del fatto che le condizioni climatiche non gli avessero impedito di recarsi al Sud per soddisfare il suo ricco cliente. Danny aveva faticato a mantenere la calma. Eppure nessuno si era accorto che ci fosse qualcosa di anomalo, a parte sua madre che si era offesa di fronte al suo rifiuto di una seconda fetta di torta di mele con crema pasticcera. «Ieri sera sono uscito a cena» mentì Danny. «Ho mangiato troppo curry.»

Aveva cercato di andarsene in anticipo, ma suo padre aveva voluto a tutti i costi giocare a carte. Adorava Solo ed era un gioco che richiedeva quattro partecipanti. Il pomeriggio era trascorso lentamente e, una volta finito di giocare, Danny aveva nove centesimi in meno e la neve aveva ricominciato a cadere. Gli era venuto un tuffo al cuore, vedendo i pesanti fiocchi fuori dalla finestra. La strada all'esterno era di nuovo coperta da un manto bianco, il traffico era lento e precario. Nel tentativo di fermarsi, un autobus aveva slittato lateralmente e si era bloccato di traverso, ostruendo buona parte della via. «Con questo tempo, non esci» aveva sentenziato sua madre. «Il tuo letto è pronto. Puoi fermarti fino a domattina.»

C'erano volte in cui discutere era inutile, proprio come si era rivelato in quel caso. La signora Sullivan aveva preparato una montagna di sandwich grazie all'agnello arrosto che non erano riusciti a mangiare a pranzo e se li erano sgranocchiati, spaparanzati davanti al televisore. Joseph, stravaccato sulla sua poltrona, si dava da fare con qualche lattina di birra chiara, senza concedersi pause tra commenti sardonici su trame, presentatori e opinionisti. «Non riesco a credere che passi la tua vita correndo dietro a stupide storielle come la sua» disse, indicando un'attrice scozzese. «Non ha la minima idea di come si recita.»

«Perlomeno, non sono il lacchè di un ricco, costretto a prendere ordini nel bel mezzo di una tormenta» aveva mugugnato Danny.

Joseph era sbottato in una risata sarcastica. «Non sono il lacchè di nessuno. Quello che faccio è di vitale importanza per le vite di uomini potenti.»

«Come no!»

«Smettetela di bisticciare come mocciosi» aveva ordinato la madre. «Sto guardando la televisione. Non siete troppo grandi perché io non possa mandarvi a letto.»

Joseph e suo padre avevano soffocato una risata e tutti si erano tranquillizzati fino alla successiva punzecchiatura. Ora che Danny era convinto di non essere stato scoperto – o forse, se lo era stato, il fratello non era ancora venuto a saperlo –, il livello della sua ansia era calato decisamente, per essere rimpiazzato da uno sdegno strisciante di fronte alla sfacciataggine di Joseph, capace di starsene seduto lì a comandarli tutti a bacchetta pur essendo coinvolto fino al collo in una cospirazione criminale. Aveva dovuto fare appello a tutta la sua forza di volontà per restare civile. Non appena era riuscito a sottrarsi con una scusa ragionevole al soffocante abbraccio della famiglia, Danny aveva annunciato che sarebbe andato a letto. «Mi attende una settimana impegnativa» aveva detto.

Joseph aveva fatto un ghigno. «Davvero? E di cosa devi scrivere? Ambulanze da rincorrere, incetta di beni nel timore di un aumento dei prezzi?»

«Tuo fratello fa un lavoro importante» aveva detto il padre. «Nella vita ci sono cose più meritevoli che aiutare a rendere un ricco più ricco, Joseph. La gente che lavora merita di sapere cosa le succede intorno. Riassumerlo in stupide storielle è ciò che Danny fa per puntare l'attenzione della gente sulle cose che contano. Giusto, Danny?»

«In soldoni è così.» Grato al padre per il suo intervento, era fuggito nella cameretta gelida in cui era cresciuto. Le pile di fumetti di *Superman* e *Batman* restavano sotto il letto, in ordine cronologico, tutti come nuovi. Da ragazzino, erano stati la sua fuga dalla monotonia: li sfogliava tuttora, quando passava la notte nella casa di famiglia. Sua madre aveva spesso minacciato di darli via, ma alla fine aveva capito quanto fosse serio suo figlio quando diceva che la decisione sul loro fato spettava solo a lui. Ora, per calmarsi e sfuggire alla tensione che lo attanagliava dall'inizio della giornata, aveva tirato fuori un fascio di numeri scritti da Dennis O'Neil, risalenti ai primi anni Settanta. L'idea di Batman come ossessivo raddrizzatore di torti, in contrapposizione ad assassini che uccidevano senza rimorso, gli ricordava con forza il tipo di giornalista che intendeva essere.

Mentre dava forma ai suoi appunti, si sentì nuovamente rinvigorito dalla determinazione a rendere il mondo un luogo più equo. Avvertiva la stessa risolutezza in Allie Burns e sperava di averci visto giusto. Presto, lo avrebbe saputo con certezza.

Allie era già alla sua scrivania con una tazza di caffè da asporto e la sua prima sigaretta della giornata quando giunse Danny. Con nonchalance voluta – consapevole che non era il caso di fornire argomenti per pettegolezzi o malignità – lo salutò mentre le passava alle spalle, diretto alla sua postazione. «Fatto buon weekend?» Con noncuranza, come se non le importasse, quale che fosse la risposta.

«Non male» disse, con altrettanta nonchalance.

Si tennero a distanza finché la riunione del mattino allontanò tutti i capi dalle rispettive sedie intorno alle scrivanie centrali sistemate a H, e a quel punto Danny raggiunse Allie e si sporse sulla sua schiena, indicando qualcosa di assolutamente non rilevante sul giornale che le stava davanti. «Archivio, tra cinque minuti» biascicò.

Lei lo trovò solo, nella sala di consultazione. Anche gli archivisti conoscevano l'orario della riunione di redazione e immancabilmente sgattaiolavano in mensa per farsi uno snack di metà mattinata. «Com'è andata?» volle sapere Allie, appollaiata su un tavolo.

Danny si appoggiò agli scaffali, a braccia conserte. «Sinceramente? È difficile pensare che potesse andare meglio. Sono riuscito a vedere subito il capo e si è bevuto la mia storiella. Ho apportato una piccola modifica al piano originario: ho fatto il nome di mio fratello perché sapevo che sarebbe stato in viaggio e quindi Maclay non avrebbe potuto chiamarlo per fare una verifica. Poi, con assoluta nonchalance, ho nominato il tizio di dicembre sulla lista di Joseph ed è stato quello l'*apriti sesamo*.»

«Ti ha detto come funziona?»

Danny annuì, rinunciando al difficile tentativo di restare imperturbabile, con un sorrisino che gli mise in tensione le guance. «Ogni cosa. Proprio come avevo immaginato. L'investimento minimo previsto è di cento sacchi. I cosiddetti investitori acquistano uno yacht sull'unghia. Un equipaggio lo porta a Nassau, dove non vengono fatte domande. La Jespersen vende la barca e il pagamento finisce su un conto numerato nuovo di pacca presso una banca di Nassau che non è tenuta a segnalare nulla al fisco britannico. Presumibilmente, la Paragon si prende una fetta della torta. Poi, la Maclays si prende una commissione del dieci per cento. L'investitore paga direttamente l'equipaggio, ancora una volta in contanti. La Jespersen si prende un altro dieci per cento nel momento in cui la vende. Quindi, invece di pagare l'ottantatré per cento di tali gratifiche in contanti al fisco, probabilmente ne perdono solo circa un quarto. Ed è tutto illegale.»

«Una storia straordinaria, Danny. Hai fatto un lavoro formidabile. Che razza di bastardi avidi.»

«Dubito che la vedano in quel modo. Bastardi astuti, ecco cosa penseranno di se stessi.»

«Non abbastanza, a quanto pare.»

«Ben gli sta per essersi fidati di quell'imbroglione di mio

fratello.» Danny distolse lo sguardo: l'aria di giubilo era bruscamente sparita.

«Dovrai proteggerlo quando scrivi il pezzo, vero?»

Danny gemette. «Inizio a pensare che non meriti protezione.»

«È per questo che hai fatto il suo nome durante l'intervista? Nonostante avessi detto il contrario?»

«No, te l'ho spiegato. Mi sono reso conto che, se mi fossi basato soltanto sul nome di un cliente precedente, Maclay avrebbe potuto smascherarmi con una sola telefonata, il che avrebbe messo tutti sul chi vive, spingendoli a coprire in qualche modo le proprie tracce. L'ho fatto davvero per caso. "Un certo Sullivan", ho detto, per poi tirare dritto.»

Allie scosse la testa. «Spero che basti. Non posso fare a meno di pensare alla tua famiglia, Danny. Giusto la settimana scorsa mi hai detto quanto siate legati tra voi, quanto andiate tutti d'accordo. Se, come dici tu, Joseph non è un tipo garbato, troverà il modo per addossare interamente la colpa su di te. Non sarà lui a essere emarginato. Sarai tu.»

Danny strinse una mano a pugno e lo schiaffò nel palmo dell'altra. «Non sono preoccupato per me stesso. Ma non voglio ferire mia mamma e mio papà. Joseph è stato adottato, te l'avevo detto?»

Allie scosse la testa.

«Pensavano di non potere avere figli e, dunque, lo hanno adottato. E poi sono arrivato io.» Rise senza entusiasmo. «Il vero "piccolo miracolo". Per tutta la sua vita, hanno fatto l'impossibile per dargli la sensazione che sia stato lui quello che davvero avevano desiderato. Vederlo in disgrazia gli spezzerebbe il cuore. E... sì, hai ragione. La colpa ricadrebbe su di me.»

«Pensi di trovare un modo per riuscirci? A tenere il nome di Joseph fuori da questa storia?»

Danny si accigliò. «Ci ho pensato per tutto il viaggio di ritorno da Southampton. Posso mettere in primo piano il capo di Joseph.»

«Credi che funzionerà? Che mi dici della firma accanto al pezzo? È presumibile che sia Joseph Sullivan?»

Danny fece spallucce. «È possibile che il suo capo o qualcun altro della Paragon facciano due più due quando vedranno la firma.»

«E non gli crederanno quando dirà che è solo una coincidenza.» Allie capì che le sue argomentazioni stavano mettendo Danny leggermente a disagio, ma la situazione sarebbe stata ancora più disagevole per lui se non le avesse prestato attenzione.

La sua mascella aveva un che di ostinato che Allie non aveva visto in precedenza. «Forse gli verrà dato il benservito, ma conosco Joseph. Non porterà il peso della colpa in famiglia. O quando andrà a cercarsi un altro impiego. Troverà il modo per rivendicare la propria innocenza. Dichiarerà che, una volta scoperto cosa stava succedendo, è venuto da me. Si inventerà qualche bugia per tenersi fuori dai guai.»

Allie si protese verso di lui e gli posò una mano sulla spalla. «Però puoi tenere fuori il suo nome. Non è che così tu indebolisca il tuo pezzo. Gli darai semplicemente un piccolo ritocco.»

Prima che lui potesse aggiungere qualcosa, udirono delle voci e uno degli archivisti entrò nella sala di consultazione. «Ah, i piccioncini» li canzonò.

Allie ritrasse la mano, come se Danny fosse una coltre di fuoco. «È il meglio che sai fare? Capisco perché sei quaggiù e non al piano della redazione.»

Parole che produssero, quantomeno, una calorosa risata. «La riunione è finita» disse l'archivista.

Danny si staccò dagli scaffali e si diresse alla porta. «Ci vediamo» brontolò, uscendo.

Allie lo seguì, ma lentamente. Tornare in redazione tallonando Danny non sarebbe stata una buona idea. Era già abbastanza fastidioso che l'archivista l'avesse presa in giro. Avrebbe dovuto parlare di nuovo con Danny di Joseph, ma non in un posto in cui ci fossero occhi indiscreti e orecchie grandi.

Per ammazzare qualche minuto, prese un giornale. Lo Scottish National Party aveva formato un'improbabile alleanza con il cane sciolto Tam Dalyell, un parlamentare del Partito laburista, al fine di bloccare le richieste degli scozzesi residenti all'estero e di altre persone di origine scozzese di poter votare nell'imminente referendum sulla devoluzione. Insistevano che solo gli "scozzesi purosangue" avrebbero dovuto avere diritto al voto. «Caspita» brontolò Allie. Cinque anni lontana da casa e quello era il paese a cui aveva fatto ritorno?

D'altro canto, magari qualcosa di buono per lei ci sarebbe stato. Allie lo ripose in un meandro della sua mente, ripromettendosi di tornarci sopra non appena ne avesse avuto la possibilità. Quelle donne dalle conoscenze in politica di cui Rona le aveva parlato forse avrebbero avuto qualcosa da dire sugli "scozzesi purosangue".

13

La conversazione con Allie aveva cristallizzato le paure di Danny sugli effetti che il suo pezzo avrebbe potuto avere sulla sua quotidianità. Amava i suoi genitori. Aveva tenuto nascosti alcuni aspetti della sua vita fin da quando era diventato giornalista. I segreti che teneva non avrebbero fatto altro che portare a discussioni e disapprovazione. La verità era che, se Danny avesse spiegato la realtà di ciò che doveva fare a servizio dell'informazione e altro ancora, i suoi genitori sarebbero inorriditi. Nella fattispecie, le rivelazioni sulla Paragon Investment Insurance li avrebbe lasciati sbigottiti. Aggiungere Joseph al tutto avrebbe spezzato il loro cuore.

Venne spedito a occuparsi di un lavoro pochi minuti dopo il suo ritorno in redazione, ma non aveva il minimo ricordo su cosa fosse la storia in questione. Era chino sul sedile posteriore della macchina del giornale, ignorando la vivace conversazione sul calcio in corso tra il fotografo e l'autista. Cosa gli era passato per la testa quando aveva deciso di anteporre la sua ambizione personale alla famiglia?

Non era troppo tardi per fare marcia indietro. Non era come qualcuno dei suoi colleghi, pronti a gridare ai quattro venti di una pista anche quando non era altro che il più tenue sussurro di una possibile storia. Ma l'abitudine di Danny alla prudenza faceva al caso suo: significava non avere costantemente la redazione con il fiato sul collo a chiedergli un aggiornamento sullo stato dei lavori. Il che, a sua volta, significava che avrebbe potuto ancora mollare tutto. Avrebbe potuto dire a Peter McGovern che le indagini non avevano dato risultati, che c'era una spiegazione del tutto innocente che lui non aveva afferrato perché era uno sprovveduto in materia finanziaria. La notizia non avrebbe turbato McGovern.

E Allie avrebbe capito. Giusto? Non avrebbe avuto un'opinione peggiore di lui se avesse posto fine all'indagine, no?

Danny la risposta la conosceva e non era quella che voleva. Non conosceva bene Allie, ma di certo sapeva che non era una codarda. Non si metteva a litigare con i capi della redazione tanto per mostrarsi femminista, ma aveva un modo di esprimere le cose che li faceva esitare. Per esempio, quel triplo omicidio a Dundee di qualche settimana prima. Il corrispondente della cronaca nera era stato propenso a insinuare che le tre donne si fossero portate degli uomini nell'"appartamento della morte" per partecipare a orge alimentate dall'alcol, per quanto due di esse risiedessero in una casa per donne anziane single e la terza fosse stata la loro donna delle pulizie, sposata da due sole settimane. Allie aveva prestato ascolto alla discussione e poi aveva suggerito che avrebbero ottenuto un impatto superiore tra i lettori se avessero presentato le vittime come tre donne normali, terrorizzate e uccise da ladri violenti. «Pensavo che volessimo che i nostri lettori si appassionassero alle nostre storie, giusto?» chiese, spalancando gli occhi. «Che provassero la stessa paura di quelle donne?»

Angus Carlyle aveva esitato e le aveva rivolto uno sguardo penetrante. «Il ragionamento della ragazza fila. Scriverlo in quel modo fa venire i brividi a ogni donna di Dundee. Mi piace. Ve l'avevo detto, ragazzi. Disporre della prospettiva di una donna ha i suoi vantaggi.»

Danny aveva incrociato lo sguardo di Allie mentre lei tornava alla sua sedia e lei gli aveva fatto l'occhiolino. «Sei stata brava, prima» le aveva detto in seguito, mentre facevano la coda nella mensa.

Lei aveva fatto spallucce. «Non c'era nulla nel reportage che alludesse anche solo lontanamente alla prospettiva che intendevano pubblicare. Ho cercato di convincerli che la lascivia sul sesso non è l'unico modo per vendere copie.» Lei era stata servita prima di lui ed era uscita, con il suo panino al bacon in un sacchetto di carta marrone.

Quindi, Allie non sarebbe stata particolarmente felice se lui avesse abbandonato la lotta con la coda tra le gambe. Eppure, era stata lei a sottolineare che avrebbe dovuto proteggere quell'imbroglione del fratello. Non che non ci avesse già pensato lui stesso. L'idea di addossare la responsabilità di tutto al capo di Joseph era stata l'unica alternativa che gli fosse venuta in mente in quel lungo viaggio in macchina verso nord. Ma più ci pensava e più la cosa gli pareva rischiosa. E se il capo, a sua volta, avesse cercato di addossare la responsabilità a Joseph, messo di fronte a quanto scoperto da Danny? Se avesse trovato la connessione tra Danny e Joseph e capito che era una cospirazione tra i due fratelli? E, anche se Danny avesse rinunciato, Allie ne sapeva già abbastanza da mettere insieme un pezzo lei stessa. Lei non lo avrebbe fatto per la gloria, pensò. Ma forse lo avrebbe fatto perché era la cosa giusta.

Quella faccenda sarebbe potuta finire male in tanti modi diversi.

L'automobile si fermò. «Ehi, tu, lì dietro. Svegliati» disse allegramente il fotografo, girandosi sul sedile e dando una pacca a una gamba di Danny con una copia arrotolata del *Clarion* di quella mattina. «È ora di incontrare la patita degli Osmonds.»

Ora a Danny tornò in mente. Un'adolescente che si era vestita da cameriera ed era rimasta nascosta per tutta la notte nel ristorante dell'albergo in cui quei portenti canori alloggiavano. Troppo naïf per capire che le star come loro non facevano colazione nel ristorante come chiunque altro. Il lieto fine c'era comunque stato: la storia era giunta fin su nella suite degli Osmonds, che avevano mandato giù qualche copia autografata del loro ultimo album.

Danny si trascinò lungo il sentiero, mentre nella sua testa si stava già formando qualche frase fatta. Sciocchezze come quelle erano il motivo per cui non avrebbe potuto permettersi di rinunciare alla storia sulla frode fiscale. Come avrebbe potuto chiudersi sulle dita la botola di fuga?

Allie era a metà delle scale, alla fine del turno, quando udì dei passi di corsa alle sue spalle. Una volta sul pianerottolo, tra un piano e l'altro, si voltò di scatto, facendo sbattere Danny contro il corrimano per non incocciarla. Lui si strinse il fianco, esclamando con voce sofferente: «Scusa». Allie disse: «Pensavo che fosse qualcuno che aveva fretta di superarmi».

«No» mugugnò Danny. «Solo qualcuno che stava cercando di raggiungerti.» Si raddrizzò, fece una smorfia di dolore e infilò una mano nella tasca interna della giacca. Ne estrasse un involto di carta piegato. «È tutto quello che ho finora. So che è chiedere tanto, ma...»

«Lo sistemerò. Ma non stasera. Ho da fare.» L'espressione mortificata di Danny per poco non la raddolcì, ma si mantenne ferma nei suoi propositi. Per quanto desiderasse ardentemente avere un ruolo in quel pezzo, non intendeva essere una preda facile per nessuno. «Ci lavorerò su domani sera, d'accordo? A quel punto, avrò qualche giorno di riposo, dunque giovedì sera puoi passare da me con del curry e così analizzeremo l'articolo insieme.»

La proposta parve rianimarlo. «Fantastico. Apprezzo davvero.»

«Hai preso una decisione sul fatto di lasciare Joseph fuori da questa storia?»

Danny annuì. «Se riesci a trovare il modo. Mi fa incazzare che lui ne esca pulito, ma non posso fare una cosa del genere a mia mamma e a mio papà.»

Allie corrugò la fronte. «Dovrò escogitare un sistema per esprimere con diplomazia in che modo hai visto i soldi.»

«Solitamente, si usa la frase "una fonte anonima".» Il disprezzo gli increspò la bocca.

Poco convinta, mugugnò qualcosa. Si sarebbero dovuti far venire in mente qualcosa di meglio se volevano avere il benestare dei legali del giornale. «Domani lascerò un bigliettino con il mio indirizzo nella tua cassetta.»

«Ok. Buona serata.»

Non poté fare a meno di ridere. «Fidati, non lo diresti se sapessi dove vado. A domani.» Allie abbozzò un saluto nell'aria e, conscia di essere seguita dallo sguardo di Danny, trotterellò giù dalle scale finché non fu fuori, nella notte gelida.

Un'ora dopo, Allie si fermò davanti a uno dei tanti pub di Byres Road. I negozi erano chiusi da ore e nemmeno la tentazione di un pub caldo e di una pinta fredda bastava a far uscire di casa tanta gente. Stava cadendo di nuovo neve mista a ghiaccio e fu quello tanto quanto l'obiettivo che si era data ad avere la meglio sul nervosismo di Allie e a spingerla dentro. Era tornata a casa per togliersi i pantaloni neri eleganti e il sottile maglione di lana rosso scuro. Aveva optato per dei jeans e una camicia senza colletto sotto una canotta, scambiando il Burberry con un giubbotto di tweed comprato in una catena che si era convinta fosse l'incarnazione stessa del casual elegante. Un giudizio che era stata costretta a rivedere quando la madre aveva espresso la sua approvazione al riguardo. Ma, perlomeno, non avrebbe dato scandalo a una riunione dell'SNP ed era quello l'essenziale.

L'incontro si teneva in una stanza al piano di sopra. Più di una ventina di persone erano già lì, strette in crocchi. Sette o otto uomini di mezza età con completi della taglia sbagliata e pinte tra le mani; un terzetto di donne sulla trentina, con le teste ravvicinate in conversazioni intime; mezza dozzina di quelli che erano chiaramente studenti, quattro ragazze e due sfigatelli che lei aveva il sospetto fossero lì perché era la loro unica chance di trovarsi in compagnia femminile; una manciata di giovani dall'aria zelante impegnati a studiare pieghevoli le cui copertine mostravano il simbolo del partito; e due uomini dal viso affilato, tra i venti e i trent'anni, che sembravano reduci da un cantiere edile, sempre che con un clima del genere ci fosse qualche cantiere edile attivo. Qualcuno alzò gli occhi quando Allie entrò, ma nessuno le prestò particolare attenzione.

Prese una decisione rapida e si sedette accanto agli studenti. Non era molto più grande di loro e aveva optato per un abbigliamento che non intimidisse. Una ragazza presentò immediatamente se stessa e le altre, ma, prima che potessero aggiungere qualcosa, una delle donne si staccò dalle sue amiche e le raggiunse. «Piacere, Muriel. Sono la segretaria dei tesserati della sezione locale. Non ti abbiamo mai vista qui, giusto?»

Allie sorrise. «Sono interessata alla devoluzione. Ho pensato di fare un salto e vedere cos'ha da dire l'SNP. Devo avere la tessera?»

Muriel sorrise. «In teoria, sì. Ma in questa sezione non è un problema se qualcuno prova prima di comprare.» Estrasse un fascio di fogli dalla sua borsetta e ne diede uno ad Allie. «Ecco! Un modulo di iscrizione, se ti va di procedere.» Tornò dalle sue amiche.

«Hanno un disperato bisogno di gente che si tesseri» disse una studentessa. «Ma non si trovano d'accordo nemmeno tra loro su ciò che vogliono. Gli irriducibili non vogliono nulla che non sia l'indipendenza e pensano che la devoluzione sia un tradimento dei loro ideali. Gli altri sono gradualisti. Devoluzione oggi, pacchia domani.»

«Forse» disse uno dei ragazzi. «Ma non abbiamo altro.»

Ogni ulteriore discussione venne interrotta bruscamente da uno degli uomini in abito formale che richiamò l'assemblea all'ordine. L'ora seguente fu sostanzialmente identica a qualsiasi altra riunione politica a cui Allie avesse mai preso parte, da studentessa tanto quanto da giornalista. Verbali, questioni sollevate, borbottii su tutto l'ordine del giorno. Più o meno allettante quanto il pudding di riso freddo finché non giunsero alla voce "altre questioni".

Una studentessa scattò in piedi e disse: «Un'altra questione io ce l'ho. Dobbiamo persuadere il segretario di stato per la Scozia sul voto studentesco nel referendum».

«Gli studenti hanno già diritto al voto» la interruppe il presidente. «Se vi registrate per votare presso la vostra università, potete votare lì oppure all'indirizzo di residenza.»

«Il ragionamento che sto cercando di fare è proprio quello» insistette la studentessa. «Siamo registrati due volte, ma possiamo votare soltanto una. E, dato che il governo ha cambiato le regole e ha detto che otterremmo la devoluzione solo se il quaranta per cento dell'elettorato registrato votasse a favore, siamo in trappola. Il "sì" di uno studente viene annullato dall'altro voto che non può esprimere. E uno studente che voti "no"? Il suo voto raddoppia perché il voto che non ha espresso a sua volta conta come qualcun altro che non abbia votato "sì". Capite cosa intendo?»

Allie fiutò una storia. Ci fu un momento di silenzio sbigottito mentre le parole della studentessa facevano presa. «Non può essere vero» disse una delle amiche di Muriel.

«Altroché se è vero» disse il più basso dei due muratori. «Fa tutto parte della stessa cospirazione per calpestarci. Dobbiamo reagire allo stesso modo.»

«Basta così» disse il presidente. «Qui non si accettano discorsi violenti.»

«È l'unica lingua che quella gente capisce» si intromise l'altro muratore. «Dovremo scendere in strada prima che sia troppo tardi. Aspettate e vedrete.»

Scoppiò una discussione caotica. Per quanto ne capisse Allie, nessuno prendeva sul serio gli studenti o i muratori. La giovane donna si abbandonò sulla sedia. «Te l'avevo detto che sarebbe stato uno spreco di tempo» brontolò il ragazzo alla sua sinistra.

Percependo che lì doveva esserci una storia, Allie si sporse verso di loro. «Dovreste portare la cosa alla NUS. È per quello che esiste l'Unione Nazionale degli Studenti. Per rivendicare i vostri diritti. Parlate con il vostro presidente locale.»

«Non è una cattiva idea» disse un'altra. «Questi dinosauri non capiscono nemmeno il ragionamento che stiamo facendo. Potremmo farlo domattina. Mettere in moto una protesta.»

Soddisfatta di aver dato vita a qualcosa, Allie si accomiatò e se ne andò. Aveva la dichiarazione e un nome a cui associarla. L'indomani mattina, avrebbe parlato con i funzionari del sindacato. Entro l'ora della riunione, avrebbe avuto un pezzo per la redazione. Andò a finire che doveva un drink a Rona Dunsyre prima di quanto si fosse aspettata.

Mentre Allie si trovava in un pub del West End, Danny era in uno completamente diverso del centro. Il tipo di storie che avrebbe sentito nel corso della serata non era quello che avrebbe mai trovato approdo al *Clarion*. Ma erano notizie che gli dicevano qualcosa. Era seduto al bancone e si stava godendo un Bacardi e Coca, chiedendosi se stesse seguendo l'indagine per frode fiscale perché era attratto dai guai come un coniglio lo è dai fanali di una macchina. Oppure se, semplicemente, dipendeva dal fatto che trovava irresistibili quelle luci abbaglianti.

14

Allie fissò Angus Carlyle. «È una specie di scherzo? Io porto in redazione una notizia perfetta per scriverci un articolo e tu mi dai questo?»

Carlyle si slacciò il primo bottone della camicia e si allentò la cravatta. Lo sgancio del bottone solitamente non avveniva che al termine della riunione, ma quel giorno c'era chiaramente qualcosa che lo infastidiva. Allie sospettò che c'entrasse il fatto che lei aveva proposto un pezzo sulla devoluzione che era sfuggito alla squadra politica. E, invece di prendersela con loro e di lasciarle sistemare i dettagli della storia per poi scriverla lei stessa, la stava assegnando a qualcun altro e a lei stava dando quelle sciocchezze. «È un articolo di apertura, se lo affronti nel modo giusto» brontolò. «Ci sai fare con la roba leggera.»

«Se tu mi lasciassi fare anche le altre cose, ci saprei fare pure in quelle.» A testa alta, a petto in fuori, si allontanò, stizzita. Sapeva quando aveva perso.

«*Nil illegitimi carborundum*» disse Big Kenny Stone con un sorrisino, quando lei si abbandonò sulla sedia accanto a lui. Si sentiva sempre una bimbetta al suo cospetto. Big Kenny aveva un fisico da pilone del rugby, tutto spalle e cosce, con orecchie che sembravano essere state modellate da un bambino privo della minima predisposizione naturale al Pongo. La sua camicia pareva sempre sul punto di esplodere. Insieme alla massa di capelli neri, il confronto con l'Incredibile Hulk era irresistibile.

«Sono sopravvissuta a bastardi peggiori di Carlyle che hanno tentato di vessarmi» brontolò Allie, rammentando a se stessa che era di pari grado rispetto a Big Kenny, non una sua subordinata. «Hai visto questo ammasso di stronzate?» Gli gettò davanti il fragile pezzo di carta.

Lui lo lesse e rise di gusto. «Una spiaggia per nudisti promessa nell'Ayrshire. Questa sì che è una bella storia da pubblicare nel cuore del gennaio più freddo degli ultimi quindici anni.»

Allie glielo strappò nuovamente di mano e lo rilesse. Di un'intera ricerca su ogni ente locale del Regno Unito da parte di un'organizzazione di nudisti, l'unico consiglio comunale che avesse risposto si trovava nell'Ayrshire e aveva fatto intendere di essere aperto a una discussione. «Ho portato in redazione una notizia perfetta per un pezzo e Carlyle l'ha data ad altri.»

«Quindi, se non puoi unirti a loro, anticipali.»

Lei gli rivolse uno sguardo penetrante. «Come?»

E lui glielo disse.

Due ore dopo, Allie e il suo fotografo preferito, Bobby Gibson, si stavano aggirando tra le dune sovrastanti la spiaggia in questione. Sulla sabbia c'era una spolverata di neve e ogni passo spezzava una sottile lastra di ghiaccio. I lunghi steli dell'ammofila arenaria che mantenevano l'integrità delle dune erano argentate dalla brina, ma comunque sufficientemente affilati per tagliare qualsiasi pelle nuda che le sfiorasse. Non era un problema per Allie e Bobby, imbacuccati come esploratori polari.

Però, forse lo sarebbero state per Sandie McAllister. La modella a pagina 3 del *Clarion* indossava soltanto un paio di stivali di gomma e una vestaglia di seta diafana mentre scendeva lentamente in spiaggia. C'era l'alta marea e tra le dune e il mare grigio corazzata restava solo una sottile striscia di sabbia. Un vento del Nord montava strie di schiuma bianca sulla cresta delle onde. Non c'era nessun'altra creatura vivente in vista.

«Porca di quella puttana, mi darete un'indennità di rischio per questo? Se mi becco una cazzo di polmonite, ti farò causa, Bobby G.» Sandie ebbe i brividi e si infilò le mani sotto le ascelle, facendo un balletto sul posto nel tentativo di generare un minimo di calore corporeo.

Bobby sistemò in fretta le sue macchine fotografiche. «Prima lo fai, prima avrai finito» disse allegramente. «Allora. Allie, prendi gli stivaloni. Non li voglio nell'inquadratura. Sandie, non appena Allie si allontana dalla strada, voglio che getti la vestaglia sulla sabbia e corri dentro l'acqua.»

«Bastardo» disse la modella, battendo i denti.

«E una volta che ci sarai dentro fino alla vita, voglio che tu ti volti e agiti le braccia in aria con un bel sorrisino.»

«Porca puttana» mugugnò Sandie. «Perlomeno, oggi non ti serviranno i cubetti di ghiaccio per i capezzoli.» Inspirò con forza e si fece avanti. La macchina fotografica di Bobby iniziò a ronzare e a cliccare e, con aplomb professionale, Sandie si liberò dello scialle e si mise a correre, gridando: «Cazzo! Cazzo! Cazzo!» a ogni passo. Indugiò brevemente sulla riva e si tuffò, saltando sopra le increspature e poi spingendosi contro i flutti in arrivo.

«Spero che la paghiamo bene per questa cosa» disse Allie.

«Sa che farà un figurone sul giornale» ribatté Bobby allegramente, scattando come un ossesso quando Sandie si girò dalla loro parte, con i seni sbarazzini, i capezzoli duri come tappi di bottiglie, i capelli al vento, un sorriso provato e riprovato in faccia. Gettò le braccia in aria esibendosi in un salto a stella, dopodiché se le incrociò sul petto e tornò con qualche affanno a riva. Allie corse verso di lei per portarle le salviette soffici che aveva comprato con i soldi del giornale durante il tragitto.

Sandie cadde quasi tra le sue braccia, con la pelle che passava dal bianco al rosso fuoco, man mano che il sangue affluiva velocemente in superficie. Allie la massaggiò con forza, guidandola su per la spiaggia e tra le dune. Tornate nel parcheggio deserto, aiutò la modella a vestirsi. «Non sento più le mie cazzo di mani o i miei cazzo di piedi» imprecò Sandie. Bobby riempì una tazza di caffè contenuto in un thermos e Sandie la strinse come se fosse un'àncora di salvezza. Dopo due lunghi sorsi, Bobby vi aggiunse un goccio del whisky che teneva nella sua fiaschetta. Sandie lo tracannò, rabbrividì e sorrise. «Forse, sopravvivrò.»

Risalirono la costa fino a un albergo che Bobby conosceva. «Giuro su Dio che preparano il miglior pasticcio di pesce di tutto l'Ovest» promise. Allie non vide ragione di cavillare. Mentre il fotografo e la modella sedevano con i rispettivi whisky accanto al fuoco crepitante del camino nel bar, Allie si accomodò a un tavolo tranquillo, in un angolo lontano, per scrivere il suo pezzo. Lo stile del *Clarion* richiedeva a una storia come quella che fosse infiorata di umorismo semplice: nessuna battuta doveva essere troppo greve. Si accese una sigaretta e annotò alcune possibilità.

Allie iniziò a perdere di vista il bar, lasciandosi frullare le idee in testa. Alla fine, spense la sigaretta e iniziò a scrivere.

> Oggi, il *Clarion* rivela in esclusiva la nuda verità. In seguito a una ricerca nazionale, un solo consiglio comunale in tutto il Regno Unito è disposto a mettersi in azione e a fornire una spiaggia per nudisti.
>
> Qualcuno potrebbe avere la sfrontatezza di dire che l'Ayrshire è troppo freddo per mantenersi al passo con la moda.
>
> Ma la modella Sandie McAllister ha dimostrato che quel qualcuno si sbaglia. Può esserci stata della neve sul terreno, ma questo non le ha impedito di correre nuda sulla spiaggia e di gettarsi tra le onde tempestose del mare gelido.
>
> In seguito, ha dichiarato: «Superato lo shock, sono stata benissimo! La sensazione delle onde sulla mia pelle è stata liberatoria. Spero che il progetto vada avanti: sarà fantastico in un giorno d'estate!».

Non si è ancora deciso dove la gente potrà spogliarsi, ma Adam McGurk, il presidente della commissione, ha detto: «Non c'è penuria di spiagge isolate sulla meravigliosa costa dell'Ayrshire. Spiagge dalla sabbia fine e dallo splendido panorama. E l'Ayrshire è un'area che già fornisce numerosi servizi ai visitatori».

La ricerca è stata condotta dall'Associazione Nudisti del Regno Unito. La sua presidente, Colette Hannigan, ha affermato: «È un felicissimo risultato per noi. Abbiamo scritto a ogni consiglio comunale del Regno Unito e questa è stata l'unica risposta positiva. Se il progetto va avanti, i nostri soci si accalcheranno in Scozia».

L'unica domanda restante è cosa indosseranno i consiglieri comunali in occasione della cerimonia augurale. Calma e sangue freddo!

Tornò da Bobby e Sandie, per verificare che a lei stesse bene la citazione, dopodiché convinse la receptionist dell'albergo a farle fare una telefonata dall'ufficio. «Dirò di richiamarmi subito» promise, prima di telefonare ai dattilografi del *Clarion*. Si identificò, lesse ad alta voce il numero dell'albergo e rimise la cornetta al suo posto. Un paio di minuti dopo, stava dettando l'articolo al telefono. Alla fine, il collega le passò la redazione.

«Ho inviato il mio pezzo» disse al vicedirettore. «Bobby G ha qualche foto. Stiamo tornando ora, ma, nel tragitto, dobbiamo lasciare la modella a Paisley.»

«Sì, va bene. Qualsiasi cosa pur di tornare troppo tardi per mandarti a caccia di un'altra storia» fu il brontolio di risposta.

«Il clima non è colpa mia» disse Allie.

«Fatti sentire tra mezz'ora. Potrebbero sorgere delle domande.» La linea si interruppe. Era difficile immaginare quali potessero essere. Aveva dichiarazioni rilasciate da tutte le persone rilevanti. Forse, addirittura, aveva esagerato con la razione quotidiana di battute. Ma fece come le era stato detto e, difatti, di domande non ce ne furono.

Non c'era traccia di Danny quando rientrò in ufficio. Le venne consegnato un fastello di fogli – Press Association, un paio di freelance e uno dei membri della redazione di Edimburgo – sui picchetti ai depositi del sale e le conseguenti minacce agli utenti delle strade e ai servizi di trasporto. «Otto paragrafi, continua così, Burns» le disse il vicedirettore, già distratto dall'impegno successivo sulla sua agenda.

L'appartamento era gelido quando Allie fece ritorno a casa. Tirò le pesanti tende, accese la stufa a gas del salotto e si chiuse la porta alle spalle quando andò in cucina. C'erano gli avanzi di una pentola di *chili* sui fornelli e, intanto che li riscaldava, preparò un paio di fette di pane tostato con il formaggio per accompagnarlo. Si versò un bicchiere di vino rosso siciliano e si sedette a tavola in quello che era stato lo spazio di un letto a scomparsa, studiando gli appunti di Danny mentre mangiava. Impossibile staccarsene. Malgrado la prosa spenta e, francamente, impacciata di Danny, era un pezzo di prim'ordine. Non c'era nulla che ai lettori del *Clarion* piacesse di più che vedere degli imbroglioni dal colletto bianco ricevere il benservito. Allie ipotizzò che desse loro la speranza che il mondo, un giorno, sarebbe stato un posto più giusto.

Continuavano, ovviamente, a mancare le reazioni degli autori della frode fiscale, ma c'era roba a sufficienza per realizzare una bozza che avrebbe fatto drizzare la schiena alla redazione, richiamandone l'attenzione. Era tutto ciò che aveva promesso a Danny, ma, studiando il materiale, capì che non sarebbe stato semplice trasmettere la complessità della storia. Tuttavia, aveva fatto quella promessa e avrebbe dovuto tenerle fede.

Finì di cenare e lavò i piatti, con la mente sulle parole da trovare. Al suo ritorno in salotto, la temperatura era tollerabile. Si sedette al grande tavolo nel bovindo e fissò un foglio bianco. L'introduzione era sempre la chiave. Sapevi di aver fatto centro perché, se l'avevi scritta nel modo giusto, il resto andava a posto quasi senza pensare. Ma per scrivere l'introduzione nel modo giusto, dovevi conoscere perfettamente il materiale a disposizione, e lei non ne era ancora convinta.

Passò nuovamente in rassegna gli appunti di Danny, chiuse gli occhi e respirò profondamente. Dopodiché, iniziò. Al quarto tentativo, c'era quasi. Un altro e pensò di esserci riuscita.

Uno stratagemma illegale per frodare il fisco stava rendendo un gruppo di abbienti uomini d'affari scozzesi ancora più ricchi.

Era un inizio. Capì che, da lì in poi, sarebbe filato liscio.

15

La giornata lavorativa parve interminabile. Danny ne passò buona parte parlando con vari direttori di negozi al dettaglio della notizia sconcertante secondo cui i prezzi dei prodotti erano letteralmente raddoppiati negli ultimi cinque anni di amministrazione laburista. Ma, finalmente, il suo articolo era pronto e la redazione diede il benestare ai giornalisti del primo turno del mattino. Prima di lasciare l'ufficio, Danny ordinò al telefono un'esagerata selezione di piatti indiani da asporto. Qualsiasi cosa pur di raggiungere l'appartamento di Allie qualche minuto prima, oltre a voler fare colpo su di lei con la sua generosità. Quando gli aprì la porta, lui brandiva i due grossi sacchetti che stavano saturando del forte aroma di spezie al curry l'intero condominio. «*Ta-da!*» la salutò, con un sorrisino.

«Hai invitato tutto il turno diurno?» disse Allie, con una risatina, facendolo entrare.

Sembrava contenta di vederlo, pensò lui. Non si era vestita come se dovesse passare la serata fuori, ma sembrava che si fosse acconciata i capelli e che il maglione a collo alto che indossava le facesse risaltare il corpo come non riusciva mai ai suoi abiti da ufficio. «Puoi mettere quel che resta nel frigo e scaldartelo domani.»

Lei lo guidò. «Stai cercando di tirarmi dalla tua parte con

il *naan* all'aglio? Posa i sacchetti sul tavolo, accanto ai piatti, e togliti il cappotto.»

Danny fece come gli era stato detto. «È bello vederti, Allie. È da stamattina che attendevo questo momento.» Il suo viso sottile si increspò in un sorriso che si estese agli occhi, facendoli scintillare sotto le intense luci della cucina.

Lei gli prese il cappotto, scrollò la neve ormai sciolta dal pesante montone che nei mesi invernali sembrava un indumento obbligatorio per un reporter maschio. «Nel frigo c'è della birra. Tirane fuori un paio mentre io appendo gli agnellini morti.»

Quando Allie tornò, si avvicinò al cassetto delle posate e prese una manciata di cucchiai e un paio di forchette. «Prima si mangia e poi ci metteremo al lavoro.» Vedendo l'espressione di Danny, aggiunse: «Non guardarmi in quel modo. Se cominciamo con l'articolo, ci assorbirà a tal punto che il cibo si sarà raffreddato prima ancora di averlo assaggiato. E io detesto sprecare del buon curry».

Danny emise un brontolio. «Sei una donna crudele, Burns.»

«Falli sempre aspettare, è il mio motto» disse in tono malizioso, scoccandogli un'occhiatina prima di aprire i contenitori di alluminio. Inalò il profumo, con un sospiro soddisfatto. «Caspita, Danny, è un pranzo con i fiocchi.»

«E allora buttati. Prima avrai fatto il pieno, prima scoprirò come hai sistemato il pezzo.»

Nessuno dei due ebbe granché da dire mentre ci davano dentro con il loro banchetto sontuoso. Alla fine, Allie diede un'ultima ripulita al suo piatto con un pezzetto di *naan* e lo scostò da sé. Danny, che era stato il primo a terminare, finì di scolarsi la birra. «Non puoi posticiparlo ancora per tanto.»

Allie parve inquieta per la prima volta da quando lui era arrivato. «Quello che penserai mi rende un po' nervosa.»

«Sarà meglio di qualsiasi cosa avrei potuto fare io. Il modo in cui scrivi... È come se avessi un istinto naturale per raccontare una storia. Ti ho osservata. Tiri fuori un bel pezzo in metà del tempo rispetto a chiunque altro in redazione.»

«Adulatore» brontolò Allie. «Vieni in salotto.»

Armato di una lattina di birra appena aperta, la seguì, apprezzando ciò che vide. Un salottino consistente in un sofà e in due poltrone di velluto a coste marroni e acciaio tubolare ferocemente alla moda era sistemato intorno alla stufa a gas, con un tavolino basso di vetro e cromo al centro. Nel bovindo, su un vecchio tavolo a ribalta c'erano una macchina per scrivere portatile e una risma di fogli bianchi. Buona parte della parete di fondo era occupata da una libreria e un'alcova accanto al camino conteneva uno stereo circondato da un'enorme collezione di vinili e cassette. Ne tirò fuori un paio a caso. «Andy Roberts. Le Silly Sisters... ah, i Pink Floyd, che sono più nelle mie corde. *Wish You Were Here* è genialità allo stato puro.»

«Pensavo che morissi dalla voglia di vedere la mia prosa imperitura...» lo canzonò Allie, raccogliendo qualche foglio di carta da uno scaffale.

Danny si scostò dalla raccolta musicale e protese una mano. «Forse anch'io sono un po' nervoso.»

Lei gli consegnò il suo lavoro e lo invitò ad accomodarsi sulla sedia di fronte alla sua con la copia carbone di ciò che gli aveva dato. Una rapida occhiata assorbì la linea serrata della bocca di Allie e il tenue solco tra le sue sopracciglia, prima che lui si concentrasse sulle parole. «Spero non pensi che te l'abbia mandato a puttane» brontolò lei.

Dopo le prime due frasi, Danny capì che Allie non aveva motivo di agitarsi.

Di Daniel Sullivan

Con la collaborazione di Peter McGovern e Alison Burns

Uno stratagemma illegale per frodare il fisco sta rendendo un gruppo di abbienti uomini d'affari scozzesi ancora più ricchi.
Lo scandalo di riciclaggio del denaro coinvolge yacht di lusso e conti correnti segreti in banche private dei Caraibi. Centinaia di

migliaia di sterline vengono riciclate ogni mese da una piccola cricca di truffatori per i loro clienti.

Oggi, in esclusiva, il *Clarion* può svelare gli affari ambigui orditi da una delle società di assicurazioni e investimenti più importanti di Edimburgo.

La nostra inchiesta svela un mondo in cui scatole di scarpe piene di denaro sporco vengono scambiate con costose imbarcazioni d'altura che, a loro volta, vengono vendute in paesi in cui il fisco non può mettere le mani sui proventi.

La frode è frutto dell'ingegno di una società di Edimburgo, la Paragon Investment Insurance, la cui sede nella prestigiosa George Street, nel centro cittadino, nasconde un segreto meschino. I clienti portano il loro contante non tracciabile negli uffici della Paragon.

Il reporter investigativo del *Clarion* ha personalmente visto mazzette di banconote destinate a una società di intermediazione per yacht sulla costa meridionale dell'Inghilterra.

Tra gli uomini d'affari che hanno investito nella truffa della Paragon figurano Graeme Brown, la cui catena di lavanderie a gettoni Spin'n'Top ha succursali in tutta la Scozia, e l'allibratore Brian McGillivray, i cui centri scommesse si trovano sulle vie principali di tutta la Scozia.

Secondo i documenti visti dal nostro reporter, Graeme Brown ha pagato 125.000 sterline per un'imbarcazione chiamata *Snagglecat 2*, nel dicembre dell'anno scorso. E solo in questo mese, Brian McGillivray ha versato 100.000 sterline, la cifra minima consentita dalla truffa, per uno yacht chiamato *Meridian Flyer*.

Abbiamo rintracciato i soldi fino alla Maclays, una rimessa per imbarcazioni a Hythe, sul Southampton Water, il cui slogan è "La bella vita sulla cresta dell'onda".

Il capo della rimessa, Bill Maclay, ha sostenuto che il suo ruolo nell'impresa è stato unicamente la vendita di barche a clienti che sceglievano di pagare in contanti. «Non c'è niente di illegale in ciò che facciamo» ha detto al nostro reporter. «Il mio lavoro consiste nel comprare e vendere barche. I nostri clienti sono uomini

d'affari di successo, non criminali. Verifichiamo la loro buona fede attraverso la Paragon Investment Insurance.»
Abbiamo chiesto come mai tutte le imbarcazioni acquistate dai clienti della Paragon finiscano ai Caraibi, nel noto paradiso fiscale di Nassau, Bahamas. Maclay ha detto: «Lei dove preferirebbe navigare? Nel vento e nella pioggia del canale della Manica oppure nelle acque calde dei Caraibi? I nostri clienti sono uomini che possono permettersi di andarsene per una settimana o due con le loro barche in qualche posto in cui splenda il sole e i venti siano miti».
Maclay ha ammesso di aver reclutato gli equipaggi che conducono le barche sull'altro lato dell'Atlantico. «Come ho detto, i nostri clienti non hanno voglia di navigare in mari agitati, con i venti di burrasca. Per cui, portare le barche là dove loro preferiscono stare fa parte del servizio.» I clienti pagano lo stipendio dell'equipaggio e la Maclay si prende il dieci per cento del prezzo di acquisto, come commissione. «Ciò che i nostri clienti fanno con le loro imbarcazioni una volta che approdano ai Caraibi non è affare nostro.»
Ma una volta che quelle eleganti barche a vela giungono a Nassau, non vengono ormeggiate in nessuno dei lussuosi porti turistici o degli attracchi privati dell'isola. Al contrario, i natanti nuovi di zecca vengono recapitati alla Jespersen Marine, a Frog Cay.
Conrad Jespersen, il capo, ci ha detto: «La compravendita di imbarcazioni è il nostro campo». Ed è esattamente ciò che fanno con i costosi yacht spediti da Southampton. I proprietari non vedono mai le loro barche, figurarsi se le vendono.
Quando la Jespersen Marine acquista una barca, si prende una commissione del dieci per cento come la Maclays.
Abbiamo chiesto in che modo i proventi delle vendite a Nassau vengono restituiti al titolare dell'imbarcazione. Ha risposto: «Possiamo inviare bonifici ovunque nel mondo. Oppure possiamo dare una mano ad aprire un conto corrente qui, se è ciò che il cliente desidera».

A VENIRE: Faccia a faccia con Gregor Menstrie, amministratore delegato della PII, Graeme Brown e Brian McGillivray.
Confronti telefonici con Bill Maclay e Conrad Jespersen.

Dichiarazioni dell'Agenzia delle entrate.
Dichiarazioni della Lothian Police.

NOTIZIE INTEGRATIVE: L'amministratore delegato della Paragon, Gregor Menstrie, 39 anni, è figlio di un banchiere. È cresciuto a North Berwick e ha studiato in scuole private, nell'esclusiva Glenisla School, il cui convitto costa XXX sterline all'anno. Sostiene di essersi laureato presso la London School of Economics, che, però, non è stata in grado di confermare la cosa.
Dopo aver lavorato per un decennio in svariate società di investimento, cinque anni fa ha fondato la PII. Vive in una casa con cinque camere da letto a Cramond insieme a sua moglie Venetia e ai loro due giovani figli.

Danny giunse alla fine ed emise un tenue fischio di approvazione. «Sei stata grande, Burns. Dove hai trovato quella roba su Menstrie?»

«Quasi tutta nell'archivio dell'ufficio. Ma ho fatto uno squillo alla LSE per verificare se effettivamente lui aveva ottenuto una laurea.» L'espressione di Allie si fece maliziosa. «Quando ho spiegato che ero della squadra antifrode della polizia scozzese, sono stati molto disponibili.»

Danny scosse la testa, ammirato del suo coraggio. «Ci è voluta una bella faccia tosta.»

«Vengo da Fife, Danny. Sfrontata è il mio secondo nome.»

«Lo terrò a mente. Dovrò cambiare le firme, però. La dicitura dovrà essere: "Di Daniel Sullivan e Peter McGovern. Con la collaborazione di Alison Burns".»

«Perché? A quanto mi dici, McGovern non ti ha fornito il minimo contributo.»

Danny fece spallucce. «L'accordo era quello.» Fece scorrere nuovamente le pagine. «Se devo essere onesto, c'è un dettaglio che mi turba.»

«"Il reporter investigativo del *Clarion* ha personalmente visto mazzette di banconote"» lo interruppe Allie.

«Già, è come puntare il dito contro Joseph, ti pare?»

Allie emise un sospiro. «È l'unica prova concreta a nostra disposizione, Danny. Senza quella, tutto vacilla, a meno che uno dei clienti ceda e vuoti il sacco. Se Joseph è stato l'unico a toccare i contanti, allora sì, è come puntare il dito contro di lui. Di certo, quei soldi devono essere venuti da qualcun altro, giusto?»

«Come?»

Allie si sporse in avanti sulla sedia, impaziente. Sembrava che il fatto stesso di essere stata messa in discussione, di dover trovare una giustificazione per ciò che aveva scritto, l'avesse stimolata. Era l'opposto di come tali interrogativi facevano sentire Danny. «Be', qualcuno deve aver passato i contanti a Joseph. O, magari, è stata una segretaria che ha visto qualcosa che non avrebbe dovuto vedere. Oppure uno dei clienti, che si è vantato con i suoi amici. Per quanto ne sappia Menstrie, potremmo aver messo qualcuno sotto copertura nel suo ufficio.»

«Ma non è così che è andata.» Danny si sentì percorrere lo stomaco da una scarica d'inquietudine.

«Danny, in base a tutto quello che mi hai detto sul suo conto, tuo fratello è capace di escogitare da solo una spiegazione. Più che capace.» Aggrottò la fronte e poi disse: «È chiaro che non puoi sostenere il faccia a faccia con Menstrie».

«Ma è il mio pezzo» protestò lui.

«I faccia a faccia dovranno essere simultanei» disse Allie. «Altrimenti, si telefoneranno non appena li affrontiamo e da loro non otterremo più una sola parola. Avrebbe senso mettere McGovern a confronto con Menstrie. In questo modo rimarresti a debita distanza. Terrebbe il tuo nome fuori dalla portata di Menstrie. Inoltre, vorrebbe dire che McGovern sarebbe costretto a fare un minimo sforzo per vedere il suo nome accanto all'articolo. Nel frattempo, tu ti occupi del re delle lavanderie a gettoni o dell'allibratore.»

Danny fissò la bozza senza vederla. «Forse» disse, consapevole di essere parso un bimbetto imbronciato. Emise un forte sospiro, bevve un sorso di birra e disse: «Perlomeno, saprà quali sono le domande giuste da fare. Gli avvocati lo prenderanno più sul serio di quanto possano prendere me. D'accordo, lasceremo le "mazzette di banconote" nel testo». Incrociò il suo sguardo. «Ma il terzo faccia a faccia voglio che sia tu a farlo.»

Allie parve spaventata e lui non ne capì il motivo. Anche lei ora aveva un interesse in quella storia. «Non lo accetteranno mai» disse. «Non ci sono di mezzo "piccoli miracoli".» Fece un sorriso sardonico.

«È dura» le disse. «È compreso nel pacchetto.» Finì di scolarsi la birra e poi piegò l'articolo. «È l'unico modo per ringraziarti.» Si sporse sulla sedia, alzandosi quasi in piedi.

«Te ne vai?» Allie sembrò al tempo stesso sorpresa e delusa.

Lui diede un'occhiata all'orologio. «Devo batterlo a macchina sulle veline dell'ufficio.» *E devo incontrare una persona*. Le rivolse il suo sorriso più contrito. «Devo essere pronto a sbatterlo in faccia ad Angus di prima mattina.» Si alzò in piedi.

«Ah. Chiaro.» Allie gettò la sua copia dell'articolo sul tavolino e si diresse verso l'atrio. Quando Danny la raggiunse, aveva preso il suo cappotto dall'attaccapanni e glielo stava reggendo per consentirgli di infilare le braccia nelle maniche. «Grazie per il curry. Ne avrò a sufficienza per tutto il mio lungo fine settimana.»

Non sapendo bene come rispondere, Danny si diede faticosamente da fare con il giubbotto. «Apprezzo tanto ciò che hai fatto.»

«Quando vuoi. Chiamami appena Angus avrà finito di darti delle pacche sulla schiena» disse Allie, facendo un passo indietro.

Danny si voltò verso di lei e trascinò goffamente i piedi in avanti. Le posò le mani sulle spalle e si avvicinò, posandole con cautela un bacio su una guancia con le labbra secche. «Ti chiamo domani.» Si diresse alla porta, girandosi all'ultimo istante per rivolgerle un bel sorriso da cento watt. «Te lo prometto.»

16

Di latte ce n'era a sufficienza per una sola tazza di caffè. Allie la fece durare il più a lungo possibile: non osava uscire dall'appartamento per recarsi ai negozi vicini, per non rischiare di perdere la telefonata di Danny. Pur sforzandosi di convincersi che non era un problema, faticò a concentrarsi sul romanzo di P.D. James che aveva iniziato il giorno prima. I suoi occhi erano attratti dall'orologio, a intervalli di qualche minuto. Alla fine, rinunciò e tirò fuori *Pictures on a Page* dallo scaffale su cui l'attendeva. Da quando aveva cominciato il suo tirocinio, era affascinata dai libri che il grande cronista Harold Evans aveva scritto sul mestiere del giornalista. Non aveva avuto il tempo per dedicare grande attenzione al suo tomo di recente pubblicazione sul potere e sulla pratica del fotogiornalismo. Pur non riuscendo a concentrarsi sulle parole, almeno riuscì ad apprezzare le immagini.

Quando giunse la telefonata, non era di Danny. Nel momento in cui Allie sollevò la cornetta, udì il familiare tono nasale della segretaria di redazione.

«Sei tu, Allie? Lui ti vuole in ufficio immediatamente. Ho mandato un taxi al tuo appartamento, a carico del giornale.» Chiaramente, non era una richiesta. «A presto.» Mentre parlava, sentì il clacson di un'automobile dalla strada sottostante. Lasciò cadere la cornetta sulla base e si diresse alla porta, afferrando la borsetta e il cappotto. Un paio di jeans e un maglione Aran senza fronzoli avrebbero dovuto fare alla bisogna. Dopotutto, era il suo giorno di riposo.

«Dov'è l'incendio?» chiese il taxista quando lei salì a bordo. «Mi è stato detto che era urgentissimo.»

«Sa com'è quella gente» disse Allie. «È sempre questione di vita o di morte, e domani non è altro che carta per le patatine fritte.»

Allie trovò Angus Carlyle nel suo ufficio, spaparanzato sulla poltrona direzionale di cuoio, con l'articolo di Danny sulla scrivania davanti a lui. «Il terzo moschettiere» annunciò con il tipo di svolazzo che simulava la presenza di un cappello invisibile da cavaliere. Danny era acquattato su una sedia per gli ospiti in un angolo, con l'aria di un bambino intimidito in attesa di un altro scappellotto. Un velo di sudore gli imperlava la fronte. Per contro, Peter McGovern sembrava rilassato, con una caviglia sul ginocchio opposto e un cigarillo acceso tra le dita. La camicia che indossava era rosa come il *Financial Times*, solcata da sottili righe bianche. L'unico tocco di eleganza, pensò Allie.

«Questa sì che è una favola» tuonò Carlyle. «Dunque, collaboratrice Alison Burns, dimmi qual è il tuo ruolo in tutto questo.»

Lei scoccò un'occhiatina a Danny, che non le diede il minimo aiuto. «Ho raccolto informazioni su Gregor Menstrie» disse. «Ho parlato con la London School of Economics. Mi hanno detto che non c'era alcuna indicazione del fatto che lui avesse mai studiato da loro. E ho aiutato Danny a dare forma al suo articolo.»

Carlyle sorrise. Le fece venire in mente un leone che mostrava i denti. «Ah, questo spiega come mai sembri qualcosa di accettabile scritto da un giornalista. Forse non sei una delle migliori quando si tratta di trovare storie da raccontare, ma hai certamente la capacità di mettere insieme qualche paragrafo. Magari sei sprecata come reporter. Sarebbe meglio metterti a riscrivere pezzi al tavolo dei revisori.» Il tipico complimento che sottintendeva l'esatto opposto e che le bruciò, perché sapeva che l'intenzione era quella. A Carlyle piaceva tenere la sua fanteria in posizione svantaggiata. Solo gli specialisti come McGovern avevano la fortuna di essere nelle sue grazie. Dopotutto, erano quelli che avrebbero potuto avere la tentazione di disertare e allearsi con il nemico.

Allie non disse nulla. Non c'era una sola risposta possibile che non gli avrebbe fornito ulteriori munizioni.

D'un tratto, Carlyle si mise a sedere composto sulla sua poltrona e strinse le dita a pagoda. «È una storia fantastica. Voglio farne un pezzo importante, spalmato su due giorni. Ovviamente, dovremo fare i faccia a faccia che il nostro Ragazzo Prodigio ha delineato alla fine. C'è un solo problema ed è un problema da trecentoventisettemila sterline. Qualcuno qui sa di cosa sto parlando?»

«La sentenza della settimana scorsa riguardante il *Sunday Mail*» disse McGovern. «Ma è una storia diversa.»

«In che senso?» volle sapere Carlyle, sporgendosi sulla scrivania, con il testone che sembrava quello di un predatore intento a puntare la cena. «A me sembra dannatamente simile.»

McGovern inspirò una boccata di fumo ed espirò mentre rispondeva. «Il *Mail* ha detto che la compagnia di assicurazioni otteneva soldi con falsi pretesti. Che prometteva ritorni su investimenti che sapeva che non si sarebbero realizzati. Si è rivelato un elemento molto difficile da dimostrare perché il prospetto informativo era formulato con estrema cura. Gli assicuratori hanno potuto nascondersi dietro l'alibi che erano operosi ma incompetenti e non criminali. Qui la storia è completamente diversa, Angus. Stiamo accusando la Paragon di aver intenzionalmente operato per frodare il fisco.»

«E possiamo illustrare ai lettori ogni semplice passo» si intromise Danny.

Carlyle lo ignorò e si schiarì la voce. «La faccenda mi rende nervoso» disse. «Dannatamente nervoso. E se mi rende nervoso, potete scommettere che farà cagare sotto dalla paura il direttore.»

McGovern soffocò una risata. Allie davvero faticava a credere a ciò che aveva udito. Si voltò verso di lui: la sua espressione era altrettanto divertita. «Calmati, Angus. L'avvocato del turno di notte esiste per quello.»

«Anche il *Mail* dispone di avvocati, eppure è finito nella merda.» Carlyle si stravaccò nuovamente sulla poltrona. «D'accordo. Parlerò con l'avvocato appena si presenta in ufficio. Se ci dà il via libera, la settimana prossima faremo i faccia a faccia.» Alzò gli occhi al soffitto: stava riflettendo. «Mercoledì, in maniera da mettere il pezzo in pagina giovedì e venerdì. Lezione terminata.» Agitò una mano per congedarli. «Non ti allontanare troppo, Danny. Sono certo che l'avvocato avrà qualche domanda da farti.»

Dall'altra parte della porta, McGovern diede una pacca sulla spalla a Danny. «Andrà tutto bene.»

Danny si scostò di un passo. «Mi ha appena messo sulla graticola.»

«È pagato per fare quello» disse McGovern. «Se non riesci a reggere il confronto con Angus, come può il giornale aspettarsi che tu regga il confronto con un avvocato se la questione dovesse finire in tribunale?» Si allontanò rapidamente verso gli ascensori, spensierato come un *flâneur* su un boulevard parigino.

«Il suo ragionamento fila» disse Allie. «Non dovresti consentirgli di intimidirti. È un pezzo fantastico. Puoi rivendicarlo, anche se nessuno dovesse crollare nei faccia a faccia.»

«Grazie» disse Danny. «Sarà meglio che tu torni al tuo giorno di libertà. Scusa se ti ho trascinata in questa faccenda. Ti farò sapere come va con l'avvocato.» Si girò dall'altra parte e riassunse l'atteggiamento scomposto alla scrivania, vistosamente scoraggiato.

Allie lo osservò, interrogandosi. Nei suoi panni, con una storia come quella che Danny aveva per le mani, sarebbe stato impossibile tenerla a freno. Danny le piaceva. Le piaceva *davvero*. Ma lui avrebbe dovuto scavare più a fondo e trovare il modo di farsi avanti, se voleva spingersi oltre. Il confine era sottile e lei ne era consapevole. Simon, con cui era uscita per buona parte del suo secondo anno a Cambridge, le aveva permesso di calpestarlo di brutto nel suo desiderio di compiacerla. La relazione era morta per la noia. Matthew, invece, un breve flirt nel suo anno finale, era stato determinato a menare le danze in ogni aspetto della loro relazione, compresa la sua conclusione. Dopo che lei lo aveva lasciato, lui aveva fatto il giro di tutti gli amici di Allie che avesse mai incontrato per dire loro che razza di stronza fosse. In passato, lei non aveva scelto bene, questo era chiaro.

Stavolta, sperava davvero che le cose potessero andare diversamente.

Faceva così freddo che le dolevano gli zigomi. Ma, per la prima volta da diversi giorni, il pesante cielo grigio di Glasgow si era aperto, facendo posto all'azzurro limpido con cui Allie era cresciuta sulla costa orientale. Era la luce chiara che le mancava e vederla le sollevò il morale. Decise di tornare a casa a piedi, superando l'autostrada che squarciava la città e poi giù fino in fondo a Sauchiehall Street, in direzione di Kelvingrove. Restavano cumuli di fanghiglia ghiacciata mista a neve e a ghiaietto sui cigli della carreggiata, ma i pedoni avevano scavato un sentiero lungo i marciapiedi: camminare non sembrava più un'attività potenzialmente letale.

Il bel tempo faceva emergere l'intenso rosso dell'arenaria della Kelvingrove Gallery e della Kelvin Hall, di fronte a essa, con gli sgargianti manifesti che strombazzavano le loro promesse sul lato opposto della via. Più avanti, il fosco contorno grigio antracite della Western Infirmary e la guglia gotica dell'università le ricordarono che quella era una città di contrasti: bellezza e bruttezza, estrema povertà ed estrema ricchezza, depressione annebbiata e atroce umorismo.

Allie imboccò Byres Road in direzione di casa. I suoi risparmi erano cresciuti in modo significativo ogni mese: dopo aver pesato ogni centesimo per anni, prima da studentessa e poi da tirocinante, il suo stipendio del *Clarion* le pareva una ricchezza fuori dalla portata dell'avidità. Le spese di per sé erano solo leggermente inferiori al suo stipendio precedente. Calcolò di avere ormai messo da parte una cifra sufficiente per versare la caparra di un appartamento. L'unico aspetto negativo era che la società di mutui avrebbe chiesto sei mesi di buste paga. Un traguardo che avrebbe raggiunto il mese successivo: era ora di iniziare a guardarsi intorno sul mercato.

Byres Road era dove gli agenti immobiliari avevano piantato le tende e Allie passò il resto della mattinata studiando le loro vetrine. Sapeva esattamente cosa voleva: un appartamento con due o tre camere da letto, a poca distanza a piedi dai negozi e dalle fermate degli autobus diretti in centro. L'ideale sarebbe stato una via tranquilla. Grazie a Dio, sembrava che ci fossero diverse opzioni e che alcune di esse rientrassero nella sua fascia di prezzo. Non le importava che avessero bisogno di una sistemata: suo padre adorava il fai-da-te e lei sapeva che sarebbe stato felice di passare i weekend aiutandola a rimetterlo in sesto. Ne sarebbe valsa la pena, nonostante il fastidio opprimente di conversazioni sul nulla.

Giunta a casa, era metà pomeriggio. Sulla segreteria telefonica non c'erano messaggi. Non sapeva bene come interpretare la cosa. L'avvocato aveva dato all'articolo il bacio della morte? Oppure stava dicendo a Danny cosa serviva prima che venisse presa in considerazione la pubblicazione? Stavano studiando come condurre i faccia a faccia? Oppure, semplicemente, era stato messo in attesa, subissato dalle notizie del giorno? A ogni buon conto, perché Danny non l'aveva chiamata? Ora che gli aveva dato ciò che gli serviva, era diventata irrilevante? Di certo non poteva essere quel tipo d'uomo, giusto? Si era sbagliata a tal punto nel giudicarlo?

Allie emise un sospiro. Le mancava non avere un'amicizia stretta a Glasgow. Sperò che Rona Dunsyre potesse colmare tale casella, ma c'era ancora tanta strada da fare per arrivarci. Aveva bisogno di una distrazione. Fu allora che notò il volantino che aveva abbandonato accanto al telefono. Lo aveva preso alla riunione dell'SNP. Uno degli uomini in abiti formali era stato sul punto di gettarlo nel cestino, ma lei l'aveva recuperato. "No a devo, sì a indi" era il titolo. Lo studiò velocemente, notando che annunciava un incontro per quella sera.

La televisione del venerdì sera non esercitava il minimo richiamo su di lei. Non si era ancora data per vinta nella vita, si disse. D'accordo, qualcuno forse non sarebbe stato d'accordo con quel giudizio, dato che stava seriamente considerando un incontro politico marginale un'alternativa allettante.

Al diavolo, pensò Allie. C'erano storie che si annidavano ovunque. Come pure potenziali amicizie.

17

La stanza dove si teneva la riunione era nascosta in un andito connesso all'East Quad dell'università. Allie arrivò con netto anticipo e chiese indicazione al cancello principale. La trovò al secondo tentativo e poi, siccome non voleva essere la prima persona ad arrivare, si aggirò per il doppio cortile quadrangolare nel cuore dell'edificio. Cinque anni prima, sarebbe stata messa in soggezione dall'enorme, elaborata struttura gotica, con le torrette e i pinnacoli anneriti nel tempo dall'inquinamento industriale al punto da assumere un'aria sinistra. Ma Allie aveva passato tre anni a Cambridge, circondata da costruzioni autentiche e non da quella reincarnazione vittoriana. Lì non c'era nulla che ora potesse intimidirla.

Allie giunse sette minuti dopo l'orario di inizio annunciato, il che probabilmente significava che non si sarebbe persa nulla. Ben più importante, avrebbe potuto sgattaiolare nelle retrovie senza destare eccessiva attenzione. Meglio non dare nell'occhio, fintanto che non capiva come stavano le cose.

La stanza era organizzata malamente, come in vista di un seminario. Oltre metà delle sedie era occupata e alcune erano chiaramente state spostate per consentire alle persone di sedersi più vicine ai loro amici. Un paio di teste si voltarono quando Allie sgusciò dentro e trovò una sedia vuota accanto alla porta. Nessuno parve particolarmente interessato a nuovi arrivi.

Studiò la stanza. Quindici uomini, nove donne. Più o meno metà sembravano di un'età compresa tra la sua e i trent'anni suonati, anche se era difficile dirlo, considerato che le persone erano vestite per il clima esterno e la sala non era molto più calda. Le altre erano più grandi e un paio avevano un'aria di scarmigliata supponenza che Allie aveva finito per associare ai docenti universitari. Da un trio di giovani alla sua sinistra si levava un mormorio basso. Pensò di aver riconosciuto qualche faccia dalla riunione precedente dell'SNP nella prima parte della settimana.

Una di quelle donne si staccò dalle due compagne, si scrollò di dosso il montgomery e raggiunse la parte anteriore della stanza, appollaiandosi come se niente fosse sul bordo della scrivania. Indossava un maglione blu attillato su jeans infilati in stivali al ginocchio con i tacchi bassi che sembravano non essere stati lucidati da quando erano usciti dal negozio. Allie notò tale dettaglio in modo automatico e lo interpretò come un segno di abbondanza borghese. C'era gente che, come lei, era cresciuta con l'abitudine di far durare le cose. Sapeva che stivali e scarpe duravano di più se tenuti con cura. Potevi permetterti una sciatteria intenzionale se eri certo che ci sarebbero state altre scarpe nel momento in cui ne avessi avuto bisogno.

«Mi chiamo Maggie McNab» disse la donna, scostandosi i lunghi capelli neri dietro un orecchio. Sorrise, illuminando una faccia spigolosa dagli occhi azzurro scuro, scavati. «Grazie per essere venuti stasera. Prima di procedere, devo dire che non siamo affiliati all'SNP e nemmeno associati a esso in alcun modo, profilo o forma. Consideriamo l'SNP alla stessa stregua dei collaborazionisti dei colonialisti e crediamo che il loro sostegno servile alla devoluzione offerta dai padroni di Westminster sia a dir poco un tradimento degli interessi della Scozia e del suo popolo. Crediamo che nient'altro che la completa indipendenza sia ciò di cui ha bisogno e che merita il nostro paese. Se questo non vi sta bene, allora non siamo il gruppo giusto per voi.» Parlò con la sicurezza e l'accento di un'istruzione ricevuta in una scuola privata scozzese.

Ci fu un momento di silenzio e poi uno dei tre giovani uomini esclamò: «Ben detto, Maggie» e i suoi amici applaudirono senza troppo entusiasmo.

Allie restò seduta ad ascoltare i quindici minuti di predicozzo di Maggie sulle ragioni economiche e sociali per cui la Scozia sarebbe stata più forte da nazione indipendente. Illustrò – con un ardore che Allie trovò inquietante – la terra promessa che attendeva il paese una volta che si fosse liberato dalle pastoie di Westminster. Non aveva mai fatto prima di quel momento particolari riflessioni sull'indipendenza o anche solo sulla devoluzione. Sembrava che ciò dovesse cambiare.

Maggie cedette la parola a uno degli anziani. Il professor Alexander Jameson aveva una cattedra in Storia moderna, cosa che ad Allie era sempre parsa un ossimoro. Fece uno sproloquio sulle divisioni esistenti tra Scozia e Inghilterra: i sistemi legislativi, i programmi di studio, i riti cristiani, i punti di riferimento culturali. In quello, Allie vedeva una certa sostanza nelle idee. I suoi anni in Inghilterra le avevano fatto aprire gli occhi su differenze che non erano affatto vistose.

Maggie prese nuovamente la parola. «Dobbiamo approfittare del dibattito sulla devoluzione per cambiare agenda» iniziò.

«E come si fa?» La domanda giunse dallo stesso uomo che in precedenza aveva espresso il suo sostegno a gran voce.

«Dobbiamo dirottare la discussione, Deke. Dobbiamo cogliere ogni opportunità per rammentare alla gente che è ora di smetterla di abbassare il capo di fronte a chiunque altro.»

«In termini pratici, però, Maggie. Come li convinciamo a prestare attenzione nel modo in cui sono stati costretti a farlo in Irlanda del Nord?»

Ci fu un momento di silenzio. Tutti gli astanti conoscevano benissimo la tattica utilizzata dall'IRA nella provincia. Però, non aveva messo in ginocchio il governo del Regno Unito. Non era nemmeno riuscita a portarlo al tavolo dei negoziati. «Andremo a ogni riunione, Deke. Amici e nemici, non faremo nessuna differenza. Esprimeremo le nostre idee sotto forma di domande. Esistono sei diversi gruppi ufficiali d'azione e dobbiamo affrontarli tutti. Per il "sì" tanto quanto per il "no". Deirdre ha pure portato una scatola di volantini e dovreste prenderne una manciata e portarveli appreso. E non scordate le radio commerciali. Nei loro palinsesti ci sono dei programmi con le telefonate del pubblico in diretta. Ascoltatele ogni volta che potete, siate in onda ogni volta che potete. Se vogliamo conquistare cuori e menti, dovremo lavorarci.» Ci furono altre parole dello stesso tono da parte di un altro paio di oratori.

Deke e i suoi amici non sembravano particolarmente colpiti. Uno stava brontolando a bassa voce. Deke mugugnò qualcosa tipo: «La solita vecchia solfa».

Ma un altro si espresse in tono più brusco. «Muti! Potrete dire la vostra più tardi. Caspita!» Obbedientemente, si acquietarono.

Le sue parole intrigarono Allie. Cos'aveva voluto dire? Qualcosa lasciava intendere che la riunione stesse per sciogliersi. Allie sgattaiolò fuori e attese in uno degli angoli bui del Quad con l'intenzione di seguirli senza dare nell'occhio. Finalmente, spuntarono, stretti tra loro. Ora che li vedeva in faccia, pensò che avessero un'aria un po' troppo vecchia per essere studenti universitari. Forse stavano facendo un dottorato, o magari erano ai primi gradini delle rispettive carriere. Avevano lo slancio e l'energia dei giovani ancora sorretti dalla speranza.

Si allontanarono rapidamente a piedi dal campus senza mai guardarsi intorno. Lei li seguì giù dal colle, fino alla Spaghetti Factory, in Gibson Street. Allie ci era stata un paio di volte. Su un lato c'era una fila di séparé: se gli uomini ne avessero scelto uno, forse si sarebbe potuta avvicinare a tal punto da origliare. Non pensava che in precedenza le avessero prestato sufficiente attenzione per riconoscerla.

Allie indugiò, fingendo di studiare il menu mentre osservava dove sarebbero finiti gli uomini. Non avrebbe potuto andare molto meglio. Avevano optato per il séparé più lontano dalla porta. Nonostante il ristorante fosse abbastanza pieno, c'era mezzo séparé vuoto accanto a loro. Si sarebbe seduta dando loro le spalle, nascosta dagli schienali alti delle sedie, ma sufficientemente vicina per udire ciò che avrebbero detto. Corse al tavolo, senza farsi vedere in volto, e si sfilò il cappotto.

Gli uomini ordinarono tre pinte di lager e, quando la cameriera tornò con le birre, pure tre pizze con la velocità della dimestichezza. Allie scoprì che, se si fosse sporta all'indietro sulla sedia, sarebbe riuscita a udire buona parte della conversazione.

«Che razza di parole vuote, Dio mi è testimone.» Riconobbe la voce di Deke.

«Se avessero avuto tutta quell'aria calda sul *Titanic*, non ci sarebbe stata speranza per l'iceberg.»

Gli altri due si fecero una bella risata. «Buona questa, Dingdong» disse Deke.

«È vero, però. Cioè, i *volantini*. Molte persone li gettano direttamente nel camino. Dobbiamo concentrarci ed escogitare qualcosa che abbia un minimo di spinta in più.»

«Ma cosa? Lo dici sempre, Gary, ma non andiamo mai da nessuna parte.» La terza voce era più tranquilla, ma proprio per questo ancora più insistente.

«Lo so, Roddy. Ci serve un piano. State a sentire, ragioniamoci sopra seriamente. Parteciperemo alla prossima serie di incontri – *tutti* i dannati incontri –, poi ci ritroveremo al pub e ciascuno di noi porterà un'idea concreta, intesi?» A prendere l'iniziativa stavolta era stato Gary, alias Ding-dong.

«Che cosa? Ci stai dando i compiti?» Deke, incredulo.

«Qual è l'alternativa? Seguitiamo a partecipare a incontri per poi parlarne male?»

Deke rise sguaiatamente. «Il tuo ragionamento fila, Dingdong. D'accordo. Vada per la settimana prossima. Quindi, che possibilità ci sono che le condizioni climatiche domani ci consentano di andare allo stadio? Qualche partita ci sarà oppure ci toccherà accontentarci dei pronostici del Totocalcio?»

E così si persero in una di quelle arcane conversazioni sullo sport che avrebbero potuto essere in swahili, per quanto ne capisse Allie o per quanto gliene importasse. L'argomento li impegnò mentre mangiavano la pizza e si facevano un altro paio di giri di bevute. Allie mangiò il più lentamente possibile, ma, alla fine, rinunciò alla speranza che potessero dire qualcosa di più interessante. Pagò il conto e sgattaiolò fuori, nella notte.

Per tutto il tragitto di ritorno a casa, le parole pronunciate da Deke all'incontro le turbinarono nella testa come mormorii di storni. *Come li convinciamo a prestare attenzione nel modo in cui sono stati costretti a farlo in Irlanda del Nord?*

18

Il weekend lungo di Allie si concluse alle dieci del mattino di martedì, quando timbrò il cartellino per l'ultimo turno diurno. Non aveva notizie di Danny dalla riunione nell'ufficio di Angus. Non voleva ammetterlo, ma era delusa. Aveva pensato che fosse nato qualcosa tra loro, ma, forse, era stata una pia illusione.

Si era appena sfilata il cappotto, però, quando Danny le si materializzò accanto con un paio di sacchetti di carta chiazzati di unto. «Bacon o Lorne?» le disse.

Allie non era cresciuta mangiando la salsiccia quadrata a fette tanto amata nell'Ovest della Scozia. Il motivo per cui qualcosa di così gommoso avesse ottenuto una simile fama le sfuggiva. «Bacon» disse, senza un istante di esitazione.

Danny fece spallucce. «Non sempre ci si azzecca. Pensavo fossi una buongustaia.» Le passò un sacchetto ed estrasse il suo panino bruciacchiato del mattino, con la salsa scura che colava sui bordi della salsiccia Lorne.

«Cosa ho fatto per meritarmi questo?» Allie diede un morso al panino, gustandosi il grasso croccante del bacon con la relativa esplosione di gusto sulla sua lingua.

«Tra mezz'ora abbiamo un incontro con l'avvocato. Ho pensato che, magari, avessi bisogno di rimetterti in forze.»

Lo studiò mentre mangiava. Non era lei a dover rimettersi in forze, pensò: Danny aveva le occhiaie e le sue unghie erano più corte di quanto un tagliaunghie avrebbe potuto rendergliele. «Hai avuto a che fare tanto con l'avvocato, in passato?» gli chiese.

Danny scosse la testa. «Un paio di domande, tutto lì. Solo chiarimenti. Tu?»

«Non gli ho mai parlato. Presumo sia un uomo.»

«Quattro uomini. Fanno a turno.»

«Sei nervoso?»

Sembrava incredulo. «Come potrei non esserlo? È l'opportunità più grande della mia carriera.»

Allie sorrise, sperando di avere un'aria più rassicurante di quanto si sentisse. «Ma il pezzo è a prova di bomba. Lo hai preparato bene. Non dovresti essere nervoso, dovresti entrare in quell'ufficio come se tu fossi il re del mondo e lui il lacchè.»

Danny scrollò il capo, pensieroso. «Hai più palle tu di me, Allie. No, permettimi di riformulare la frase. Hai più palle tu dell'intero turno diurno.»

«Ho più esperienza, tutto qui. Sono una donna in un mondo di Neanderthal. Ogni singolo giorno, devo tenere testa a qualcuno solo per dimostrare che ho il diritto di stare qui.» Fece un sorrisino, per allentare la tensione. «Sei già un passo più avanti di me. E il tuo pezzo è ottimo.»

Lui borbottò. «È ottimo perché è così che l'hai scritto.»

«Allora, siamo una squadra. Andrà tutto bene, Danny.» Lo disse come se ci credesse.

Cinque minuti con l'avvocato e non ne era più tanto sicura. Si incontrarono nell'ufficio di Angus Carlyle: McGovern, Allie e Carlyle stesso. L'avvocato era un uomo di corporatura piccola e ben strutturata, sulla quarantina. Tutto in lui era ordinato e pensato per mettere chiunque altro al suo posto: la scriminatura nei capelli acconciati alla perfezione; i baffi curatissimi; la camicia stirata benissimo; il nodo alla cravatta, indicante un'affiliazione che le persone che contavano avrebbero riconosciuto; i pantaloni a righe e il panciotto nero da avvocato, con l'ultima asola in basso sbottonata; i doppi polsini con i pesanti gemelli d'oro. Avrebbe potuto essere il coprotagonista in un film di Hollywood degli anni Cinquanta: il miglior amico di Cary Grant, la spalla di James Stewart, il fidanzato che Katharine Hepburn stava per lasciare. Salutò cordialmente McGovern. «Peter, che piacere vederti.» Dopodiché, si rivolse agli altri. «Non ci conosciamo. Piacere, Fraser Drummond. Fraser il Rasoio per i miei avversari. Perché ho la lingua tagliente.» Un bel sorrisino triangolare.

Carlyle si agitò. «Vediamo come te la cavi qui con sasso e carta.»

Drummond era confuso. «Prego?»

Il caporedattore sospirò. «Sasso, carta, forbici. O, nel tuo caso, rasoio.»

Drummond per un momento assunse un'espressione omicida. «Davvero. Diamoci da fare. Ho letto l'articolo e ho alcune domande per voi. Ci vorrà un po' di tempo, quindi mettetevi comodi.» Si sedette alla scrivania, tirò a sé un blocco e sfilò il cappuccio da una pesante penna d'oro.

I tre giornalisti presero posto. Allie studiò l'avvocato con diffidenza. Aveva incontrato uomini come lui a Cambridge e il tempo non aveva mitigato le sue impressioni.

«Per prima cosa, come vi siete imbattuti in questa storia?» chiese Drummond.

Danny guardò Carlyle, che annuì. «Mio fratello lavora alla PII. Paragon Investment Insurance. Ogni domenica, ceniamo con i nostri genitori e stavamo parlando del duro impatto dell'inflazione su molte famiglie. E mio fratello ha preso a vantarsi di come i clienti della Paragon non dovessero preoccuparsi dell'inflazione. Del fatto che avessero dei sistemi per eluderla. Per cui, mi sono recato alla Paragon, ho preso un dépliant e l'ho mostrato a Peter, che me l'ha illustrato. Ma i conti continuavano a non tornare. Così, alla prima occasione che mi si è presentata, ho frugato nella camera da letto di mio fratello e ho trovato un pezzo di carta con una lista di nomi, l'indicazione di una grossa somma di denaro accanto a ciascuno di essi e di quello che sembrava il nome di un cavallo da corsa.» Danny riuscì a tirare fuori un sorriso stentato. «Ora so che sono nomi di barche. C'erano pure un paio di altri nomi che in seguito ho fatto risalire a rimesse per imbarcazioni. Una a Southampton e una a Nassau, alle Bahamas.»

Allie si rese conto che la versione che Danny stava fornendo non collimava esattamente con il modo in cui erano andate le cose. Per un istante, si chiese se fosse stato un errore e se non fosse il caso di correggerlo, ma scelse di attendere il momento opportuno. E, qualche istante dopo, fu felice di averlo fatto. La domanda successiva di Drummond fu: «Come ha iniziato a dare un senso a tutte quelle informazioni frammentarie?».

«Ho parlato con Peter. E lui mi ha fatto notare che i nomi su quella lista appartengono a uomini d'affari di successo che gestiscono società con grossi giri di contanti. Abbiamo pensato che potesse trattarsi di un vasto piano di riciclaggio di denaro.» La voce di Danny si spezzò e lui tossì. «Scusate. Gola secca.»

Drummond lo studiò. Allie si sentì accelerare le pulsazioni: non era difficile immaginare quanto stesse peggio Danny. «L'articolo parla di mazzette di banconote. Ha davvero visto tali "mazzette di banconote"?» Il suo tono di voce metteva dei punti di domanda intorno alle parole.

Danny inspirò con forza. «Sì. Erano banconote usate, di vario taglio. Ho una foto.»

«E dove le ha viste?»

«Nella camera di mio fratello. In un'occasione successiva. Il giorno prima che facesse uno dei suoi viaggi abituali fuori città. Un viaggio che ora so che è stato fatto a Southampton, dove il titolare di una rimessa per imbarcazioni ha confermato di conoscere mio fratello.»

Era una bugia ancora più grande. Allie capì perché Danny stesse sviando l'avvocato. Confessare di essere entrato in segreto negli uffici della Paragon avrebbe indebolito l'intera storia. La dubbia legalità del modo in cui aveva ottenuto le sue prove sarebbe stata usata dagli avvocati della Paragon per gettare polvere negli occhi di tutti. Le palpebre di Carlyle si strinsero man mano che faceva mente locale sulle parole di Danny. Sapeva che stava manipolando la verità.

Ma Carlyle era seduto fuori dalla visuale di Drummond e l'avvocato, ignaro, procedette. «Come fa a sapere che i soldi venivano dalla Paragon? Come fa anche solo a sapere che siano mai stati nei loro uffici?»

«In quale altro posto mio fratello può mettere le mani su centomila sterline? Mio papà era un fattorino, siamo cresciuti in un appartamento in affitto di un palazzone popolare di Gorgie. Non ho mai visto banconote per mille sterline, figurarsi per centomila. Erano nella ventiquattrore di Joseph, che va in ufficio con lui ogni mattina e che torna a casa con lui ogni sera. Il broker marittimo ha confermato che ha a che fare con la Paragon. Che tratta con loro. Mio fratello è soltanto il "messaggero".»

Drummond emise un sospiro. «Però non è esattamente una prova, giusto?»

«Il foglio con i nomi e i dettagli? Su carta intestata Paragon.»

Drummond tamburellò con la punta della penna sul suo taccuino, dopodiché si rivolse a Carlyle. «Chi si occuperà del faccia a faccia con la Paragon?»

«Peter. Danny deve mantenere una certa distanza e noi cerchiamo di tenere fuori suo fratello, per quanto possibile.»

«Be', è un gesto nobile. Ma la Paragon potrebbe non essere altrettanto premurosa. E se dovessero insinuare che questa truffa non c'entrava nulla con loro? Che è stata tutta farina del sacco di suo fratello?»

Allie avvertiva quasi la tensione che Danny emanava. Istintivamente, parlò. «Come potrebbe un impiegato subalterno riuscire a gestire una truffa simile? Anche se avesse capito come funziona, come potrebbe convincere i clienti a prendervi parte? Uomini d'affari come questi trattano con il suonatore di organetto, non con la scimmia. E come spiegherebbe le sue assenze mensili per andare a Southampton? Sarebbe un tentativo davvero poco convincente di scagionarsi.»

Drummond inarcò un sopracciglio. Lei si chiese per quanto tempo lo avesse provato allo specchio. «Sono tutti ragionamenti che filano. Peter, tieni a mente tutti i ragionamenti della signorina Burns quando incontrerai Gregor Menstrie.» Si rivolse a Carlyle. «Immagino che Danny e la signorina Burns si occuperanno dei faccia a faccia con i due finanziatori più recenti della truffa, giusto?»

Carlyle emise un grugnito d'assenso.

«E con Southampton?»

«Gil Patterson, della redazione londinese.»

Drummond si prese un appunto. «Bene. Sempre affidabile, il giovane Gilbert. Ora, detesto dirti come fare il tuo lavoro, Angus, ma sarebbe una buona idea, penso, mandare la signorina Burns e Danny da uno degli uomini che si suppone possano fare una transazione futura.»

Dopo una lunga pausa di silenzio, Allie chiese: «Non capisco. Che senso ha?».

Carlyle strabuzzò gli occhi e si sporse in avanti. «Ogni tanto mi scordo che sei nuova qui. È possibile che tu e Danny non otteniate nulla da Brown o McGillivray, a parte dei dinieghi belli e buoni e i nomi dei loro avvocati. Spero che Gil riesca a convincere Maclays che è nel loro migliore interesse darci conferma dell'imbroglio e fingere di non essersi resi conto di quanto era in corso, ma se ciò non dovesse funzionare, la nostra chance migliore è puntare su quelli che non hanno ancora commesso il crimine. Spiegherete loro che stiamo per pubblicare il pezzo e che ci è stato detto che figuravano tra gli uomini d'affari che erano stati avvicinati, ma che, se abbiamo capito bene, hanno deciso di tenersene fuori. E che ci piacerebbe mostrare alla gente che in giro ci sono uomini d'affari onesti, bla, bla, e ancora bla, caspita. Ed è così che otterremo la conferma che cerchiamo. Chiaro?»

Allie annuì, sentendosi stupida. «Capisco.»

Il sorriso con cui Carlyle rispose fu sorprendentemente caloroso. «Sei fortunato che la ragazza fosse qui a fare la domanda. Giusto, Danny? Andate subito a prepararvi. Faccia a faccia simultanei, per favore.»

Nel corridoio, Danny si appoggiò contro la parete, mentre chiazze sbiadite di colore tornavano a farsi vedere sulle sue guance. Peter passò loro accanto, con una mano nella tasca della giacca, già pronto a estrarre la scatola di latta dei Café Crème. «Vado al pub. A più tardi. Diciamo alle dieci per i faccia a faccia?» Non attese una risposta.

«Andiamo giù alla mensa» propose Allie. «Staremo più tranquilli lì che in redazione.»

Si strinsero in un angolo, chini sul caffellatte. «Bastardo invadente, Fraser il Rasoio» disse Danny.

«Se la cosa dovesse mai finire in tribunale, gli avvocati della controparte sarebbero molto più invadenti.»

«Immagino.» Emise un sospiro. «Perlomeno, non l'ha liquidata.»

«E tu l'hai fatta franca senza raccontare tutta la verità, nient'altro che la verità.» Allie lo disse con un sorriso ironico.

Danny alzò brevemente gli occhi. «Non avrei certo potuto raccontargli la verità e nient'altro che la verità. Sarebbe stato come sfilarmi il tappeto da sotto i piedi da solo.»

«Ma avevi le chiavi. Non è che tu abbia forzato la serratura per entrare. E non hai rubato nulla.»

Danny fece spallucce. «Però, non avevo il diritto di stare lì. Così sembriamo noi i cattivi.»

Allie non era a suo agio con l'inganno, ma accettò il fatto che non fosse stata una sua decisione. «Come organizzeremo i faccia a faccia? Non ho mai fatto nulla di simile, prima.»

Danny sorrise. «Un'ideuccia ce l'ho.»

19

Mercoledì mattina, alle dieci meno un quarto, Allie si ritrovò a passare a piedi accanto alla facciata in arenaria dei County Buildings di Ayr, impiastrata di nevischio da un vento maligno proveniente dall'Est. Quando aveva chiamato per prendere l'appuntamento con Brian McGillivray, l'impiegata del WestBet le aveva detto: «È appena dopo gli uffici della contea, sul lato opposto di Wellington Street. Non può sbagliare». Se Allie avesse capito quant'erano lunghi i County Buildings, non avrebbe parcheggiato così vicino al lungomare. Quando finalmente notò il bel palazzo stuccato con finestre su entrambi i lati dell'ingresso e la sfarzosa insegna del WestBet, non si sentì affatto una tosta giornalista investigativa sul punto di affrontare un criminale.

Il pesante portone di legno era aperto e da esso si accedeva a un piccolo vestibolo e, più avanti, a una porta con la metà superiore in vetro smerigliato e dalle rifiniture in ottone tirato a lustro. Allie provò la maniglia, ma era chiusa a chiave. Premette il campanello sullo stipite e udì un trillo lontano. Attraverso il vetro, vide avvicinarsi una donna tarchiata di mezza età, con una folta permanente, una gonna di tweed e un twin-set rosa pallido. La donna le diede una sbirciata e poi aprì. «Deve essere Alison Burns» disse. «Entri, immagino che sia distrutta.»

Allie la seguì dentro, conscia del nevischio sciolto che le colava dai corti capelli scuri. «Sembro un ratto annegato» disse, in tono di scuse.

La donna scoccò un'occhiata al suo orologio da polso. «Ha dieci minuti prima che Sua Signoria la aspetti.» Indicò la fine del corridoio. «Laggiù c'è la toilette delle donne. Può andare a darsi un'asciugata con una salvietta.»

Allie tornò sette minuti dopo, con i capelli ancora umidi ma senza l'aria da orfana della tempesta che aveva prima. «Grazie.»

«Di niente. Non è il caso di fare subito una cattiva impressione. Mi segua.»

Allie obbedì e insieme salirono una rampa di scale i cui corrimani e gradini erano stati tirati a lustro. La donna condusse Allie nella stanza centrale, con vista sulla strada e pareti ornate di fotografie di cavalli da corsa, con tanto di fantini nei colori vivaci delle scuderie. «Signor M, è la signora del giornale» disse, chiudendosi la porta alle spalle e lasciando Allie alle prese con un elegante uomo di mezza età, seduto dietro un'enorme scrivania di mogano. Il suo abito era il non plus ultra della moda, con ampi revers e spalline, anche se la sfumatura di azzurro era troppo sgargiante e una taglia in più gli sarebbe calzata meglio. I capelli grigi si arricciavano sul collo ed erano pettinati con cura per mascherare la portata della stempiatura. «Allora» disse. «Alison. Si accomodi.»

C'erano due sedie per gli ospiti, entrambe più basse di quella di McGillivray. Era un espediente patetico, pensò. La fece sentire meno in colpa alla prospettiva di utilizzare il suggerimento di Danny su come convincerlo ad accettare un'intervista. «Grazie per aver acconsentito a parlare con me» disse, con un sorriso che si fermò a un nonnulla da un ghigno affettato.

«Sono davvero lusingato che lei sia qui in un giorno in cui c'è una notizia così importante.»

Allie ebbe un momento di panico. Cosa le era sfuggito? «Una notizia importante?»

«Il divorzio degli ABBA. Buonanotte ai suonatori, per Agnetha e Björn.» Sembrava compiaciuto.

«Ah.» *Idiota.* «Non mi occupo del mondo dello spettacolo, dunque non è un fardello per le mie spalle.»

«Che peccato, speravo in qualche pettegolezzo esclusivo. Dovrò accontentarmi dell'orgoglio che provo per il fatto che lei mi consideri uno degli imprenditori più importanti della Scozia.» Accompagnò la parola "imprenditori" con un gesto teatrale della mano.

«Be', è praticamente impossibile percorrere a piedi la via principale di una città senza incappare in un'insegna del WestBet. E non vediamo l'ora di sentire cosa pensano i principali uomini d'affari dell'imminente referendum.» Allie frugò nella borsetta ed estrasse il piccolo Sony Pressman che si era regalata quando aveva ottenuto l'impiego al *Clarion*. «Le spiace se registro la conversazione? Non vorrei mai citarla a vanvera.» Glielo sventolò davanti.

«Che bell'oggettino» le disse. «Certo, faccia pure.» Un altro gesto ampio. «Meglio prevenire che curare.»

Allie schiacciò il tasto REC mentre lui apriva una scatola di legno per sigarette che aveva sulla scrivania e gliene offriva una. «No, grazie.»

«Ragazza saggia» disse, accendendosene una. «Fa puzzare l'alito. Nessuno vuole baciare una ragazza che sa di portacenere.»

O un uomo, pensò lei. «Signor McGillivray…»

«Brian» la interruppe. «Qui siamo tutti amici, Alison.»

Un altro sorriso. «Brian. Posso chiederle come voterà al referendum?»

Lui fece un lungo tiro di sigaretta. «Non ne faccio minimamente mistero, Alison. Per me, è un grosso "no".» Pronunciò il suo verdetto come se fosse stato inoppugnabile.

«Perché?»

«È più che ovvio, se sei un uomo d'affari come me. Stipendi e spese dei parlamentari, nuovi edifici, segretarie e addetti alla sicurezza. E in che modo verrà pagato tutto ciò? Da gente come lei e me, Alison. Siamo quelli che dovranno pagare perché qualcun altro svolga il lavoro che il governo britannico sta già svolgendo.» Agitò la mano della sigaretta e così il fumo gli avvolse la testa.

«Non pensa che la Scozia meriti maggior voce in capitolo nei propri affari interni?»

McGillivray sbuffò. «Ha mai realmente incontrato qualche nostro parlamentare? Non mi fiderei nemmeno di fargli puntare sul vincitore di una corsa a cui partecipa un cavallo solo. Molta di quella gente ha le mani in pasta. E lo stato del paese? I sindacati che ci tengono in scacco, con frutta e verdura che marciscono nei porti, gli scaffali dei supermercati vuoti? No, in questo paese abbiamo già fin troppe leggi.» Si stava scaldando. «Il Partito laburista non saprebbe gestire una riffa e nessuno degli altri è meglio. Dateci un parlamento con una mano e prendeteci altre tasse con l'altra. Come se ora non rubassero abbastanza.»

Stava quasi rendendo le cose troppo facili. «Si direbbe che lei non sia d'accordo con il regime fiscale di questo governo...»

«Vuole scherzare? Ha idea di quante tasse paghiamo in questo paese? La nostra fascia più alta paga l'ottantatré per cento. Di ogni sterlina che guadagno oltre una certa cifra incasso diciassette centesimi. Una vera fregatura. È come se a quelli come me stessero dicendo: "Non esagerate".» Scosse la testa. «Per cui, no. Non voglio spendere altri soldi per dei politici.»

«I suoi commercialisti non l'aiutano a risparmiare?»

Rise. «Una miseria. È una ruberia, lasci che glielo dica.»

Allie fece un respiro profondo. «È per questo che ha chiesto una consulenza alla Paragon Investment Insurance?»

L'espressione di McGillivray si chiuse, come se sul suo viso fosse calata una serranda. Infuriato, spense la sigaretta. «Prego?»

«È per questo che ha deciso di partecipare allo stratagemma del riciclaggio dei soldi della Paragon? Quello che le consente di evadere i suoi obblighi fiscali?»

Restò seduto, immobile come una statua, osservandola con un luccichio negli occhi.

Allie insisté. «Sappiamo che ha pagato centomila sterline in contanti a una rimessa per imbarcazioni sul Southampton Water. La rimessa Maclays. Quei soldi sono serviti per acquistare una barca chiamata *Meridian Flyer* che ha attraversato l'Atlantico fino a un broker marittimo di Nassau, dove è stata acquistata in contanti. Nassau è nota per avere un regime bancario riservato. E per non tassare fondi simili.»

L'uomo inspirò bruscamente e poi proruppe in una risata tirata, forte e secca. «Pensavo che lei fosse una giornalista, non un'autrice di favole.»

«L'articolo lo pubblichiamo domani. Questa è la sua occasione per raccontare la sua versione dei fatti.»

«È una montagna fumante di stronzate. Vi faremo il culo con una querela, se stampate una sola parola.»

«Potrebbe risultarle difficile dalla cella di un carcere» gli disse, con una calma infinitamente superiore a quella che provava. «Ciò a cui ha preso parte è una frode. È evasione fiscale. Al Capone è stato il più grande gangster d'America, ma non sono mai riusciti a inchiodarlo come mandante di omicidi o furti o traffico d'armi. È finito in galera per aver frodato il fisco. E, sapendo ciò che sappiamo, direi che è quella la direzione che lei sta prendendo.» Non sapeva bene dove avesse trovato quel coraggio, ma non le stava venendo meno.

«Non avete prove. Non avete prove perché è un mucchio di balle.»

«Sappiamo che lei è un cliente della Paragon. Sappiamo che la Paragon fa da intermediaria e che solo la scorsa settimana ha dato più di cento sacchi di soldi suoi alla Maclays. Non so se la sua barca sia già a Nassau, ma sarà meglio per lei che lo sia, prima che la Royal Navy la blocchi in mare aperto e la confischi.»

«Fuori» disse, con voce bassa e cupa. «Fuori dal mio fottuto ufficio, stronzetta bugiarda che non è altro.»

Allie si rifiutò di fare marcia indietro, malgrado un brivido di inquietudine. «Se fossi in lei, prenderei seriamente in considerazione l'ipotesi di parlare con me. Forse non sapeva cosa stava combinando la Paragon. Magari lei è il tipo di sprovveduto che si fida di una società di investimenti, anche se quello che le offre sembra troppo bello per essere vero. Io preferirei passare per stupida che per disonesta.»

La faccia di McGillivray aveva assunto una colorazione rosso scuro. «Non ha nulla contro di me. Non è altro che il tentativo di una ragazzina sciocca di pescare informazioni.»

Allie ghignò. «Stupido *e* disonesto. Non avevo calcolato questa possibilità. In tal caso, è probabile che io non possa fare nulla per lei, Brian.» Si alzò in piedi. «Si goda il *Clarion* di domani.» Si raddrizzò e fece per dirigersi alla porta.

«Non sa nemmeno lontanamente con chi ha a che fare, vero?» La sua voce era grossa e rabbiosa. Allie aveva il sospetto che si fosse scordato del registratore. «Conosco gente che le farà rimpiangere di essere nata.»

Allie si guardò dietro una spalla e ciò che vide le fece scorrere in corpo un brivido di autentica paura. L'uomo era in piedi e la patina di affabilità e cortesia era sparita del tutto. Vide il lottatore di strada che stava al di sotto, l'uomo che si era arrampicato con le unghie fino al vertice di un mondo di tagliagole. «Grazie per il tempo che mi ha concesso» gli disse, andandosene finché poteva. Si affrettò giù dalle scale e fuori dal portone. Poi, si mise a correre e non si fermò finché non fu al sicuro al volante della sua macchina, con la portiera chiusa.

Fu allora che Allie si lasciò prendere dalla paura, con le mani che le tremavano e i denti che le battevano, le gambe troppo fiacche per riuscire a guidare. Si sentiva tutto fuorché eroica. Nelle parole di McGillivray c'era un'autentica minaccia. Per la prima volta da quando si era approcciata al giornalismo, Allie capì il potere di un'intimidazione. Nessuno aveva mai alzato le mani su di lei per la rabbia. La sua vulnerabilità era sempre stata nella sua immaginazione: un rumore di passi alle sue spalle su una strada buia, strepiti inspiegabili in un vecchio edificio a tarda notte, gli sguardi lascivi di un idiota ubriaco a una festa. Stavolta, invece, era diverso. Era qualcosa di reale.

Spense il registratore e si chiese come se la stesse cavando Danny. Una parte di lei sperava che stesse festeggiando per aver estorto un'ammissione a Graeme Brown; ma la parte di lei di cui si vergognava sperava che fosse seduto nella sua macchina e che stesse tremando tanto quanto lei.

20

Si incontrarono in un pub semivuoto di Dunoon che puzzava di cane bagnato, fumo di sigaretta e birra acida. Danny stava fissando con aria corrucciata un bicchiere da mezza pinta di lager sgasata quando giunse Allie. «Com'è andata?» lo salutò, abbandonandosi sulla vecchia sedia di fronte a lui.

Lui alzò gli occhi e scrollò le spalle. «Non ha fatto una piega. Non ha detto praticamente niente. Mi ha detto di parlare con il suo avvocato e mi ha messo alla porta. A te è andata un po' meglio?»

«Si è arrabbiato. E poi mi ha minacciata.» Estrasse il registratore a cassette e lo sventolò davanti a Danny. «Ho tutto su nastro. Lui ha negato, ma ha perso la testa e ha detto quelle cose che non dici se hai le mani pulite.»

Danny si rasserenò. «È un inizio. Permettimi di offrirti da bere. Cosa prendi?»

«Vodka con succo di pomodoro. È l'unica cosa che non rischio di vomitare dopo quell'attraversata in traghetto.»

Danny fece un sorrisino. «Acque un pelino agitate per te, vero?»

«Più che agitate, mosse come quando un ippopotamo grosso e grasso sguazza in un laghetto fangoso. E le condizioni delle toilette?» Allie fece una smorfia e simulò un conato di vomito.

Lo osservò avviarsi verso il bancone, pensando nuovamente che c'era qualcosa in lui che le piaceva tanto. Non si trattava solo del fatto che, con ogni probabilità, fosse l'uomo più attraente di tutta la redazione. Aveva, piuttosto, a che fare con il suo rifiuto di partecipare al gioco dei macho: non si vergognava di mostrarle come il suo nervosismo rischiava di avere la meglio su di lui. Ed era disposto a chiedere aiuto quando ne aveva bisogno. Persino a una donna.

Danny tornò con il suo drink. «Mi chiedo come sia andata a Peter.»

«L'ho chiesto quando ho telefonato in redazione per ragguagliare il capo. Ma non si era fatto sentire. Speriamo che sia riuscito a far crollare Menstrie. Qualcosa mi dice che sappia quali tasti schiacciare quando si ha a che fare con uomini d'affari disonesti come lui.» Bevve un bel sorso del suo cocktail e controllò l'orologio. «Hai detto alle due a Brodie?»

«Già. Ho controllato il suo indirizzo. L'ufficio è sopra una sala giochi in Argyll Street. Circa tre minuti da qui a piedi.»

Finirono i drink con calma e ripassarono ancora una volta la loro strategia, prima di avviarsi nel lugubre pomeriggio. La porta dell'ufficio di Wilson Brodie si trovava, senza dare nell'occhio, tra un negozio di ferramenta e le luci scintillanti della sala giochi, con le sue promesse al neon. Sulla porta non c'era una targa d'ottone, solo il numero. «Sei sicuro che sia quella giusta?» chiese Allie, con il dito sul campanello.

«È l'indirizzo che mi ha dato lui.»

Allie suonò, trasalendo nel momento in cui una goccia cadde dalla grondaia sovrastante e le scivolò su un lato del collo. «Odio l'inverno» brontolò.

La porta venne aperta da un giovane pelle e ossa con un paio di jeans a campana e un lercio maglione Aran. «Siete qui per Wilson?» volle sapere.

«Esatto. Il signor Brodie ci aspetta.»

«Già. Siete giornalisti, giusto? Come mai siete in due? E senza fotografo?»

Un'altra goccia aggredì Allie. «Siamo come la polizia. Ci muoviamo in coppia. Ora, possiamo entrare oppure vogliamo far aspettare ancora un po' il signor Brodie?»

Il ragazzo si scostò e li fece accomodare con un gesto della mano elaborato come quello di un lacchè imparruccato.

«Il fotografo ce lo porteremo appresso un'altra volta.» Il tono di Danny era diplomatico, mentre seguiva Allie al piano di sopra.

Dopo aver doppiato l'ultima rampa, si ritrovarono faccia a faccia con un uomo con il viso da bambino, sui trentacinque anni. L'aureola di capelli con la permanente non sarebbe parsa fuori luogo sulla testa di un calciatore famoso. Pantaloni sportivi scuri, di sartoria, camicia rosa con il colletto aperto sotto un maglione color malva dalla scollatura a V, di lana fine. «Piacere, Wilson Brody. Mi scuso per il piccolo Ednie» disse. «Sto cercando di addestrarlo, ma, Dio mi è testimone, a volte penso che sarebbe più facile con una scimmia.»

Il giovanotto alle spalle di Allie borbottò qualcosa.

«Scendi al piano di sotto e accertati che Big Sandra non mi stia fregando al bingo.» Brodie infilò l'unica porta aperta del pianerottolo. La scrivania si trovava in un angolo. Una parete laterale era occupata da schedari e uno sgargiante flipper degli anni Cinquanta dominava la stanza con i suoi colori primari e le luci lampeggianti. Lo seguirono all'interno e lui indicò un paio di sedie pieghevoli, appoggiate contro un angolo del muro. «Prendete una sedia.» Si lasciò andare sulla sua poltrona lussuosa di cuoio e si abbandonò con noncuranza al suo abbraccio.

Allie e Danny fecero come era stato detto loro e si sistemarono sulle anguste sedie di legno. «Grazie per aver accettato di incontrarci» disse lei, estraendo il registratore. «Le spiace se registro la conversazione, a beneficio della precisione?»

«Teme di citarmi a sproposito in merito al referendum? Non è un reato da pena capitale, tesoro mio.» Il sorriso sardonico infuse un che di sinistro alla sua aria da cherubino.

«Mi piace considerarlo una sorta di archivio delle mie interviste» disse Allie. «Nel caso, un giorno, decidessi di scrivere un memoir.»

Brodie fece una risata sguaiata. «Lei mi piace. È sveglia.»

«Carino da parte sua.» Allie esitò in modo teatrale. «Stia a sentire, devo dirle come stanno realmente le cose, signor Brodie. Siamo qui con un falso pretesto.»

Lui inclinò la testa da un lato. «Cosa? Siete testimoni di Geova, venuti per parlarmi di Gesù? Vi siete presi un bell'impegno...»

Danny prese la parola. «Siamo qui perché stiamo per pubblicare un articolo su una attività di riciclaggio di denaro.»

Di fronte a quelle parole, Brodie si ricompose e la sua faccia non mostrò più alcuna traccia di affabilità. «Siete venuti nel posto sbagliato. Mi spezza il cuore, ma mi metto a novanta gradi come una brava ragazza e permetto al fisco di fottermi per bene.»

Allie sorrise e pescò il suo tono di voce più rassicurante. «Lo sappiamo, signor Brodie. È per questo che vogliamo parlare con lei. Secondo le nostre fonti, lei era uno dei principali uomini d'affari contattati dalla Paragon Investment Insurance per partecipare al loro stratagemma per evadere il fisco. Ma lei ha detto di no.»

Un lungo silenzio. Nessuno si mosse. Nemmeno un battito di ciglia. Poi, Brodie agitò una mano, come per liquidare la faccenda. «Credo che abbiate di fronte l'uomo sbagliato.» Si schiarì la voce, mentre i suoi occhi guizzavano avanti e indietro tra i due ospiti.

Danny sospirò e scosse la testa. «Il suo nome è su una lista. Accanto a una somma a sei cifre. Anzi, grosso modo la stessa somma pagata l'anno scorso dal Celtic al Kilmarnock per David Provan.»

Brodie parve farsi piccolo.

Danny continuò. «Solo che lei non opera nel calciomercato, Wilson. Lei era destinato a un tipo diverso di mercato. Un mercato in cui i suoi soldi si sarebbero trasformati in uno yacht di lusso per poi ritrasformarsi magicamente in un mucchio di soldi in una banca delle Bahamas.»

«Non ho fatto niente di male» piagnucolò Brodie.

«No, però stava per farlo» disse Allie, mantenendo un tono di voce colloquiale. «Sul piano legale, è quello che si chiama "collusione". Non molti lo sanno, ma, in termini di pena carceraria, si rischia di beccare di più per collusione che per il reato che si intendeva commettere. Sarebbe un disastro, non trova? Gregor Menstrie si becca cinque anni e lei finisce per doverne scontare dieci.»

La fronte di Brodie scintillò sotto un velo di sudore. I riccioli biondo scuro parvero avvizzire davanti ai loro occhi. «State cercando di spaventarmi» disse, con le labbra serrate contro i denti.

Allie soffocò una risata. «Non ha capito niente. Siamo qui per aiutarla. Sappiamo che lei ci è dentro fino al collo, però, in questo momento, è ancora fuori pericolo. I soldi non li ha ancora consegnati. Può uscirne pulito, Wilson. Ci racconti tutto e noi la descriveremo come un bravo ragazzo. Quello che ha fatto la cosa giusta.»

Brodie sbuffò. «Sì, come no. E cosa mi succederà a quel punto? Se avessi un sacco da vuotare e lo vuotassi, come andrà a finire? Mi piace essere in grado di camminare, tesoro mio.»

Danny trascinò la sedia in avanti, grattando le mattonelle con le gambe. Con una punta di durezza nella voce, disse: «Questa è una compagnia di assicurazioni, non la mafia. Stia tranquillo: questa gente farà una brutta fine. Abbiamo le prove. La sua scelta in questo momento è tra uscirne al profumo di rose o nella merda fino al collo». Fece spallucce. «Dipende da lei, amico.»

«A proposito» si intromise Allie. «Forse sono qui per salvarle il culo, ma non sono il suo tesoro. Allora, cos'ha deciso, Wilson?»

21

Allie non ebbe nemmeno il tempo di appendere il cappotto. Quando si avvicinò alla redazione, la segretaria di Carlyle incrociò il suo sguardo e disse: «Sono tutti nella sala riunioni. Con tanto di macchine per scrivere pronte e via dicendo».

Erano tutti lì: Danny, con l'espressione preoccupata; McGovern, sporto all'indietro sulla sedia, con un cigarillo acceso che riempiva la stanza di fumo azzurro; Carlyle, con i piedi sulla scrivania, assorto nella lettura di un pezzo; e Fraser il Rasoio nell'angolo, impegnato a impartire istruzioni al telefono per rammentare a tutti quanto fosse importante. Quattro paia di occhi si girarono verso di lei e Carlyle le agitò contro il sottile fascio di fogli.

«Gil ha fatto un ottimo lavoro, giù a Southampton. Ha convinto quel Maclay che, se avesse vuotato il sacco, se la sarebbe cavata con poco.»

«Succede spesso» disse McGovern. «Penseresti che la gente abbia ormai capito che quella frase è un mucchio di stronzate.»

Il sorrisino di Carlyle era maligno. «Fortunati noi che la gente sia così fessa. A ogni buon conto, ha detto a Gil che ha incontrato Gregor Menstrie al Southampton Boat Show del 1977, che si sono sbronzati insieme e Menstrie lo ha convinto a partecipare al suo piccolo imbroglio. Sono riusciti a realizzarlo ormai una dozzina di volte. Maclay, addirittura, ha mostrato a Gil la lista di nomi. Una specie di *Who's Who* di subdoli uomini d'affari scozzesi. Chi avrebbe detto che ci fossero così tanti contanti in giro per il nostro povero, arretrato paese?»

«È il petrolio, vero?» disse McGovern. «Metà dei nomi di quella lista è affiliata in un modo o nell'altro all'industria petrolifera. Dio, questo paese potrebbe essere ricco se riuscissimo a liberarci di quei bastardi del Sud che non fanno altro che entrare in sciopero alla minima occasione.»

«Forse, però lasciamo la politica fuori da questa cosa» sentenziò Carlyle. «Questa storia è già sufficientemente interessante. Danny ha svolto il lavoro di base e ora Gil l'ha concluso. Farà una telefonata a Conrad Jespersen tra...» disse, consultando l'orologio, «un'oretta. Non importa se ci fa saltare la copertura. Le informazioni che abbiamo sono più che sufficienti per scrivere il pezzo.» Si alzò in piedi e si tirò su i calzoni nella zona in cui un tempo poteva esserci stata la vita. «Danny, Peter: battete a macchina le vostre interviste. Burns, mettiti al pari con il pezzo di Gil.» Spinse i fogli verso di lei. «Non appena avrai unito tutte le interviste, mettiti a scrivere. Due parti. Prima parte: la truffa e l'imbroglio. Seconda parte: facciamo il nome degli sporchi evasori. A quel punto, litigherò con gli avvocati. Aspetteremo a pubblicare l'articolo fino a venerdì e a sabato, in maniera da avere il tempo per rivedere le bozze e fargli fare un figurone sul giornale di venerdì.» Si diresse alla porta, poi si fermò, girandosi di scatto per rivolgere appieno il suo sguardo più serio ad Allie. «È la tua grande chance, Burns. Non deludermi.»

Il caporedattore uscì tutto impettito, con la testa in avanti a un'angolazione voluta. Danny si sedette dietro una macchina per scrivere e piazzò una velina sul rullo. McGovern tirò fuori da una tasca interna un fascio di fogli. «Ho scritto il mio pezzo sulla mia macchina portatile subito dopo aver concluso la mia intervista. Me la tengono dietro il bancone del Printer's Pie.»

Lo posò accanto a una macchina per scrivere libera e fece un gesto all'indirizzo di Allie.

Lei aveva la bocca asciutta, preoccupata com'era per la portata del compito che l'attendeva. Si schiarì la voce e cercò di apparire come se si stesse occupando dell'ennesima storia di routine. «Danny, puoi scrivere prima la nostra intervista con Wilson Brodie?» chiese Allie, spostandosi all'altra macchina per scrivere. «Credo che ce ne sia bisogno per il pezzo di oggi. Possiamo indicarlo come fonte principale per il modo in cui funziona il sistema. Il che sposta leggermente l'attenzione dalla Paragon, giusto?»

Danny annuì. «Certo.»

«E qualcuno ha la copia originale? A memoria, credo che possiamo lasciare i paragrafi di apertura come sono.»

L'avvocato si mosse. «Ne ho qui alcuni.» Raccolse un fascio di fogli e glieli offrì, senza fare il minimo gesto di portarglieli. Danny fu in piedi ancora prima che Allie attraversasse la stanza per raggiungerlo, strappando le pagine di mano all'avvocato per darle a lei.

Che dire degli uomini e dei loro giochi? Non facevano altro che intrallazzare per ottenere una posizione e stabilire le gerarchie sociali. Doveva essere sfiancante, pensò Allie. Ma, mentre infilava una velina nuova nella macchina per scrivere, rifletté che le donne facevano esattamente lo stesso. Soltanto lo stile era diverso. Appoggiò la prima pagina della sua bozza accanto a sé e iniziò a battere.

«Non così velocemente, signorina.» Era McGovern.

Lei alzò gli occhi, disorientata.

«Le firme. Hai sbagliato. Dovrebbe esserci scritto: "Di Daniel Sullivan e Peter McGovern, con la collaborazione di Gilbert Patterson e Alison Burns".»

Era troppo. Per una volta, non avrebbe chinato il capo di fronte a un giornalista più esperto. «Vuoi scherzare? Qualsiasi cosa ti abbia offerto Danny all'inizio, hai solo fatto un'intervista. Io ho realizzato due interviste *e* il pezzo lo sto scrivendo io.»

McGovern fece spallucce. «Danny e io avevamo un accordo. Senza i miei suggerimenti, quella storia non l'avrebbe mai messa in piedi. Il semplice fatto che Angus ti stia dando una chance per capire se sei in grado di giocare in prima squadra non significa che il tuo nome compaia sul cartellone a caratteri cubitali.» McGovern probabilmente avrebbe definito "paterno" il suo sorriso. Il termine usato da Allie sarebbe stato "sussiegoso".

«Bambini, potete risparmiare tutto questo per il pub?» si intromise Fraser Drummond. «Mi serve più tempo possibile per passare il pezzo al vaglio. L'ultima cosa che vogliamo è finire tutti sul banco dei testimoni perché ho dovuto affrettare il giudizio. Quindi, possiamo scrivere questo dannato articolo?»

McGovern si diresse verso la porta. «Se avete bisogno di me, sarò al bar.»

Allie emise un lungo sospiro. Rilesse il pezzo originale e decise che i primi sei paragrafi non avrebbero potuto essere migliori di come erano già. A quel punto, iniziò a picchiare sui tasti.

Uno degli uomini che hanno rifiutato gli approcci di Gregor Menstrie, il capo della Paragon, ha rivelato ai reporter del *Clarion* come funziona la truffa. Nel corso di una cena all'Ubiquitous Chip, il prestigioso ristorante di Glasgow, Menstrie ha offerto a Wilson Brodie, il re delle sale gioco, la partecipazione a una truffa esclusiva volta a eludere il fisco. I due uomini si sono incontrati l'estate scorsa nell'esclusivo ristorante di Ashton Lane. Brodie ha detto: «Pensavo che ci saremmo visti per discutere di opportunità di investimento. Gestisco un'attività di grande successo e cercavo metodi per far crescere i miei soldi. Non mi aspettavo che provasse a trascinarmi in una cospirazione per frodare il fisco. Qualcuno potrebbe pensare che il settore in cui opero non sia rispettabile quanto dirigere una banca o una catena di negozi. Ma io sono una persona onesta e gestisco una catena di attività oneste. È stato uno shock scoprire che un uomo come Gregor Menstrie facesse un gioco sporco come questo. E uno shock ancora più grande che mi considerasse il tipo di uomo da voler prendervi parte».

Abbiamo chiesto al signor Brodie perché, a suo dire, Menstrie avrebbe voluto invitarlo a bordo. «Onestamente, non lo so» ha detto. «L'unica cosa che mi venga in mente è il fatto che il nostro è un settore dove si paga in contanti. Dichiaro il mio fatturato e i miei profitti al fisco, ma, se fossi disonesto, potrei tranquillamente dirottare una parte di quei contanti e tenerla per me. La sua proposta mi ha davvero offeso. Rimpiango di non essermene andato nel preciso istante in cui vi ha alluso, ma ero curioso. Per cui, gli ho consentito di spiegare in che modo funzionava quella truffa. Ma ha detto in modo categorico che era a prova di bomba. A detta sua, avrei potuto riciclare enormi quantità di contante e ritrovarmi con un bel gruzzolo che il fisco non avrebbe potuto toccare.»

Aveva superato il primo ostacolo e stava procedendo alla grande. Fu un flusso di parole, un tappeto volante che la faceva avanzare, dimentica di qualsiasi cosa tranne i pezzi scritti da altri che per lei rappresentavano i fili della trama da mettere insieme. E il flusso continuò, fino alla stampa della sera dopo: inchiostro che finiva sulla carta, trance che tagliavano i rotoli in pagine e fascicolatori che le univano in vista dell'edizione del *Clarion* del giorno dopo. Poi, dividendosi in fastelli simili a onde che si frangevano contro le rocce, a bordo di furgoni, camion, vagoni ferroviari e traghetti per le isole, facendo pervenire le parole di Allie davanti a milioni di occhi, il *Clarion* riprendeva la sua attività quotidiana.

22

Quando, nella tarda sera di giovedì, giunsero al Printer's Pie, la prima edizione era già uscita e ogni giornalista che fosse ancora al bar sapeva che Danny era l'eroe della notte, con Allie sorprendentemente in seconda posizione. I loro bicchieri non avevano la minima possibilità di restare vuoti: una volta tanto, tutte le sfumature della redazione, dal blando disprezzo al dispregio vero e proprio, furono messe da parte e loro due furono i più ammirati. Allie rivolse un ghigno a Danny: entrambi erano rossi in viso per la gioia.

Quando venne annunciato l'ultimo giro di bevute, i pochi giornalisti irriducibili erano determinati a trasferire i festeggiamenti al Press Club. Allie scosse la testa. «Non voglio svegliarmi con il mal di testa domattina. Questa cosa avrà delle ripercussioni. E il direttore non ha ancora dato il via libera alla seconda parte.» Vide l'affabilità iniziare a sparire: da un istante all'altro, sarebbe tornata a essere una guastafeste.

Danny giunse in suo soccorso. «Ha ragione lei, ragazzi» disse, allargando le mani per indicare il suo rammarico. «Ci saranno tante occasioni per festeggiare, non appena la polizia inizierà a trascinare qualcuno fuori dalla sua grande casa e a portarlo in una cella.» Finì di scolarsi la sua pinta e guidò alla porta Allie, accompagnata dai fischi di una coppia di bevitori e il segno V di vittoria di Danny.

Il freddo li colpì come uno schiaffo. Danny raggiunse il cordolo, cercando un taxi di passaggio lungo il Clydeside. Non dovettero attendere a lungo. Danny le aprì la portiera e fece per chiuderla. «Tu non vieni?» gli chiese Allie.

«Andiamo in due direzioni opposte» le disse, chiudendo la portiera con un forte tonfo.

Era la verità. Ma Allie, ancora sulle ali dell'euforia di quella sera, si era permessa di sperare in un finale diverso. Si rimproverò da sola nel retro del taxi per non essere soddisfatta della parte svolta in un lavoro ben fatto e tirò fuori la sua copia del giornale per rammentarselo. Non c'era il suo nome accanto al titolo cubitale: era stato riservato a Danny e a Peter, per motivi di spazio. Ma era lì, nel pezzo spalmato su due pagine, la 4 e la 5: "Con la collaborazione di Gilbert Patterson e Alison Burns". Era meno di quanto si meritasse, pensò. Ma quel giorno aveva lasciato un segno nella redazione. Sarebbe stata dura non tenere conto di lei e relegarla ai "piccoli miracoli" dopo tutto questo. O no?

Venerdì mattina, in redazione si respirava ancora un minimo di eccitazione. Era sempre così quando un'esclusiva finiva sulle strade. Tutti sapevano che la concorrenza avrebbe cercato di mettersi al pari, provando a trovare il proprio punto di vista sulla vicenda che era finita sui notiziari del mattino delle radio commerciali, oltre che su *Good Morning, Scotland* della BBC. E gli altri giornalisti si sarebbero affrettati a consultare le rispettive rubriche telefoniche, nel tentativo di scovare qualcosa che li aiutasse a riprendersi il proprio posto nella gerarchia percepita.

Allie ebbe solo la possibilità di ringraziare un paio di persone per i complimenti riluttanti che le avevano fatto, prima di essere riconvocata nella sala riunioni in cui aveva battuto a macchina il pezzo. Danny era già lì, con gli occhi leggermente arrossati, la faccia emaciata. Fraser il Rasoio era seduto sul profondo davanzale, soddisfatto di sé mentre faceva il suo sproloquio. Danny seguitava ad abbandonarsi sempre più sulla sedia, per poi ricomporsi bruscamente, faticando a trovare una posizione comoda per gambe e braccia.

«Ah, signorina Burns» la accolse il Rasoio. «Gentile da parte sua unirsi a noi. Ho finito di leggere la seconda parte del suo articolo e ci sono un paio di correzioni da fare. È importante che non ci smarriamo in speculazioni potenzialmente costose.» Si alzò in piedi e le schiaffò davanti un fascio di fogli scritti. «Vado a dare un sostegno morale ad Angus. Pare che la polizia stia per venire a fare una bella chiacchierata schietta con lui. Le consiglio di correggere il suo pezzo il più in fretta possibile. È possibile che Angus voglia spedirla fuori dalla portata delle lunghe braccia della legge finché la seconda parte non sarà in distribuzione.» Le rivolse un ghigno rapace. «Si dia da fare, signorina Burns.»

Danny lo osservò andarsene con acrimonia. «Che stronzo» mugugnò.

«Hai un aspetto orribile» disse Allie, con delicatezza, infilando una velina nuova nel rullo della macchina per scrivere. «Pensavo che ieri sera saresti andato direttamente a casa.»

Assunse un'aria scaltra. «Ho cambiato idea.»

«Non dirmi che sei andato al Press Club con i bevitori professionisti.» Batté la firma accanto al titolo mentre parlava.

Danny fece una smorfia di disgusto. «Non sono stupido fino a quel punto. Mi sono unito a un paio di amici in un localino del centro che conosco. Ho commesso lo sbaglio di raccontare loro che stavo festeggiando...» Emise un grugnito.

Allie soffocò una risata. «Ben ti sta.» Lesse attentamente le note che il Rasoio aveva scribacchiato. «Quel bastardo ha tolto alcune delle mie frasi migliori.» Con un sospiro, si mise a correggere il testo. Non fu un lavoro tranquillo. I tasti sferragliavano, il martelletto percuoteva la carta, il campanello squillava alla fine di ogni riga e il carrello tornava rumorosamente a posto.

«Cazzo» brontolò Danny. «Penseresti che, considerati tutti i postumi di una sbronza con cui i giornalisti hanno a che fare, qualcuno a questo punto avrebbe inventato una macchina per scrivere silenziosa.»

«Quelle elettriche sono molto meno rumorose» disse Allie, distrattamente.

Danny rise sarcasticamente. «Non penso che la direzione possa accaparrarsele nel breve periodo. Inoltre, riesci a immaginare gente come Big Kenny Stone con una macchina per scrivere elettrica? La distruggerebbe nel giro di qualche giorno.»

«In tal caso, fa' qualcosa di utile. Va' a prendermi un caffè.»

Per qualche istante, Danny parve sconcertato, ma poi riuscì a sfoggiare un sorrisino. «D'accordo» disse, tirandosi su come una sacca di mazze da golf che si raddrizza da sola.

Rimasta sola, Allie si diede da fare e si concentrò sulle richieste dell'avvocato. Quando Danny fu di ritorno, era quasi in fondo. Lui fece per parlare, ma lei lo interruppe bruscamente. «Dammi un minuto, devo trovare il finale giusto.» Giunse rumorosamente alla fine del paragrafo, estrasse la velina ed emise un sospiro tremolante. «Ecco fatto» disse. «Sono riuscita a modificare tutto quello che il Rasoio voleva e a farlo filare comunque bene.» Gettò le veline verso Danny. «Da' un'occhiata, fammi sapere se vedi qualche problema.»

Danny le raccolse e lesse meticolosamente, mentre Allie si accendeva una sigaretta e si sporgeva all'indietro sulla sedia. In realtà, non aveva voglia del caffè che Danny le aveva portato, ma cercò in modo plateale di farsi vedere mentre lo beveva dalla spessa tazza bianca. Si sentiva stranamente svuotata. Il lavoro era finito: ci sarebbero state ripercussioni, ma forse non sarebbe toccato a lei affrontarle. Era stata una cavalcata fantastica, ma ora i cavalli erano tornati nella stalla e lei avrebbe dovuto trovare il suo prossimo destriero.

Lui alzò gli occhi dall'ultima pagina. «Un lavoro ottimo, Allie. Non sarei mai riuscito a dargli il taglio che gli hai dato tu.» Iniziò a staccare i fogli delle veline per farne copie individuali.

Lei sapeva che era la verità. «Facciamo una bella squadra.»

Danny aprì la porta e gridò: «Fattorino!». Poi tornò a rivolgersi a lei. «Adesso non ci serve altro che una nuova storia da urlo per fare in modo che nessuno si scordi che siamo dei pezzi grossi.»

«Un'ideuccia al riguardo potrei averla.»

Lui aggrottò la fronte con aria interrogativa, ma, prima di poter aggiungere qualcosa, uno dei fattorini anziani fece capolino dalla porta. Danny gli passò le copie. «Portale a chi di dovere, Sammy.» Quando fu sul punto di chiedere ad Allie cosa avesse in mente, il telefono sulla scrivania squillò, facendo sussultare entrambi.

Lei era quella più vicina. Prima che riuscisse a parlare, la segretaria della redazione disse: «Una chiamata per Danny. La metto in linea». Allie gli porse la cornetta.

«È per te.»

Il sorriso di Danny era vagamente angosciato. «Daniel Sullivan» disse, in tono interrogativo. Quale che fosse stata la risposta, non ne era felice. Avvampò dal collo in su e quasi immediatamente ridiventò pallido. Allie udì una voce rabbiosa maschile, ma le parole non erano chiare.

«Non posso discuterne in questo momento» balbettò Danny. «Possiamo parlarne...»

Chiunque fosse in linea non era dell'umore giusto per attendere. E aveva tanto da dire. Danny tentò ripetutamente di interromperlo, ma il suo interlocutore continuò a sopraffarlo. Alla fine, perse entusiasmo. «Se sei così preoccupato, prima dovresti farci avere la tua versione dei fatti» borbottò Danny, con gli occhi sgranati e spaventati, mentre il sudore gli imperlava la fronte. «Ho fatto del mio meglio per tenerti fuori...» Ancora una volta, il suo interlocutore si mise a sproloquiare. Ma stavolta Danny fu più insistente. «Fa' la parte dell'innocente. Sei stato un mero messaggero» gridò. «Per una volta, non darti arie da uomo importante» disse, sbattendo giù il telefono.

Il silenzio che seguì era quasi palpabile. Danny strizzò gli occhi con forza e si abbandonò su una sedia. «Suppongo che fosse Joseph, giusto?» disse Allie, con dolcezza.

Lui annuì. «È su tutte le furie. Be', in realtà se la sta facendo sotto dalla paura, ma si nasconde sempre dietro la collera. Lo ha sempre fatto.»

«Capirà che hai fatto tutto il possibile per proteggerlo, vero?»

Danny fece una risata sarcastica, scuotendo la testa. «Non mio fratello. L'unica cosa che vede è il suo castello di carte che gli crolla intorno a causa mia. E la cosa peggiore, a suo dire, è che non gli ho dato il minimo avvertimento.» Fece scattare le mani sopra la testa, disperato. «Voglio dire, che differenza avrebbe fatto?»

«Nessuna. La sua miglior difesa è sembrare sbigottito come chiunque altro. A meno che non sia un attore migliore di Robert De Niro, non sarebbe mai riuscito a cavarsela se tu lo avessi informato per tempo. Ti ha detto cosa sta succedendo alla Paragon?»

«Gregor Menstrie non si è presentato in ufficio. Si aggirano tutti come polli senza testa. A quanto pare, quasi nessuno era al corrente dell'imbroglio e, dunque, hanno dato tutti di matto.» Gemette, con il capo tra le mani. «Cosa ho fatto, Allie?»

«La cosa giusta. E hai fatto del tuo meglio per proteggere Joseph. Anche se non penso che se lo meriti. Ma è tuo fratello e tu hai dovuto fare il possibile per lui. E, comunque, lo stai facendo tuttora. Quello che gli hai appena detto... è il miglior consiglio che tu potessi dargli.»

«Ora come ora, non credo che mi stia prestando ascolto.»

Prima che Allie potesse aggiungere altro, la porta si aprì appena e la segretaria della redazione sgattaiolò dentro. «Un messaggio di Angus» disse. «Sta parlando con la polizia, che non è particolarmente felice. Non vuole che ci parliate prima che il giornale di domani sia in circolazione, dunque dovete andarvene subito dalle scale di servizio. Non dovete andare a casa. Vi ho prenotato un paio di stanze per una notte all'Ivanhoe, sulla sommità di Buchanan Street, e Angus dice che dovete mettere tutto ciò che vi serve sul conto del giornale. Chiaro?»

Allie fu colta di sorpresa. Non si era mai immaginata che quello sarebbe stato l'esito di un'inchiesta. Le sembrava una cosa esageratamente drammatica, come se stessero recitando ruoli predefiniti di un copione. «Siamo in fuga?»

La segretaria alzò gli occhi al cielo. «Chi credi di essere? La principessa Leila? Dovete solo starvene rintanati da qualche parte finché il pezzo esce. E uno di voi dovrà rimanere sempre accanto a un telefono.»

Danny annuì. «Non avreste potuto farci alloggiare in un posto un po' più bello?»

«Non è una festa. Inoltre, nessuno vi cercherà in una bettola del genere.»

23

La segretaria non scherzava riguardo all'Ivanhoe. Il suo splendido ingresso si armonizzava benissimo con i grandi magazzini House of Fraser in fondo a Buchanan Street. Gli interni trascurati erano maggiormente debitori verso la sezione più lugubre di Sauchiehall Street, dove Danny si era ritrovato non molto dopo che vi avevano preso alloggio. «Ho bisogno di una passeggiata per schiarirmi le idee» aveva detto ad Allie. «Ce la fai a tenere duro per un'ora?»

A capo chino, zigzagò tra la folla che stava affrontando i marciapiedi ghiacciati e gli scaffali svuotati da una corsa insensata agli acquisti insieme a un clima che stava spezzando le maglie della catena logistica. Le parole di suo fratello gli risuonarono in testa, rifiutandosi di dargli pace. «Bastardo egoista del cazzo» aveva detto Joseph. «Sapevo che eri geloso di me, ma non avrei mai pensato che ti saresti spinto a tanto. Come hai potuto fare una cosa del genere? Rischio di finire in galera per questo.»

Anche se avesse detto in qualche modo la sua, Danny aveva compreso la futilità di rammentare al fratello che era lui quello che aveva scelto la strada del crimine. «Mi hai distrutto» aveva continuato Joseph. «E non solo me. Avresti dovuto vedere la faccia di mamma quando papà le ha mostrato il giornale, stamattina. Ho pensato che stesse per avere un mancamento. Stronzetto... piagnucoloso.» L'ultimo biasimo era stato espresso al massimo del volume.

Come sempre, Joseph sapeva in che modo causare il danno maggiore. Come se Danny non avesse passato giorni e notti a tormentarsi su cosa avrebbero fatto alla famiglia le sue rivelazioni. Sapeva che sua madre sarebbe rimasta sconvolta. Analizzò a mente la spiegazione che non vedeva l'ora di fornire ai suoi genitori. Il suo articolo avrebbe fatto cadere un gruppo di uomini avidi che non erano semplicemente criminali ma pure del tutto immorali. Nessuno voleva pagare tasse ingenti. Ma, se vivevi in una società, pagavi il prezzo di mantenere gli ingranaggi in funzione. Se non ti piaceva quel prezzo, usavi il voto oppure andavi a vivere in un altro paese che non credeva nel fatto che i ricchi tendessero una mano ai poveri. Era importante che sua madre lo sentisse da lui, per controbilanciare le menzogne e i sotterfugi che Joseph aveva usato su di lei.

Temeva che sarebbe stato fiato sprecato.

La discussione con se stesso lo aveva portato quasi alle case popolari in arenaria rossa di Charing Cross e all'autostrada che tagliava in due Sauchiehall Street. Prese una decisione e si girò bruscamente, andando quasi a sbattere contro una coppia di giovani donne avvolte in pelliccia sintetica e scaldamuscoli, che espressero a gran voce la loro rabbia mentre lui le scostava e procedeva. In qualsiasi altro giorno, si sarebbe fermato a chiedere scusa.

Non quel giorno. Aveva faccende più pressanti a cui pensare.

Allie passeggiò nella piccola camera da letto. Il deodorante per ambienti al profumo di fiori le si attaccava alla gola, senza però dissipare gli odori latenti di vite altrui. Sarebbe impazzita, rinchiusa lì dentro per tutto il giorno senza niente da fare, niente da leggere. Aveva pensato che, quantomeno, ci sarebbe stato Danny a farle compagnia, ma lui l'aveva abbandonata pochi minuti dopo aver preso alloggio. Frustrata, aveva schiaffato un biglietto sotto la sua porta, chiedendogli di chiamarla non appena fosse tornato, per consentirle di fare un salto alla libreria John Smith's in St Vincent Street e di comprarsi un libro. Magari, addirittura, di passare da Marks & Spencer per acquistare della biancheria intima pulita.

Si gettò sul copriletto di nylon luccicante, rischiando di cadere mentre cambiava posizione. Era dura non sentirsi svuotata dopo l'eccitazione degli ultimi giorni. C'era un modo per sgattaiolare fuori e andare all'incontro del gruppo radicale pro indipendenza in programma quella sera? Con ogni probabilità, quel terzetto di giovani turbolenti avrebbe promosso le idee concepite nel corso della settimana. La faceva infuriare il fatto di non essere nelle condizioni di scoprire cosa stessero combinando. Sempre che stessero combinando qualcosa, si consolò. Non sarebbero stati i primi giovani ai margini di certi eventi che parlavano tanto e non realizzavano nulla.

Quando squillò il telefono, per poco non finì a corpo morto sul pavimento. «Pronto?» disse con voce affannata, dopo aver agguantato la cornetta.

«Sei tu, Allie?»

Non era Danny. Era meglio di Danny. «Rona?»

«In persona.»

«Come hai fatto a sapere che ero qui?»

Soffocò una risata. «Le segretarie sanno tutto e adorano ostentare che sanno tutto. L'Ivanhoe ha ancora il fascino di un sospensorio da rugbista?»

«Sarebbe una miglioria.»

«Non mi pare giusto. Avete fatto centro con la storia più grossa dell'anno fino a questo momento e vi hanno messo in quella topaia.»

«Angus pensa che la polizia non verrà a cercarci qui.»

Rona emise un gemito. «La cosa deprimente è che probabilmente ha ragione. Sta' a sentire, so che oggi sei sotto pressione, ma dovremmo festeggiare il tuo approdo tra le stelle.»

Allie sbuffò. «Lunedì nessuno si ricorderà di me.»

«Motivo in più per approfittarne. Domani a pranzo può andare per te?»

Allie non esitò. «Perfetto.»

«E dopo ti porto a fare shopping. Dio mi è testimone, Allie: il tuo guardaroba necessità di serie attenzioni.»

«Che intendi dire?»

«Non fare la permalosa con me. Non ti valorizzi abbastanza, tesoro. Non voglio dire che dovresti vestirti come una segretaria, tutta gonne attillate e tacchi a spillo. Ma sei bella e dovresti trarne vantaggio. Domani ti farò vedere cosa intendo. Se detesti l'idea, ci accontenteremo di un pranzo lunghissimo.»

Suo malgrado intrigata, Allie rispose con un titubante: «D'accordo. A patto che facciamo un salto in un negozio di dischi per prendere il nuovo album di Elvis Costello».

«Credo che non ci sia problema. Quindi, incontriamoci domani da Rogano's all'una. Ci divertiremo.»

Chiuse la comunicazione. Allie non poté fare a meno di sorridere. Quasi non conosceva Rona, ma la conosceva a sufficienza per capire che, quando prometteva divertimento, diceva sul serio.

La determinazione di Danny era sopravvissuta alla sua marcia di ritorno all'albergo. Al rientro nella sua camera, raccolse il biglietto di Allie, ma lo mise da parte. Prima aveva qualcosa di importante da fare. Strappò la cornetta del telefono dalla base, prese la linea e chiamò a casa dei suoi.

Si era quasi dato per vinto quando qualcuno risposte. Sua madre recitò il noto numero, con voce profonda e tesa. «Mamma? Sono io, Danny.»

Una pausa. «Hai un bel coraggio a chiamare. Dopo quello che hai fatto a tuo fratello.»

«Mamma, non potevo ignorare...»

«Dopo tutto il duro lavoro che ha fatto, si è creato un'ottima posizione. E tu gli fai questo.»

Danny si sentì un nodo al petto. «Non gli ho fatto niente. Ho tenuto il suo nome fuori...»

«Ma lui era quello che consegnava i soldi. Anche se non aveva idea di cosa stesse trasportando o a cosa servisse. Lo hai fatto sembrare un criminale.»

«Davvero credi che non ne avesse idea?»

«Non ha mai messo in dubbio quello che il suo capo gli diceva di fare. Non ha mai fatto niente di male. Ha semplicemente fatto il suo lavoro.»

«L'ho fatto anch'io, mamma. Il mio lavoro consiste nel raccontare quando qualcuno infrange la legge, ed è ciò che ha fatto la Paragon.» Si rese conto di alzare la voce, piagnucolosa come da bambino. Era una replica di scene dell'infanzia: Danny accusato dei peccati di Joseph, con i suoi dinieghi che non venivano creduti.

«Può essere, ma Joseph non stava facendo niente di male.»

«Obbediva solo agli ordini, giusto?» Rise sarcasticamente. «Pensi che questo lo scagioni? Mamma, vai in chiesa tutte le domeniche ad ascoltare il prete che parla di doveri cristiani. Non capisci che sono io quello che sta facendo la cosa giusta qui? La Paragon sta rubando soldi a tutti. Chi nasconde i soldi al fisco non li ruba al governo, li ruba a te e a me, a tutti.»

«Joseph non è un ladro. È un bravo ragazzo, un gran lavoratore che perderà il posto a causa tua. Stamattina, era seduto qui, in lacrime. Ha fatto tanti sacrifici per realizzarsi. Voleva solo renderci fieri di lui. Dovresti vergognarti di te stesso, Daniel Sullivan.» Nemmeno una crepa in quella difesa inflessibile.

«Se perderà il posto, dovreste essere felici del fatto che non lavori più per un ammasso di imbroglioni. Chissà cosa gli avrebbero chiesto di fare la prossima volta.»

«Sei stupido, Danny? Se perde il posto, non ne troverà un altro. Perché sarà marchiato dalla tua stessa infamia. I dirigenti di società come quella non sono scemi. Vedranno il tuo e il suo nome e, quale che sia la verità, crederanno che sia stato Joseph a passare i nomi a un giornalista. Nessuno gli affiderà mai più qualcosa di confidenziale.»

Arrabbiatissimo per la reazione ingiusta della madre, Danny la attaccò. «Ed è giusto così, mamma. Qualsiasi cosa vi abbia fatto credere, Joseph c'era dentro fino al collo. Sapeva esattamente cosa stava facendo.» Si fermò di colpo, scioccato dalle parole che aveva appena pronunciato.

Udì sua madre restare a corto di fiato, tra un singhiozzo soffocato e l'altro. Dopodiché, lei gli disse: «Non avrei mai pensato che potessi essere così insensibile, Danny. Non è così che ti abbiamo cresciuto. Sarà meglio che domenica tu non ti faccia vedere. Tuo padre è nauseato dal tuo comportamento tanto quanto lo sono io. Ci hai spezzato il cuore, Danny. Per parecchio tempo, nessuno in questa casa avrà voglia di vedere la tua faccia».

La linea si interruppe. Danny rimase impietrito, stringendo la cornetta con tanta forza da farsi sbiancare le nocche, il cuore talmente carico di sofferenza da provare un dolore fisico. Perché si aspettava che la storia non si ripetesse? Se mai aveva dubitato della sua posizione nella gerarchia della famiglia, ora la conosceva. I sensi di colpa cattolici avrebbero sempre prevalso sull'amore. Gli esordi nella vita del povero Joseph avrebbero sempre, sempre messo Danny in una posizione svantaggiata.

Si sentì percorrere da un fremito di tristezza e ripose delicatamente il telefono. Perlomeno, adesso aveva avuto la conferma della sua situazione. Le scelte che doveva fare, tutte le scelte, lo avevano collocato fuori dai confini della vita della sua famiglia. Pazienza. Ci avrebbe convissuto.

Danny andò in bagno e si gettò dell'acqua fredda in faccia. Si fissò allo specchio, mentre le goccioline gli scorrevano sulle guance e le sopracciglia scintillavano sotto la luce. «Fanculo» disse con un sospiro, sfregandosi una salvietta sul viso finché non si irritò la pelle.

24

Allie aprì la porta dopo aver sentito bussare, felice che finalmente fosse Danny. Ma, osservandolo, notò una certa tensione nel suo portamento. Aveva occhi febbrili, la mascella serrata. «Cosa c'è che non va?» Lo invitò a entrare.

«È così evidente?» La voce era acida, ma entrò e si avvicinò alla poltrona logora accanto alla finestra.

«Mi sembri... non so. Turbato?»

Lui si fece scorrere i polpastrelli sugli zigomi, come se volesse cancellarsi. Deglutì con forza. «Ho fatto uno squillo a mia mamma. Ho...» Inspirò. «Ho pensato di chiudere la faccenda. Di dare la mia versione dei fatti.» Scosse la testa.

Allie gli si acquattò accanto, coprendogli la mano libera con le sue. «Suppongo che non sia andata bene.»

Danny si schiarì la voce, nel chiaro tentativo di ricomporsi. «Difficile pensare che sarebbe potuta andare peggio. Come una fottuta soap opera. *Qui non sei più il benvenuto. Povero Joseph, l'innocente trascinato nel fango dal fratellino cattivo.*»

«Mi spiace, Danny. È davvero ingiusto.»

«Non dovrei essere sorpreso, Allie. È sempre stato così. Il povero agnellino ha avuto un inizio così terribile in questo mondo che abbiamo dovuto rimediare. Non come Danny, un figlio desiderato, nato in una famiglia amorevole. Non mi è consentito di scordarmi quanto io sia fortunato rispetto a Joseph. Lui l'ha fatta franca in ogni situazione. Ha mentito, imbrogliato, rubato, e ha sempre dato la colpa a me. "È stato Danny a iniziare. Non sono stato io, è stato Danny". È una vita che non sento altro. Perché pensare che stavolta potesse andare diversamente?»

«Ma tu sai di aver ragione, Danny. Hai fatto bene a seguire il tuo istinto e a realizzare quel pezzo.»

«Forse avevo ragione, Allie.» La guardò in faccia, con gli occhi umidi. «Ma non sono del tutto certo che ne sia valsa la pena.»

Allie si alzò in piedi e si appollaiò sul bordo del letto. «Torneranno in sé, Danny. In base a tutto quello che mi hai detto su di loro, nella tua famiglia c'è tanto amore. Per un po' sarà dura, ma non ti taglieranno fuori per sempre.»

Lui si abbandonò a una risata forte e aspra. «Non conosci mia mamma. Ricordi quando ti ho parlato delle mie zie? Be', ce n'è una che non ho mai menzionato. Zia Beattie. Lei e mia madre hanno rotto i ponti tempo fa. Devono essere passati quindici anni. Non ho idea del motivo della lite. Chiedilo a chiunque in famiglia e si limiteranno tutti a ignorarti e a cambiare argomento.» Un sorrisino sardonico. «Immagino che metà di loro si sia scordata il motivo. Non mia mamma, però. È da allora che non parla con Beattie. Dannazione, è da allora che Beattie non varca la soglia di casa nostra. Non la riconoscerei, se le passassi accanto per strada. Potrei essere andato a scuola con i miei cugini a mia insaputa. Mia mamma finirà nella tomba senza aver più parlato con zia Beattie.»

«Ma è una cosa diversa. Sei suo figlio. Ti vuole bene. E tuo papà... non lo accetterà, giusto?»

Danny scosse la testa. «Mio papà fa ciò che gli viene detto. E se mia mamma dice che ho infranto il quinto comandamento, otterrà l'appoggio del prete e, a quel punto, mio padre non ha la minima possibilità di spuntarla.» Si alzò in piedi. «Sapevo che sarebbe rimasta sconvolta. Non mi rendevo conto di quanto. Devo solo accettarlo, Allie. Sarò un reietto finché lei non si esprime diversamente.» Raddrizzò le spalle e si voltò verso di lei, tirando fuori un sorriso fintamente sereno. «L'ufficio si è fatto sentire? Problemi?»

«Il Rasoio mi ha chiamato per farmi un paio di domandine, ma nulla che non potessi affrontare. Ho chiesto della polizia. Ha detto che Angus li ha tenuti a bada. Ha detto loro che non aveva idea di dove fossimo. Ma dovrai incontrarli domani mattina, dopo che avremo fatto il nome dei colpevoli.» Allie enfatizzò l'ultima parola, conferendole l'intero peso drammatico di una serie tv poliziesca. La sofferenza di Danny le risultava evidente e lei era determinata a fare il possibile per alleviarla. «Danny, non intendo banalizzare la situazione, ma, forse, le cose migliorerebbero se tu riuscissi a far capire a tua mamma l'importanza del lavoro che stai svolgendo, ti pare?»

Lui corrugò la fronte. «Non è abbastanza evidente? Sto denunciando dei criminali.»

«Sì, ma la situazione è complicata dal coinvolgimento di Joseph nella storia. L'aspetto positivo? Lei non lo capisce perché non ha in mente altro che i rischi per il suo ragazzo. Non vede il quadro complessivo.»

Danny parve dubbioso, ma nella sua espressione c'era un'ombra di speranza. «Sul serio? E come ci riesco? Non posso costringerla a guardare oltre Joseph.»

Allie sorrise. «Le daremo qualcos'altro da guardare.»

«Non capisco.» Un sorrisino. «Voi tipi di Cambridge siete troppo furbi per quelli come me.»

«Ti ricordi quando ti ho detto che avevo un'idea sulla prossima storia? Be', se le cose andranno come penso, forse ne avremo una con cui nessuno potrà dubitare che siamo schierati dalla parte giusta.» Malgrado la serietà delle sue parole, non poté fare a meno di saltellare sul bordo di quel terribile materasso.

«Da dove viene questa grande idea? Un paio di settimane fa, non avevi due pensieri da mettere insieme.» Sembrava poco convinto, come se sospettasse che Allie stesse cercando di farlo desistere dal suo piano.

Gli disse di aver seguito il consiglio di Rona, ovvero dare la caccia a storie di donne, il che l'aveva portata ai nazionalisti radicali. «E tra loro c'erano tre giovani. Poco più che ventenni che tentavano di superarsi reciprocamente in una competizione da adulti. Dopo l'incontro, li ho seguiti fino alla Spaghetti Factory e ho cercato di origliare mentre discutevano tra loro.» Fece una pausa, per creare suspense.

Trascinato dall'entusiasmo di Allie, Danny sorrise. «Il complotto della Spaghetti Factory!»

«Ridi quanto ti pare. Parlavano di compiere azioni che avrebbero spinto chiunque a prendere sul serio l'indipendenza. Azioni dirette, come quelle intraprese dai repubblicani irlandesi.»

Il sorriso sparì dal viso di Danny. «Bombe?»

Allie non avrebbe saputo dire se era incredulo o inorridito. A ogni modo, per il momento aveva distolto la sua attenzione dai problemi con la madre. «Non l'hanno detto. Hanno deciso di pensarci sopra per una settimana e poi di vedere cosa sarebbero riusciti a escogitare.» Un'altra pausa teatrale. «Quella settimana termina stasera. Saranno certamente alla riunione. Credo che dovremmo infiltrarci.»

Danny si abbandonò di nuovo sulla poltrona. «Assolutamente no.» Scosse la testa. «Non funzionerà mai.»

«Perché no? Noi abbiamo tutte le carte in regola.»

La guardò con aria di compassione. «Sei stata via per troppo tempo, Allie. La parte che non funzionerà mai è quel "noi".»

«Che intendi dire?» Ma capì la risposta ancora prima che le parole uscissero.

«Sei una donna. Non si fideranno mai di te, non ti prenderanno mai sul serio. C'è una vaga possibilità che io possa avvicinarmi a loro, ma tu non riusciresti nemmeno a infilare un piede nella porta. Mi spiace, Allie. Se sono fanatici come dici, non ti accetterebbero mai come un membro della squadra.»

Aveva ragione lui e la cosa la faceva ammattire. La stessa vecchia storia di una vita in redazione: accontentati dei neonati del miracolo, lascia che siano gli uomini a portare il fardello. Quanto lei fosse brava non faceva differenza: sarebbe sempre stata messa da parte per via del suo genere. Le cose sarebbero mai cambiate? L'unico aspetto positivo era che esprimere la sua idea aveva spinto Danny ad appoggiare il progetto. Invece di tirare fuori una dozzina di obiezioni, era passato direttamente agli aspetti logistici, a come fare per partecipare a quel complotto nelle sue fasi iniziali. Allie sospirò. «Hai ragione. La cosa mi fa incazzare, ma hai ragione. Faremo in modo di arrivare separatamente e di non dare la minima indicazione che ci conosciamo.»

«Stasera? Lo facciamo stasera?» Danny corrugò la fronte.

«Be', è stasera che succederà, dunque, sì: lo faremo stasera.» Spalancò le braccia. «Non è che abbiamo altro da fare. Deve essere più interessante che starsene seduti con le mani in mano in una topaia come questa.»

«Ma dobbiamo restare accanto a un telefono. Nel caso ci siano domande dell'ultimo secondo. O problemi con il testo.»

Il ragionamento di Danny filava. Ma Allie era convinta di avere un pezzo nel mirino e non intendeva rinunciarvi. «Hanno avuto un giorno intero per analizzarlo parola per parola. Il Rasoio ha passato al vaglio ogni minima perplessità. Andrà tutto bene, Danny. Angus tornerà a casa alle sette. Telefoneremo in redazione appena prima. E io chiamerò ogni mezz'ora, tanto per stare sul sicuro. Accanto alla sala dove si terrà l'incontro c'è una cabina del telefono. L'ho notata la settimana scorsa.»

«E se ci fosse un problema? E se avessero bisogno di parlarmi? A quel punto, dovremo uscire allo scoperto. E sarà tutto finito.»

Allie per un istante restò perplessa. Ma solo per un istante. «Semplice» disse amabilmente. «Farò scattare l'allarme antincendio.»

25

Danny volle a tutti i costi scialacquare per raggiungere l'università in taxi. «Sta piovendo, Allie. Non intendo presenziare a un incontro con i piedi bagnati.»

«D'accordo, però fammi scendere all'inizio di Kelvin Way. Non è il caso che ci vedano arrivare insieme.» Allie dovette nascondere la crescente preoccupazione sullo stato mentale di Danny. Era passato dal pozzo della disperazione per il rifiuto da parte di sua madre a una intensa eccitazione riguardo al compito in vista. Aveva le guance arrossate, gli occhi accesi, e le aveva fatto ripetere tre volte la descrizione dei loro bersagli. «Sei sicuro di sentirtela?» gli chiese.

«Se non lo facciamo stasera, rischiamo di perdere il treno. Se dimostriamo quel che sappiamo fare con il pezzo sulla Paragon... forse ci farà ottenere un posto al tavolo che conta. Magari, addirittura, un posticino a Fleet Street.»

«È quello che vuoi?»

Danny fece un respiro profondo. «Se me lo avessi chiesto una settimana fa, avrei indugiato. Qualsiasi reporter con un minimo di ambizione vuole lavorare per una grande testata. Voglio dire, tu no?»

«Onestamente? Certo che sì. Il *Clarion* è solo un trampolino di lancio. Perlomeno, spero che lo sia.»

«Lo capisco. Ma ciò che avrebbe potuto trattenermi era la prospettiva di abbandonare la mia famiglia. E pure i miei amici, ma di certo la mia famiglia. È sempre stata la mia àncora.» Una risata amara. «Ora mi hanno tagliato fuori. Per cui, devo approfittare delle mie chance là dove possibile.»

Allie avvertì un leggero disagio all'idea di sfruttare lo stato emotivo di Danny. Ma rammentò a se stessa che gli aveva fornito qualcosa per impedirgli di rimuginare. Ora doveva fare in modo che restasse concentrato. «Dobbiamo andare a fare shopping» gli disse con decisione. «Nessuno di noi due può presentarsi in abito formale da ufficio. Devi comprarti un maglione o che so, magari pure un paio di jeans. E io devo trovarmi un look più casual. Per non dire della biancheria intima pulita.» Colse l'espressione allarmata di Danny. «Tranquillo, non intento trascinarti nel reparto di lingerie femminile. Non possiamo uscire insieme, si sa mai che la redazione ci telefoni. Ricordi?»

Dato che Danny era già stato fuori, insisté che fosse Allie ad andarci per prima. Fu un sollievo lasciare la camera da letto e lei si gustò l'aria invernale mentre si incamminava lungo Buchanan Street. Prima la libreria, e la sorpresa del tascabile di Ruth Rendell che non aveva mai letto. *La morte non sa leggere* le parve un titolo adeguatamente inquietante per il suo umore e la prima frase fu abbastanza stimolante da spingerla alla cassa. *Eunice Parchman uccise la famiglia Coverdale perché non sapeva né leggere né scrivere*, era irresistibile, pensò.

Attraversò l'ampia George Square e puntò verso Marks & Spencer. Siccome conosceva la sua taglia nelle linee del negozio, fu una sosta rapida. Una confezione da tre paia di mutande; pantaloni scampanati di velluto a coste sottili color vino e un semplice maglione grigio scuro a girocollo. Perlomeno, erano capi che avrebbe potuto integrare senza problemi al suo guardaroba anche in seguito.

Dopo aver liberato Danny dalla camera d'albergo, indossò

gli abiti nuovi e si spostò nell'ambiente comune. Era una casa di riposo per poltrone logore e stampe sbiadite di paesaggi delle Highlands, ma era leggermente meno triste della sua stanza. Lasciò un messaggio per Danny e si accomodò con il suo libro.

Malgrado fosse coinvolgente, non poté fare a meno di notare lo scorrere del tempo. Quanto ci voleva per comprare un paio di jeans e un maglione? Perché ci stava impiegando tanto? Alla fine, lui apparve quasi due ore dopo, con addosso dei jeans a campana di ottimo taglio e una canotta aderente su una camicia nera. Allie inarcò le sopracciglia. «Si direbbe che tu sia pronto per fare nottata, non per un incontro politico.»

«Oh, questi abiti non li metterò stasera» disse. «Ho un paio di banali Levi's e un anonimo pullover di lana d'agnello, per quello. Ma non ho saputo resistere. Ho pensato di meritarmi un regalo.»

«Stai bene» gli disse lei.

«Grazie, l'idea era quella.» Il suo sorriso era contagioso. «Sta' a sentire, ti spiace coprirmi ancora per un pochino? La nostra prossima mossa non scatta prima di un paio d'ore e questo posto mi sta facendo ammattire. Non sono come te: non riesco a perdermi in un libro. Ho bisogno di uscire.»

Allie nascose la sua delusione. Aveva sperato che potessero parlare, scoprire qualcosa in più l'uno dell'altra, conoscersi meglio.

«D'accordo, ma sei in debito con me. Dove intendi andare?»

Lui fece spallucce. «A zonzo per negozi? Per prepararmi per stasera? Sarò di ritorno per le sette.»

«Non tardare. Detesto aspettare. E... Danny?» Incrociò il suo sguardo e fece l'occhiolino. «Non accettare caramelle dagli sconosciuti.»

Erano rimasti d'accordo che Allie avrebbe dato dieci minuti di vantaggio a Danny per mettersi a suo agio durante l'incontro. Dal taxi, corse al riparo dei quad, con il cuore in gola. Lo stomaco gli gorgogliava per il nervosismo. Ora dipendeva tutto dalla sua performance. In ballo c'era ben di più di quanto ci si fosse stato quando aveva fatto abboccare all'amo Bill Maclay a Southampton. A rischio non era solo il suo futuro da giornalista. Era il suo futuro da membro della sua stessa famiglia.

Ed era pure in debito con Allie. Lo aveva aiutato a fare in modo che il suo articolo fosse impattante. E ora toccava a lui aiutarla a ottenere un pezzo in cui il suo nome fosse il primo ad apparire. In qualche modo, avrebbe dovuto guadagnarsi la fiducia di un terzetto potenzialmente pericoloso di sconosciuti e convincerli. Di esperienza nel rischiare la fiducia di sconosciuti se n'era fatta tanta. Stavolta, però, non si trattava solo di lui, il che aumentava la pressione. Per entrare nelle loro grazie non disponeva d'altro che delle parole di Allie, la quale si ricordava che il tizio chiamato Deke era un tifoso del Partick Thistle FC. Non granché per iniziare, ma meglio di niente.

Entrò, studiando la sala con la massima rapidità che gli fu possibile per fare mente locale. Gli parve di aver individuato i bersagli di Allie, soltanto che erano in due. Non avevano niente di speciale, niente che spiccasse in una folla. Ma era un vantaggio se stavi progettando un'azione del tipo eclatante ed esplosivo. E nessun altro si avvicinava alle loro descrizioni. Forse, il terzo uomo aveva avuto un contrattempo. Oppure, aveva trovato qualcosa di meglio da fare.

Danny attraversò la stanza, trasmettendo un minimo di spavalderia al suo passo. Tirò a sé una sedia accanto ai due uomini e abbassò il mento in segno di saluto. «Buonasera» disse, con voce sicura.

«*Aye*» disse uno, con circospezione. L'altro si limitò a un cenno.

«Sono nel posto giusto?»

«Dipende da cosa cerchi.»

Danny lo guardò con attenzione. «Mi è stato detto che questo era il posto in cui trovare uomini davvero seri.»

«Non saprei. A me piace farmi una bella risata come a chiunque altro.» Gli lanciò un sorrisino.

«Seri sul futuro di questo paese. Seri abbastanza per fare qualcosa al riguardo» disse Danny. «Se mi è stata data un'indicazione sbagliata...» Mostrò le mani, palmi in fuori. «Mi toglierò di torno. Niente rancore, poco male.»

«E se questo fosse il posto giusto?» si intromise l'altro uomo.

Danny fece un bel sorriso, ricorrendo a tutta la sincerità possibile. «In tal caso, sono tra amici. E, in queste faccende, sono un ottimo amico da avere al vostro fianco.» Tese una mano. «Paul Reilly.» Nessun problema a usare il nome dello zio defunto, se era per una buona causa.

Il primo uomo accolse la stretta di mano. «Derek Malloch. Deke, per gli amici e i compagni di viaggio.»

Danny mostrò una reazione di sorpresa a scoppio ritardato. Puntò un dito verso Deke. «Ti ho già visto. In un bar sulla Maryhill Road, dopo una partita dei Jag. Un paio di miei amici sono grandi tifosi dei Partick Thistle, mi hanno trascinato a una partita con loro, un paio di stagioni fa. Ci siamo messi tutti a parlare davanti a qualche birra.»

Malloch non manifestò la minima reazione. Danny continuò, con una leggera scrollata di spalle. «È probabile che tu non ti ricordi di me. Sono un Jambo, dunque tendo a tenere un profilo basso nei pub degli avversari.» Fece un sorrisino. «Sai com'è.»

Deke abboccò alla lingua franca del calcio. «Tanto meglio. A Firhill, non amiamo gli Heart.»

Danny rise. «Perlomeno, noi non permettiamo ai rugbisti di distruggerci il terreno di gioco. Allora, chi è il tuo amico, Deke?» Tese di nuovo la mano.

L'altro uomo la strinse, più lentamente. «Gary Bell» disse.

«Ding-dong per gli amici» disse Malloch.

«Chi ti ha mandato?» chiese Bell.

Danny sorrise e scosse la testa. «Proteggo sempre la mia gente. Comincia a sbandierare nomi e, in men che non si dica, le persone sbagliate ne vengono a conoscenza.»

«Come facciamo a sapere che la persona sbagliata non sia

tu?» Il mento di Bell sporgeva in modo aggressivo. *Uno di questi giorni*, pensò Danny, *qualcuno accetterà quell'invito.*

«Non potete saperlo. Ma persino i Jambo possono avere il cuore grande. Glasgow non ha grandi giocatori. Potete giudicarmi sulla base di ciò che dico e che faccio. Se non vi piace, ditemi di andare a fare in culo e io andrò puntualmente a fare in culo. Ora, dov'è il terzo moschettiere? Mi è stato detto che eravate in tre.»

Bell rivolse un'occhiata nervosa a Malloch che venne completamente ignorata. «Ci raggiungerà più tardi» disse Malloch, gioviale e in apparenza rilassato.

Danny non dovette conversare oltre quando Maggie McNab prese la parola e fece il suo pistolotto. L'incontro procedette e Danny approfittò di ogni minima opportunità per intervenire. Si stava abilmente fingendo un uomo appassionato del tema dell'indipendenza, trattenendosi però dal fare minacce specifiche. Incrociò lo sguardo di Malloch in più di un'occasione e si guadagnò un cenno di approvazione. Stava funzionando: iniziavano a tranquillizzarsi. Lui, invece, non se lo sarebbe potuto permettere.

Finalmente, l'incontro si concluse. Con la coda dell'occhio, vide Allie sgattaiolare fuori dalla stanza. Si sporse in avanti per costringere gli altri due a stringerglisi intorno. «Fine dei discorsi inutili. Come lo facciamo succedere, ragazzi? Cosa si fa adesso?»

Bell si appoggiò allo schienale. «Adesso si va a mangiare qualcosa e ci si incontra con l'amico Roddy. E poi, magari, puoi dirci cosa, secondo te, dovrebbe succedere subito dopo.» Il suo sorriso non aveva nulla di sincero.

Danny si sfregò le mani, in una parodia del giubilo. «Questo sì che è un piano. Offro io, ragazzi. Giusto per farvi capire che siamo tutti dalla stessa parte. Fate strada, signori.»

La loro destinazione non fu una sorpresa. Si incamminarono giù dal colle, con Malloch che esprimeva giudizi semplicistici sull'incapacità di afferrare il toro per le corna da parte degli altri partecipanti all'incontro. «O farei meglio a dire, per le palle» disse, ridendo. «Non hanno idea di come svegliare il gigante dormiente che è la Scozia.»

«Concordo» disse Danny. «Sono interessato a sentire le vostre idee su come farlo.»

«Abbiamo bisogno di qualcosa di spettacolare» disse Malloch. «Qualcosa che nessuno potrà ignorare.»

«Ma deve essere qualcosa che non metta a rischio la vita delle persone» si intromise Bell. «Vogliamo impressionare la gente, non farla inorridire.»

«Ovvio» disse Malloch, arioso come una serata d'estate sul Loch Lomond.

Procedettero di buon passo, desiderosi di mettersi il nevischio alle spalle. La Spaghetti Factory era di nuovo la loro destinazione. Al loro ingresso, un braccio li salutò dal séparé più lontano. «Ecco Roddy. Roddy Farquhar» disse Malloch, allontanando con un gesto della mano la cameriera diretta verso di loro. «Siamo già a posto, tesoro.»

Avvicinandosi, Danny si rese conto con un improvviso nodo al petto che Roddy Farquhar non era uno sconosciuto.

26

Per la seconda settimana di fila, Allie si accomodò senza farsi notare al tavolo nel retro della Spaghetti Factory. Il posto era semivuoto: le raffiche gelide che tenevano le persone strette intorno ai loro camini presentavano dei vantaggi. Aveva seguito Danny e gli altri due a una distanza di sicurezza e, con sollievo, aveva visto che si erano riuniti all'ultimo membro del terzetto originale nel séparé. Malloch, Bell (alias Ding-dong) e Farquhar stavano già parlando con Danny come se fossero amici da sempre.

Danny guardava verso la porta, ma ignorò del tutto il suo arrivo. Nemmeno un baluginio negli occhi tradì il minimo interesse per lei. Era nel bel mezzo di una discussione animata sul calcio con quello che Allie conosceva come Ding-dong. Uno dei numerosi vantaggi di lavorare per un giornale come il *Clarion* era che inevitabilmente coglievi un miscuglio di informazioni su ogni tipo di argomento al di là delle tue passioni. Persino Allie ora si intendeva di calcio scozzese a sufficienza per trattenersi dal parlare della disastrosa partecipazione della Scozia alla Coppa del Mondo in Argentina, l'estate precedente. Era un tema che avrebbe garantito un silenzio fosco in compagnia di chiunque.

Dopo aver ordinato, il quartetto si concentrò su ciò di cui era venuto a discutere. «Dunque, la settimana scorsa ci siamo imposti una piccola sfida» disse Malloch. «Magari, potresti partecipare pure tu, Paul.»

«Sono sempre pronto ad accettare una sfida, Deke.» Danny parve più esuberante di quanto lei lo avesse mai sentito in redazione. Recitare una parte gli si addiceva, a quanto pareva. «Illustratemela, caspita.»

«Non vogliamo la devoluzione, Paul. Vogliamo la piena indipendenza. E vogliamo che la gente colga quanto sia meglio per la Scozia. I politici sono degli inetti. Se ne vanno in giro con le loro ciotole da mendicanti. "Per favore, primo ministro, ci dia un minimo di potere fittizio per consentirci di far finta di gestire i nostri affari"» disse Malloch.

«Quindi, in che modo intendete ottenerla?» chiese Danny.

Farquhar disse: «Abbiamo concordato di partecipare a incontri per tutta la settimana e di parlare con la gente, per vedere se ci vengono in mente delle idee».

«Interessante. E ci siete riusciti?»

«Forse» disse Ding-dong. «E tu, Paul? Tu che sei la linfa nuova di questo tavolo, che ne pensi?»

Non era l'unico interessato alla risposta. Allie si chiese cosa diavolo avrebbe escogitato Danny. Non dovette attendere a lungo. «Un attacco su due fronti» disse. «Tutti questi scioperi che hanno monopolizzato i titoli dei giornali? Perché fanno notizia?» Una pausa. «Perché portano disagi alla gente. Quindi, dovrete organizzare azioni che destino attenzione perché disturbano la gente. Bloccare le stazioni degli autobus. Inscenare una protesta sui binari della stazione di Queen Street.»

«Non è una cattiva idea» disse Farquhar. «Scommetto che possiamo coinvolgere Maggie McNab e i suoi.»

«La realtà è che sogni di farti Maggie McNab» disse Ding-dong, facendoli ridere tutti sguaiatamente.

«Vaffanculo» piagnucolò Farquhar. «Quella donna gode di grande sostegno.»

«Ne ha bisogno, con le tette che si ritrova. Quindi, Paul, qual è il secondo fronte?» disse Malloch, facendo suonare ridicola l'ultima parola.

«Convincere personaggi famosi ad appoggiare quello che facciamo. Persone come Billy Connolly. Attori della soap opera *Garnock Way*. Magnus Magnusson, Sean Connery. Quando i grandi nomi ti sostengono, ottieni l'attenzione dei giornali e della televisione.» Danny lo fece sembrare facile.

«E star del pop. I Bay City Rollers» disse Farquhar.

«Non dire scemate. I dodicenni non hanno diritto al voto» lo liquidò Ding-dong. Farquhar emise un guaito e Allie ipotizzò che qualcuno gli avesse dato un pugno scherzoso.

«Che dici, Ding-dong?» disse Malloch. «Hai qualcuno di quei tizi nella tua rubrica? Perché nella mia non ce ne sono. Bell'idea, Paul, ma io dico di tornare a ciò di cui parlavo la settimana scorsa. Dico di imparare la lezione dall'Irlanda del Nord. Come hanno fatto a convincere i politici a prenderli sul serio? Non con l'urna elettorale. Hanno fatto esplodere le maledette porte!»

Farquhar, vistosamente preoccupato, guardò Deke. «Ammazzano gente. Sono terroristi. Non è così che si ottiene sostegno. Io non voglio aver minimamente a che fare con degli omicidi.»

Ding-dong rise. «Rilassati, Roddy. Nessuno sta parlando di ammazzare gente. Ma Deke ha ragione. Per catturare l'attenzione serve un bel botto. Devi solo scegliere i bersagli giusti. Fissare il timer per quando non c'è nessuno. E... bingo. Fai pervenire il messaggio e nessuno si fa male.»

«Un progetto ambizioso, ragazzi» si intromise Danny. «E non sto dicendo che non sia una buona idea. Perché lo è. È un'idea brillante. C'è solo un problemino, a mio avviso: nessuno di voi mi dà la sensazione di dirigere una cava o una miniera.»

Era un ragionamento determinante, pensò Allie, mentre su di loro calava il silenzio.

Dopodiché, fu Ding-dong a parlare. La sua voce era più bassa di prima, ma lei riuscì comunque a captarla. «Conosco un uomo.»

«In che senso, conosci un uomo?» La risposta di Malloch aveva un lieve tono di scherno.

Ding-dong si spiegò meglio. «Hai detto che è venuto il momento di compiere azioni dirette. Conosco un uomo che ha accesso a ciò che ci serve.»

«E cosa sarebbe esattamente, Gary?» Il sarcasmo di Malloch era evidente.

«Un arsenale.»

Lo shock delle sue parole colpì Allie con tanta forza che i rumori del ristorante parvero sparire.

«Dici sul serio?» esclamò Farquhar, con un misto di soggezione e gioia.

«Mai stato più serio, amico mio.»

«Chi è questo tizio?» volle sapere Malloch.

«E come fai a conoscere un uomo che dispone di un arsenale?» si intromise Danny.

«Non ho mai detto che dispone di un arsenale. Ho detto che ha accesso a un arsenale. È diverso.» Ding-dong ora era sulla difensiva.

«Come ho detto, chi cazzo è?» ribatté Malloch.

«Terry. Non ti serve sapere altro. È di Belfast. È in una cellula operativa dell'IRA.»

«Porca puttana» sbottò Malloch. «E sentiamo parlare di questo tizio solo adesso?»

«Ti sta prendendo in giro» disse Danny, con calma. «Se fosse davvero in una cellula dell'IRA, avrebbe l'obbligo della segretezza. Non si metterebbe a vantarsene con qualcuno al pub.»

Ding-dong non intendeva cedere. «Non è andata così. Conosco Terry da quando avevamo dodici anni. Quell'estate era venuto qui con la sua squadra di calcio della Boys' Brigade per partecipare a un torneo ed era alloggiato a casa nostra.»

«Già questa è una balla» disse Farquhar. «La Boys' Brigade è una cosa per protestanti. Nella Boys' Brigade di cattolici non ce ne sono e nell'IRA non ci sono protestanti.»

«Tu sei un esperto, vero?» lo attaccò Ding-dong.

«Mio papà è in una loggia orangista. So di cosa sto parlando.»

«Ti sbagli.» Allie udì la frustrazione nella voce di Ding-dong. «Non sai niente. Terry è cresciuto protestante in una zona unionista della città, ecco perché era nella BB. È tornato qui con la sua squadra per tre anni di fila. Mia mamma e mio papà provavano pena per lui, a causa dei Troubles e via discorrendo. Per cui, lo hanno invitato un paio di volte a venire a trovarci e a passare le vacanze con noi in roulotte a Maidens. Terry e io siamo rimasti amici per tutto questo tempo. Dopodiché, due anni fa, si è fidanzato con una ragazza cattolica incontrata sul lavoro e i tizi del suo quartiere lo hanno pestato a sangue. È stato costretto a trasferirsi dalla via in cui aveva sempre abitato. La comunità cattolica, invece, lo ha accolto con favore. Mi ha detto che gli ha fatto capire che era la sua comunità, gli unionisti, a rappresentare il problema. E, dunque, è entrato nell'IRA.»

«Quindi, come ho detto, perché è la prima volta che sentiamo parlare di questo Terry?» La voce di Malloch era al tempo stesso sdegnata e sospettosa.

«Non ce n'è mai stata l'occasione. Cristo, Deke, non sei il mio tutore. Non conosco metà dei tizi con cui lavori o di quelli con cui giochi a golf.»

«D'accordo. Quindi, pensi che il tuo Terry ci possa procurare... che so? Armi da fuoco? Bombe?»

«C'è solo un modo per scoprirlo.» Ding-dong sembrava tranquillo.

«Come?» disse Danny, sommessamente.

«Recandoci a Belfast e chiedendoglielo.» Malloch caricò di nuovo di sarcasmo le sue parole.

«Potrei farlo» rispose Ding-dong, in tono di sfida. «Cosa? Pensate che non possa?»

Fu uno di quei momenti di grande suspense. «Ci servirebbero i soldi» disse Farquhar, concedendo a Ding-dong una possibilità di salvarsi la faccia.

«Be', allora siamo fottuti» disse Malloch. «Sapete bene tutti che sono costantemente al verde.»

Ding-dong fece una smorfia. «Ho un paio di centinaia di sterline da parte.»

Farquhar rise. «Non ci faranno fare tanta strada. E tu, Danny? Ci hai messo pochissimo a scendere in campo. Sei pronto a investire soldi per mantenere la parola data? Per dimostrare che fai davvero parte della nostra squadra?»

«Forse posso aiutarvi» disse Danny, con la giusta titubanza. Seguì una pausa. Allie si immaginò gli sguardi a bocca aperta. Dove intendeva andare a parare Danny? «Ho avuto discreta fortuna con i Premium Bonds, qualche tempo fa. Attendevo la cosa giusta su cui spenderla.»

Allie chiuse gli occhi. Era una mossa azzardata, troppo presto. Com'era possibile che uomini all'apparenza normali si spingessero a tanto dopo un paio di birre, un venerdì sera? Al di là di tutto, Danny lo avevano appena conosciuto. Com'era possibile che non sospettassero di una trappola? *Sembrano dei bambini. Vuoi far parte della mia banda? Ti intendi di calcio?*

«E, allora, cosa stiamo aspettando?» Malloch fece una risatina roca. «Vogliamo essere quegli stronzi che si riempiono la bocca di paroloni e poi non combinano nulla, a parte trovare delle scuse? Oppure facciamo qualcosa?»

«Solo voi conoscete la risposta» disse Danny. «Io ci sto, se voi ci state.»

27

I quattro uomini smisero di fare programmi quando arrivarono le pizze e, non appena se le furono sbafate, Malloch insisté che tornassero insieme al suo appartamento per procedere con i loro piani in privato.

Allie non poté fare altro che finire il suo calzone e fare ritorno all'orribile albergo. Prima ancora di essersi sfilata il cappotto, si fiondò sul telefono e digitò il numero della camera di Danny. Quando si attivò la segreteria telefonica, disse succintamente: «Chiamami al tuo rientro. Non mi importa quanto sia tardi». Non riusciva ancora a decidere se applaudirlo per avere colto l'attimo o sgridarlo per la sua avventatezza. Un momento della serie "Vi faccio vedere io", provocato, ne era certa, dall'angoscia per quanto accaduto tra lui e sua madre.

Si versò un drink e si preparò ad andare a letto. Prese in mano il suo libro, ma lesse solo qualche pagina prima che il sonno avesse la meglio e che il volume le sgusciasse di mano.

Era mezzanotte passata quando un rumore svegliò Allie. Impiegò un attimo, intontita com'era, per rendersi conto che non era il telefono, ma qualcuno che stava bussando alla sua porta. Scesa a fatica dal letto, infilandosi jeans e maglione, e si diresse alla porta. «Chi è?» chiese. Forse era offuscata dal sonno, ma questo non significava che fosse stupida.

«Sono io, Danny. Apri!»

Allie lo fece entrare. Sembrava congelato, con la faccia rossa e tirata per il freddo. «Puoi mettere dell'acqua a scaldare nel bollitore? Là fuori fa un freddo baltico.» Lei lo seguì e attaccò alla presa elettrica il cavo del minuscolo bollitore. «Caspita, quei tizi» continuò Danny. «Quando si dice "accendere la miccia e poi allontanarsi".»

«Ho origliato quasi tutto. Un contatto nell'IRA? E quel Dingdong? Ha tirato fuori quella cosa davanti a te, come se niente fosse? Soltanto cinque minuti dopo che ti avevano conosciuto.»

Danny fece spallucce. «Suppongo di essere stato convincente. Oppure, hanno un bisogno talmente disperato di essere gli eroi della rivoluzione che non hanno saputo resistere all'offerta di un finanziamento per la lotta.» Sorrise e si accomodò al tavolo, con le mani sotto le ascelle.

«Oh, sì. E da dove ti è venuta quell'idea? Non mi pare che abbiamo parlato di finanziare una cellula terroristica, giusto?» Lo scrutò. «Accidenti, Danny.»

Ebbe la buona grazia di mostrarsi in imbarazzo. «Lo so. Però mi è parsa un'opportunità troppo ghiotta per resisterle. Allie, questa è una storia fantastica per noi. Un punto di vista privilegiato sulla Scottish Republican Army.»

«È così che si fanno chiamare? Per l'amor di Dio, Danny.» Esasperata, fece cadere l'ultima bustina di tè rimasta nell'unica tazza.

«Non si fanno chiamare in nessun modo. Per il momento. Sembrano avere le idee chiare su quali obiettivi in muratura scegliere. E sul fatto di evitare vittime innocenti.»

Allie versò l'acqua bollente e mescolò. «Ciononostante, stai camminando su una dannata fune, Danny. Siamo reporter o agenti provocatori? Dobbiamo tenerci fuori dai guai.»

«Lo so, lo so. Ma possiamo farcela, possiamo controllare la cosa.»

Lei aveva i suoi dubbi. Ma non era il momento per convincere Danny. Viaggiava sulle ali dell'eccitazione di quella storia. E probabilmente pure di qualche birra. «Allora, cos'è successo quando siete tornati all'appartamento di Deke?»

Danny fece una smorfia. «Dio santo, che cesso. Una camera con cucina dalle parti di Woodlands Road. L'acquaio zeppo di piatti, la pattumiera stracolma di lattine di birra chiara e di cartoni di cibo da asporto. Gli abiti appesi allo stendibiancheria a carrucola erano l'unica cosa che desse la sensazione di essere stata pulita da quando ci hanno eliminati dalla Coppa del Mondo. Sai quando ti si appiccicano le scarpe alla moquette?»

«Bleah! Devo dire, Danny, che di ragazze che vivono in quel modo non se ne trovano.»

«Ehi, non siamo tutti così. Non è così che vivo io: lo vedrai appena vieni da me.»

Era la prima volta che le formulava un vago invito ad andare a trovarlo nel suo appartamento. Allie lo mise da parte, con l'intenzione di goderselo in un secondo momento. «Lascia perdere l'arredamento. Che mi dici della conversazione? L'ultima cosa che ho udito prima che iniziaste ad abbuffarvi è stato quando Deke è tornato dal telefono e ha detto che suo cugino avrebbe portato il cane a fare una passeggiata. Era una frase in codice o cosa?»

Danny rise. «No, suo cugino stava davvero per portare il cane a fare una passeggiata fin giù al molo, per scoprire a che ora parte il traghetto del mattino. Ha richiamato all'appartamento di Deke per fornirgli i dettagli.»

«Si stanno recando a Belfast? Stamattina?» Finì di preparare il tè e lo posò con forza.

Danny strinse le lunghe dita intorno alla tazza e sorrise. «Non tutti. Solo Gary. Ding-dong per te. Ha detto chiaro e tondo che ci doveva andare da solo. E io lo capisco. Se quel suo amico, Terry, è veramente un membro di una cellula attiva dell'IRA, non direbbe una parola a un totale estraneo, a differenza dei nostri tre moschettieri. Nemmeno se a garantire per lui fosse il suo vecchio amico. Pertanto, Gary farà la traversata sul traghetto del mattino per vedere se è possibile acquistare armi e munizioni dall'IRA.» Danny scosse la testa, perplesso. «Quei tizi sono proprio sventati.»

«Li fermeremo?» Fissò con durezza Danny. «Li fermeremo, vero, Danny?»

«Sì» disse lui, distrattamente. «Ai dettagli possiamo pensare più in là. Lasceremo che gli sbirri li arrestino quando ritirano gli esplosivi oppure quando stanno per piazzarli. Ovviamente, dovremo dire ad Angus cosa sta succedendo, non appena avremo messo per bene in moto gli ingranaggi.»

«Ovviamente» disse Allie, con sarcasmo. «Quindi, quand'è che Ding-dong vi farà rapporto?»

«Domenica mattina. In St George's Cross c'è una caffetteria. A quanto sembra, fa la miglior colazione a base di uova, salsicce e verdure su questa sponda del fiume. Alle undici in punto.»

«Sarò lì in anticipo.»

Danny la guardò con la coda dell'occhio. «Secondo me, non dovresti venire. Darai troppo nell'occhio.»

«Non è giusto. È la mia storia. Te l'ho servita su un vassoio d'argento. Non puoi tagliarmi fuori adesso.»

«Non ti sto affatto tagliando fuori. Ma non voglio che tu ti assuma dei rischi a questo punto. Saranno tutti nervosetti. Basta che uno di loro ti riconosca per averti vista all'incontro o alla Spaghetti Factory e il piano salta.»

«Non mi hanno mai vista. In entrambe le occasioni, mi sono accomodata dietro di loro. E non mi hanno nemmeno degnata di uno sguardo alla Spaghetti Factory.»

«Ti sottovaluti. Sei una donna avvenente e scommetto che Deke ti ha guardata per bene mentre tornava dalla telefonata. È quel tipo di uomo. Non ha fatto altro che parlare della cameriera per tutto il tragitto di ritorno al suo appartamento. Deve averti dato un'occhiatina. È a te che sto pensando.»

«A me e al pezzo» brontolò, prendendo le sigarette e accendendosene una. «D'accordo, fa' come ti pare.»

Lui le rivolse un sorriso, sollevato. «Posso prendere in prestito il tuo registratore? Lo metto in una tasca del cappotto: non lo noteranno mai.»

«Se succede, finisci in guai grossi, Danny.»

«Starò attento. Ma credo siano del tutto inoffensivi.»

«Stanno progettando una dannata campagna dinamitarda, Danny. Forse sono incapaci, ma non sono inoffensivi. E se l'irlandese è in compagnia di Gary, non tentare di registrarlo.»

«Pensi che sia così scemo?» Fece un sorrisino. «No, non rispondere. Vuoi che ci vediamo subito dopo?» Lei gli rivolse uno sguardo che avrebbe fatto avvizzire un roveto. «D'accordo, d'accordo, scusa. Ti chiamerò appena ho finito e, a quel punto, potremo vederci.»

«Magari accetto il tuo invito a dare un'occhiata al tuo appartamento» disse Allie, alleggerendo l'atmosfera.

«Nessun problema. La donna delle pulizie viene il giovedì, dunque è ancora intonso.»

«Hai una donna delle pulizie?»

Danny annuì. «È il modo migliore per non avere il fiato di mia madre sul collo.» Lo disse senza pensarci: le sue parole si erano nuovamente svuotate della minima consolazione. «Non che ora conti più.»

«Tornerà sui suoi passi, Danny. Capirà l'importanza di ciò che fai.» Allie si protese in avanti e gli coprì una mano con le sue.

Lui annuì, poco convinto. Si schiarì la voce. «Sarà meglio che mi dia una mossa. A che ora Angus ci getterà in pasto alla polizia?»

«Dobbiamo essere in redazione alle dieci.» Diede un'occhiata all'orologio ed emise un gemito. «Tra meno di otto ore.» Allie sbadigliò. «Grazie per essere passato a trovarmi.»

Lui le rivolse un sorriso timido. «Il minimo che potessi fare. È la tua storia, Allie. Sul serio, non me lo sono scordato.»

28

Come aveva fatto a cacciarsi in quella situazione? Solo qualche ora prima, il Gary Bell che aveva incontrato alla Spaghetti Factory i suoi due migliori amici e il loro nuovo compagno era stato un ragazzo normale, con un brutto taglio di capelli à la Rod Stewart e il desiderio di vedere la Scozia liberarsi dal giogo inglese.

Ora il Gary Bell che stava percorrendo in macchina la A77 era il membro di un gruppo di ribelli votati alla lotta armata.

Perché si lasciava sempre intrappolare dalla smania di far pensare a tutti che lui fosse il grand'uomo? Deke Malloch aveva pontificato sulla necessità di insorgere per la libertà, se solo ne avessero avuto i mezzi. Senza la minima esitazione, Gary si era sporto sul tavolo e aveva pronunciato le parole fatali. «Conosco un uomo.»

Quell'inutile vanteria in qualche modo si era trasformata in un guanto di sfida per giovani uomini troppo spaventati per fare marcia indietro davanti agli amici. Paul, il loro nuovo compagno, si era offerto di finanziare le loro spese. Così, Deke Malloch si era alzato di scatto e si era diretto al telefono pubblico d'angolo e aveva chiamato suo cugino a Stranraer per informarsi sugli orari dei traghetti. E Gary Bell stava affrontando con qualche apprensione il suo nuovo ruolo di timoniere.

La squadra della Boys' Brigade apparteneva abbondantemente al passato di Terry Robinson. Ma Gary Bell sapeva che ogni sabato il suo vecchio amico continuava a giocare in porta per la squadra amatoriale di un pub di Andersonstown. Non era mai stato a Belfast prima e l'idea di andarci ora gli torceva lo stomaco. Della città non sapeva altro che ciò che aveva visto nei notiziari: veicoli corazzati e soldati britannici per le strade, dimostranti che lanciavano mattoni e bombe molotov, posti di blocco e palazzi governativi circondati dal filo spinato. Ma, se non avesse tentato un approccio con Terry, quel poco di credibilità presso gli altri sarebbe andato perso.

Aveva preso in considerazione l'idea di mentire. Di dire che aveva fatto un tentativo e che Terry, però, aveva cancellato l'appuntamento. Ma Deke Malloch aveva mandato all'aria tale idea. «Ti farò compagnia fino a Stranraer» aveva annunciato quando Bell si era mostrato "intenzionato" a raggiungere Belfast in traghetto quel sabato. «Posso andare a vedere la partita dello Stranraer con mio cugino. Sarà una roba da ridere: sono talmente prossimi al fondo della classifica della Seconda divisione che rischiano di farsi bastonare da chiunque si trovino ad affrontare. Poi magari andiamo al pub e tu puoi passare a prendermi sulla via del ritorno.»

«È possibile che non rientri prima di domenica.»

«In tal caso, dovrò passare la notte fuori.» Malloch gli aveva dato una pacca sulla schiena. «Voglio sentire le buone notizie il prima possibile.»

E, dunque, non aveva avuto scelta. Nel lungo tragitto in macchina sulla costa dell'Ayrshire per raggiungere Stranraer, nell'ascella dell'angolo inferiore sinistro della Scozia, Malloch era passato dalle critiche per le cassette scelte da Bell a qualche incursione lamentosa sull'incapacità delle donne di apprezzare il suo fascino. Nulla che potesse alleviare la tensione di Bell, già a livelli parossistici. Era stato quasi un sollievo salire in macchina sul traghetto. La prospettiva di quattro ore di straorze e rollii sulle onde grigie del mare d'Irlanda era più allettante di un altro minuto in compagnia delle parole di Malloch. A parte tutto, le diatribe di Malloch avevano spinto Bell a chiedersi perché mai avessero stretto amicizia.

Si comprò delle patatine, una bibita Irn Bru e una confezione di gustosi panini al formaggio nella lugubre caffetteria, dopodiché trovò un posticino tranquillo, lontano dai camionisti, dai crocchi di marmittoni di ritorno dalla licenza e da qualche famiglia che stava facendo la traversata. A Bell sfuggiva perché qualcuno avesse voglia di andare a Belfast nel cuore dell'inverno. D'altronde, perché diavolo lo stava facendo lui? La sua dedizione alla causa non si poteva mettere in discussione. Ma non era un uomo violento, era il contabile di un cantiere navale di Govan. Era riuscito a raggiungere l'età di venticinque anni senza essere mai stato coinvolto in una vera rissa. Qualche esplosione avrebbe fatto la differenza? C'erano state dozzine – anzi, centinaia – di bombe nell'Irlanda del Nord, eppure le pastoie che la legavano alla Gran Bretagna continuavano a esistere. Non avevano ottenuto altro che far detestare l'IRA in tutto il paese.

Forse, però, c'era un altro sistema. Un sistema per far sì che la Scottish Republican Army avesse un impatto positivo. Ciò che aveva reso dei paria gli uomini dell'IRA era il sangue sulle loro mani. E se Bell e i suoi amici fossero riusciti davvero a imboccare una strada diversa? Se avessero fatto ciò che avevano concordato e fossero riusciti a far saltare in aria i simboli del potere degli occupanti? Se avessero evitato il minimo spargimento di sangue? Il paesaggio scozzese era punteggiato da tanti simboli di quel tipo.

Avrebbero potuto cominciare con la sede della Royal High School ai piedi di Calton Hill, a Edimburgo, destinata a ospitare l'amministrazione della devoluzione che probabilmente non ci sarebbe stata se Westminster avesse seguitato a spostare i montanti. Il consiglio comunale di Edimburgo aveva acquistato l'edificio per quasi due milioni e un'altra piccola fortuna era stata spesa per risistemarlo affinché fosse pronto per i politici. Farlo saltare in aria avrebbe mandato il messaggio che la Scozia non intendeva attendere di sentirsi dire cosa fare dal governo di Londra.

Lo Scottish Office di Edimburgo, l'avamposto di Westminster, era un altro obiettivo che avrebbe fatto sobbalzare e svegliare i politici. Il segretario di stato per la Scozia, Bruce Millan, era un fanfarone. Sapevano tutti che era la marionetta dei suoi capi giù al Sud. Bell riteneva che il sostegno del governo laburista alla devoluzione fosse una finzione, nient'altro che belle parole per tenere buoni gli scozzesi. La devoluzione era come dare dolcetti a un poppante: lo zittiva ma gli faceva marcire i denti. Forse, con un aiutino da parte degli amici irlandesi, Bell e i suoi compari avrebbero dimostrato che non erano ancora del tutto sdentati.

I pensieri che gli turbinavano in testa lo tennero occupato fin quando scese in macchina dal traghetto, nel grigio, desolato primo pomeriggio. Un checkpoint militare passava al vaglio ogni singolo veicolo che scendesse dall'imbarcazione, fermandone una parte, all'apparenza scelta a caso, per sottoporla a ulteriori controlli. Un soldato armato di quello che Bell pensò che fosse una sorta di fucile semiautomatico si fermò accanto al soldato semplice dal viso giovane e fresco che richiese di vedere la sua patente. «Qual è lo scopo della sua visita di oggi?» chiese, con un accento dello Yorkshire provocatoriamente evidente.

«Sono venuto a trovare un vecchio amico. Si è fidanzato da poco e gli ho promesso di offrirgli da bere.»

«È di qui?»

«Sì.»

Il soldato si accigliò. «Come fa a conoscerlo?»

Bell gli spiegò la storia del calcio e delle vacanze in famiglia con quei dettagli noiosi che sperava potessero disinnescare eventuali sospetti. Ma dovette comunque scendere e aprire il bagagliaio per dimostrare che non aveva niente di più minaccioso di un set di cavi per riavviare il motore. Alla fine, gli fu indicato di passare. Si fermò davanti al primo giornalaio e acquistò una mappa della città.

Tornato in macchina, la aprì e tracciò il suo percorso con una biro blu. Sembrava sostanzialmente dritto. Calcolò di giungere a destinazione alla fine del primo tempo, a patto di non imbattersi in troppi checkpoint.

Concentrò tutta la sua attenzione sulla missione di non perdersi. La città gli passò accanto in una macchia indefinita di lugubri case a schiera di mattoni, vivacizzate di quando in quando da uno sgargiante murale, e da cordoli verniciati di rosso, bianco e blu, le tinte della Union Jack, oppure di arancione e verde, i colori dei repubblicani. Scene costanti di soldati con la tuta mimetica in pattuglia oppure impegnati a presidiare checkpoint su vie secondarie che si irradiavano dall'arteria principale. E poi il contrasto sconcertante della gente che svolgeva le faccende quotidiane, come se lui stesse attraversando in macchina una delle zone meno prospere di Glasgow. Donne con il foulard per proteggersi dal freddo e i pesanti sacchetti della spesa che le facevano pendere da una parte. Bambini che prendevano a calci palloni malconci su terreni desolati. Uomini con giacconi corti di pesante stoffa blu che fumavano agli angoli delle strade, in un viavai costante tra pub e sale corse. Gruppi di adolescenti dalle teste schiacciate tra loro, assorti in qualsiasi oggetto di discussione trovassero degli adolescenti. E ogni tanto una coppia di punk, detriti lasciati alle spalle da una recente moda ormai passata.

Il parco in cui la squadra di Terry giocava non era molto più grande dei due campi da calcio che conteneva. Una fatiscente area di svago per bambini occupava lo spazio tra il parcheggio e i quarantaquattro uomini che rincorrevano i palloni. Due bambine avvolte nei cappotti invernali che le facevano sembrare grosse il doppio si arrampicarono su una malconcia piramide rotante che scricchiolò come in un film dell'orrore mentre girava. Su una panchina, da una parte, un vecchio con un cappotto di tweed e un cappello piatto in tono fumava una pipa e divideva l'attenzione tra il giornale e le bambine.

Bell costeggiò l'area di svago e scrutò le due partite. Terry non era in nessuna delle due porte del campo più vicino e, dunque, lui si incamminò lungo il bordo campo finché non riuscì a vedere l'altra partita. All'estremità opposta, impegnato a saltellare sulle punte dei piedi per mantenersi caldo, con il tronco fasciato da uno spesso maglione verde, Terry presidiava la porta, concentrato su quanto si stava dipanando sul campo. Bell procedette lungo la linea laterale, superando una dozzina di spettatori che, imbacuccati in cappotti, cuffie e sciarpe, si tenevano al caldo con invettive dirette indiscriminatamente a giocatori e arbitri.

Si avvicinò alla porta di Robinson da dietro, ma una sorta di presentimento del pericolo fece girare di scatto la testa del portiere in direzione di Bell. La sua faccia si illuminò per lo stupore. «Ding-dong! Che cazzo ci fai qui?»

«Sono venuto a trovarti.» Bell estrasse una mezza bottiglia piatta di Johnnie Walker da una tasca del giubbotto. «Ho pensato che fosse ora di festeggiare il tuo fidanzamento.»

«Ce ne hai messo di tempo. Però, è fantastico vederti.» Seguitò a lanciare qualche occhiata alla partita dietro una spalla, ma i giocatori erano impegnati in un parapiglia all'estremità opposta. «Come stanno tua mamma e tuo papà?»

«Bene, stanno bene. Sei libero dopo la partita, per un goccetto?»

Robinson lo scrutò lungamente, con aria seria. «Cosa vai cercando, Ding-dong? Stai combinando qualcosa, me lo sento.»

Il salto più rapido a una conclusione a cui Bell avesse mai assistito. «Un uomo non può andare a trovare un vecchio amico senza avere un ulteriore motivo?»

Robinson si girò dall'altra parte, con le mani sui fianchi. «Non quando ciò implica presentarsi nel bel mezzo di una zona di guerra. Sei venuto in macchina?»

«Già, la mia automobile è laggiù, nel parcheggio.»

«Ci vediamo lì alle quattro. E ora levati dalle palle e fatti una passeggiata. Stai destando troppa attenzione.»

Bell fece come gli era stato detto, incamminandosi fino alla bandierina dell'angolo opposto e poi lungo il bordo campo, senza voltarsi una sola volta per guardare l'amico. Come doveva essere trascorrere i giorni temendo costantemente di essere osservato? Si fermò dietro la porta opposta per qualche minuto, fingendo un interesse per la partita che non avvertiva. Si allontanò, uscendo attraverso un ingresso diverso rispetto a quello da cui era entrato. Fece un giro intorno al parco che lo riportò alla sua automobile, con una decina di minuti da far passare. Si accomodò nuovamente sul sedile del guidatore, felice di non essere più alla mercé di quel vento tagliente.

La luce si stava dissolvendo nel cielo, quando Robinson apparve con un borsone. Lo gettò nel vano piedi dal lato del passeggero e si accomodò nell'abitacolo, portandosi appresso un forte tanfo di sudore e tabacco rancido. «Allora, facciamoci quel goccetto» disse, tendendo una mano. Bell gli passò la bottiglia e l'amico bevve un sorso, facendo una smorfia quando l'alcol gli finì in gola. «Roba buona» disse, infilandosi la bottiglia nella tasca della giacca. «Di certo non ne vorrai, visto che devi guidare. Giusto?»

Bell fece un sorrisino. «L'ho portata per te.»

Robinson gli scoccò un'occhiata scaltra. «Cos'è? Una specie di anticipo, Gary? Non sei qui per via dei miei begli occhi azzurri, vero?»

«Cristo, come sei diffidente.»

Si accese una sigaretta, strizzando gli occhi per guardare Bell nel fumo. «Se avessi vissuto la mia vita, saresti come me. Allora, di cosa si tratta, Gary?»

E, così, Bell glielo disse. Robinson lo ascoltò in un silenzio fosco che rese Bell sempre più ciarliero. «Siamo dalla stessa parte. Se otteniamo l'indipendenza, il Regno Unito si spacca. Come ciò che hanno detto gli americani sul comunismo in Vietnam: l'effetto domino. Se noi usciamo, avrete un'Irlanda unita in men che non si dica. Oppure, se foste voi a staccarvi per primi, noi vi seguiremmo a ruota, se riuscissimo a ottenere un sostegno sufficiente. Per farlo, abbiamo bisogno di dare il via alle cose in modo spettacolare, Terry.» Finalmente, si fermò.

«Hai un bel coraggio, questo te lo riconosco. Venire nella tana del lupo e infilare la testa nella sua bocca.» Robinson aspirò l'ultimo mezzo centimetro di sigaretta e lo spense nel portacenere dell'automobile. «Prima che passi questa richiesta a qualcuno più in alto di me, devi rispondere a due domande.»

«Qualsiasi cosa.»

«Siete sicuri? Puoi garantire per la tua cellula?»

Bell annuì. «Li conosco da sei anni o giù di lì. Sono fidati, maledizione. Fidati.» Non era esattamente tutta la verità e nient'altro che la verità. Ma Bell si fidava del suo sesto senso, che gli diceva che Paul Reilly era affidabile.

«E in che modo pensate di finanziare la cosa, esattamente?»

29

Alla fine, l'incontro con la polizia si rivelò molto meno allarmante di quanto Allie si fosse attesa. Aveva pensato che avrebbero manifestato rabbia per essere stati tenuti all'oscuro di certe violazioni della legge e malumore per essersi sentiti sciocchi a causa di un manipolo di giornalisti che avevano svolto il lavoro al posto loro. Ma i due detective che la interrogarono furono quasi affabili. Spiegarono che erano specializzati in crimini dei colletti bianchi e, dunque, impiegarono poco ad afferrare i princìpi in ballo. Lei era stata previdente e aveva fatto una copia delle sue interviste su nastro, il che parve sorprenderli. «Una di quelle macchinette non mi dispiacerebbe» brontolò l'agente più giovane.

Danny, che era stato interrogato per primo, l'aveva aspettata e insieme tornarono a piedi al parcheggio. «È andata bene?» le chiese, con voce preoccupata.

«Penso di sì. Non mi hanno chiesto nulla a cui non fossi in grado di rispondere. E a te?»

«Be', un paio di cose che ho dovuto eludere ci sono state. Per esempio, i soldi. E, naturalmente, ho dovuto dire la verità su Joseph. Hanno detto che era loro intenzione parlargli lunedì.»

«È il caso di avvertirlo? Di suggerirgli nuovamente di fornire in anticipo la sua versione?»

Danny sospirò. «Ci proverò. Ma penso che, chiunque sia a rispondere al telefono, me lo sbatterà in faccia.»

«Vuoi che sia io a chiamare? Nessuno riconoscerà la mia voce.»

Ci rifletté su un momento e poi scosse la testa. «Non voglio trascinarti in questa faccenda. Penso di avere zia Senga dalla mia parte: ha sempre avuto un debole per me. Va alla stessa funzione religiosa. Domani, dopo la messa, può bloccare Joseph e richiamare la sua attenzione. Dirgli che deve chiamare la polizia e recitare il ruolo dell'innocente.»

«È un'idea migliore. È più facile che ascolti lei di me.» Allie fermò l'automobile. «Ci vediamo domani. Buona fortuna con quegli scemi.»

«Non ti va di mangiare un boccone?»

Tipico, pensò Allie. L'unica volta in cui aveva un impegno, le chiedeva di uscire a pranzo. «Spiacente, ho dei programmi. Devo vedermi con Rona Dunsyre. Andiamo da Rogano's e poi a fare un giro per negozi.»

Lui parve sorpreso, ma si limitò a dire: «Divertiti. Ti chiamo appena riesco, domani».

«Grazie, ma farò il turno del pomeriggio. Uscirò di casa intorno a mezzogiorno e mezza. Dovrai cercarmi in ufficio dopo quell'ora.»

Un'espressione preoccupata. «Lì, però, non è che tu possa parlare...»

«Se non riesci a chiamarmi prima che esca per andare in ufficio, ci vediamo alla mensa. Farò la pausa intorno alle cinque.» Lui annuì e lei gli mise una mano sul braccio. «Sta' attento, Danny. So che li consideri solo un manipolo di scemi, ma anche gli scemi possono essere pericolosi.»

Rona era in forma smagliante, esattamente ciò di cui Allie aveva bisogno dopo lo stress e le tensioni degli ultimi giorni. Iniziarono con un Bloody Mary e Allie volle a tutti i costi offrire il pranzo. «Quel consiglio che mi hai dato sull'idea di crearmi dei contatti: mi è già tornato utile» spiegò. «Ho portato a casa una bella storiella sui voti degli studenti nel referendum. Naturalmente, Angus l'ha passata a uno dei ragazzi che si occupano di politica.»

«Sarà senz'altro accaduto prima del tuo colpaccio di questa settimana, giusto? Devi essere la stella del momento, ora.» Rona fece tintinnare il bicchiere con il suo e le strizzò l'occhio. «Sapevo che ci saresti riuscita, tesoro.»

«Forse adesso mi prenderanno un po' più sul serio. E sto lavorando su un'altra storia insieme a Danny. Una storia in cui mi sono imbattuta durante un altro incontro sull'indipendenza. Non posso ancora dire molto al riguardo, ma, se va in porto, sarà una cosa da sballo.»

«Buon per te.»

Una pausa per ordinare. Rona optò per le ostriche, ma Allie non si fidava di qualcosa che assomigliava tanto al moccio e si accontentò del salmone affumicato. Poi, Rona insisté che entrambe mangiassero il leggendario pasticcio di pesce. «E ci faremo una bottiglia di Muscadet» aggiunse. «Ti serve un corroborante, se dobbiamo andare a fare shopping.»

«A proposito dello shopping...»

«Non metterti a questionare con me e non fraintendermi, Allie, ma, quanto al tuo guardaroba, devi salire di un livello. Devi vestirti per il successo, cara.»

«Non sono esuberante come te» la interruppe Allie.

Rona rise sguaiatamente. «Nessuno al *Clarion* è esuberante come me. Dannazione, non c'è un solo giornalista in tutta la città che abbia un cicinino della mia esuberanza. Non ti sto dicendo di imitare il mio stile. Non credo che ti si addica. Ma hai bisogno di renderti giustizia. In questo momento, assomigli più a una poliziotta in borghese che compra gli abiti a una svendita di C&A che una reporter di successo che stabilisce le priorità delle notizie.»

Allie arrossì. «Sono stata una studentessa per tre anni, poi una giornalista tirocinante che per due anni ha guadagnato una miseria. Non mi potevo permettere altro che quello che era in svendita da C&A.»

Rona le accarezzò una mano. «Lo capisco. Ma è storia passata. Ora prendi un buon stipendio e dovresti spendere una parte di quei soldi per vestirti come si deve. Non dico che devi perdere la testa, ma un minimo di stile farebbe tanto per spingerli a prenderti sul serio. Una giacca di sartoria, una vampata di seta, una gonna vagamente alla moda...»

«Niente gonne.» Su quello Allie sarebbe stata inamovibile.

«Niente gonne?»

«Al mattino, tu te ne vieni in ufficio con una discreta idea di cosa farai durante il giorno. Non è così per me. Magari, mi tocca scendere lungo la difficile scarpata di un'autostrada per occuparmi di un tamponamento a catena che ha coinvolto cinque macchine. Oppure mi ritrovo in un abbietto appartamento di un caseggiato popolare dell'East End appiccicata al divano. O a congelarmi il culo in una stazione ferroviaria in mezzo al nulla, in attesa dell'arrivo di un membro minore della famiglia reale impegnato in un evento benefico. E, a volte, mi ritrovo in situazioni in cui una gonna rappresenta una provocazione. Per cui, niente gonne.»

Rona annuì. «Capisco il tuo ragionamento. Inoltre, gonna significa scarpe con i tacchi e comprendo che non ti vada di spingerti troppo in là nemmeno in questo senso. Però, si trovano tanti pantaloni di ottima foggia, Allie, e la mia missione è mostrarteli. Hai fianchi stretti e gambe lunghe: farai un figurone, caspita. Non come me. C'è un motivo se opto per le gonne! Ora finisci di bere. Arrivano i nostri antipasti ed è il momento di darci da fare con il vino.»

Oltre che dal vino, il loro pranzo fu accompagnato da abbondanti dosi di pettegolezzi provenienti dall'ufficio e non solo. Allie non sapeva chi fosse metà delle persone protagoniste di quelle storie, ma registrò i resoconti di peccatucci, umiliazioni e relazioni inappropriate per farne uso in futuro. Sapeva che erano una sorta di valuta sociale nella sua vita professionale.

In quell'aneddotica c'era scarso malanimo, ma, di quando in quando, il suo tono cambiò e Allie capì che Rona aveva motivo per provare aperta antipatia. Cosa che, pensò Allie, ci stava.

Passarono a quella che ora Rona definiva "la grande trasformazione". Lei la scrutò con aria critica. «Con lo shopping posso arrivare solo fino a un certo punto» disse Rona. «Devi darti una sistemata ai capelli.»

«Cosa c'è che non va nei miei capelli?» Allie era curiosa. I suoi capelli erano folti e dritti, e con un comodo taglio a caschetto.

«Sono fantastici. Scuri e folti. Ma il tuo taglio ha più o meno la stessa vita della pelliccia di topo muschiato di mia nonna. Vanno accorciati, con tanto carattere e un minimo di aggressività. Ti serve un parrucchiere che sappia tagliare bene e, a quel punto, potremo finalmente vederti in faccia. Ci rifletterò, darò un'occhiata alla mia rubrica e ti fornirò un paio di nomi. Giuro su Dio, Allie: sembrerai una donna nuova.»

«È quello che mi preoccupa.»

Rona rise. «Fidati di me. Vengo pagata per sapere queste cose. Capisco che tu non insegua glamour e ostentazione, ma non c'è motivo per cui non possa guardarti allo specchio e sentirti a tuo agio con te stessa.»

Dopo gli Irish coffee, Rona la trascinò nel pomeriggio in un turbine di tessuti e colori. Piccole boutique, un paio di grandi magazzini e, per finire, un giro in taxi fino a una vera e propria sarta nel West End. «Non chiamarla in quel modo» la istruì Rona. «Stilista, ecco come le piace essere chiamata. Ti adorerà. Hai spalle fantastiche e una linea perfetta fino a quei fianchi stretti. Il lavoro di sartoria ti farà apparire professionale senza scoraggiare i clienti.»

Allie sbottò in una risata sprezzante. «Qualche pranzo come questo e i miei fianchi esili saranno storia.» Però accettò di farsi studiare, misurare, posizionare sotto la luce e accoppiare ai tessuti. Alla fine, commissionò tre paia di pantaloni, due giacche e un gilè. «Starai da Dio» le promise Rona.

«Oggi pomeriggio ho speso lo stipendio di un mese» disse Allie, brandendo una dozzina di sacchetti.

«Lo so, quando vai a fare shopping con me, spendi bene i tuoi soldi. Vedi gli sconti che ti hanno fatto in quelle boutique? Il massimo.»

Allie rise. «Ci sta. Ti adorano, vero?»

Rona fece un sorrisino compiaciuto. «Esatto. Ora sei pronta a lasciare secchi quegli stronzi della redazione. Non ti assoceranno più ai "piccoli miracoli". Però...» Si interruppe. «Io una bella storiella da passarti ce l'avrei. Intendevo tenermela per un paginone centrale con fotografia la settimana prossima, ma forse è più nelle tue corde.» C'era un tono canzonatorio nella sua voce quando prese Allie sottobraccio e la fece entrare nel Grosvenor Hotel, in fondo a Byres Road. «Ora del cocktail» annunciò, mentre avanzavano verso il bar.

Rona non ne volle sapere di parlare di quella storia finché non si furono messe comode al bar con un paio di Negroni. Allie non ne aveva mai assaggiato uno, ma il primo sorso la convinse che qualcuno aveva inventato un modo per rendere bevibile il Cinzano rosso. «Allora, dimmi di questa storia. Stai cercando di farmi ubriacare perché io me la beva?»

Rona la guardò con aria maliziosa. «D'accordo. È una storia divertente, in realtà. Semplicemente, non sono certa che sia adatta alla pagina femminile. Cosa diresti al primo arbitro di calcio scozzese in dolce attesa?»

Di primo acchito, quell'insieme di parole non aveva il minimo senso. «Non capisco.»

«Ho un'amica che è la preside di una scuola elementare nella cupissima contea del Lanarkshire. Non hanno insegnanti maschi e i bambini adorano il calcio, così ha convinto un paio di colleghe a sostenere gli esami con lei per poter fare da arbitro nelle partite della scuola. Sono tra le prime donne in assoluto ad aver ottenuto la qualifica. E adesso una di loro è rimasta incinta. Per cui, è la prima donna arbitro incinta della Scozia.»

Allie scoppiò a ridere. «Una storia fantastica. Mi piace un

sacco. Donna in un mondo appannaggio degli uomini, più che giusto. Se non la vuoi, me la prendo io in un attimo.»

Rona la strinse in un abbraccio. «Ecco la mia ragazza. È tutta tua. Lunedì ti lascerò un biglietto nel cassettino. Una volta ottenuta la tua grossa esclusiva, ti ci puoi divertire un po'. E nel frattempo... come stanno le cose tra te e Danny? Com'è che tu ti sei messa con lui?»

Era una domanda bizzarra, pensò Allie. «Non direi che "mi sono messa con lui". Cioè, ci sono sempre andata d'accordo: non è certo un dinosauro come gli altri. Ma poi mi ha parlato di questa indagine. Aveva la storia nuda e cruda, ma stava faticando a scriverla.» Guardò Rona con aria pensierosa. «Al *Clarion* c'è un numero sorprendente di giornalisti che non vale una cicca quando si tratta di scrivere. Angus mi ha fatto riscrivere qualche loro pezzo.»

«Ma è compito dei revisori, o no?» Rona parve sinceramente interessata. Com'era possibile che non lo sapesse?, si chiese Allie.

«Ad Angus non piace che i revisori pensino che i giornalisti scrivono così male. Perlomeno, è così che credo stiano le cose. Per cui, Danny sapeva che io ero l'addetta all'abbellimento ed è venuto da me con la sua storia chiedendomi aiuto. E insieme abbiamo lavorato davvero bene.» Scrollò una spalla e bevve un sorso del suo drink. «Non c'è altro.»

«Però, stai lavorando nuovamente con lui, giusto? Deve avere qualcosa di positivo? Qualcosa al di là del fatto che non sia un dinosauro?»

Perché Rona era così incuriosita da Danny? C'era dell'altro? Dopotutto, aveva forse solo un paio d'anni più di lui. «Ho lo spunto per un grande pezzo, ma c'è bisogno di qualcuno che lavori dall'interno. E deve essere un uomo. Per ora, non posso dirti altro. Ho pensato che Danny mi potesse restituire il favore, ecco tutto.» Giochicchiò con il bicchiere. «Perché tutte queste domande su Danny? Sei *interessata* a lui?»

Per un istante, Rona non seppe che dire. Poi, inclinò la testa all'indietro e proruppe in una risata sguaiata. «Io e Danny Sullivan?» Un'altra risata. «Oh, Allie, hai ancora tanto da imparare.»

Allie si sentì stranamente offesa. Non sapeva che dire. Ma Rona si riprese e la cinse con un braccio. «Scusa» disse. «Danny non potrebbe essere più lontano dal mio tipo. Sono soltanto una grande impicciona, Allie. Secondo te, in quale altro modo ho finito per essere la fonte di ogni sapere? Mai scambiare la curiosità giornalistica per desiderio. Ti farà finire in un sacco di guai.» Poi fece una risatina. «Io e Danny. L'unica cosa meno probabile è che sia Angus a dirigere la pagina femminile.» Si scolò il suo drink in un sorso solo. «E ora ti saluto con affetto. È stato uno spasso, Allie, ma stasera ho un appuntamento galante promettente e devo andare a casa ad agghindarmi nel modo dovuto.» Scivolò giù dallo sgabello senza barcollare e baciò Allie su una guancia. «Dobbiamo rifarlo. Presto.»

E così sparì. Allie fissò il bicchiere vuoto e si chiese cosa avesse realmente significato quell'ultimo scambio di battute.

30

Non erano ancora usciti dal parcheggio di Stranraer che Malloch andò al sodo. «E tu cosa gli hai detto?» volle sapere, quando Bell giunse alla domanda cruciale di Robinson.

«La verità. Cioè che la nonna di Paul, alla sua nascita, gli aveva comprato cinque Premium Bond, uno dei quali è scaduto il mese scorso. E che Paul è più che felice di investire un sacco nella lotta.»

Malloch proruppe in una risata entusiastica. «E lui che ti ha detto?»

«"Certo, non sono gli irlandesi quelli che dovrebbero essere fortunati?"» L'imitazione di un accento irlandese fu pessima, ma nessuno dei due si fece problemi. «A quel punto, è scoppiato a ridere e ha detto che era una cazzo di ironia che una lotteria di stato finanziasse il rovesciamento del suo stesso potere. Non l'avevo pensata in quel modo, ma suppongo che abbia ragione. Voglio dire, una lotteria di stato? È proprio quello che sono i Premium Bond.»

«Ci siamo, dunque?» Il ginocchio sinistro di Malloch ballonzolava su e giù, mentre lui tamburellava con le dita sul cruscotto.

«Non lo so. È troppo presto per dirlo. Terry è uno dei membri della cellula, dunque dovrà passare la richiesta al suo superiore in linea gerarchica che, a sua volta, la passerà a un comandante di brigata. Ha detto che probabilmente la cosa finirà davanti all'Army Council.»

«Quanto ci vorrà? Non è che abbiamo tutto questo tempo a disposizione. Il referendum sarà tra poche settimane. Dobbiamo radere al suolo quel posto prima di allora, Ding-dong.»

Bell avviò il motore e zigzagò tra i mucchi di nevischio ghiacciato per raggiungere la strada. «Non lo so» disse, in tono sedizioso. «Non c'è nulla che possa fare per accelerare le cose. Ho detto a Terry che era urgente.»

La risata di Malloch aveva un che di raggelante. «Chi avrebbe detto che la rivoluzione sarebbe stata fottutamente burocratica quanto il governo che abbiamo già? Ti dico una cosa: in una Scozia indipendente, sarà tutta un'altra storia.»

L'interno del Clock Café, in fondo a Maryhill Road, era una miscela anonima di fòrmica, compensato e vinile, con un sottile strato di grasso su ogni superficie, comprese le foto incorniciate delle squadre passate del Partick Thistle. Danny scelse di arrivare con qualche minuto di anticipo al *rendez-vous* della domenica mattina. Voleva dare l'impressione di essere impaziente, ma non al punto da destare sospetti. Ding-dong Bell lo aveva anticipato e si era già mangiato mezzo panino al bacon. «Mi sono svegliato con una fame da lupi» ammise. «Tutte le emozioni di ieri devono avermi risvegliato l'appetito.»

Prima che Danny potesse chiedere qualche dettaglio, Roddy Farquhar e Deke Malloch giunsero insieme. Erano, pensò, il gruppo più improbabile di cospiratori che si fosse potuto immaginare. I discorsi seri vennero posticipati mentre tutti e quattro ordinavano una colazione scozzese completa. «Niente pomodori, per l'amor di Dio. Non siamo fighetti.» E tazze di tè.

«La tensione mi sta uccidendo» disse Danny, quando la cameriera si allontanò strascicando i piedi. «Com'è andata?»

Si sporsero tutti in avanti, con le teste vicine, e restarono seduti, assorti, mentre Bell raccontava nuovamente la sua storia. Quando arrivò alla fine di ciò che aveva già detto a Malloch in macchina, il suo complice esclamò: «Non è fantastico? Ora dobbiamo solo attendere e incrociare le dita».

Bell scosse la testa, con un sorrisino che gli increspò gli angoli della bocca. «Non sei al passo con i tempi, Deke. Ferma le rotative. Ci sono novità.»

«Novità rispetto a ieri sera? Come?»

Era una domanda a cui anche Danny voleva una risposta. «Il tuo amico ti ha telefonato?»

Bell sbuffò. «Non essere scemo. Sono troppo scaltri per farlo. Sanno di avere il fiato sul collo di Special Branch e RUC, la polizia dell'Ulster. Non corrono rischi. No, ho trovato un biglietto sotto la porta. Devono averlo infilato nel corso della notte: era sullo zerbino quando mi sono alzato.»

«E come hanno fatto a recapitarti un biglietto?» chiese Farquhar. Era, pensò Danny, la cosa meno interessante che avrebbe potuto chiedere.

«Hanno cellule ovunque, qui» disse Malloch con aria di superiorità, come se la struttura organizzativa dell'IRA fosse un libro aperto per lui. «Devono disporre di sistemi operativi per trasmettere messaggi. Ma cosa diceva il messaggio? Ci siamo o no?»

Bell frugò nella tasca del giubbotto di pelle da motociclista e tirò fuori una busta sgualcita. Stava per estrarne il contenuto quando la cameriera giunse e posò pesantemente quattro spesse tazze di ceramica bianca sul tavolo. «Quattro tè, ragazzi» disse, con voce da funerale.

Si servirono, attendendo che la donna non potesse più udirli. «Forza, Ding-dong, non lasciarci sulle spine» mugugnò Malloch.

Bell aprì il foglio e glielo sventolò davanti. Lettere maiuscole in nero su carta a righe economica. Prima che Danny riuscisse a mettere a fuoco le parole, Bell le lesse ad alta voce. «"Chiamate questo numero da una cabina telefonica. Domenica mattina alle dieci."»

«Tutto qui?» Farquhar, incredulo.

«E tu l'hai fatto?» Danny, andando al dunque.

«Sì.» Bell, soddisfatto di sé.

«E cos'è successo?» Malloch, a voce sufficientemente alta da far girare qualche testa.

«Abbassa il volume.» Danny, pressante.

«Ho ricevuto un messaggio. "Domani alle nove e mezza davanti al Butcher's Dog. Tu e il ragazzo fortunato con i soldi che ha vinto. Ci sarà qualcuno ad attendervi."» Di nuovo, l'orrenda imitazione di un accento di Belfast da parte di Bell.

«Quindi, che significa?» Farquhar, di nuovo con la domanda meno interessante.

Malloch emise un borbottio di esasperazione. «Significa che siamo in affari. La fottuta IRA vuole fare affari con noi, Roddy, coglione.»

La cameriera era tornata con due piatti pieni. Li posò davanti a Danny e a Farquhar con quello che parve il primo sorriso del giorno, a giudicare dalla fatica fatta. Gli altri due piatti seguirono immediatamente. Danny non ricordava di aver mai visto una colazione più ricca e pesante: salsiccia, una porzione di salsiccia di Lorne, tre fette di pancetta dell'Ayrshire, due focaccine, una fetta ciascuno di pudding nero, frattaglie di pecora bollita e fagottini di frutta, una cucchiaiata di fagioli stufati, due uova fritte alla perfezione e due pezzi di toast imburrato. Faceva sembrare inadeguato il menu offerto dalla mensa aziendale, e nessuno lo aveva mai detto di fronte a Danny. «Credo che questa roba possa uccidermi» disse.

«Svelti, levategli il piatto» disse Malloch. «Domani sera avremo bisogno di te. Con le tasche piene di contanti, amico mio.»

Santo cielo, stava succedendo davvero, pensò Danny. La stava facendo franca. Quell'istante in cui, con raccapriccio, aveva riconosciuto uno di loro alla Spaghetti Factory non aveva portato a nulla. Lo avevano genuinamente preso per quello che sembrava. Allie sarebbe stata al settimo cielo al riguardo. Due dossier di prim'ordine nel giro di poche settimane: erano dei capoccia. Una storia come quella apriva delle porte. Avrebbe scommesso sul fatto che lui e Allie sarebbero approdati a Fleet Street prima che la polvere del referendum sulla devoluzione si fosse posata.

Fece un giro del tavolo con lo sguardo e sorrise. «Nessun problema. Domani, di prima mattina, avrò i soldi. Potete contare su di me.»

Malloch gli diede una pacca sulla schiena.

«Sarai il primo eroe della nuova repubblica.»

Bell rise. «Già, farai un figurone su francobolli e soldi.»

Farquhar lo studiò, con la testa piegata di lato. «Esatto, hai il profilo adatto.»

Danny intinse un angolo della sua focaccina nel tuorlo di un uovo e lo staccò con un morso. «Non intendo vendere la pelle dell'orso troppo presto, ragazzi. Abbiamo ancora tanta strada da fare. Questo è solo il primo passo.»

«Forse» disse Bell, d'un tratto serio. «Ma è un passo pazzesco.» Alzò la tazza. «Un brindisi alla liberazione. Un brindisi alla nuova repubblica.»

31

L'alba di domenica quasi non giunse. Un cielo basso e torvo incombeva su Glasgow, in tono con l'umore di Allie. Nemmeno l'energia di *Armed Forces* di Elvis Costello bastò a sollevarle il morale. L'allegria trasmessale da Rona Dunsyre il giorno prima si era spento quasi del tutto nella contemplazione di ciò in cui lei e Danny si erano imbarcati. Non ebbe notizie di lui prima di uscire per recarsi al lavoro e tentò di non farne un terreno fertile per l'ansia.

Ovviamente, non ci riuscì. Come si era aspettata. Il turno pomeridiano della domenica non le avrebbe mai consentito di staccare il cervello da quanto stava succedendo. Qualsiasi spunto interessante era già stato assegnato al turno diurno: il compito principale del reporter del pomeriggio era mandare avanti la baracca mentre chiunque non fosse in giro a seguire una storia se ne andava a giocare a snooker al Press Club per poi tornare fra le tre e le quattro, lagnandosi perché doveva lavorare un po'. Nel frattempo, Allie se ne restò seduta in redazione, rispondendo a qualche telefonata, scambiandosi pettegolezzi con Fatima McGeechan e passando in rassegna una pila di settimanali locali nella speranza – in generale – vana di trovare una storia degna di attenzione.

Quando il resto della squadra fu di ritorno alla spicciolata, Fatima le disse di scrivere un articolo sul clima. Così, andò alla sua scrivania e iniziò a fare un giro di telefonate. Polizia, guardia costiera, ufficio meteorologico locale e Automobile Association. Le solite strade delle Highlands erano chiuse, si prevedevano nebbia ghiacciata e ghiaccio nero, e la strada principale tra Montrose e Arbroath era chiusa per via di una collisione tra un autoarticolato e un furgone del pane. Nessun ferito, solo una deviazione per Friockheim. Consegnò il pezzo e scese alla mensa, sperando di trovarvi Danny. Possibilmente tutto intero.

Era nello stesso angolo in cui si erano incontrati per il loro primo curry e non sembrava più rilassato di quella sera. Non mostrò alcun segno dell'euforia che lei aveva provato per storie che le erano parse importanti. Ma, al tempo, lei non aveva ancora aperto nessuna falla vitale nelle relazioni fondamentali della sua vita. Prese una lattina di Irn Bru e lo raggiunse. Lui la salutò con un debole sorriso. «Be', sono vivo. La mia copertura è ancora intatta» esordì.

«Com'è andata?» Allie strappò la linguetta e bevve un sorso, gustandosi l'immediata botta di zucchero e caffeina, con una puntina di zenzero.

«Sensazioni contrastanti. È eccitante penetrare in un gruppo come questo senza destare sospetti. Cazzo, sospetterei di me stesso se mi presentassi dal nulla come una fata buona. D'altro canto, mi spaventa che un gruppetto di idioti possa spingersi tanto avanti e con tanta facilità sulla strada del disordine. È come se nulla di tutto ciò per loro fosse reale. Sembrano un manipolo di ragazzini che giocano a cowboy e indiani.» Sospirò e scosse la testa. «Si caricano a vicenda, quasi fosse una sfida per vedere chi si tirerà indietro per primo.»

«Quindi, in sostanza, cos'è successo? Bell ha incontrato il suo contatto nell'IRA?»

Danny rise mestamente. «Sì. Salta fuori che il suo amico, Terry Robinson, ha ottimi agganci, come promesso da Bell. Gli ha detto che lo avrebbe contattato.» Delineò quanto udito quella sera al Clock Café e Allie restò a bocca aperta mentre lui le parlava dell'incontro che avevano in programma.

«Cristo, Danny» riuscì a dire. «Cosa intendi fare?»

Lui si morse l'angolo di un pollice. «Devo andarci in fondo, ti pare? Altrimenti, non avremo una storia e loro avranno accesso diretto a una fonte di esplosivi. E sono sufficientemente pazzi da trovare i soldi altrove.» Un'altra risata amara. «Dei ragazzi bravi e rispettabili come loro? Probabilmente otterranno un prestito da una banca.»

«Non possiamo dargli dei soldi così, come se niente fosse! Significherebbe finanziare il terrorismo.» Allie, costernata, scosse la testa. «Ti ho detto che non avresti mai dovuto offrire quei soldi.»

«Be', è troppo tardi.»

Un lungo istante di silenzio, carico di imbarazzo. La mente di Allie viaggiava a mille, nel tentativo di trovare una strada percorribile. «Un sacco, vero? È di quello che stiamo parlando?» Danny annuì. «Be', la cosa è molto semplice. La tua banca non consegnerà mille sterline in contanti senza un preavviso di qualche giorno. Perché non ti presenti con un paio di centinaia di sterline? Spieghi loro che non sei riuscito a trovarne altri senza preavviso, ma che disporrai del resto della cifra quando vi consegnano gli esplosivi.»

Danny corrugò la fronte. «E se pensano che li stiamo prendendo per il culo?»

«Potrebbero spaventarti a morte, ma non ti faranno del male. Non con la prospettiva di altre ottocento sterline in arrivo.» Allie cercò di sembrare più sicura di sé di quanto lo fosse. «Inoltre, così avremo la possibilità di prepararci per bene in vista del nostro pezzo. Dobbiamo fare ricerche complete sul passato dei tuoi amichetti. Indirizzi, datori di lavoro, famiglie, istruzione, amici. E questo significa che è ora di parlare con Angus.»

Danny emise un gemito. «Uscirà fuori di testa.»

«Non a lungo. Capirà che razza di storia fantastica sia. Ci serve dalla nostra parte, Danny. E non solo perché abbiamo bisogno di una squadra intera che scavi nella tua nuova Republican Army. Dobbiamo proteggerci. In questo momento, ora che nel bel mezzo di questa situazione ci siamo tu e io insieme, sarebbe facile indicarci come parte del complotto. Addirittura, dare l'impressione che noi ne siamo stati gli istigatori pur di avere una storia per le mani. Ma una volta che avremo convinto la redazione a partecipare, ci copriremo le spalle. Torneremo a essere giornalisti battaglieri.»

Danny giocherellò con il bordo della tazza di polistirolo contenente la sua zuppa di lenticchie, sparpagliando sul tavolo minuscole sfere bianche, come forfora. «Solo che, in effetti, l'abbrivio a questa cosa l'abbiamo dato noi. Prima che io ci mettessi i soldi, erano solo un manipolo di scemi che si esaltavano a vicenda. Ho fatto in modo che non potessero fare marcia indietro.»

Esasperata, Allie disse: «Lascia perdere i sensi di colpa cattolici. Quei ragazzi erano pronti a combinare guai: Deke Malloch, in un incontro pubblico, mettendosi a parlare delle tattiche dell'IRA per destare attenzione; Gary Bell proponendo con entusiasmo il suo contatto nella cellula attiva dell'organizzazione. Noi non abbiamo fatto altro che spingerli più velocemente sulla strada che stavano già percorrendo. Il che non ci rende colpevoli. Adesso dobbiamo assicurarci che non giungano a destinazione. Dobbiamo parlare con Angus. Non è solo il nostro capo: è la nostra polizza assicurativa. Guarda com'è riuscito a convincere il Rasoio a coprirci le spalle riguardo al nostro pezzo».

Danny sembrava sul punto di scoppiare in lacrime. «Capisco quello che dici. È la scelta giusta. Ma non è ancora il momento, Allie. Ti prego, non è ancora il momento.»

«Perché no? Siamo arrivati fin qui, sappiamo che storia sia. "La notte scorsa, una banda spietata di ribelli radicali, determinati a compiere azioni terroristiche in occasione del referendum scozzese, è stata sgominata grazie al *Clarion*."»

La bocca di Danny si contorse in un sorrisino. «Nessun dubbio: sei la ragazza dalle parole magiche. Ma sta' a sentire. Facciamo entrare in gioco Angus adesso e domani sera si trasformerà in un circo a tre piste. Avremo frotte di fotografi appostati sulla strada davanti al pub e, alla fine, non ci saranno altro che scatti confusi, sovraesposti, che nessuno sarà in grado di distinguere in un confronto all'americana. I colleghi ambiziosi si daranno un gran daffare, nel tentativo di strapparci la nostra storia da sotto il naso, con una voglia matta di inseguimenti in automobile e di sviluppi ad alta drammaticità. Se qualcuno mi mette nei guai con l'IRA, sarà qualcuno dei miei con il loro esibizionismo.»

«Stai esagerando.»

«Ne sei convinta? Hai visto con che velocità Peter McGovern si è preso buona parte dei meriti per il mio pezzo. Ci proveranno tutti. Sei ancora una novellina, in questo senso. I ragazzi sono carini con te perché sei una donna e non ti considerano una minaccia di nessun tipo. Fai loro un favore con i "piccoli miracoli" e le storie femminili. Non hai idea di quanto siano spietati quei bastardi. Fammi superare la notte di domani e confesseremo tutto ad Angus.»

Allie guadagnò qualche istante di tempo, accendendosi una sigaretta. Emise un lungo pennacchio di fumo e scrutò il lato opposto della mensa senza vedere nulla. «Alle nove e mezza di domani sera non potrò esserci per te» disse. «Sarò ancora impegnata nel turno del pomeriggio. Non finirò prima delle dieci. E sai che non ho la minima possibilità di finire prima quando quelli del turno di notte sono ancora al pub. Sarai là fuori da solo, Danny. E la cosa non mi lascia tranquilla.»

«Andrà tutto bene, Allie. Sono quello con i soldi, ricordi? La gallina dalle uova d'oro. Sarò in una botte di ferro. Se c'è qualcuno che prenderà uno schiaffo, sarà Gary Bell, per aver fatto promesse che non era in grado di mantenere.»

Allie soffocò una risata. «E questo dovrebbe infondermi fiducia? Perché così non è.»

«Concedimi domani notte. E poi racconteremo tutto ad Angus.»

«Così potrà liberare i cani perché frughino nelle montagne di spazzatura ammucchiata dietro le case di Deke, Ding-dong e Roddy, e trovino tutti i loro scheletri.» Il sorrisino di Allie era più mesto che entusiasta. Per poco, non le sfuggì il lampo di angoscia che attraversò il viso di Danny. «Non è quello che sceglierei, ma sai meglio di me come funzionano le cose.» Infilò una mano nella sua borsetta e ne estrasse il piccolo registratore a cassette. Lo spinse sul tavolo verso di lui.

«Ho ragione, fidati di me.» Stavolta, il sorriso di Danny si manifestò anche nei suoi occhi, rammentandole quanto fosse attraente quando era rilassato. Prese il registratore e se lo infilò in una tasca interna.

Allie si alzò in piedi, trangugiando l'ultimo sorso del suo drink. «Devo tornare di sopra.» Si voltò e poi si bloccò. «A proposito, notizie di zia Senga?»

Gli occhi di Danny non persero la luminosità che vi si era fatta strada. «Mi ha chiamato prima. Ha trasmesso il messaggio e Joseph le ha detto che si era già messo in contatto con la polizia. Pare che abbia raccontato la verità: che non era stato altro che un fattorino, che non aveva idea di ciò che trasportava, che era semplicemente un umile impiegato. Un umile impiegato che guida un'auto sportiva da sei sacchi.» L'ironia nella voce di Danny non le sfuggì. «Ha scelto quella linea di condotta, con la famiglia così come con gli sbirri. Lui è la vittima e io sono il traditore. E sembra che abbia ingannato anche la polizia, dato che gli hanno consentito di tornarsene a casa dopo averlo interrogato. Come ti ho detto, ci sa fare quando deve recitare la parte lesa innocente.»

«E hanno pesci più grossi da friggere. Perché darsi la pena di un processo costoso ai danni di un pesce piccolo come lui?»

Danny fece spallucce. «Forse dovrei esserne felice. Non voglio che mia mamma e mio papà debbano vivere quell'esperienza. Ma se tutti pensano che lui sia la vittima, cosa significa per me? Persino zia Senga crede che debba mantenere le distanze.»

«Passerà, Danny. Come hai detto, quando vedranno l'ottimo lavoro che stai facendo, capiranno che non avevi alcuna intenzione di fare del male alla vostra famiglia.»

Lui si allontanò. «Quindi dobbiamo fare in modo che questa storia funzioni. Grazie per avermi concesso un po' di tregua. Prometto che dopodomani andremo da Angus. Basta azzardi.»

32

Bell e Danny uscirono dal pub alle nove e mezza in punto, come stabilito. Non erano dispiaciuti di andarsene: il Butcher's Dog era una squallida bettola per forti bevitori sprovvisti di un altro posto in cui andare. Si incamminarono lungo le strade deserte al centro del quartiere di Calton in direzione dell'ampia distesa del Glasgow Green.

Qualche minuto dopo, Bell disse: «Sento un rumore di passi. Credo che abbiamo compagnia». Aveva una voce titubante.

«Bene» disse Danny, con forza. «Dobbiamo avere compagnia, giusto?»

Continuarono a camminare, imboccando come da istruzioni un vicolo angusto in cui la luce dei lampioni sembrava essere stata abbassata di parecchio. «Sembra solo più buio, vero?» chiese Bell.

Prima che Danny potesse rispondere, scoppiò un piccolo inferno. Due uomini corpulenti gli andarono a sbattere contro da tergo e un taxi nero accostò al loro fianco. Colti alla sprovvista, i due vennero caricati senza difficoltà nel retro del taxi, mentre sulle loro teste e sulle loro spalle venivano calati dei sacchi che puzzavano di un cereale non meglio identificato. Vennero schiaffati sul fondo dell'abitacolo, entrambi bloccati da piedi pesanti schiacciati sui loro petti.

«Tenete chiusa quella cazzo di bocca e andrà tutto bene.» Una voce dell'Irlanda del Nord, dall'accento inconfondibile.

Danny fece come gli era stato detto. Non gli passò mai per la testa di fare diversamente. Quello che ora contava era non farsi travolgere dalla paura. Erano stati presi accordi, rammentò a se stesso. Di dettagli non ne erano stati forniti tanti, ma doveva credere che tutto ciò ne facesse parte. Il taxi sfrecciò tra le strade di Glasgow, a volte svoltando bruscamente, altre rallentando, presumibilmente in corrispondenza dei semafori. Danny non avrebbe saputo dire dove fossero diretti.

Passò del tempo. Impossibile sapere quanto. Dentro i sacchi, il suo respiro si fece più affannoso, con la polvere che gli ostruiva i polmoni e la paura che gli montava nel petto. Poi, senza preavviso, il taxi si fermò, vibrando tutto, a motore ancora acceso. Il rumore cambiò quando la portiera si aprì. Danny venne spinto fuori e costretto ad alzarsi in piedi, mentre il sacco veniva abbassato per bloccargli le braccia lungo i fianchi. La confusione intorno a lui gli fecero pensare che Bell stesse vivendo la stessa esperienza.

Una porta si aprì con un cigolio e vennero spinti al suo interno, incespicando l'uno nell'altro. Finirono in un corridoio, intanto che la porta sbatteva alle loro spalle, soffocando del tutto i rumori esterni. Un'altra porta e un improvviso tepore. I sacchi vennero sfilati e si ritrovarono nel salotto di qualcuno, sorpresi e confusi.

L'uomo seduto su un divano consunto aveva un aria familiare. Muscoli tonici, pancetta da bevitore di birra, jeans attillati su cosce pesanti. Maglietta del Celtic e tatuaggi romantici sugli avambracci. Meno familiare, ma non inatteso, era il passamontagna nero che gli copriva tutta la testa. I suoi occhi non si staccarono mai dai due ospiti. Li scrutò dall'alto in basso e contrasse un angolo della bocca in quella che forse era un'espressione di disprezzo.

«Dunque, siete voi i ragazzi» disse, con delicatezza.

Danny si guardò intorno. Altri tre uomini mascherati: i due che presumibilmente li avevano sequestrati e un terzo, seduto su una sedia, con un fucile a canne mozze sulle gambe. «E tu devi essere l'uomo» ribatté.

L'uomo del divano fece una risatina. «Chiamatemi Declan. Non è il mio nome, capite, ma andrà bene lo stesso.»

«Piacere, Declan. Immagino che tu sappia perché siamo qui, giusto?»

Non-Declan annuì. «Vorreste effettuare un acquisto.»

Stavolta, a intromettersi fu Bell. «Siamo come voi. Combattiamo per una causa. Ma non abbiamo un'organizzazione strutturata come la vostra. Non abbiamo sostegno sull'altra sponda dell'Atlantico, dunque abbiamo pensato che avesse senso cercarlo più vicino a casa.»

«Sull'altra sponda del Mare d'Irlanda» aggiunse Danny.

«E perché mai dovremmo accettarvi come clienti?» chiese Non-Declan, sporgendosi all'indietro sul divano e accendendosi una sigaretta.

«Perché il nostro obiettivo è identico al vostro» disse Bell, acquistando fiducia. «L'indipendenza dallo stato inglese. Siamo stanchi di chiacchiere. È ora di agire. Come nel vostro caso, i nostri politici sono molli come la cacca. L'SNP non riesce nemmeno a decidere se vuole l'indipendenza oppure se si accontenta di un parlamento post-devoluzione.»

«Su una cosa hanno le idee chiare» disse Non-Declan. «I cattolici qui non sono i benvenuti.»

Ormai imbaldanzito, Danny si strinse nelle spalle. «Mostratemi un'istituzione scozzese che non sia intimamente settaria. È una delle cose che cambieranno in una Scozia indipendente. Sta' a sentire, sappiamo di dover cambiare e, quando arriveremo dove vogliamo essere, ci ricorderemo di chi sono i nostri amici e non faremo errori al riguardo.»

Non-Declan rimase in silenzio.

«Non stiamo chiedendo un contributo a fondo perduto» disse Bell. «Siamo pronti a pagare. Ma ci serve aiuto.»

«Come facciamo ad assicurarci che non ci state tendendo una trappola? Per quel che ne sappiamo, potreste lavorare per il RUC oppure per lo Special Branch o l'MI5.» La voce di Non-Declan aveva scovato una sfumatura tagliente.

Bell fece spallucce. «Garantisce per me uno dei vostri.»

Danny si intromise. «Però, hai ragione. Non lo sapete. Ecco perché ci avete portati qui in questo modo. Non saremmo in grado di descrivervi e non abbiamo la minima idea di dove ci troviamo. Non potremmo denunciarvi nemmeno se volessimo.»

«Sentite, vogliamo solo stringere un patto» disse Bell. Fu quasi una supplica.

La maschera sulla faccia di Non-Declan si allargò ai lati quando lui sorrise. «Sta bene. Cosa cercate?»

Bell fece un respiro profondo. «Un quantitativo di Semtex sufficiente per quattro esplosioni di discreta portata. Detonatori e micce.»

«Non tanto, dunque.» Il sarcasmo era evidente. «Niente armi da fuoco?»

Bell scosse la testa. «Niente armi da fuoco. Solo quattro bombe.»

«Non effettuiamo consegne. Dovrete venire a prenderle voi stessi.»

I due scozzesi si scambiarono un'occhiata. «Si può fare. Diteci solo quando e dove» disse Danny.

L'irlandese annuì. «E pagamento anticipato. Se non sbaglio, vi è stato detto che ci vuole un sacco in banconote usate, vero?»

Danny estrasse una busta gonfia dalla cintola e la passò a Non-Declan, che a sua volta la lanciò a uno dei rapitori, il quale iniziò a contare il fascio di banconote. «Lì ci sono duecento sterline» si affrettò a dire Danny. «La conferma l'abbiamo avuta solo ieri mattina e la mia banca in un giorno non mi permette di ritirare più di quella cifra, se non attraverso previa notifica. Il resto posso averlo giovedì.»

Non-Declan si abbandonò a una risata sguaiata. «Ragazzi, avete mai sentito nulla di simile? Tengono i loro soldi in banca, ecco cosa fanno. Si capisce che non vivono in uno stato di polizia come succede a noi. Figliolo, i soldi per finanziare la lotta non li tieni in banca, dove gli sbirri possono tracciarne i movimenti. Hai mai sentito parlare di una cosa che si chiama cassaforte? O, addirittura, di una cassetta da tenere sotto le assi del pavimento?» Scosse la testa. «Dilettanti del cazzo.» Un misto di disgusto e disprezzo. «Non mi sorprende che abbiate dovuto far ricorso ai professionisti.»

«Duecento, capo» confermò l'uomo che stava contando i soldi.

«Non se ne fa nulla finché non otteniamo il resto. In contanti. Vi faremo sapere come» disse Non-Declan.

«Come possiamo esserne certi?» Danny non riuscì a trattenersi.

La risata di Non-Declan non era per niente allegra. «Non potete, figliolo. È così che funziona, punto. Ora, fate i bravi e indossate nuovamente i sacchi. E la prossima volta... non pigliateci per il culo.»

Il sequestro si svolse al contrario. I due uomini vennero fatti rotolare giù dal retro del taxi sulla sponda meridionale del fiume, ai margini di uno degli isolati deserti dove un tempo sorgevano le degradate case popolari di Gorbals. Si liberarono con una certa fatica dei sacchi e scrutarono l'erba stentata costellata di bottiglie e lattine vuote, involti di carta per patatine fritte e cacche di cane intorno a loro, cercando di capire dove fossero finiti. In quel momento, scorsero entrambi l'inconfondibile facciata del Citizens Theatre, con il suo striscione che reclamizzava "Posti a sedere 50c l'uno" e alcuni manifesti di *Orfeo* di Cocteau, *Macbeth* di Shakespeare e *Le avventure della villeggiatura* di Goldoni. Bastò per orientarsi e i due si allontanarono frettolosamente nella notte. Danny era roso dall'ansia e dall'incertezza, e sospettava che Bell provasse le stesse sensazioni. Tante cose potevano ancora andare storte, anche se gli irlandesi si fossero fatti perdonare.

Meglio non pensarci.

33

Angus Carlyle, perplesso, studiò attentamente Danny e Allie. Nessuno dei due era in abiti da ufficio; nessuno dei due avrebbe dovuto essere in ufficio quella mattina. I suoi occhi scarrocciarono fino alla lista dei turni di servizio per controllare. «Che succede?» volle sapere, come sempre aggressivo.

«Abbiamo bisogno di parlarti» disse Allie.

«L'avevo inteso, dato che sei qui nel tuo giorno di riposo, Burns. Che problema c'è?»

«Possiamo andare nel tuo ufficio?» disse Danny.

«Se cercate un aumento di stipendio dopo il pezzo sulla Paragon, non vi dice bene. La cassa è vuota. I capi hanno razziato il salvadanaio per impedire che i tipografi scioperassero come qualsiasi altro stronzo che si senta bistrattato.» Tornò a guardare l'articolo che stringeva nel pugno, conscio che l'attenzione dell'intera redazione era su di lui.

Frustrata, Allie disse: «Ho sufficiente buonsenso da non rinunciare al mio giorno di riposo per un'assurdità. Dobbiamo parlarti perché abbiamo qualcosa che potrebbe interessarti, capo».

Lui le rivolse uno sguardo accigliato, da commedia. «Il che non restringe tanto il campo, Burns. Spero che tu non stia portando questo ragazzo sulla cattiva strada. Ho appena finito di addestrarlo...» Fece una smorfia a beneficio del pubblico.

Allie alzò gli occhi al cielo. «Dobbiamo parlarle confidenzialmente di un'altra storia.»

Carlyle emise un sospiro teatrale e indicò la sua scrivania. «Non può aspettare la fine della riunione? Non vedete che ho da pensare all'agenda di oggi? Non siete gli unici con una storia per le mani.»

Allie e Danny si scambiarono un'occhiata. «Ci è parso che le sarebbe venuta voglia di gettarsi su questa il prima possibile.»

«Oh, porca di quella puttana.» Guardò l'orologio. «Vi concedo quindici minuti. Nel mio ufficio. Subito.»

Lo seguirono. Carlyle tenne platealmente la porta aperta e li accolse con un gesto enfatico. *Alla faccia della confidenzialità*, pensò Allie.

Il caporedattore si gettò sulla poltrona e si allentò la cravatta. «Vi ascolto.»

«Ho iniziato a crearmi dei contatti» iniziò Allie.

«Date una medaglia d'oro alla ragazza» la interruppe Carlyle. «È quello per cui vieni pagata.»

«Sono andata a incontri politici» tenne duro Allie, «perché il tipo di persone che vi partecipa ha spesso qualcosa da raccontare. L'altra settimana, ho presenziato a un incontro di un gruppuscolo che sostiene l'indipendenza e ho per caso sentito tre giovani parlare di tattiche radicali, insurrezionali. Hanno evocato l'IRA, dicendo che era quello che serviva per far insorgere gli scozzesi contro Westminster.»

Carlyle sbuffò. «I soliti paroloni. La Scozia non insorgerà nel prossimo futuro, a meno che la rivoluzione contenga una promessa di whisky e cene a base di pesce gratis.» Spostò la sua massa corporea, pronto ad alzarsi in piedi.

«C'è dell'altro» disse Danny. «Allie mi ha coinvolto perché sapeva che non avrebbero mai consentito a una donna di intromettersi nei loro piani. Sono riuscito ad accostarli. Per riassumere, mi trovo coinvolto fino al collo nell'acquisto di esplosivi dall'IRA per far saltare in aria alcuni obiettivi in Scozia.»

Lo shock paralizzò la faccia di Carlyle. Ma si riprese in fretta. «Quando dici "coinvolto fino al collo", cosa intendi dire esattamente?» Pronunciò ogni parola con cura, come se potessero a loro volta esplodere.

Danny scoccò una rapida occhiata ad Allie. «Sono andato a un incontro con una cellula attiva dell'IRA e ho versato un anticipo per ottenere un quantitativo di Semtex e i detonatori sufficienti per quattro bombe.»

«Hai consegnato i soldi di persona? In cambio di materiale per fabbricare bombe?» L'espressione inorridita di Carlyle fece intendere ad Allie la sconsideratezza delle loro azioni. Sì, aveva sostenuto di fronte a Danny che forse qualcuno li avrebbe indicati come membri del gruppo terroristico, ma aveva soltanto sfruttato la cosa come leva per convincerlo a schierarsi dalla sua parte. La reazione del suo capo aveva eliminato del tutto le giustificazioni dietro cui si era nascosta.

«Cristo» brontolò Carlyle. «Chi ne è al corrente?»

«Solo noi» disse Danny. «Gli altri uomini non hanno idea del fatto che sia un giornalista. Si fidano di me.»

Carlyle proruppe in una risata acida. «Si fidano di te perché finanzi il loro tentativo di importare il terrorismo in Scozia.» Strinse le mani a pugno sulla scrivania. Guardò Danny come se fosse più che felice di trasformarlo nel loro bersaglio. «Qui avete superato abbondantemente il limite, cazzo.»

«Non mi è venuto in mente altro per fermarli se non insistere con la nostra storia» disse Allie, in tono di sfida. «E non mi è venuto in mente altro per insistere con la nostra storia se non agire sotto copertura. E Danny ha già dimostrato di poterlo fare.»

Carlyle strizzò gli occhi in un'espressione corrucciata. Scosse il testone come un toro molestato, poi aprì le palpebre di scatto. Fulminò Allie con lo sguardo. «Non ti è passato per la mente di sottoporre la questione a me, per stabilire fin dal principio che era un'inchiesta e non una dannata provocazione?»

Allie fissò il pavimento. «Ho pensato che non mi avresti presa sul serio. Oppure, se mi avessi presa sul serio, che me l'avresti strappata per affidarla a qualcun altro.» Sollevò la testa e incrociò il suo sguardo. «Volevo tenermi quello che era mio, Angus.»

Uno sguardo lungo, duro. Poi, Carlyle quasi sorrise. «Il ragionamento fila.» Ma ci fu subito un cambio d'atmosfera. «Il che non significa che non siate una coppia di fottuti idioti.» Si alzò in piedi. «Devo parlarne con il direttore. Dobbiamo capire come riuscirci senza che voi due finiate dietro le sbarre. Non muovetevi, cazzo.» Uscì dalla stanza, mugugnando qualcosa tra sé.

Allie proruppe in una risatina. «È andata bene, direi.»

«Non ci ha cacciati. E non ha gettato la macchina per scrivere fuori dalla finestra.»

«Di cosa stai parlando?»

«Quando Raymond Blackwood ammise di essersi scopato la moglie di un gangster per ottenere informazioni riservate. Angus si arrabbiò a tal punto da lanciare la macchina per scrivere di Raymond fuori dalla finestra. Mancò per questione di centimetri il cane di una pensionata.»

Allie soffocò una risata. «Non fa ridere, Danny.»

«Lo so. La vecchia svenne. Il giornale dovette darle dei soldi per evitare che raccontasse quella storia al *Daily Record*. Per cui, in questo momento, siamo in vantaggio.»

A nessuno dei due venne in mente qualcosa da dire. Il tempo scorreva lento. Più attendevano, più Allie si convinse di essere seduta nella sala d'attesa al termine della sua carriera. Alla fine, si arrese e si accese una sigaretta. Danny lo colse come un segnale per scattare in piedi e mettersi a passeggiare.

Passò quasi mezz'ora prima che la porta si spalancasse e Carlyle rientrasse. Se la chiuse con cura alle spalle e tornò alla sua poltrona. «Avete entrambi ancora un lavoro. Non era scontato, quando sono uscito di qui, lasciate che ve lo dica. Tuttavia, il direttore, siccome è unionista per natali e per indole, è felicissimo all'idea di una grossa storia che ridimensioni l'SNP.»

«Non si tratta dell'SNP...» azzardò Allie.

Carlyle alzò una mano paffuta. «Lo so. Ma il direttore pensa che qualsiasi cosa metta in cattiva luce il nazionalismo colpisce l'SNP per associazione. Per cui, questo progetto lo arrapa. E sta già incensando il nostro audace giornalismo. Per il momento, godete dei suoi favori, però non dovrete venire meno alle aspettative. Quindi, ecco il piano d'azione. Entrambi verrete tolti dalla turnazione. Ve ne starete tranquilli a scrivere relazioni complete. Mi interessano ogni colpo di tosse, sputo e scoreggia registrati finora. Chi, dove, quando e cosa. E, nel frattempo, studieremo il passato dei vostri amici. Sempre con assoluta discrezione. Piccolo Gordon Beattie, ovviamente, ha i contatti presso la polizia, ma - e questo è anche meglio - tiene in pugno un tizio dello Special Branch. Se quei tipi sono stati beccati anche solo a pisciare contro un muro dopo la chiusura del pub verremo a saperlo. In via non ufficiale, inutile dirlo. Non faremo entrare in gioco la polizia fintanto che i vostri ragazzi non hanno messo le mani sul materiale. Ora, quando verrà fatto il prossimo passo di questa gloriosa crociata?»

«Danny dovrebbe portare il saldo ai contatti dell'IRA giovedì sera.»

Carlyle inspirò attraverso i denti. «Manca pochissimo, ma dovremo adeguarci. Mi serve un programma completo dei preparativi per capire come seguirli e al tempo stesso proteggervi. E dovremo scattare qualche foto di quelle canaglie, gli irlandesi e gli scozzesi. Ora, hai davvero usato i tuoi soldi come anticipo per quegli esplosivi?»

Danny annuì e Carlyle, esasperato, gettò una penna sul lato opposto della scrivania. «A voi due non dovrebbero consentire di andare in giro senza una cazzo di bambinaia e redinelle di sicurezza. Allora, ecco cosa devi fare, Danny Boy. Chiedi un rimborso spese per i soldi che hai donato all'IRA e retrodatalo al giorno prima del pagamento. Lo firmerò e lo inserirò nella busta delle spese di questa settimana. Così sembrerà che questo casino sia stato un'avventura autorizzata.» Si alzò in piedi e indicò la scrivania. «Portate qui un'altra macchina per scrivere e mettetevi al lavoro entrambi. Voglio tutto ciò che sapete entro la fine della mattinata.»

Indugiò con la mano sul pomello della porta, mentre usciva. Girò la testa e fulminò Allie con lo sguardo. «Mi farai venire un infarto, Burns, ma hai quello che ci vuole.» A quel punto, sparì, sbattendosi la porta alle spalle.

«E io, allora? Sono da buttare via?» mugugnò Danny. «Sono io quello che ha portato alla luce la faccenda della Paragon.»

«Lo sa. Ma sei qui da tanto di quel tempo che fai parte della squadra. Sta solo cercando di farmi capire che ne sono parte anch'io.» Allie si tirò su. «Vado a prendere un'altra macchina per scrivere.»

Danny scattò in piedi. «Ci vado io.»

Allie scosse la testa, spazientita. «Non sono di porcellana. È da anni che sposto macchine per scrivere. Siediti e mettiti al lavoro.»

Quando lei si ripresentò con qualche fatica con una pesante Remington, Danny stava martellando sui tasti nel suo stile a due dita e un pollice. Si scambiarono un sorrisino e Allie infilò una velina nuova nel rullo. A quel punto, Danny si appoggiò allo schienale e intrecciò le mani dietro la testa. «Ho bisogno di una pausa. Vado giù a farmi una tazza di tè. Vuoi qualcosa?»

«Caffè» mormorò Allie, senza alzare gli occhi dal foglio. Seguitò a scrivere la sua relazione. Aveva finito di delineare la successione degli eventi e passò alle descrizioni dei tre uomini e di ciò che ricordava della loro conversazione.

Quando Danny tornò, aveva gli occhi sbarrati e gli tremavano le mani, con tè e caffè che sciaguattavano fuori dai bordi delle tazze. Si chiuse la porta alle spalle, appoggiandovisi contro, come per impedire a chiunque di entrare. Le sopracciglia si sfioravano in un'espressione fortemente turbata. «Che succede?» disse Allie, spaventata dal suo aspetto.

«Ho visto qualcuno che non mi aspettavo di incontrare qui dentro» balbettò lui.

«Chi?»

«Non so come si chiama. Non... non posso spiegarti. Sta' a sentire, devi uscire di qui e scoprire chi è il tizio seduto con Piccolo Gordon Beattie.»

«Perché? Non capisco...»

«Per favore, Allie. Fallo e basta.» Insistente e spaventato. Una miscela a cui lei non seppe resistere.

Sgusciò fuori dalla stanza e puntò lo sguardo verso l'angolo dell'area giornalisti in cui era appollaiato Piccolo Gordon Beattie, il corrispondente del *Clarion* per la cronaca nera. Era un ometto avvizzito di età indeterminata, che indossava immancabilmente una giacca di tweed su un maglione nero a collo alto e un paio di pantaloni scuri e stretti come quelli dei Beatles quando avevano raggiunto il successo. Allie pensò che assomigliasse più a un fantino in pensione che a un giornalista, ma si esprimeva piuttosto come un truffatore, biascicando con un forte accento di Glasgow. Nelle occasioni in cui le era stato chiesto di sistemargli un pezzo, aveva faticato a cogliere cosa lui intendesse dire. Ma era innegabile che avesse i migliori contatti su entrambi i lati della legge: sembrava che criminali, sbirri, pubblici ministeri e sceriffi confidassero tutti in Piccolo Gordon Beattie.

L'uomo che gli era seduto accanto sembrava prossimo ai trent'anni. I capelli biondo scuro erano acconciati con cura e aveva quell'aria anonima che si sarebbe confusa nella normalità meno di un'ora dopo averlo incontrato. Di primo acchito, Allie non comprendeva perché avesse suscitato una reazione così intensa in Danny.

Raggiunse la propria scrivania e rovistò nel cassetto. Scoccò un'occhiata all'uomo in compagnia di Beattie e si accigliò. Rivolgendosi a Big Kenny Stone, disse: «Chi è quel tizio con Piccolo Gordon? L'ho già visto da qualche parte, ma non ricordo dove».

Kenny si girò. «Non so come si chiama. So solo che è il contatto di Gordie nello Special Branch. Li ho visti insieme alcune volte.»

Allie fece spallucce. «Devo averlo confuso con qualcun altro.» Estrasse un vecchio taccuino dal cassetto, come se fosse quello che stava cercando.

«Che state combinando tu e Danny?» chiese Kenny, quasi distrattamente.

«Stiamo procedendo con la storia della Paragon» mentì, senza difficoltà. «Un paio di cose rimaste in sospeso.» Allie si allontanò prima che lui potesse dire altro.

Tornata nell'ufficio di Carlyle, trovò Danny curvo sulla sua sedia, come un bambino che avesse appena preso una sberla. «Chi è?» volle sapere, prima che lei avesse chiuso la porta.

«Non ho un nome, ma è la fonte di Gordie in seno allo Special Branch.»

Il poco colorito che restava sulla faccia di Danny sparì del tutto. «Cazzo» sussurrò.

«Che c'è? Cos'è che non va, Danny?»

Gli occhi di Danny perlustrarono repentinamente la stanza, in cerca di predatori invisibili. «Non posso dirtelo qui, Allie. Finiamo questa cosa e affrontiamo Angus e il direttore. Dopodiché, vieni a casa mia e ti racconterò tutto. Te lo prometto.»

34

Allie parcheggiò la macchina in un terreno abbandonato tra due caseggiati popolari di arenaria annerita, come le era stato detto. Non era nemmeno smontata dall'automobile che una strana figura bitorzoluta spuntò dall'oscurità. Le mani di Allie si strinsero a pugno intorno alle chiavi, con le punte tra le dita a mo' di feroce tirapugni. La figura si avvicinò ulteriormente e lei vide che era un uomo con indosso un insieme bizzarro di indumenti, da una cuffia di lana con il pompon a un malconcio giubbotto acquistato in un emporio di roba militare usata il cui colore originale, ipotizzò, sarebbe risultato discutibile persino alla piena luce del sole. «Ehi!» volle sapere il tizio, con una zaffata di tabacco stantio e sidro rancido che avrebbe scuoiato una creatura morta.

«Salve» disse Allie, tentando di scansarlo.

«Sono Jimmy» annunciò lui. «L'addetto al parcheggio.»

«Questo è un parcheggio?» Danny non gliene aveva parlato.

Lui allargò le braccia per indicare l'intero terreno abbandonato, con i mattoni spezzati, le macchie di verde fiacco e le lattine di birra accartocciate. E mezza dozzina di automobili qua e là. «Quella cosa da cui sei appena scesa è una macchina, oppure ho ripreso ad avere le visioni?»

«È una macchina.»

«E il motore funziona?»

Lei sorrise. Quell'uomo stava usando il gioviale sarcasmo di Glasgow. «Sì. D'accordo, è parcheggiata.»

«Ho la responsabilità della gestione e della manutenzione di questa struttura. Pertanto, fanno cinquanta centesimi, signora. Se vuoi ritrovare le ruote al loro posto quando torni.»

Allie frugò nella tasca della giacca in cui teneva sempre qualche moneta per telefonate e parchimetri. Tastò le monete, scegliendo la cifra giusta.

Mentre trafficava con i soldi, Jimmy disse: «Fai visita a qualcuno?».

Lei gli consegnò i soldi. «Per quale altra ragione sarei qui? Non è che questa zona brulichi di attrazioni...»

«Vero. Chi devi vedere, allora? Potrei sapere se è in casa. Ti risparmierei un deludente giro fin su al terzo piano.» Le fece l'occhiolino. «Senza costi aggiuntivi.»

Non c'era niente di male, pensò Allie. Magari, la cosa le avrebbe addirittura garantito un minimo di protezione in più. «Lavoro con Danny Sullivan.»

Jimmy annuì. «Il Jimmy Olsen del South Side. Sì, è in casa. È tornato una decina di minuti fa.»

«Grazie, Jimmy.»

Lui si scostò e la accompagnò fin sul marciapiede. «Buona serata, allora, cocca.»

L'appartamento di Danny era al primo piano del caseggiato. Il portone si apriva su un ingresso piastrellato: un corridoio e una scalinata decorati fino a un'altezza di circa un metro con mattonelle di ceramica, un'indicazione del fatto che si trattava di una delle strade più prospere. In quel caso, le mattonelle erano di un semplice giallo burro, bordate di verde scuro, ma erano pulitissime e in buone condizioni. Danny, a quanto pareva, se la passava bene.

Le aprì la porta di casa così velocemente che lei si chiese se vi avesse indugiato dietro, non vedendo l'ora che arrivasse. «Entra» le disse, scostandosi per farla passare.

L'interno non era come se l'era aspettato. Gli elementi originali – cornici, zoccoli, porte a pannelli – erano spariti, sostituiti da uno stile semplice, senza fronzoli. Le assi del pavimento erano state verniciate di un rosso scuro lucente e le pareti erano completamente bianche. Sembrava che l'appartamento fosse stato trapiantato da un condominio moderno. Prima che lei riuscisse ad avere una reazione, Danny si affrettò a dire: «L'ho acquistato da un artista. Si stava trasferendo a New York ed era una vita che tentava di venderlo, ma chi è alla ricerca di un appartamento in una casa popolare vuole un look tradizionale. E, dunque, me la sono cavata a poco prezzo».

«È bellissimo. Le stanze sembrano enormi.» Lo seguì nel salotto. Lui aveva scelto mobili dalle stesse linee sobrie. Un tavolo bianco nel bovindo su cui facevano mostra di sé un pesante portacenere di onice nera e tre candelieri intonati, un paio di divani di cuoio nero dall'aria robusta, un grosso televisore e uno stereo anch'esso nero. Un tappeto bianco e nero di pelle bovina copriva il pavimento tra i divani. Alle pareti c'era una serie di foto in bianco e nero incorniciate di icone hollywoodiane. Danny indicò ad Allie una sedia e lei si ritrovò a fissare Marlene Dietrich con il cilindro. C'era qualcosa di alquanto sconvolgente nello sguardo della star.

«Grazie per essere venuta.» Danny si accomodò di fronte a lei, sul bordo della sedia, con le mani strette tra le ginocchia.

Non servivano convenevoli. Allie era lì per una ragione, che non era discutere degli arredi di Danny. «Devi dirmi perché hai perso la testa quando hai visto con chi stava parlando Gordon Beattie.»

«L'ho riconosciuto.»

«Ovvio. Ma dove l'avevi visto?»

Danny si accigliò e sospirò. «È complicato. E quando mi hai detto chi è... la situazione si è fatta ancora più complicata. Non so nemmeno da dove cominciare.»

«A rischio di sembrare insolente, perché non cominci dal principio?»

Lui sbarrò gli occhi e le rivolse un'espressione patetica. «Sono come te, Allie.»

Confusa, gli chiese: «In che senso, sei come me?».

Lui fissò il pavimento. «Sono gay.»

Era una cosa talmente lontana da quanto lei si fosse attesa che non poté fare altro che fissarlo.

Lui alzò lo sguardo. «Siamo della stessa pasta, nascosti nel ripostiglio del *Clarion*.»

«Cosa diavolo ti fa dire una cosa del genere? Io non sono gay, Danny. Non è un problema per me che tu lo sia, ma io non sono lesbica. Perché ti è venuta in mente un'idea simile?»

Costernato, avvampò di un rosso scarlatto. «Perché tu e Rona Dunsyre… vi frequentate.»

«Il che non fa di noi delle lesbiche.»

Danny scosse la testa, sconcertato. «Ma Rona lo è.»

Le sorprese la stavano assalendo come frecce. «Davvero?»

«Non lo sapevi? Sul serio?»

«Non mi è mai passato per il cervello. E tu come diamine fai a saperlo?»

«L'ho vista in giro. In città ci sono un paio di bar per gay…» Si nascose la faccia tra le mani. «Che figura di merda che ho fatto. Pensavo che avresti capito, pensavo che fossi una di noi.»

«Danny, sono ancora tua amica. Non fa la minima differenza.»

Lui scosse di nuovo la testa.

«A rischio che sembri un cliché… Il mio migliore amico dei tempi del tirocinio… Marcus? È omosessuale. Ci scambiavamo lettere quasi ogni settimana. Non fingo che, quando me l'ha detto, la notizia non mi abbia fatta sbarellare. Al tempo, non avevo mai conosciuto realmente nessuno che fosse gay. Adesso, invece? In pratica non ci penso.» Allie scattò in piedi e andò a sederglisi accanto. Gli mise una mano su una spalla. «Non intendo giudicarti, Danny. Non mi importa con chi vai a letto. Dimmi cosa c'è che non va. Finché non me lo dici, non c'è nulla che io possa fare per aiutarti.»

Lui si raddrizzò e le afferrò le dita. «Non l'ho mai detto a nessuno prima d'ora. Ovviamente, gli uomini che incontro nei bar... lo sanno. Ma non ho mai detto nulla ai miei amici.» Soffocò una risata. «O alla mia famiglia. E, di certo, a nessuno sul lavoro. Ho troppo da perdere. In questo dannato paese primitivo, il sesso tra due uomini continua a essere contro la fottuta legge.»

«Puoi fidarti di me, Danny.»

Lui fece un respiro profondo. «Avrei dovuto dirtelo prima, ma avevo paura. Venerdì sera, quando ho messo piede nella Spaghetti Factory e ho visto Roddy Farquhar, per poco non mi sono cagato addosso.»

«L'hai riconosciuto?»

«Altroché se l'ho riconosciuto.» Danny si alzò in piedi e aprì lo stipetto bianco contro la parete. «Ho bisogno di un drink, Allie.»

Versò un'abbondante dose di whisky in un bicchiere e ne bevve un sorso. «E tu?»

«Hai della vodka?»

Le agitò davanti una bottiglia di Smirnoff. «La bevi con la Coca, giusto?» Lei annuì. «Dammi un minuto.» Riapparve con una lattina e le rabboccò il bicchiere. Lei si lasciò cadere nuovamente sul divano e brindò con un sorriso ironico.

«Roddy l'ho visto qualche volta in città.» Danny fece una risatina amara. «È ovvio che non è il mio tipo perché non ha minimamente lasciato intendere di avermi riconosciuto. Ho pensato di averla fatta franca. Niente battute di rimando. Solo un momento di panico.» Si arrestò e bevve altro whisky.

«Cos'è cambiato, allora? Cosa c'entra tutto questo con il tizio dello Special Branch?»

«Anche lui l'ho già incontrato, Allie. L'ultima volta che ho visto l'informatore dello Special Branch di Piccolo Gordon Beattie aveva la lingua dentro la bocca di Roddy Farquhar.»

35

Fu una rivelazione esplosiva. Allie faticava anche solo a coglierne le implicazioni. Per un po', si sforzò di trovare le parole. Strinse il bicchiere quasi fosse una cintura di salvataggio in un mare agitatissimo. Danny mandò giù il suo whisky e si alzò per versarsene dell'altro. Quando le diede la schiena, lei disse: «Intendi dire... che la fonte di Beattie è il... che so... fidanzato di Farquhar?».

Danny si accomodò sul divano opposto, dove era stata inizialmente seduta Allie. «Non so se sia quel tipo di relazione. Magari... più occasionale?»

«Dunque, è solo una storia di sesso? Oppure pensi che stia dietro alla stessa cosa che stiamo inseguendo noi? Che abbia nel mirino Farquhar perché lo Special Branch ha fiutato qualcosa dei loro piani?»

Danny scosse la testa. «Non ne ho idea. Ma ora che Beattie lo ha fatto entrare in scena e lo sta usando come fonte confidenziale... se prima non sapeva di fare sesso con un potenziale terrorista, di certo adesso lo sa.»

«Non credo che fosse in missione» disse Allie lentamente. «Il Branch non avrebbe mai reclutato un gay consapevolmente.»

«Avrebbe potuto farlo. Se avesse ordito una trappola galante.»

«Se così fosse, di certo sarebbe stato più semplice inviare un'agente donna dagli altri due, o no? Inoltre, non ci sarebbe stato bisogno di una trappola galante contro Farquhar. Se il Branch avesse avuto dei sospetti sui tuoi amici e fosse stato a conoscenza della sua omosessualità, lo avrebbero trattenuto e ricattato per questo. Come hai detto, è contro la legge. Rischiava di finire in tribunale e di perdere il lavoro. Da ciò che ho visto di Farquhar, credo che avrebbe ceduto.»

Allie inclinò la testa all'indietro e corrugò la fronte in uno sforzo di concentrazione. «E cosa implica questo per noi? E, comunque, che accordo c'è tra lui e Beattie? È una specie di liaison ufficiale?»

Danny scoppiò a ridere. «Certo che no. Avrà un accordo con Piccolo Gordon. Fa qualche soffiata a Gordon su certe storie e i soldi finiscono sul conto corrente di qualcun altro. Di sua mamma o del suo migliore amico. E se Gordon vuole qualcosa di solido, chiederà al signor Special Branch di fare qualche ricerca per lui. Non è certo l'unico poliziotto sul suo libro paga di Piccolo Gordon. È la ragione primaria per cui è un massone: buona parte degli ufficiali di alto grado della Strathclyde Police appartengono alla stessa loggia. Secondo te, come fa Piccolo Gordon a ottenere tutte le sue esclusive?»

In imbarazzo per la sua stessa ingenuità, Allie disse: «Il tizio di Beattie ti riconoscerà?».

Danny spalancò le braccia. «Non lo so. Se gli piace Farquhar, di certo io non sono il suo tipo.»

«Dici sul serio? I gay hanno un "tipo"?» Allie tornò frettolosamente sui suoi passi. «Scusa, con Marcus non ho mai avuto una conversazione come questa. È così semplice? Puntate solo a un certo tipo di aspetto?»

«Alcuni uomini lo fanno. Molti uomini lo fanno. Ti ricordi il video di *YMCA* dei Village People? Non ho idea di cosa ne abbiano pensato gli eterosessuali, ma per i gay è stata un'interpretazione scherzosa del travestimento con tanto di gioco di ruolo che ad alcuni piace. A ogni buon conto, non fa per me. Ma quel tipo di uomini li vedi in giro e nei locali. Gli uomini vestiti di cuoio. Le checche in divisa. I ragazzi con i lustrini.»

Allie era sconcertata. Non le era mai passato per la testa di preferire un certo "tipo". Da quando aveva più o meno quindici anni, aveva avuto qualche fidanzato. In un paio di casi, si era trattato di storie abbastanza serie, che però lei aveva troncato perché non era convinta di amarli. Non nel profondo, non nel modo in cui le canzoni d'amore dicevano che lei dovesse sentirsi. Il sesso era stato buono, ma non le aveva mai fatto pensare: *Voglio svegliarmi accanto a te tutte le mattine*. Li aveva trovati tutti piuttosto attraenti, ma erano state le loro personalità – la loro intelligenza, il loro senso dell'umorismo, i loro gusti musicali – ad attrarla. Non c'era uno schema fisso per quanto atteneva al loro aspetto. L'idea di scegliersi un partner potenziale sulla base dell'aspetto le sembrava bizzarra. Non aveva idea di come orientarsi nel mondo di Danny. «Quindi, pensi che lui non ti abbia notato?»

«Probabilmente no. Ma se, in effetti, mi riconoscesse...»

«Non dirà nulla, perché, facendolo, si smaschererebbe da solo. Avrà paura che tu lo smascheri tanto quanto tu hai paura che sia lui a smascherare te.»

Danny scolò il bicchiere e poi si cinse con le braccia. «Pensavo che questa settimana non potesse andare peggio. Questa storia avrebbe dovuto essere il modo per dimostrare a mia mamma che il lavoro che svolgo è prezioso. Per farmi riaccettare in famiglia. Ma se questa cosa dovesse saltare fuori...» La sua voce si spense e i suoi occhi scintillarono di lacrime non versate.

«Non salterà fuori, Danny. Non c'è ragione per cui debba saltare fuori. Farquhar non ti ha riconosciuto ed è l'unico che abbia bisogno di un asso nella manica. Tu e la fonte di Beattie... siete una sorta di distruzione assicurata reciproca. Inoltre, scopriremo prestissimo cosa dovrà fare. Beattie gli chiederà di fare ricerche approfondite su tutti e tre. Se il signor Special Branch non menziona la sessualità di Farquhar, credo si possa dire con certezza che tu non avrai problemi.»

«Lo pensi davvero?» L'espressione tirata iniziò a rilassarsi sempre più, man mano che la speranza si faceva strada in lui.

«Sì. Dobbiamo solo aspettare e vedere, sperando che lui abbia la tua stessa volontà di restare nell'ombra.»

Danny trasalì. «Io non voglio restare nell'ombra. Non mi vergogno a tal punto. Ascolto Tom Robinson cantare *Glad to Be Gay* e mi detesto da solo perché tengo nascosto chi sono realmente. Però, amo la mia famiglia. Malgrado sappia di averli già persi, so che, se raccontassi loro la verità su me stesso, non avrei la minima possibilità di farne mai più parte. Amo anche il mio lavoro. Fare il giornalista è quello che ho sempre desiderato. Ma riesci a immaginare che inferno sarebbe la mia vita al *Clarion* se lo sapessero?» Scosse la testa, con la bocca tirata in una linea amara.

«Non me la sento di discutere al riguardo» disse Allie. «È abbastanza difficile essere una donna lì dentro. Sarebbe cento volte peggio per te.» Si accese una lampadina. «È quello il vero motivo per cui non vuoi la foto accanto al tuo nome? Temi che qualcuno con cui sei stato possa esporti?»

Danny si passò una mano tra i capelli. «Mi è passato per la testa fin dal principio. Dio sa se sono scrupoloso. Conosco ragazzi dissennati, totalmente sconsiderati quando si tratta di fare sesso con qualcuno. Io non sono così. Ma non si può mai stare tranquilli.»

Allie provò pietà per lui. Non riusciva nemmeno a immaginare di condurre una vita in cui sarebbe stato necessario nascondere così tanto di se stessa alle persone che le erano più vicine. «Hai qualcuno con cui parlare?»

Danny distolse lo sguardo. «Ho... qualcosa. Non è l'ideale, ma mi fido di lui.» Le scoccò un'occhiata furtiva. «Non commiserarmi, Allie. Il mondo sta cambiando. Ci sono posti in cui andare a stare per condurre una vita molto più aperta. Londra, Manchester. Chissà che questo articolo non sia per me il trampolino di lancio per uscire allo scoperto ed esserne fiero.» Soffocò una risata. «Cioè, deve esserci un lato positivo nell'essere la pecora nera della famiglia, giusto?» Si ricompose e raddrizzò le spalle.

Allie non poté fare a meno di ammirare il suo rifiuto di arrendersi. O di provare mestizia per lo spreco di energie emotive quando lo aveva ritenuto un potenziale obiettivo romantico. «Certo.» Posò il suo bicchiere sul pavimento. «Forse è il caso che io vada. Pensavo che Angus si sarebbe fatto sentire di nuovo, ma, a quest'ora, deve essere tornato a casa.»

«Vuoi fermarti un po'? Potremmo andare a prendere qualcosa da mangiare qui. Sulla via principale c'è un ottimo ristorante cinese. Se non ne hai avuto a sufficienza delle mie lamentele da cagnetto bastonato...»

Lei rise. «Bastardo mieloso. Adoro la buona cucina cinese.»

Stavano finendo quel che restava delle polpette di maiale in agrodolce e del riso fritto con pollo quando il telefono di Danny squillò. Il loro momento di evasione era finito. Danny tornò frettolosamente in soggiorno e afferrò la cornetta. «Pronto?»

Allie, che lo aveva seguito subito, avvicinò la testa alla sua. Udì la voce all'altro capo della linea dire: «Paul? Sei tu?», e avvertì una breve esitazione mentre Danny entrava nella parte.

«Ding-dong, amico mio. Che succede?»

«Puoi richiamarmi a questo numero? Da una cabina telefonica?»

«Non serve, se sei già in una cabina telefonica. Io sono un perfetto fantasma. Non sono sulla lista di nessuno, il mio telefono non è sotto controllo. Dimmi quello che sta succedendo e basta.» Allie lo incoraggiò mostrandogli i pollici rivolti verso l'alto.

«Forse hai ragione.» Un sospiro. «Be', la stessa cosa dell'ultima volta: hanno infilato un bigliettino sotto la porta, verso le cinque. Per cui, eccomi qui nella cabina telefonica. Ho chiamato all'ora indicata e il tizio ha detto, come l'altra volta, giovedì sera. Però, ha specificato di portare il saldo, altrimenti ci sarà disappunto. È la parola che ha usato: "Disappunto".»

«Brutti bastardi.»

«Altro che. Dunque, va ancora tutto bene con i contanti?»

«Già, tutto programmato. Quindi, ci vediamo al pub, lo stesso dell'altra volta? Giovedì sera alle nove?»

«Dirò a Roddy e a Deke di incontrarci là. Di darci il segnale, diciamo. E più tardi ci ritroveremo nell'appartamento di Deke.»

Danny e Allie si scambiarono uno sguardo. Lei scosse la testa, dubbiosa. «È saggio?» disse Danny. «Non il fatto di ritrovarci più tardi. Mi riferisco al pub. Ci hanno detto di presentarci da soli. Se ci stanno spiando e ci vedono con qualcun altro, non mi sorprenderei se sospendessero tutto. E ci riempissero di botte, per stare sul sicuro.»

«Ne sei convinto?» Bell sembrò in preda al panico.

«Con questi tizi? È nel loro repertorio, direi. Dobbiamo fare esattamente quello che ci dicono, Gary. Questa gente non scherza, fa sul serio. Rispetto a loro, noi siamo dei veri dilettanti.»

Era, pensò Allie, un brusco memento di quanto buio e pericoloso fosse il territorio in cui li aveva portati.

Bell produsse un rumore non meglio identificato. «Forse.» Un sospiro. «Già, è probabile che tu abbia ragione. Cercavo solo un piccolo sostegno morale.»

L'ultima cosa di cui avessero bisogno era che Danny si infilasse nella tana del lupo con un compagno vacillante. Allie si scostò e mugugnò la parola "cena", a bassa voce. Danny annuì. «Potremmo incontrarci per mangiarci un piatto di curry prima di andare al pub. Che dici?»

«No, a Deke non piacciono i cibi piccanti. Meglio incontrarci alla Spaghetti Factory, dove è iniziata la faccenda. Ed è comoda per Deke e Roddy.»

«D'accordo. Alla Spaghetti Factory alle sette e mezza? Poi tu e io possiamo andare a Calton in taxi.»

«Ci vediamo a quell'ora, Paul.» Inspirò rumorosamente. «Cazzo, lo stiamo facendo per davvero. Riesci a crederci?»

Danny rise di soppiatto. «Va fatto, Ding-dong. E noi siamo

quelli che lo devono fare. Possiamo essere eroi e non per un giorno solo.»

A quel punto, si udì il segnale acustico indicante che il credito di Bell si era esaurito. «Ci vediamo giov...» riuscì a dire prima che la comunicazione si interrompesse.

Danny rise, sulle ali della botta di adrenalina. «Non è esattamente James Bond, ti pare? Non si è mai visto Sean Connery restare senza monete in una cabina del telefono.»

I due si abbandonarono sul divano più vicino, appoggiandosi l'uno contro l'altra mentre l'eccitazione si spegneva. «Sarà meglio che telefoni ad Angus» disse Allie, dopo qualche minuto. «Vorrà portarsi avanti.»

Faticò ad alzarsi in piedi e andò a prendere la borsetta, da cui estrasse il libretto di cartone contenente i numeri di telefono di casa dei membri della redazione. Si appollaiò sul bracciolo del divano e chiamò Carlyle. «Ciao, capo, sono Burns» lo salutò. Gli fece un resoconto esaustivo della conversazione di Danny con Bell. «Quindi, pare che siamo in ballo giovedì sera.»

«Questo giovedì?»

«Già, temo di sì.»

Lui imprecò abbondantemente. «Avrei voluto avere più tempo per prepararci.» Sbuffò come un cavallo. «Nel mio ufficio. Domani alle nove.» Mentre posava il telefono, Allie udì distintamente: «Porca puttana... Faranno ammazzare qualcuno».

36

Allie aveva già un braccio in una manica del cappotto quando il telefono riprese a squillare. «Angus» gemette Danny. «È probabile che ci voglia in ufficio alle sette. Aspetta un attimo, vediamo cosa vuole.»

Ma non era il caporedattore del *Clarion*. Era l'ultima persona che Danny avesse voglia di sentire. «Joseph» disse debolmente, quando udì il tono feroce di suo fratello.

«Proprio io, fratellino.» Riuscì a far sembrare quella parola un insulto.

Qualunque cosa Danny avrebbe potuto dire gli sarebbe parsa ridicola. *Come vanno le cose? Cosa hai combinato? La polizia ti ha incriminato?*

«Be'? Niente da dire? Non sei felice di sentire il tuo fratellone?»

Inutile evitare l'argomento. «Hai parlato con la polizia?»

«Sì. Ho passato la domenica pomeriggio fino a sera a parlare con la polizia. Oh... e pure una parte di lunedì mattina. È un bel po' di tempo, chiuso dentro una stanza degli interrogatori con del caffè di merda e il cattivo odore di qualcun altro. Lo devo a te.»

Le spalle di Danny si accasciarono. «Non è a me che lo devi, non trovi? Se non ti fossi fatto coinvolgere nel tuo piano corrotto con il tuo capo corrotto, nulla di tutto ciò sarebbe successo.»

«Davvero? Però, Danny, io sono innocente. Sono finito in un giro che non capivo. Stavo solo facendo il mio lavoro, effettuando una consegna per il mio capo. Mettere in discussione quello che stavo facendo non mi competeva.» La voce di Joseph era soave, ma si percepiva ancora una sfumatura tagliente quasi in superficie.

«Magari la polizia se l'è bevuta, ma tu e io sappiamo che le cose non stanno così. Ti ho coperto le spalle per il bene di mamma. Ma sapevi esattamente cosa stava accadendo. Ho visto i soldi nel cassetto della tua scrivania, ho visto...»

«Hai frugato nella mia scrivania? In ufficio? Come diavolo ci sei riuscito?» Il tono di voce evidenziava uno shock autentico.

«Ho preso in prestito le tue chiavi mentre eravate a messa. In fondo, non sei così furbo, giusto?»

«E dai del criminale a me? Ti sei introdotto illegalmente nel mio ufficio per trovare prove in grado di spedirmi in prigione?»

Danny era furibondo. «Ho fatto l'opposto che cercare di spedirti in prigione. È me che devi ringraziare se la polizia ha anche solo preso in considerazione l'idea che tu sia un gonzo e che facessi quello che ti veniva detto. Ho tenuto il tuo nome fuori dal giornale. Avrei potuto svergognarti di fronte a tutti: la famiglia, i tuoi amici, i tuoi vicini, tutte le persone della chiesa. Ma non l'ho mai fatto. Ecco perché sei a spasso senza capi di imputazione.» Fece una pausa quando un pensiero orribile gli passò per la testa. «Non ti hanno incriminato, giusto?»

«Sono sempre stato più bravo di te a raccontare storie. Perlomeno, con la polizia ha funzionato. Peccato che con la Paragon non sia andata allo stesso modo.» Ora suonava stizzito.

«Che intendi dire? So che Gregor Menstrie è stato cacciato, ma se su di te non pende alcuna imputazione...»

«Mi hai distrutto la vita, stronzetto.» Persino a distanza di circa un metro, Allie udiva l'acredine. «Alla Paragon non frega un cazzo di quello che hai scritto sul giornale. Mi hanno licenziato, fratellino. Mi hanno licenziato, cazzo. Mi è stato detto che, persino se quello che dicevo fosse stato vero – e non ci hanno creduto, nemmeno a una parola –, persino se fosse stato vero, nessuno si sarebbe mai più fidato del burattino di Gregor Menstrie. La scelta era tra me e i clienti, e non c'è stata storia, cazzo. Per cui, grazie mille, piccolo farabutto disgustoso. Non troverò mai più un lavoro come questo perché, pur di ottenere un titolo in prima pagina, sei stato disposto a mandare a puttane la tua intera famiglia.» Joseph non si sforzava nemmeno di mascherare la propria furia.

«No!» Danny si detestò per la rabbia e la disperazione che avvertì nel suo grido. «Non ha mai riguardato te, bastardo egoista che non sei altro. Oh, scusami, è un'espressione inconcepibile per te, giusto? No, Joseph, non ha mai riguardato te. Ha riguardato la moralità e l'onestà, e i lavoratori come i nostri genitori, che pagano le tasse e credono che sia il prezzo per appartenere al paese in cui viviamo. Non gli stronzi avidi che pensano di avere il diritto di fregare il resto di noi solo perché hanno i soldi.»

«Ma sentiti, signor Perfettino. Questa storia ti stava a cuore solo perché pensavi che mamma e papà mi avrebbero messo alla porta e avrebbero incornato te come figlio prediletto.» La sua risata era l'ululato beffardo di una iena. «Non ti saresti potuto sbagliare di più. Ce l'hanno a morte con te. Credono che io sia una vittima innocente e ti odiano per quello che mi hai fatto. Sei tu il reietto, Danny. Sei tu il Giuda Iscariota. Quindi, perché non prendi le tue trenta monete d'argento e fai come ha fatto Giuda? Trovati un albero e impiccati.» Lo schianto del telefono che si abbatteva echeggiò nella stanza bianca a oltre sessanta chilometri di distanza.

Danny ricadde sul divano, con il cuore che gli martellava nelle orecchie. Mollò la cornetta e non fece il minimo tentativo di asciugarsi le lacrime che gli scorrevano sul viso. «Sapevo che mi odiava» disse, con una voce che era uno stridio spezzato. «Non sapevo quanto.»

Allie gli si acquattò accanto, stringendogli una mano. «Non te lo meritavi. Usa parole forti perché è stato colto di sorpresa.»

Danny scosse la testa, con un nodo di tristezza al petto che non aveva mai sentito prima. «No, è più di quello. Si sente tradito. E ha ragione. Una parte di me saltava dalla gioia perché finalmente avevo la possibilità di descriverlo per come è davvero davanti a mia madre. Provo vergogna per averlo fatto.» Inalò un lungo respiro secco. «E ora ne pagherò le conseguenze.»

«Per questo è ancora più importante che continui a lavorare su qualcosa che puoi sostenere. Qualcosa come questo pezzo» disse Allie.

«Questo pezzo? E cosa farà di buono questo pezzo? Abbiamo preparato il terreno a un manipolo di idioti che intendono destabilizzare la campagna per ottenere un parlamento scozzese, senza parlare dell'indipendenza.»

Allie si alzò in piedi. Danny vide la frustrazione sul suo viso. «Avevano già imboccato da tempo la strada verso tutto ciò» disse. «Non siamo stati noi ad avviare le cose. Gary Bell stava già lustrando il suo contatto nell'IRA per vantarsene con i ragazzi. E Deke Malloch ha un bisogno disperato di dimostrare che c'è sostanza sotto la sua boria. Non stai facendo succedere nulla. Non hai costretto Joseph a infrangere la legge. Non hai convinto quelle teste di cazzo ad acquistare esplosivi dall'IRA. Danny, quello che stiamo facendo è *impedire* che succedano le cose brutte.»

«Questo lo capisco. Sono i danni collaterali a tenermi sveglio di notte.» Si asciugò le lacrime dal viso con un movimento brusco all'indietro. «Tornatene a casa, Allie. Domattina starò bene. Ho solo bisogno di stare qui in silenzio a ubriacarmi.»

«Non mi sembra una buona idea. Dobbiamo essere entrambi in forma domattina. Non farai un favore né a te né a me se ti presenti con i postumi di una sbronza.»

«Cosa consigli, allora?» chiese, con voce stanca. Non aveva grande fiducia nel fatto che lei potesse escogitare qualcosa in grado di distrarlo dalle sue sventure.

Allie diede un'occhiata al suo orologio. «È troppo tardi per andare al cinema. Che ne dici di un gioco di società? Hai Monopoly?»

«Non ti facevo una galoppina capitalista. Però, ho Scarabeo da viaggio. L'ho comprato per portarmelo in vacanza l'anno scorso, ma nessuno voleva giocare. Dicevano che avevo troppi vantaggi, dato che lavoro con le parole.»

Allie sbuffò. «Hanno mai letto il *Clarion*? Tira fuori Scarabeo e metti il pentolino dell'acqua sul fuoco, Danny. Al meglio di tre partite. Chi vince offre la cena.»

Lui fece una smorfia. «Ovunque tranne che alla Spaghetti Factory.»

37

Gli abiti su misura di Allie non erano ancora pronti, ma dopo il pomeriggio di shopping aveva per le mani un paio di quelli che Rona aveva definito "indumenti manifesto". E, dato che voleva fare colpo, non c'era momento migliore di quello per tirarli fuori. Pantaloni a vita alta, color tabacco screziati di marrone e oro, e giacca di tweed color ruggine sopra una semplice camicia di cotone color crema, e stivaletti con tacco basso per completare il quadro. Fissò lo specchio e, persino senza acconciatura, vide il riflesso di una sconosciuta. Ma quella sconosciuta era una donna il cui guardaroba sembrava una scelta voluta. Una donna che faceva sul serio. Ad Allie era servito un po' di tempo – e le competenze di Rona in materia di moda – per capire come vestirsi da persona da prendere sul serio, ma quel giorno aveva la sensazione di esserci riuscita.

Non ne aveva mai avuto così bisogno. Non sarebbe stato male raggiungere tale risultato con il pezzo sulla Paragon, ma non era stata lei la protagonista e, dunque, importava meno. Oggi la situazione era diversa. Era la sua storia, nonostante il lavoro sotto copertura lo stesse svolgendo Danny. Cosa ancora più importante, per la prima volta, erano altri giornalisti ad aiutarla e non viceversa. Oggi aveva bisogno di dignità; aveva bisogno del loro rispetto.

Alle nove meno un quarto, l'ufficio aveva ancora l'aria del mattino dopo la notte precedente. Un giornalista sportivo era alla sua scrivania, con una tazza in mano, impegnato a passare in rassegna le ultime pagine dei quotidiani del mattino. L'ufficio dedicato ai servizi speciali e quello della sezione femminile erano vuoti. Un revisore solitario era appoggiato allo schienale della sedia, con i piedi sul cestino della carta, una sigaretta tra le labbra e una rivista sulle gambe. C'era qualcun altro, compreso Angus Carlyle, intorno ai tavoli delle notizie e delle fotografie. Alzò gli occhi al suo arrivo e inarcò le sopracciglia. «Chi avrebbe mai detto che ti saresti agghindata così bene, Burns?» Si trascinò in piedi. «Nel mio ufficio.» Fece strada, indugiando per gridare alle sue spalle: «Fattorino!».

Il fattorino li raggiunse immediatamente. Carlyle ordinò una caraffa di caffellatte e mezza dozzina di panini al bacon. «Non lesinare sul condimento» aggiunse. «E appena Danny Sullivan si fa vedere, mandalo qui.» Indicò una sedia ad Allie e prese le relazioni su cui lei e Danny avevano sgobbato duramente il giorno prima. «Ottimo inizio» disse. «Danny Boy ha fatto bene a farti entrare in gioco nella faccenda della Paragon, però. Quel ragazzo non sa scrivere.» Scosse la testa, mesto più che arrabbiato. «La sezione femminile un tempo aveva una giornalista di moda, Mary Begg. Riusciva a malapena a mettere insieme una frase. Ma Andy Budge è il revisore della pagina delle donne e scrive da Dio. Per cui, il fascicolo dei ritagli di giornale di Mary era notevole. A tal punto da farle ottenere un posto al *Daily Mail*, giù a Londra.» Rise. «Saranno stati furibondi la prima volta che ha inoltrato un pezzo, cazzo. A ogni buon conto. Ecco il motivo di questa storiella. Quando Mary se n'è andata, Andy Budge si è presentato con una maglietta con su scritto "Mary Begg ero io".»

«Duro» disse Allie. «Ma buffo. Non preoccuparti, non è mia intenzione recarmi in una stamperia di magliette nel prossimo futuro.»

Mentre parlava, qualcuno bussò senza convinzione alla porta e Danny fece capolino. «Sammy mi ha detto di venire.»

«Incredibile. In anticipo entrambi. Parcheggiati, Danny, e vediamo dove siamo.»

Preoccupata per la serietà della sua espressione, Allie si accese una sigaretta mentre Carlyle procedeva. «Una piccola squadra che ho selezionato con cura sta lavorando sul passato dei vostri tre moschettieri. Allie, una volta finito qui, voglio che rintracci questa Maggie McNab e finga di intervistarla sul gruppo e sul loro anelito a una Scozia indipendente. Falla parlare dei membri, indirizzala verso i tre a cui siamo interessati e spremile tutto ciò che riesci. Alle nove e mezza verrà Piccolo Gordon per farmi sapere cos'hanno da dire i suoi contatti. E poi noi quattro ci siederemo con Tony della redazione fotografica per stabilire la nostra strategia in vista di domani sera. Pensate di potercela fare?»

«Allie andrà a intervistare quella McNab, questo lo capisco. Ma io che devo fare?»

«Te ne andrai a casa e resterai accanto al telefono, nel caso uno dei tuoi compagni cospiratori abbia bisogno di qualcuno che gli tenga la mano. Non ti voglio accanto a chi sta facendo le ricerche sul loro passato. Non si sa mai. Fino a domani sera non devi fare altro che evitare di destare il mimino sospetto.»

Un colpetto sulla porta e Sammy apparve con un vassoio carico. L'aroma ebbe il medesimo effetto di una modesta scarica elettrica. Si fecero tutti più vigili, più concentrati. «Un minuto solo, Sammy. Allie, continua a versare i caffè» disse Carlyle, estraendo un blocco di moduli da un cassetto. Ci scarabocchiò qualcosa sopra, appose in basso la sua firma disordinata, e consegnò il foglio al fattorino. «Portalo su alla contabilità, aspetta e riconsegnamelo.»

Sammy si allontanò di corsa e Allie servì i caffè, con la bocca serrata in un'espressione risentita. «Sono i soldi richiesti» disse Carlyle. «Il primo pezzo sulla scacchiera.» Prese due panini al bacon e un caffè e si diresse alla porta. «Ci vediamo nella sala riunioni alla mezza. Devo accertarmi che nessun bastardo pazzo abbia scritto qualcosa di sciocco sul programma.»

«Be', la sta prendendo sul serio» disse Danny. «Al punto da offrire panini al bacon e caffè.»

«Per non parlare delle ottocento sterline messe a disposizione dalla contabilità.» Lo studiò con una breve occhiata. Ormai lo conosceva a sufficienza per capire che era terrorizzato quanto lei di fronte alla portata di quanto avevano scatenato. Come minimo, entrambi si sarebbero potuti ritrovare senza lavoro. Ma lo scenario peggiore rischiava di essere davvero brutto.

Ovviamente, Piccolo Gordon Beattie era in ritardo. Era il corrispondente della cronaca nera, cosa che, ai suoi occhi, gli conferiva un certo status da rammentare ai comuni mortali ogni volta che se ne presentava l'occasione. Far attendere il prossimo era solo una delle sue strategie per dimostrarlo. Carlyle, che conosceva bene i suoi trucchi, non si prese la briga di presentarsi nella sala riunioni prima di aver visto arrivare il corrispondente della cronaca nera con la sua fonte dello Special Branch al seguito.

Quindi, andò a finire che erano presenti solo Allie e Danny quando giunsero Beattie e il suo contatto. Allie aveva Danny nel suo campo visivo: fu felice di notare che non batté ciglio. Piccolo Gordon puntò dritto sul vassoio dei biscotti al cioccolato. Quasi che se ne fosse ricordato in ritardo, disse: «Tommy, ti presento due nostri reporter. Danny Sullivan e Alison Burns. Lui è Thomas Torrance dello Special Branch. Se avete un briciolo di buonsenso, vi scorderete di averlo incontrato».

Torrance salutò Allie con un cenno, ma indugiò davanti a Danny, con la testa inclinata. «Ci siamo già visti?»

Danny scosse la testa. «L'avrei riconosciuta, nel caso. Sono un buon fisionomista.»

Torrance fece spallucce. «Mi sono sbagliato: deve avere un sosia.»

La sua reazione alla risposta negativa di Danny non convinse Allie. La sua espressione aveva qualcosa di circospetto che la portò a considerarlo più di un uomo semplicemente avvezzo a operare sul lato in ombra della strada. «Dicono che ne abbiamo tutti uno» disse Allie, puntando con successo all'irrilevante.

Le furono risparmiate ulteriori tattiche diversive dall'arrivo di Carlyle e di Tony Visocchi, il direttore di lunga data della redazione fotografica del *Clarion*. Più o meno una volta al mese, Visocchi minacciava di andare in pensione, ottenendo così una raffica di adulazioni rassegnate dall'ufficio del direttore. Una volta che gli erano state lisciate le piume, Visocchi magnanimamente accettava di restare «solo finché non trovate qualcuno in grado di gestire le complessità di un'importante redazione fotografica». Era un tombolotto con una sfarzosa chioma di capelli grigi acconciati in modo parecchio vistoso. Allie pensò che dovesse utilizzare in una settimana più lozioni per capelli di quanta ne avesse usata lei in tutta la sua vita.

«Diamoci da fare» disse Carlyle, dirigendosi verso la sedia a capotavola qualche secondo prima di Visocchi, che si accigliò e finse di aver scelto fin dall'inizio quella da cui si godeva la vista migliore. «Signor Torrance, grazie per il suo aiuto. Non so cosa faremmo senza di lei in momenti come questi.»

Torrance piegò la testa, con un sorriso felino. «È un piacere, signor Carlyle. Siamo tutti dalla stessa parte, in fondo.»

Allie non sapeva bene quanto ciò la mettesse a suo agio. Torrance continuò. «Ma, nella fattispecie, siete in vantaggio. Nessuno di questi tre uomini ha la fedina penale sporca. Ci vantiamo di avere il polso della situazione in materia di pericolosi radicali e quei ragazzi non hanno destato la minima attenzione del Branch così come della Strathclyde Police. Congratulazioni, signor Sullivan.»

«Sono stata io a individuarli» disse Allie.

Torrance aggrottò la fronte. «Chiedo scusa. Mi è stato detto che a infiltrarsi nella banda era stato il signor Sullivan.»

«Ed è così» disse Danny. «Ma solo dopo che Allie li aveva individuati.»

Torrance allargò le braccia. «Chiunque sia stato, complimenti. E so, per aver lavorato con Gordon in passato, che il

Clarion farà la cosa giusta, una volta che avrete scritto il vostro articolo.»

«La faremo» disse Carlyle. «Ma ho bisogno della garanzia che non interverrete finché non ve lo dico io.»

L'espressione di Torrance era più vuota di quella di un ministro impegnato a negare una crisi. «A patto che non facciano nulla che desti la nostra attenzione. E a patto che voi vi assicuriate che non abbiano la possibilità di utilizzare il materiale che stanno acquistando, dannazione. Detesterei dover arrestare il signor Sullivan e la signorina Burns per complicità in attentati dinamitardi.»

Il silenzio era carico di imbarazzo. Carlyle si sporse in avanti, con gli avambracci carnosi piantati sulla scrivania. «Mi concentrerò sul mio lavoro e lei si concentrerà sul suo. In fondo, è per questo che la paghiamo.» Non v'era dubbio su chi fosse il numero uno nella stanza.

Torrance si alzò in piedi. «Tenetemi informato» disse. «Gordon sa dove trovarmi.»

«Non appena il giornale sarà in distribuzione, avrà tutto ciò che le serve» disse Carlyle.

«Mi serve solo conoscere gli spostamenti. E dove si trovano gli esplosivi. Altrimenti, non se ne fa niente e questo sarà l'ultimo favore che faccio al *Clarion*.» Si strinse nel cappotto e puntò due dita contro Danny, a mo' di pistola. «Mi accompagni fuori, signor Sullivan, e mi illustri tutto ancora una volta.»

Piccolo Gordon Beattie aveva l'aria di uno che era appena stato preso a schiaffi. E Allie si chiese se a Thomas Torrance per caso non fosse fastidiosamente tornata la memoria.

38

«Un atteggiamento un tantino prepotente» disse Visocchi. «Devi tenere più a freno il tuo ragazzo, Gordon. Rammentargli chi sono i capi.»

«A loro piace farsi passare per tali» disse Beattie. «Non creerà problemi.» Si rivolse a Carlyle. «Allora, Angus, qual è il piano?»

«Ho una squadra che ci sta dando sotto con i controlli sul passato di quella gente. Anche Burns» disse, indicandola con un cenno del capo. «Il Rasoio verrà più tardi per legittimare ciò che abbiamo per le mani e quello che intendiamo farci. Non appena Danny torna, passeremo in rassegna la strategia in vista di domani sera. Vedremo quante falle riusciamo a individuarvi. I tuoi ragazzi sono pronti ad andare a rubare qualche scatto dei tre bombaroli?»

Visocchi fece un ampio gesto della mano. «I miei ragazzi sono nati pronti. Non appena avrai gli indirizzi di quei bastardelli, ci apposteremo.»

Beattie diede un'occhiata plateale al suo orologio. «Spero che quel ragazzino untuoso, Sullivan, non cerchi di fregarmi il contatto.»

Allie avrebbe voluto ricordargli che era stato l'uomo dello Special Branch a chiedere a Danny di accompagnarlo fuori, ma le parve saggio non reagire. Inutile sottolineare un possibile legame tra i due.

«Come hai fatto a imbatterti in questa storia, Burns?» le chiese Visocchi. «Qualcuno di quei ragazzi ha cercato di rimorchiarti?» Un sorriso malizioso.

«Già, perché è quello che fanno i terroristi. "Ti va di venire a mangiare un piatto di curry, così posso raccontarti i miei piani rivoluzionari?"» Allie alzò gli occhi al cielo. «Mi ci sono imbattuta trovandomi nel posto giusto e tenendo occhi e orecchie aperti.»

Carlyle espresse la sua approvazione con un sorriso. Prima che qualcuno dicesse altro, Danny riapparve, leggermente arrossato intorno agli zigomi. «Scusate» biascicò. Incrociò lo sguardo di Allie e congiunse le sopracciglia in un'espressione leggermente corrucciata.

«A domani sera, allora. Danny, devi incontrare gli altri tre alla Spaghetti Factory alle sette e mezza, giusto?» Carlyle aggrottò la fronte e Danny annuì. Il caporedattore tirò a sé un blocco di carta. «Dunque, una squadra nel ristorante. Un fotografo e un reporter incaricati di seguire Malloch e Farquhar quando se ne vanno.» Se lo annotò. «Sappiamo dove Danny e Bell devono andare, dunque è inutile stargli addosso. E che mi dici del pub?»

«Sono un po' preoccupato al riguardo» disse Danny. «È fondamentalmente una bettola. L'ultima volta abbiamo attirato qualche occhiata. Ho avuto la sensazione che di clienti di passaggio non gliene capitino tanti. Chiunque chiamiamo in causa spiccherà di brutto.»

«Inoltre» intervenne Allie, «non è del tutto escluso che anche i tizi dell'IRA si appostino fuori dal pub. Vorranno accertarsi che Danny e Bell non si portino appresso dei rinforzi. Se dovessero notare qualcuno che li pedina, potrebbe finire malissimo.»

«Il ragionamento della ragazza fila» disse Visocchi. «So che alcuni dei nostri ragazzi sono un po' trasandati, ma non passeranno per vecchie cariatidi di Calton. Meglio restare sulla strada, Angus.»

Carlyle si accigliò. «È la scelta più saggia. Ma detesto mandare uno dei miei reporter nella tana del lupo senza nessuno che gli copra le spalle.»

«Starò attento» disse Danny. Fece una risatina. «Cioè, ci sono già stato, ormai sono un cliente regolare.»

Allie non poté fare a meno di ammirare il suo tentativo di mostrarsi spavaldo. «Ti staranno versando la pinta quando varchi la porta.»

«Le cose si faranno serie quando tu e Bell uscirete dal pub» continuò Carlyle. «Saremo in tanti. Ma nell'ombra. Conosciamo il tragitto che voi due avete fatto l'ultima volta e dove sono venuti a prendervi. Non abbiamo modo di sapere se si comporteranno alla stessa maniera, ma è un inizio. Per cui, voglio un uomo che cammini sul lato opposto della strada in modo da passare davanti al pub subito dopo la mezza.» Staccò il primo foglio e si mise a disegnare una mappa rudimentale. «Eccolo che scende dal colle leggermente distanziato rispetto a voi due. Più avanti, lungo la strada, voglio un'automobile con dentro due uomini che controlla da lontano il vostro percorso. Più dietro, un'altra macchina con un solo uomo a bordo. Quando sarete giunti alla prima svolta, la seconda auto caricherà l'uomo a piedi. Alla svolta seguente, la prima automobile si allontanerà, girerà intorno all'isolato e farà scendere il passeggero.»

Tenne bene in alto il foglio di carta e indicò cosa intendeva dire. «Spunterà più avanti, sulla via su cui vi trovate tu e Bell, camminando lentamente in modo da consentirvi di superarlo. La seconda automobile vi passerà accanto e seguirà un tragitto leggermente diverso, fino all'estremità opposta del vicolo in cui siete stati caricati in macchina. Fila finora?» Annuirono tutti.

«Tony, quel tuo ragazzo... si chiama Willie, giusto? Se ne va in giro in moto?»

Visocchi fece una risatina. «Willie Suttie. Si dà arie da paparazzo.»

«Lo voglio come terzo pedinatore. Quasi di fronte a quel vicolo c'è un viottolo ed è lì che Suttie attenderà.»

«Come fai a conoscere un dettaglio del genere, capo?» si ritrovò a chiedere Allie, sbigottita.

Carlyle le rivolse un'occhiata misurata. «Potrei risponderti "So tutto, Burns", ma la verità è che sono cresciuto a Calton. Conosco queste strade meglio di quanto conosca mia moglie.» Notò la sorpresa di Allie e tirò fuori un sorrisino rapace. «Sorpresa? I miei esordi forse sono stati da diamante grezzo, ma, da allora, mi sono raffinato.»

«Non intendevo...»

«Dunque, Suttie è nel viottolo. Quando il taxi nero imbocca il vicolo, gli si metterà alle calcagna e lo supererà appena si ferma per caricare Bell e Danny. Quando spunta dal vicolo sarà il segnale per indicare alla seconda macchina di prepararsi a seguirlo. La prima auto segue la seconda. Non attaccata al culo, ma a distanza sufficientemente ravvicinata da non perderla. Suttie si infila dietro la prima macchina e alle spalle di tutti c'è una terza auto. I quattro sono per il pedinamento lungo. È chiaro?»

«Stai prendendo le cose sul serio.» Era difficile capire se Beattie fosse colpito o infastidito.

«È una faccenda seria, un attentato dinamitardo.» Carlyle lo guardò torvo. «Non intendo correre rischi. La sicurezza di Danny è la nostra priorità numero uno.»

«Pensavo che la nostra priorità numero uno fosse impedire a questi pagliacci di piazzare delle bombe.» Beattie torse le labbra in modo affettato.

Carlyle fece una pausa, fissandolo con calma. «Non fare lo stronzo, Gordon.» Tornò a rivolgersi a Danny. «Danny, dicevi che hai avuto l'impressione di aver svoltato parecchie volte nei tuoi viaggi sul taxi, giusto?»

«Siamo stati sbatacchiati parecchio, come succede quando giri l'angolo a bordo di un taxi nero» disse. «Era difficile tenerne il conto, ma penso che sia successo sette, otto volte.»

Carlyle annuì. «Ecco il piano, dunque. Ogni due svolte, il veicolo di testa non gira e quello che lo pedina riduce la distanza. Dopodiché, il primo torna dietro quello che pedina. Restiamo quanto più distanziati possibile, ma se l'autista tiene d'occhio lo specchietto retrovisore, vedrà una serie di veicoli diversi dietro di sé. Sarà troppo buio per distinguere eventuali dettagli e, dunque, ci serviranno automobili che appaiano decisamente differenti. Sto pensando a una Cortina, una Mini, una Land Rover, qualcosa del genere.»

«Dave Thornton ha una Land Rover» tentò Visocchi.

«Io ho una Morris Minor» disse Allie.

Beattie sbuffò. «Perfetto. Nessuno sospetterebbe mai che un vecchio catorcio del genere sia coinvolto in un inseguimento.»

«E useremo una Cortina dell'ufficio» disse Carlyle. «Se facciamo le cose per bene, scopriremo dov'è il covo dell'IRA.»

«E dopo che si fa? Li aspettiamo e li carichiamo di nuovo?» chiese Allie.

«Credo che quello possa essere alquanto rischioso. Non abbiamo idea di come sia disposta l'abitazione. Sappiamo solo che si tratta di una casa o di un appartamento al piano terra. Potrebbe essere una tranquilla via residenziale in cui eventuali estranei si noterebbero subito. Oppure potrebbe trovarsi in un punto imprecisato dei sobborghi in cui non c'è copertura» disse Carlyle. «Danny, la tua relazione diceva che dovreste prelevare gli esplosivi di persona.»

Danny annuì.

«Ho la sensazione che non vi porteranno lì. Scommetto che vi scaricheranno da qualche parte con le istruzioni su dove e come ritirare il materiale per la fabbricazione delle bombe. Penso che dovremo rischiare. Sapremo dove vivono i tizi dell'IRA e sapremo dove si effettua il ritiro. Dico di farci guidare da Danny. Non appena puoi raggiungere un telefono senza destare sospetti, ragguagliaci.»

Allie alzò un dito per destare la sua attenzione. «Una semplice riflessione, capo. Prima, quando vi incontrerete tutti, che dici se Danny insiste perché tornino insieme all'appartamento di Malloch dopo che gli irlandesi li lasceranno da qualche parte? Può convincerli dicendo che in questa faccenda ci sono dentro tutti, che dovrebbero stare insieme quando vanno a prendere gli esplosivi. E noi avremo il tempo per appostarci davanti all'appartamento di Malloch dopo che avremo pedinato Danny fino al covo dell'IRA.»

Carlyle le rivolse un sorriso radioso. «È un'idea fantastica, Burns. Pensi di potercela fare, Danny?»

Lui fece spallucce. «Non vedo perché no. Moriranno tutti dalla voglia di tornare in azione.»

«Bene. Problema risolto. Sistemeremo i dettagli e domani pomeriggio ragguaglieremo le squadre.» Sorrise a Danny. «Questa è una storia pazzesca, per giunta subito dopo il vostro rapporto sulla Paragon. Sto pensando da un po' di istituire una squadra investigativa di specialisti. Giocati bene le tue carte e potrebbe essere tua, Danny Boy.»

Beattie restò a bocca aperta. «Avevi detto...»

«Ho cambiato idea, Gordon. Ovviamente, avresti un ruolo anche tu, ma se vogliamo essere presi sul serio, ci serve qualcuno a capo della baracca che non possa venire accusato di essere controllato dalla polizia. Cerca di capire il senso del ragionamento.»

Beattie avvampò violentemente. «È qui dentro da soli cinque minuti.»

«Tre anni» disse Danny, in tono pacato.

Carlyle si alzò in piedi. «Cristo, i miei bimbi litigano meno di voi. Danny, vattene a casa e resta accanto al telefono. Burns, datti da fare con Maggie McNab. Quando avrai finito con lei, torna qui e guarderemo cos'è saltato fuori dalla nostra ricerca sui nostri bombaroli. Signori, grazie per la vostra disponibilità.» Si diresse alla porta, tallonato da Visocchi e Beattie. Mentre se ne andava, Beattie rivolse loro un'ultima occhiata velenosa.

«Ti è andata di fortuna, stavolta» disse. «Ma non scordarti chi ha le fonti vere, qui.»

Danny lo osservò andarsene. «È più forte di lui. Odia pensare che qualcuno gli stia pestando i piedi.»

Allie rise. «Insicurezza maschile. È probabile che il suo uccello sia grosso come un salsicciotto» Tornata seria, disse: «Cosa voleva Torrance?».

Danny emise un gemito. «Dirmi di tenere chiusa la mia cazzo di bocca. Ha capito nell'istante in cui mi ha visto dove mi aveva incontrato. Ha sottolineato che avevo da perdere più io di lui, se avessi cercato di metterlo nella merda. E che ha il potere. "Posso sempre trovare una scusa per essere nei posti bazzicati dai pervertiti" ha detto il bastardo.»

«Sarà un problema?»

Danny scosse la testa. «Non se rispettiamo la nostra parte del patto e gli serviamo dei terroristi scozzesi e irlandesi su un vassoio. E non c'è ragione per cui noi non possiamo farlo, giusto?»

39

Era tardo pomeriggio quando Allie, esausta, raggiunse l'appartamento di Danny. Smontò dall'automobile, con la schiena rattrappita e le spalle rigide, chiedendosi se era così che si sarebbe sentita da vecchia. Una figura si materializzò al suo fianco dall'oscurità. «Hai l'aria di essere proprio morta, a pezzi» disse Jimmy, giovialmente.

«Sai che non è quello il modo per fare colpo su una donna, vero?» disse Allie, cercando delle monete nella borsetta.

Lui fece schioccare le dita. «Ecco dove ho sbagliato in tutti questi anni. Ti sei persa il tuo amico, però» aggiunse, mentre lei gli faceva cadere una moneta da cinquanta centesimi sul palmo indelebilmente lercio. «Ha detto di dirti che andava a fare un salto al negozio per comprare un cartone di latte.»

«Grazie, Jimmy.» Quando aveva telefonato a Danny per avvisarlo che stava arrivando a casa sua, lui le aveva detto che doveva fare un salto fuori e che c'era un cordoncino con la chiave attaccato alla parte interna della sua cassetta della posta. «Lo aspetterò dentro. Per quanto abbia voglia di farmi una chiacchieratina con te, fa un freddo cane.» Strascicò la punta di uno stivale su un blocco di neve ormai completamente gelata.

«Strati. Ecco il segreto con il freddo» disse lui, stando al passo di Allie mentre attraversava quel terreno irregolare. «Mi vedi? Sotto tutta questa roba, sono grosso metà di quello che sembro. Mi tengo isolato grazie ai vari strati. Una canottiera, due magliette, una camicia, una felpa e un maglione sotto il cappotto. E poi ci sono i mutandoni di lana...»

Più informazioni di quante ne servissero ad Allie. Non aveva affatto voglia di pensare allo stato degli strati di Jimmy. Il miasma era sufficientemente sgradevole. «Risparmiami i dettagli.» Raggiunsero il selciato. «Grazie per prenderti cura della mia macchina.» Abbozzò un saluto con una mano ed entrò nell'andito.

La chiave era dove Danny aveva detto e, nel giro di pochi istanti, lei fu dentro, al caldo. Quando Danny fu di ritorno, qualche minuto dopo, lei era raggomitolata su un divano, si era sfilata gli stivali e aveva un fascio di fogli in mano. Lui fece capolino dalla porta, salutandola con un «Tè o caffè?».

«Tè, a quest'ora della sera. Notizie di Ding-dong o degli altri?»

«Silenzio di tomba. Hai fame? Ieri sera ho preparato un pentolone di *stovies* con carne in scatola. Ne è rimasto parecchio.»

«Grazie. È da stamattina che non tocco cibo. Potrei mangiare un cane rognoso riscaldato.»

«Puah!» disse Danny, mentre lei lo seguiva in cucina. «Ho sentito dire che a Fife le cose erano leggermente diverse, ma non avrei mai pensato che fossero peggiorate a tal punto.»

Allie fece una risatina e gli diede un pugno su una spalla, scherzosamente. «Sarà meglio che il tuo *stovies* sia all'altezza, ragazzo di Edimburgo. Se quel profumo non mi avviluppa il cuore come un verme peloso, sei in guai grossi.»

Mentre Danny preparava un pentolino di tè e riscaldava il cibo nella padella, Allie lo aggiornò. «Ho fatto attenzione con Maggie McNab. Non dà grande peso alle loro idee: dice che non rappresentano il gruppo. Cosa che, diciamolo, sapevamo già. Gli altri sono un manipolo di docenti universitari e fanatici della politica. Ma ho raccolto qualche dichiarazione che troverà uno spazio adeguato nel pezzo sugli antefatti.»

«Molto utile. Però non vorrei essere nei panni di quella donna su all'università, quando la storia si diffonderà.»

Allie si strinse nelle spalle. «Dovrebbe prestare maggiore attenzione alle persone che incoraggia a unirsi al suo gruppo. Nel frattempo, in redazione, gli altri ragazzi stanno facendo faville con gli antefatti. Giuro che non avrei saputo da dove iniziare per ottenere i dettagli che hanno raccolto.»

«Per le donne è più difficile. Entri in un pub o in un negozietto, fai il nome di qualcuno e, in men che non si dica, attiri l'interesse di tutti per i motivi sbagliati. Mentre io posso dire "Deke Malloch viene ancora qui a bere?" senza che nessuno batta ciglio. Senza far suonare campanelli d'allarme. Che cos'abbiamo?»

Allie sparpagliò le pagine. «Indirizzi. Luoghi di lavoro. Ci credi se ti dico che Roddy Farquhar è un insegnante di matematica a Bishopbriggs?»

«Motivo in più per mantenere nascosta la sua omosessualità» disse Danny. «Un'insinuazione e sarebbe fuori dalla porta, disoccupato, prima che tu riesca a dire "Tom Robinson".»

«È ridicolo. La gente non può non sapere che essere gay non equivale a essere pedofili.»

«La tua fiducia nel genere umano è commovente» le disse, amaramente, «ma non potrebbe essere più malriposta. Non lasciare che le checche si avvicinino ai bambini, ecco il mantra. Cos'altro hanno scovato i ragazzi?»

«Abbiamo dettagli sulle famiglie, su dove sono cresciuti e sono andati a scuola. Ah, e un'ex di Deke Malloch che ha rivelato che secondo lui gli scozzesi sarebbero dovuti insorgere contro gli oppressori.» Cercò tra i fogli e ne pescò uno. «Ecco qua: "Alla fine, l'ho mollato perché mi ha annoiata a morte con tutti quei discorsi su come avrebbero liberato l'intero impero britannico facendo in modo che tutti si autogovernassero, tutti tranne la Scozia. Come se noi fossimo dei prigionieri che dovevano evadere dal carcere. Ha un chiodo fisso in testa, grande come il mostro di Loch Ness". Una frase favolosa.»

«Non posso che trovarmi d'accordo con lei. Non ho passato molto tempo con Malloch, ma è fottutamente noioso. Abbiamo altri virgolettati passabili?»

«Qualcosa detto da compagni di lavoro, amici del pub. Tutte informazioni piuttosto innocue se prese da sole, ma che alimentano il fuoco.»

Danny tornò al fornello e mescolò la cena. L'aroma intenso che riempì la cucina spinse Allie ad ammettere che valeva la pena di attendere. «Ce l'ho fatta a costringere Angus ad accettare i dettagli del nostro piano» disse.

«Prima mangiamo. Una volta servita la cena, non riuscirai a concentrarti sui dettagli.»

Andò a finire che aveva ragione lui. Danny aveva imparato a cucinare lo *stovies* da sua madre, una di quelle donne della classe operaia in grado di infondere alchimia a un terzetto di ingredienti semplici. Cipolle, patate e carne in scatola erano una lista poco promettente, ma, nelle mani giuste, si trasformavano in qualcosa in più della somma delle parti. Con un lieve sospiro, Danny scodellò il tutto in due piatti poco profondi da zuppa dai bordi ampi. «Mia madre forse mi ha scomunicato, ma, perlomeno, ho le sue ricette migliori.»

Nessuno dei due ebbe granché da dire, a parte i borbottii di approvazione di Allie e qualche sospiro di piacere di Danny. Tirò fuori un paio di panini con cui fare la scarpetta e disse: «Per citare il tuo omonimo: "Poi il vecchio capo, pieno al punto da esplodere, brontola un 'grazie'"».

Allie gemette. «È da una vita che sento citare Burns al mio indirizzo.»

«Be', domani c'è la Burns Night» le ricordò. «E noi non parteciperemo alla cena in ricordo di Robert Burns.»

«Danny, se anche domani volessi andarci, l'unica possibilità che avrei di prendervi parte sarebbe se mi vestissi come la moglie del gestore del pub di Glasgow frequentato da Burns, Poosie Nansie, e servissi frattaglie di pecora. Resta tuttora una scusa frequente per una notte di bagordi tra uomini. Francamente, preferisco andarmene in giro per le stradine dell'East End con la mia macchinina.»

Lui fece una smorfia. «Capisco il tuo ragionamento. Allora, i dettagli?»

«Un minuto.» Tornò con la sua borsetta e vi frugò dentro, prima di estrarne una Kodak Instamatic e una confezione da tre flash Magicube. «Nulla di significativo è cambiato da quando stamattina abbiamo passato in rassegna il piano essenziale. A parte il fatto che Angus pensa che sarebbe fantastico se tu riuscissi a scattare qualche foto degli esplosivi.»

«Cosa? Ha perso il senno? Non la farò mai franca, andranno giù di testa.»

«Non se fai le cose nel modo giusto. Spiega che razza di momento storico importante sia, dicendo che andrebbe documentato. La prima notte della rivoluzione!» Lui parve scettico e, dunque, lei insistette. «Scatta una foto dei tre con l'esplosivo e poi chiedi a uno di loro di fartene una insieme agli altri due. In tal modo, sembrerà che tu sia implicato tanto quanto loro. È una prova decisiva.»

«Non mi piace.»

«L'IRA lo fa regolarmente: si scattano foto con ArmaLite e via dicendo.»

«Già, con le facce coperte dai passamontagna. Non li riconoscerebbero nemmeno le loro madri.» Incrociò le braccia sul petto, con aria di sfida.

«Ce la puoi fare, Danny. Ti adorano. Hai fatto avverare i loro sogni, puoi convincerli. Immagina l'impatto di loro tre a tutta pagina accanto al materiale per la preparazione delle bombe.»

Lui non riuscì a soffocare un sorriso che gli increspò gli angoli della bocca. «Forse. Domani ne parlerò con Angus.»

«Bene. Presumiamo che ti dicano dove andare a prendere gli esplosivi. Angus è categorico: devi restare con gli altri tre finché non avverrà la consegna e poi seguirli fin dove decidono di nasconderli finché non sarà il momento di agire.»

Lui annuì. «Lo farò, non preoccuparti. Posso sempre giocarmi la carta della serie “Li ho pagati io, ho il diritto di sapere cosa ne verrà fatto”. Ma non credo che se ne presenterà l’occasione. Sotto sotto, sono delle pappamolle. Provo quasi pietà di loro.» Gli angoli della sua bocca si abbassarono. «Ragazzini stupidi.»

Allie fece un sorrisino. «Non avere troppa pietà di loro. Quindi, una volta nascosto il materiale e dopo esservene andati ognuno per la propria strada, te ne tornerai in redazione e ci butteremo a capofitto sulla stesura dell’articolo.»

Di nuovo nervoso, Danny disse: «E se decidono di festeggiare? Di andare a prendere da mangiare e da bere e di sbronzarsi?».

Era qualcosa che inspiegabilmente non era saltata fuori nelle discussioni in redazione. Allie restò perplessa per un istante, poi la sua espressione si schiarì. «Sarà quasi mezzanotte. A quell’ora, di posti aperti in cui comprare cibo e alcol non ce ne sono. Dovrete accontentarvi di quello che c’è già in casa.»

Danny si rilassò. «Conoscendo questa gente, non sarà più di un paio di lattine, se siamo fortunati. Per cui, me ne torno in ufficio, scriviamo il pezzo, ma non in vista del giornale di venerdì, giusto? Perché non faremo in tempo a pubblicarlo sulle prime edizioni...»

«Esatto. Noi scriviamo e gli avvocati passeranno al vaglio ogni punto e ogni virgola. È lì che la cosa si fa complicata.»

«Per via del Contempt of Court Act, la legge sull’oltraggio alla corte» disse Danny, strabuzzando gli occhi. «Non possiamo pubblicare nulla che rischi di pregiudicare un processo equo. È sempre quello il problema del giornalismo investigativo in Scozia. Ennesima buona ragione per trasferirci a Fleet Street.»

Allie fece spallucce. «Grazie a Dio, non vengo pagata per scoprire come eludere le insidie legali. Al contrario di Angus, invece, che pensa di poter ottenere un accordo. Si siederà al tavolo con il capo della polizia e con il pubblico ministero, e dirà loro cos’abbiamo in mano. Sosterrà che, senza la nostra inchiesta, non avrebbero nemmeno saputo che era stato commesso un crimine e che il nostro intervento ha evitato crimini addirittura peggiori. Gli dirà approssimativamente dove vanno effettuati gli arresti, ma non fornirà gli indirizzi esatti fintanto che le rotative sono in funzione. In tal modo, potranno procedere con gli arresti prima che i tuoi tre amici e la cellula dell'IRA si accorgano di cosa sta succedendo, però noi pubblichiamo la nostra storia senza che gli avvocati di quei bastardi sostengano che non avranno un processo equo.»

«È un azzardo.»

«Lo sapevamo dal principio, Danny. Però ad Angus questa storia piace un sacco. Vede già i premi per la stampa sul suo davanzale. Dice che, anche se dovessimo essere accusati di oltraggio alla corte, il giornale si accollerà la multa. Ne vale la pena per aumentare le copie vendute, per la reputazione di giornale battagliero.»

Danny si alzò in piedi e andò a prendere una bottiglia di Famous Grouse e due tumbler da una credenza. Li posò sul tavolo e versò due abbondanti dosi, spingendo un bicchiere verso Allie. «Sai chi è Gordon Airs?»

«Ho visto la sua firma. È il capo reporter del *Daily Record*, giusto?»

«Giusto. Qualche anno fa, si è occupato di una vicenda simile a questa. Ha incontrato, sotto la minaccia di un'arma da fuoco, un manipolo di svitati che si facevano chiamare "Esercito del governo provvisorio della Scozia". Non sarebbero stati capaci di organizzare un'esplosione in una fabbrica di fuochi d'artificio e sono finiti in tribunale. Gordon è stato chiamato a testimoniare contro di loro e si è rifiutato di identificarli come fonte dei suoi pezzi.»

«È ciò che dovremmo fare noi, vero? Proteggere le nostre fonti? Invece non le stiamo proteggendo, le stiamo lasciando nei guai.»

Danny aveva un'aria vagamente esasperata. «Non è lì che intendo andare a parare. La questione è l'oltraggio. Il giudice ha stabilito che Gordon stava oltraggiando la corte. Si è beccato cinquecento sterline di multa. Ma non è tutto. È finito in galera. Pensi che Angus sia pronto ad andare in galera per noi, Allie?»

Allie prese il bicchiere e bevve un sorso. Il whisky in realtà non le piaceva, ma capiva benissimo che apprezzare qualcosa non era sempre rilevante. «Non serve che Angus vada in galera per me.» Mentre le parole le uscivano dalla bocca, fu con sorpresa che si rese conto che era davvero ciò che intendeva. «La gente si ricorda che Gordon Airs è finito in galera per la sua integrità. Lo accetterei. Voglio che la gente ricordi il mio nome, Danny. Per i giusti motivi e per tanto tempo.»

40

Allie sapeva che in tutta la Scozia, in tutto il mondo, si stava celebrando il suo omonimo. Da Mosca a Minneapolis, si bevevano galloni di whisky, si mangiavano grandi quantità di frattaglie di pecora e si recitavano grossi volumi di componimenti poetici. Da adolescente, costretta a digerire Robert Burns nelle lezioni di inglese, aveva sognato di essere una discendente del bardo nazionale e che quel lignaggio le avrebbe dato un vantaggio per diventare giornalista. Si era sbagliata su entrambi i fronti, malgrado ci fossero centinaia di discendenti diretti del poeta.

Ora sperava solo che quella potesse essere un tipo diverso di Burns Night. Che i relativi eventi rendessero il suo nome riconosciuto e rispettato tra i colleghi scribacchini. Dipendeva dal ruolo svolto da molti altri, ma, sotto sotto, restava la sua storia. Carlyle le aveva assicurato che stavolta il suo sarebbe stato il primo nome accanto al titolo di testa. Sperava che mantenesse la parola.

La squadra si era riunita in redazione alle sei. Tutti e sei i reporter che avevano raccolto informazioni sul passato di Bell, Farquhar e Malloch avevano consegnato i loro appunti e Carlyle aveva passato una copia di ciascuno ad Allie. Considerata la scadenza ravvicinata in vista della quale aveva lavorato, aveva bisogno di avvantaggiarsi il più possibile. Lesse rapidamente tutto il materiale, poi attirò l'attenzione di Carlyle. «Posso scrivere un pezzo individuale sulla storia di ciascuno di loro, una sorta di mini dossier? Passeranno la normativa sull'oltraggio?»

Carlyle inspirò. «Non dipende da me, Burns. La decisione spetta al Rasoio e ai suoi amichetti melliflui. Ma tu preparali ugualmente e ci batteremo per farli passare. A proposito, il direttore ha incontrato il capo della polizia e il pubblico ministero. Non sono felici delle intenzioni dichiarate, ma sono entrambi realisti. Dovremo solo tenere tutto nascosto finché domani sera le rotative si metteranno in movimento. Se qualcosa filtra, saremo noi a finire sotto osservazione. Addirittura, forse, in arresto» disse, in tono torvo. «Ho detto a tutti la stessa cosa. Chiunque si lasci sfuggire una sola parola non lavorerà mai più in questa città.»

Allie trovò un angolo tranquillo e iniziò a riannodare i fili delle vite del terzetto. Nel frattempo, alle sette, due giornalisti erano ai loro posti dentro la Spaghetti Factory. Il resto della squadra stava mangiando curry a poca distanza, sulla strada, approfittando del tempo a disposizione prima di prendere posizione nell'East End.

Poco dopo le otto e mezza, Allie estrasse l'ultimo foglio dalla macchina per scrivere e lo infilò in una grossa busta marrone insieme al resto del materiale sugli antefatti. Gli appunti scritti da lei e da Danny precedentemente per Carlyle erano già chiusi a chiave nel cassetto della scrivania di Allie e lei aggiunse la busta al suo bottino. Indossò il cappotto, si infilò un berretto di lana con il pompon sulla testa e si diresse alla sua automobile, con lo stomaco roso dall'agitazione. Purtroppo, *Tonight's the Night* di Rod Stewart era un tarlo nella sua testa. Una volta uscita dal parcheggio e dopo essersi avviata lungo il Clydeside, la stava canticchiando a bassa voce. Sperava fosse profetica, che nessuno ora potesse fermarli.

Danny era ansioso tanto quanto Allie. La differenza era che lui non avrebbe potuto darlo a vedere. C'era una convenzione non scritta tra quei giovani secondo cui l'indifferenza era un segno di virilità. Aveva il sospetto fondato che Gary Bell se la stesse facendo sotto proprio come lui, ma che scegliesse di celare la sua agitazione dietro un atteggiamento da macho, rivivendo le vette dei suoi giorni sul campo da calcio. Quasi che fosse una convalida anticipata della sua adeguatezza alle attività della serata. Quasi, pensò Danny.

Malloch era esuberante, pimpante come una Super Ball. Le sue conversazioni saltarono da un argomento all'altro, le sue battute buttate lì non risultarono mai buffe quanto lui pensasse. Fumò incessantemente. Persino quando arrivò il cibo, si limitò a posare la sigaretta nel portacenere mentre si schiaffava una forchettata di pasta in bocca e la mandava giù, per poi riprendere a fumare. Non appena ne ebbe spenta una, se ne accese un'altra. Danny iniziava ad avvertire una lieve nausea. Non sapeva bene se fosse per la fifa o per il fumo passivo. Almeno per una delle due cose avrebbe potuto prendere provvedimenti. «Non puoi evitare?» si lagnò con Malloch.

«In che senso?»

«Le paglie. Almeno mentre sto cenando?»

Malloch serrò la bocca, assumendo un'espressione d'un tratto ostile. Poi ci ripensò e spense la sigaretta. «Fighetta. Pensavo fossi più tosto» disse, fingendo di canzonarlo, pur di nascondere la sua rabbia.

«Mi piace assaporare quello che mangio e non le tue paglie da due soldi. Voglio dire, le No. 6?» Danny rise. «Non puoi permetterti un minimo di classe in più, tipo le Dunhill?»

«Già, be', qualcuno di noi non disponeva di un bel fascio di Premium Bond a cui ricorrere.» Malloch non riuscì a mascherare l'acredine.

Danny mandò giù un boccone di farfalle con panna e salmone. «Non fa nessuna differenza da dove siano venuti, quello che conta è cosa ne fate. Ed ecco cosa intendo, Deke. So che, se fosse dipeso da te e non da me, li avresti utilizzati per comprare del Semtex, non delle sigarette di classe.» Diede una pacca amichevole su una spalla di Malloch e lo osservò rilassarsi.

L'unico che non mostrasse segni di nervosismo era Roddy Farquhar, che praticamente non aveva detto una parola da quando erano arrivati. Ora si intromise. «Rinfrescatemi la memoria. Come si svolgeranno le cose?»

Bell alzò gli occhi al cielo. «Io e Paul andiamo all'incontro e consegniamo i soldi. Loro ci dicono dove ritirare la merce. Non sappiamo esattamente cosa succederà subito dopo, ma ho il sospetto che ci scaricheranno in un posto anonimo, come l'ultima volta. Troveremo una cabina telefonica e vi chiameremo.»

«E torneremo da Deke per riunirci con voi oppure ci incontreremo nel punto del ritiro della merce. La cosa che ha più senso. Dove nasconderemo il materiale?» chiese Danny, come se non ci avesse pensato prima.

Gli altri si scambiarono un'occhiata. «Meno gente lo sa, meglio è.» Farquhar studiò il suo piatto, grattando ciò che restava del sugo di carne con la forchetta.

Le sue parole torsero le budella a Danny. Di certo, non pensavano di poterlo tenere all'oscuro a quel punto. «Non è mia intenzione mettere un annuncio sul giornale» disse, senza più mostrare la minima indifferenza. «Ci ho messo un sacco, non potete tagliarmi fuori.»

«Nessuno ti sta tagliando fuori» disse Bell. «Roddy, hai decisamente passato il segno. Paul è uno di noi adesso. Dobbiamo metterlo in un posto a cui possiamo avere accesso ventiquattrore al giorno, un posto in cui nessun altro possa imbattersi per caso. Quando ne abbiamo parlato, prima ancora di conoscerti, abbiamo deciso che il punto migliore fosse il deposito bagagli della stazione centrale.»

Danny annuì. «Allora, chi tiene la chiave?»

«Ding-dong» disse Malloch. «È quello che più difficilmente può perderla.» Fece un sorrisino e Bell si strinse nelle spalle.

«Buona scelta, direi.» Danny allontanò il piatto da sé e diede un'occhiata al suo orologio. Le nove meno un quarto. Più l'incontro si avvicinava, peggio stava. «Dovremmo darci da fare. Non è il caso di fare le cose all'ultimo minuto.» Si alzò in piedi. «Devo fare una pisciatina.» Corse in bagno, giungendovi un istante prima di vomitare. Stazionò sopra la tazza del water, tirando lo sciacquone per cercare di eliminare le prove. Udì la porta chiudersi alle sue spalle.

«Paul? Stai bene?» Bell, decisamente preoccupato. «La tua faccia è diventata verde, là fuori.»

«Dannato pesce» riuscì a dire Danny, asciugandosi la bocca e tirando ancora lo sciacquone. Aprì la porta della cabina e fece un sorrisino.

«Sarebbe strano se non fossi un fascio di nervi. Questi irlandesi fanno fottutamente paura. La notte scorsa, non ho chiuso occhio, se ti fa stare meglio.» Si voltò verso il lavandino e si schizzò dell'acqua fredda in faccia. Si girò di nuovo verso Danny, mentre qualche goccia gli finiva sul maglione. «Diamoci da fare, d'accordo?»

Danny annuì. «Sì. Tutti per uno e uno per tutti, giusto?»

Bell fece un sorrisino. «L'hai detto, amico.» Gli porse la mano e Danny gliela strinse. «Fratelli di sangue, Paul. Fratelli di sangue.»

Allie guidò per il centro a una velocità di dieci chilometri inferiore al limite massimo, fermandosi con il giallo ai semafori, inserendo la freccia in netto anticipo rispetto agli incroci. Quanto sarebbe stato imbarazzante fare tardi all'appostamento perché era stata fermata dalla polizia? Ma il tragitto in macchina fu senza intoppi e lei prese posizione più in alto del pub, con una visuale perfetta sulla strada. Si abbassò, felice che i sedili con lo schienale rigido della Morris Minor le consentissero di rannicchiarsi e sparire.

I minuti trascorsero lentamente. Osservò un taxi accostare alle nove e dieci: Danny e Bell spuntarono e si infilarono nel pub. L'acquerugiola che nella prima parte della serata aveva reso l'aria pesante e umida si era trasformata in vera e propria pioggia, e gocce pesanti cadevano sul parabrezza, rendendo difficile un'osservazione chiara. Non poteva avviare i tergicristalli: nulla avrebbe dato più nell'occhio rispetto a un'automobile parcheggiata con il parabrezza pulito.

Una delle altre automobili deputate all'inseguimento apparve lentamente, prendendo posizione un po' più in basso, lungo il pendio. Allie controllò di nuovo il suo orologio. Quasi la mezza. Vide nello specchietto retrovisore un uomo avvicinarsi. Il cappuccio del parka scuro gli nascondeva la faccia, ma lei capì chi doveva essere e l'andatura leggermente dondolante era quella che lei si era aspettata di vedere. Frank Heggie, un altro membro del ruolino di servizio della redazione. Aveva qualche problema alle ginocchia per aver giocato troppo a calcio da giovane, le aveva detto una volta.

Prima che lui giungesse all'altezza di Allie, un fascio di luce fendette il marciapiede davanti alla porta del pub. Danny era in testa, tallonato da Bell. Indugiarono un istante, alzandosi il bavero dei cappotti. Danny estrasse da una tasca un cappellino arrotolato da garzone del fornaio e se lo schiaffò sulla testa mentre puntava in basso. Qualche istante dopo, due figure uscirono dal locale e si misero al passo dietro Danny e Bell. Una corpulenta, l'altra magra come un levriero. Allie resistette all'impulso di seguirli, mantenendo la propria posizione finché la Cortina rosso scuro del parco macchine dell'ufficio le passò accanto. Lei si attardò per quella che le parve un'eternità e poi tolse il freno a mano.

La Cortina svoltò a sinistra e Allie guadagnò velocità sulla strada vuota, frenando bruscamente prima della curva, per consentire a Gavin Todd di saltare a bordo. Lui biascicò un saluto che lei ignorò mentre svoltava all'angolo. Vide per un istante i fari posteriori della Cortina, prima che sparissero di colpo quando girò a destra.

L'inseguimento era cominciato.

41

Essere spinto con violenza nel retro di un taxi nero con un sacchetto sulla testa per Danny non fu più facile la seconda volta. E non provò il minimo sollievo nel sapere che Allie e gli altri gli coprivano le spalle. Sarebbe bastato un errore da parte di uno dei membri della squadra che gli era alle costole perché la serata andasse a finire malissimo. Non voleva nemmeno prendere in considerazione come gli irlandesi avrebbero potuto reagire, se avessero fiutato un tradimento. Ma aveva udito fin troppe storie su ciò che accadeva agli informatori per riuscire a toglierselo dalla testa, dove occupavano un posto di preminenza. Rotolò sul fondo dell'abitacolo, avvertendo l'odore della sua stessa paura. Neanche l'auspicato rombo della moto di Willie Suttie che superava il taxi alleviò il terrore che provava.

Il sistema fu identico. Il tragitto in taxi, l'inciampo sulla soglia, la straziante rivelazione del salotto di qualcuno. Non-Declan seduto solennemente sul divano con il passamontagna sulla testa, stavolta con addosso una maglietta identica a quella indossata dal Celtic in occasione della vittoria nella Coppa dei Campioni del 1967. «Che piacere rivedervi, ragazzi» fu il suo benvenuto. «Avete gli altri soldi?»

Danny tirò fuori un rotolo di banconote dalla tasca del cappotto e lo gettò verso Non-Declan. L'irlandese sfilò l'elastico che lo teneva insieme e lasciò che le banconote si sparpagliassero. Con un grugnito di fatica, si sporse in avanti e chiamò uno dei suoi compari. «Controllali» disse, per poi appoggiarsi allo schienale, studiandoli di nuovo con lo sguardo. Si grattò pigramente l'inguine. «Avete scelto i vostri obiettivi?»

«Abbiamo una lista di candidati» disse Bell. «Non abbiamo ancora preso la decisione finale.»

«Non mandate tutto a puttane. Non voglio che i miei colleghi mi prendano per il culo per essermi messo con delle mezze seghe.»

«Non hai di che preoccuparti da quel punto di vista» disse Danny, chiedendosi cosa avrebbe dovuto affrontare Non-Declan quando le cose sarebbero andate a scatafascio per lui e per la sua cellula attiva.

«Ci sono tutti, capo» confermò il cassiere. «Banconote usate, non consecutive.»

«Ottimo. Dunque, faremo di voi dei combattenti per la libertà.» L'irlandese si mosse sul divano, infilando a fatica una mano nella tasca anteriore dei jeans ridicolmente attillati. Gli si torsero le dita, che poi si strinsero intorno a qualcosa. Estrasse la mano e gettò l'oggetto verso la faccia di Bell. Lui mancò la presa, ma Danny lo afferrò al volo quando rimbalzò. Era una chiavetta su cui era stampigliato un numero di serie.

«E che cosa apre?» chiese.

Non-Declan mostrò i denti. Forse, era un sorrisino o, forse, un ghigno. «Armadietto nel deposito bagagli della stazione centrale. Numero 129. Nel caso non te lo ricordi, è il numero di gol segnati dal leggendario Jinky Johnstone per il Celtic, la miglior squadra di calcio del mondo. Ora, andatevene affanculo e non fatevi più sentire. La vostra possibilità di calciare in porta l'avete avuta.»

«Altino come prezzo per calciare in porta» disse Danny.

Non-Declan lo sorprese, scattando in piedi quasi senza il minimo sforzo. Piazzò la faccia talmente vicina a Danny che lui colse la miscela tossica di Old Spice, sigarette stantie e marciume dentale.

«Non costringermi a farti pagare di più per la tua strafottenza, stronzetto che non sei altro.» Diede uno schiaffetto a Danny, tanto per spaventarlo e per ricordargli chi deteneva il potere in quella stanza, poi si ritrasse e fece un gesto ai suoi compari. «Toglietemeli di torno prima che faccia qualcosa di cui si pentiranno.»

Vennero infilati nei sacchi e trasportati fuori fino al taxi. Per un breve istante, Danny si chiese se sarebbero finiti nelle acque del Clyde. Non-Declan magari pensava di poter agire impunemente. Ora aveva i loro soldi e nessuno sapeva dove fossero stati. La stessa scarica di paura che lo aveva avviluppato in precedenza lo travolse di nuovo. Insieme ai fumi di diesel dello scappamento malfunzionante del taxi gli fece venire una nausea che lui pregò non lo cogliesse di sorpresa, intrappolato com'era dentro un sacco. Se essere un giornalista investigativo implicava tutto ciò, forse, non era tagliato per farlo, dopotutto.

Stavolta, quando vennero gettati fuori dal taxi, il terreno parve più morbido. Danny si liberò del sacco con una certa fatica e scoprì di essere in ginocchio sull'erba bagnata, a capo chino, in preda alle convulsioni per lo shock dell'aria fresca. Alzò il capo e pensò di avere le allucinazioni. Un palazzo in stile italiano gli si profilò davanti, con una facciata che sarebbe stata perfetta in un canale di Venezia. Scosse la testa per schiarirsela, nel preciso istante in cui Bell disse: «Templeton», e le idee nella mente di Danny si riordinarono. La fabbrica di moquette in Glasgow Green, progettata prendendo a modello un palazzo veneziano o qualcosa di simile. Lo aveva visto solo da una certa distanza, dall'altro lato dell'ampia spianata del Green.

Bell era già in piedi, impaziente di andarsene. «Robe da matti» disse.

«Non è il caso di mettersi contro quel tizio.» Danny, tuttora malfermo, si tirò su dal terreno. «Dobbiamo telefonare ai ragazzi. Si staranno mangiando le unghie fino a farsi sanguinare le dita.»

Bell si avviò verso le luci del centro. «Faremo loro uno squillo non appena troviamo una cabina telefonica. Potranno incontrarci alla stazione centrale. Riesci a crederci che l'hanno nascosto nello stesso posto scelto da noi?»

«Non è che ci siano molte opzioni sicure. O lì, oppure alla stazione di Queen Street, se ci pensi.»

«Sembra quasi che fosse destino, Paul!» La voce di Bell era carica di eccitazione. Per lui, continuava a essere solo un'avventura.

Non ancora per molto, pensò Danny. Non vedeva l'ora di abbattere la casa-giocattolo.

Allie era alla guida dell'auto che seguiva il taxi quando si era fermato in una tranquilla strada residenziale a ovest di Anniesland Cross. File su file di familiari casette a schiera da quattro appartamenti che assomigliavano ad abitazioni degli anni Trenta, con tanto di tende alle finestre che attenuavano le luci. Riuscì a malapena a distinguere l'insegna della stazione ferroviaria di Garscadden, in lontananza. L'unica cosa che si muoveva era la sua macchina. Già percorsa da una scarica di adrenalina, con le mani che le sudavano sul volante, iniziò ad avere il respiro corto e affannato. Rallentò, avvicinandosi al taxi, segnalando l'intenzione di superarlo. Stavano chiaramente attendendo che lei passasse prima di scaricare i loro passeggeri. Azzardò una rapida occhiata di lato per scorgere il numero civico oppure qualche elemento caratteristico, per poi fissare lo sguardo davanti a sé, mentre superava il taxi. Alla fine della strada, svoltò a sinistra, senza la minima idea di dove fosse.

Dopo aver zigzagato per cinque minuti tra varie stradine, finì in Dumbarton Road. Sollevata per essere tornata su un terreno familiare, decise che ci avrebbe impiegato di meno ad andare in redazione che a cercare una cabina telefonica funzionante per chiamarlo. Carlyle era nel suo ufficio e stava passeggiando, con un tumbler di whisky stretto in una mano. Si voltò bruscamente al suo ingresso: l'espressione del suo viso era una richiesta.

«Dykeswood Avenue, numero 37. Siccome Danny non ricorda di essere andato al piano di sopra, immagino che sia al piano terra.»

«Li hai visti entrare?»

Allie scosse la testa. «Troppo astuti. Il taxi è rimasto lì fintanto che non l'ho superato. Mi è parso che nel retro ci fossero due uomini, fatto coerente con quanto riportato da Danny, ovvero che fossero stati gettati sul fondo, dietro. Willie Suttie, che era il primo alle mie spalle, potrebbe averli visti entrare?»

Carlyle le rivolse un sorriso a denti stretti. Non ce l'aveva con lui per quei "denti stretti". Un'idea della pressione che una storia come quella mettesse a un caporedattore lei l'aveva e non provava il minimo desiderio di essere nei suoi panni, quella sera.

«Ottimo lavoro, Burns. Ora, scendi all'archivio e controlla gli elenchi elettorali. Vedi chi è registrato a tale indirizzo.»

L'impiegato del turno di notte si stava dando da fare con un paio di forbici e un timbro con la data sui giornali del giorno prima, aggiungendo dei ritagli a una pila più spessa di un elenco telefonico. Al mattino, sarebbe stato compito del turno diurno archiviarli nelle apposite cartelle portadocumenti. La fotocopiatrice ronzava sommessa su un lato, pronta per l'articolo successivo da catalogare sotto più di una sezione, vantando riferimenti molteplici. Sembrava felice di vederla: Allie aveva il sospetto che qualsiasi interruzione nella routine solitaria delle ore buie sarebbe stata ben accetta.

Gli spiegò quello di cui aveva bisogno e lui trovò rapidamente il volume rilevante. Allie lo sfogliò fino a raggiungere la pagina di Dykeswood Close, Dykeswood Avenue e Dykeswood Crescent. Fece scorrere un dito lungo la lista, fermandosi al numero 37: "Desmond O'Loughlin, Mary O'Loughlin, Padraig O'Loughlin". «Fantastico» mugugnò a bassa voce, copiando i nomi nel suo taccuino. Si mise comoda e guardò fuori dalla finestra, dove la luminescenza al sodio delle luci della città sdrammatizzava le tenebre. Grazie a lei, là fuori, da qualche parte, Danny si trovava alle prese con un tipo diverso di tenebre. Sperò che potesse riaffiorare alla luce. Non aveva nessuna voglia di contemplare l'alternativa. Sia per lui sia per lei.

42

Come da programma, i quattro uomini si incontrarono poco dopo le undici sotto l'Highlandman's Umbrella, il ponte ferroviario che dalla stazione centrale di Glasgow collega dieci binari sull'altra sponda del Clyde. Da quasi ottant'anni, forniva un luogo d'incontro al riparo dagli agenti atmosferici alle persone che vivevano in esilio in città: tale si dimostrò per i quattro cospiratori quella sera. Danny e Ball trovarono Malloch e Farquhar stipati nel vano d'ingresso di un monte di pietà, avvolti dal fumo, con i colletti tirati su. I tre amici si diedero reciprocamente delle pacche sulle spalle e poi, come se ci avesse ripensato, Malloch fece la stessa cosa con Danny. Irradiava eccitazione. Sembrava un bimbo in attesa dell'inizio della sua festa di compleanno.

«Com'è andata? Cos'è successo? Siamo operativi? O cosa?» volle sapere, con le parole che si affastellavano l'una sull'altra.

Bell rise e diede un pugno scherzoso sul braccio all'amico. «Siamo pronti a decollare, compare!» Estrasse la chiave dell'armadietto e la fece dondolare davanti ai loro occhi.

«È ora di fare un salto al deposito bagagli» disse Danny.

«Sì, andiamo a vedere cosa ci hanno lasciato i folletti» disse Farquhar, saltellando sulle punte dei piedi come un pugile.

Il quartetto risalì Hope Street fino all'ingresso principale ed entrò con sussiego nell'atrio. In giro c'era un numero sorprendente di persone intente ad affrontare le scorie di una serata fuori sull'ultimo treno per casa, sulle strade deserte dei sobborghi o in una cittadina sonnolenta dell'Ayrshire. Alcuni uomini indossavano il completo tradizionale delle Highlands, con tanto di kilt e borsa ricoperta di pelo, evidentemente di ritorno da una cena in onore di Burns. Chiunque fosse stato sorpreso dal brio dei quattro sconosciuti lo avrebbe attribuito all'alcol. O, magari, alla poesia. Il terrorismo non gli sarebbe mai passato per la testa.

Farquhar si infilò nel vasto spiegamento di armadietti e fece un rapido giro. «Lì non c'è nessuno» comunicò. «Resterò qui di guardia» aggiunse.

Entrarono in fila, con Bell in testa. «Ehi, Deke, sai quanti gol ha segnato Jinky Johnstone per il Celtic?»

«Cosa?» Sconcerto da parte di Malloch.

«La magica ala destra.» Bell si fermò di fronte all'armadietto 129 e puntò il dito. «Ecco la tua risposta.» Inserì la chiave e la girò. Lo sportello si aprì con un cigolio, Bell si ritrasse con un movimento teatrale e disse: «*Ta-da!*».

Un anonimo borsone di nylon nero poggiava, innocuo, sul ripiano. Nessuno l'avrebbe degnato di uno sguardo attento. Con cautela, Malloch lo sollevò e ne aprì la cerniera lampo. C'erano quattro panetti avvolti in carta marrone bisunta. Bell si protese e ne preso uno, soppesandolo sulla mano. «Mezzo chilo, circa» disse a bassa voce. Scartò un'estremità dell'involto e tutti lo fissarono.

«Sembra plastilina arancione» disse Danny.

«Sarà meglio che non la sia» brontolò Malloch.

«E i detonatori?» chiese Danny.

Malloch rovistò sotto i panetti di Semtex ed estrasse una manciata di fastelli di sottili cavi elettrici gialli e arancioni con un esile cilindro metallico a un'estremità. «Ed ecco il detonatore. Infili il pezzetto di metallo nel Semtex, invii una scarica nei cavi e... bingo. *Bang!*»

Bell chiuse frettolosamente l'involto e lo rimise nel borsone. «Cazzo» disse tra sé. Alzò gli occhi e sorrise. «Sta succedendo veramente, ragazzi.»

Danny estrasse la macchina fotografica. «Voglio una foto. Di voi tre con il materiale.»

Bell si ritrasse di scatto. «Sei matto? Stai cercando di farci sbattere dentro tutti?»

«Stiamo facendo la storia, maledizione! Non mostreremo cosa c'è dentro il borsone, ma solo noi. Non è che intenda farle girare al pub. Sono solo per noi.»

«Ha ragione» esclamò Malloch. «Non possiamo essere degli eroi della rivoluzione senza prove.»

«Se hai paura che vi stia vendendo, Ding-dong, prima farò una foto di voi tre e poi uno di voi può scattarne una in cui ci sono anch'io.»

Bell scosse la testa. «Non è che non mi fidi di te, ma dobbiamo tutti coprirci le spalle. Dopotutto, i negativi li avrai tu. Perché non facciamo tutti a turno con te? Tre foto in cui comparirai sempre?»

«Buona idea» disse Malloch.

Danny fece spallucce. «D'accordo. Non fa alcuna differenza per me.» Si voltò verso l'ingresso. «Roddy, abbiamo bisogno di te.»

Farquhar entrò con cautela, con aria diffidente. «Pensavo di dover stare di guardia.»

«È ora di fare qualche foto» disse Malloch. «Scatta tu la prima, Roddy. A me, Ding-dong e Paul.»

«Chi ha mai parlato di foto?»

«Per gli annali, razza di un idiota» ribatté Malloch. «Paul, dagli la macchina fotografica.»

Danny aprì una confezione di flash e ne montò uno nell'apparecchio. Avvolse il rullino e gli passò la macchina. «Guarda nel mirino e premi il tasto» gli spiegò.

«Non sono stupido, di foto ne ho già scattate altre» brontolò Farquhar. Fece un passo indietro e si avvicinò l'Instamatic alla faccia. Gli altri tre si strinsero tra loro, facendo delle smorfie alla macchina fotografica.

Approfittando del flash che li aveva temporaneamente accecati tutti, all'ultimo istante Danny abilmente abbassò di poco la cerniera lampo, nella speranza che l'apparecchio cogliesse una parte del contenuto. Non appena il flash si fu spento, uscì dall'inquadratura, trascinando Farquhar nello schieramento e passando la macchina fotografica a Malloch. Altri due flash ed ebbero finito.

Bell chiuse la cerniera lampo e perlustrò il deposito bagagli con lo sguardo. C'erano parecchi armadietti vuoti tra cui scegliere. «Che ne dite del 79?» disse. «Un anno da ricordare, giusto?»

Nessuno ebbe nulla da ridire. Vi infilò il borsone, inserì una moneta nella fessura, girò la chiave e la tolse. La conservò nel taschino dei jeans e sorrise. Tese la mano e subito se la strinsero tutti disordinatamente. «Ora dobbiamo solo metterci seduti a pianificare la nostra campagna.» Tornarono nell'atrio della stazione. Nonostante fossero stati via per poco, il numero di persone presenti si era ridotto.

«Domani sera non posso» disse Malloch. «È il compleanno di mio papà. E sabato ho i biglietti del pullman per la partita in trasferta. Che ne dite di domenica? Nel mio appartamento? A mezzogiorno?»

Bell annuì. «Per me va bene.»

«Anche per me» mentì Danny.

E Farquhar annuì. «Mi sta bene.»

Al che, si separarono. Bell e Farquhar presero un taxi insieme, essendo diretti dalla stessa parte. Malloch attese che Danny fosse a bordo di un taxi, impegnato a dare indicazioni false all'autista, prima di risalire Renfield Street per prendere un autobus. Non appena furono fuori dall'area circostante la stazione, Danny disse all'autista che aveva cambiato idea. «Mi porti alla sede del *Clarion*.»

«Sta scherzando, vero? Non vale nemmeno la pena che avvii

il motore. È da un'ora che attendo al parcheggio dei taxi e tutta questa fatica per nulla?»

«Farò in modo che lei non se ne penta» disse Danny, stancamente. «A patto che lei mi rilasci la ricevuta. Voglio un souvenir di questa serata.»

Allie non si era resa conto di quanto fosse stata preoccupata finché Danny non entrò nella stanza e il suo corpo si rilassò. Senza un attimo di riflessione, batté le mani con gioia al suo indirizzo. A giudicare dalle espressioni sui loro volti, molti dei colleghi si meravigliarono di essersi uniti a lei in quei pochi applausi. «Ce l'hai fatta» esclamò Allie.

Danny scrollò le spalle, con spavalderia. «Perché non avrei dovuto farcela?» Estrasse la Instamatic da una tasca e la lanciò verso Willie Suttie. «Sarà meglio che ti dia subito da fare nella camera oscura, Willie. Foto esclusive di una cellula terroristica che ritira gli esplosivi. Attento, dovrai cancellarmi da quegli scatti: l'ultima cosa che voglio è avere l'IRA alle costole.»

Era ancora sotto l'effetto dell'adrenalina, pensò Allie. E non c'era da sorprendersi. Danny era entrato nella tana del lupo e ne era uscito per poterlo raccontare.

«Resoconto completo, Danny» disse Carlyle. «Fino all'ultima scoreggia. Quanto a voi altri... qualunque novità abbiate su stasera, battetela a macchina e passatela a Burns.» Le rivolse il suo sorriso più ampio. «Sarà una lunga notte, Burns.»

La porta si spalancò e Tony Visocchi si stagliò sulla soglia, magnifico nel kilt di un tartan vivace che Allie non aveva mai visto e una camicia Ghillie, con qualche ciocca di capelli grigi che gli spuntava sul collo. Il capo della redazione fotografica mostrò due sacchetti della spesa pieni. «E bisogna farla partire nel modo giusto.» Posò i sacchetti sul tavolo. Uno tintinnò, l'altro emanò un profumo intenso di carne e spezie. «È la Burns Night, Angus.» Fece l'occhiolino ad Allie. «Per più di una ragione.» Si materializzarono quasi magicamente due bottiglie di Glenmorangie e il secondo sacchetto rivelò mezza dozzina di contenitori di alluminio di *haggis pakora*, un misto di frattaglie di pecora e frittura indiana. «Ho partecipato a una cena nel ristorante di Bashir Singh e, quando ha sentito che sarei tornato in redazione, non ne ha voluto sapere di farmi uscire a mani vuote. Dateci sotto, gente.»

Carlyle fece scattare le braccia nell'aria, ma seguitò a sorridere. Sapeva quando non poteva vincere. Nel giro di qualche minuto, si creò un'atmosfera festosa che durò finché durò il whisky. I giornalisti si dispersero verso le rispettive scrivanie per trovare qualche parola in grado di farli almeno figurare nell'articolo finale. Danny rimase seduto a fissare mestamente una velina vuota, prima di mettersi a martellare a fatica sui tasti.

Allie scrutò i rimasugli della festa improvvisata intorno a lei e incrociò lo sguardo del suo capo. «Bisogna...» iniziò, poi vide l'espressione di Allie.

«Dirò al fattorino di dare una ripulita» gli disse con decisione, avviandosi verso la porta e gridando a squarciagola: «Fattorino». Dopodiché, infilò una velina nuova nella sua macchina per scrivere e iniziò.

> Un piano per terrorizzare la Scozia attraverso un'ondata di attentati dinamitardi oggi è andato in fumo grazie a un'impavida inchiesta sotto copertura del *Daily Clarion*.
> Una banda spietata di cani sciolti nazionalisti ha cospirato insieme all'IRA per portare l'orrore sulle strade della Scozia, nel tentativo di proiettare l'indipendenza ai vertici dell'agenda politica.

Carlyle si profilò accanto a lei. «"Proiettare l'indipendenza ai vertici dell'agenda politica"? Non è per il *Guardian* che scriviamo, Burns. Il punto dopo la parola "Scozia". Poi: "Il loro obiettivo? Liberare il paese dal dominio di Westminster". Sta' sul semplice. Sai come farlo, Burns. Non perderti proprio stasera.» Le diede una pacca sulla spalla e si girò per vedere cosa stesse scrivendo Danny.

Aveva ragione. Non era colpa di Carlyle se lei aveva finito per scrivere storie da tabloid, benché un tempo avesse sognato di far parte della redazione dei servizi speciali del *Guardian* o della squadra di inchiesta del *Sunday Times*. A volte, temeva che aver colto la prima opportunità che le si era presentata avesse escluso qualsiasi altra possibilità. «Se ti metti a fare lo scribacchino per un tabloid, lo resti per sempre» aveva detto più di una volta uno dei suoi tutor durante il tirocinio, con un tono di voce che rifletteva le sue stesse delusioni.

Il che rendeva ancora più importante una storia come quella. Soprattutto perché dimostrava che era una persona efficiente. Aveva portato quella storia in redazione lei stessa e l'aveva fatta succedere. Era la prova che lei non faceva conto sulle briciole che la redazione le gettava. Se Allie intendeva far breccia nel mondo a cui aspirava, avrebbe dovuto far sì che la gente non la ignorasse. Nel modo giusto, ovviamente. E quello era un modo ottimo.

43

Erano passate le tre da pochi minuti quando Allie batté la parola “fine” sulla sua bozza finale. Ora veniva la parte noiosa. Frammenti sporadici di informazioni le ronzavano nella testa, invocando attenzione come bimbi in un asilo di quartiere. Avrebbe dovuto trascinarli tutti alla luce per verificare se avessero davvero un posto nella sua storia oppure che li potesse tranquillamente abbandonare a se stessi. Alcuni colleghi, alla disperata ricerca di un assaggio di gloria, avevano gonfiato di importanza esagerata dettagli insignificanti, ma lei non avrebbe potuto metterli da parte senza controllare se avessero il minimo peso. Era determinata a non lasciare eventuali lacune che gli avvocati o i puntigliosi revisori potessero ampliare in un abisso di dubbi.

Separò le veline in pile diverse, sbadigliando. Danny aveva da tempo terminato il suo resoconto della serata e, dopo che Carlyle lo aveva analizzato insieme a lui, lo aveva mandato a casa. «Va’ a dormire un po’. Mi servi lucido per gli avvocati e, probabilmente, per la polizia» gli aveva detto. Carlyle se n’era andato subito dopo, ma non aveva fatto tanta strada. Nella sala dei fotografi c’era un divano, lungo e profondo, scelto al preciso scopo di fornire un posto in cui dormire al fotografo del turno di notte. «Svegliami quando hai finito» disse, sbadigliando a tal punto che Allie avrebbe potuto contargli le otturazioni in bocca.

Allie non era ancora pronta a sostenere la sua inquisizione. Doveva lasciar sedimentare la storia e le serviva un'aria diversa. Un'occhiata fuori dalla finestra evidenziò del nevischio, spinto quasi orizzontalmente dal vento. Non era una notte per andarsene a fare due passi lungo il Clyde. Il che lasciava solo il tunnel sotto il palazzo che consentiva l'accesso agli enormi camion adibiti alla consegna del giornale ai capolinea ferroviari e ai grossisti di tutto il paese. Era grigio e lugubre, e puzzava di diesel e inchiostro, ma era indiscutibilmente diverso da una stanza che puzzava di sigarette, sudore e testosterone.

Scese le scale invece di prendere l'ascensore, rivolse un cenno all'addetto alla sicurezza nel suo gabbiotto e trovò riparo dal vento dietro un bancale di carta. Allie si accese una sigaretta e si appoggiò al muro, cercando di sciogliersi i nodi alle spalle. Ora che era tutto finito, poté concedersi di ammettere che, nella prima parte della serata, era stata l'opposto di una persona eccessivamente entusiasta. Aveva soffocato la preoccupazione che Danny potesse non tornare, consolandosi con la bugia secondo cui i giornalisti non venivano ammazzati. Be', non tanto spesso e, di solito, in zone di guerre. Rifuggì dalla scomoda convinzione che gli idioti con cui Danny si trovava parevano decisi a trasformare la Scozia proprio in quello.

La domanda che seguitava a riaffiorare era se sarebbe stata disposta a mettersi nei panni di Danny, qualora ce ne fosse stata la possibilità. Sarebbe stata sufficientemente convincente? Avrebbe mantenuto la calma? In un certo senso, per buona parte della sua vita Danny aveva recitato una parte, nascondendo al mondo l'essenza di se stesso. Per lui assumere un altro ruolo con i cospiratori doveva essere stato quasi una seconda pelle. Ad Allie quell'esperienza mancava. Sì, a Cambridge si era sentita un'estranea, ma di rischi ce n'erano stati pochi. Potevano prendere in giro il suo accento e fare battute sull'avarizia degli scozzesi, ma nessuno l'avrebbe uccisa se avesse scoperto quanto poco si sentisse una di loro.

Come poteva aspirare a essere una giornalista di inchiesta quando non aveva ancora appreso l'arte di adattarsi? Allie solitamente poteva fare il camaleonte per tutto il tempo necessario a convincere il soggetto di una storia a parlarle. Era brava a portarli dalla sua parte. Con un ambiguo complimento, il suo vecchio capo una volta le aveva detto: «Ci sai fare perché sei l'opposto del glamour. Le donne non ti vedono come una minaccia e gli uomini ti trattano da sorella». Ma più avanti di quello non era andata. Tutti quei mesi al *Clarion* e continuava a essere un'estranea. Osservava gli agevoli scambi tra i suoi colleghi e si chiedeva come ci riuscissero. Danny era l'unico reporter che fosse diventato una sorta di amico. E non dipendeva solo dalla misoginia pervasiva. Le altre due donne reporter le risultavano inaccessibili tanto quanto gli uomini. Solo Rona aveva spezzato la catena, e lei proveniva da una sezione del tutto diversa. Anzi, pensò Allie con un sorriso, Rona proveniva da un pianeta del tutto diverso.

Forse, li stava mal interpretando. Forse, erano tutti lacerati dagli stessi dubbi interiori? Magari anche loro si guardavano intorno nella redazione e si ritenevano inadeguati al proprio compito? Poi si fermò a riflettere. Donny Park, che una volta si era promosso al ruolo di primo indiziato in un'indagine per omicidio attraversando la scena del crimine e lasciando impronte digitali e orme in abbondanza; Lance Brown, che per l'intero turno di notte aveva chiamato numeri di telefono di New York a caso e aveva finito per chiacchierare con Kurt Vonnegut; Campbell Macleod, che aveva risposto alla domanda del medico legale dell'ufficio «Che cosa bevi?» con «Cos'è disponibile?». No, quelli non erano uomini privi di dubbi sul fatto di meritarsi i rispettivi salari sostanziosi e le rispettive note spese gonfiate.

Allie fece delle considerazioni. Avrebbe dovuto confrontarsi ai suoi colleghi più spesso. Paragonata a loro, non aveva motivo di essere preoccupata. Le serviva un motto nuovo. "Più sfrontatezza, meno paura", come si sarebbe espressa sua nonna.

Gliel'avrebbe fatta vedere. E, per il momento, avrebbe fatto vedere ad Angus Carlyle che ci aveva visto giusto quando le aveva offerto un impiego.

Prima di andarsene dall'ufficio, Danny aveva fatto una telefonata. Era tardi, ma il centralino era attivo ventiquattro ore al giorno. Prese i dovuti accordi, poi andò a casa in taxi, addebitando la corsa al giornale. Venti minuti più tardi, quando il suo campanello suonò, si era lavato via le scorie del giorno precedente con una doccia e si era versato un paio di whisky.

Quando Allie si mise a infiorettare la sua bozza grezza sulla macchina per scrivere, Danny stava scacciando i suoi demoni in un modo decisamente più gradevole. Una volta esorcizzato le ansie, diede più di venti sterline, oltre a un bacio, al giovane diventato un visitatore regolare del suo appartamento. Era una transazione che lasciava entrambi temporaneamente appagati. Danny sognava una fuga a Fleet Street: forse, anche a Londra avrebbe trovato l'amore. Ma per il momento, considerati tutti i rischi, quello era il sesso più sicuro che riuscisse a immaginarsi.

Allie udì Angus Carlyle russare fin dalla sala della redazione. Entrò nel covo dei fotografi e lo trovò spaparanzato sul divano come un pesce spiaggiato. Gli scosse una spalla con circospezione. Lui si svegliò di soprassalto, blaterando cose senza senso. Sbatté le palpebre e mise a fuoco la scena, tirandosi su a sedere a fatica. «Burns» borbottò. «Hai finito?»

«Il pezzo è sulla tua scrivania» gli disse.

Carlyle diede un'occhiata furtiva all'orologio. «Le quattro meno un quarto.» Si trascinò in piedi, raddrizzando la schiena. «Ottimo lavoro.» Varcò la soglia a passo pesante e si lasciò cadere come un sasso sulla sua poltrona, afferrando l'articolo e studiandolo con cipiglio.

Allie si sedette sulla poltrona del vice caporedattore, preparandosi a un fuoco di fila di domande. Ma Carlyle si limitò a segnarsi degli appunti con la matita rossa, a cambiare qualche parola e, di quando in quando, intere frasi. Sembrava che l'unica cosa su cui avesse da ridire fosse la sua prosa e non il succo della storia. Alla fine, la guardò.

«Mi sono annotato delle cose. Dovrai ribattere alcune pagine. Non hai fatto un brutto lavoro, però. In un paio di punti, sei finita nel campo del possibile oltraggio, ma vediamo cos'ha da dire il Rasoio. Spero che propenda per l'idea che l'interesse pubblico nel portare questo complotto alla luce pesi più del probabile oltraggio per aver riportato il nome dei vostri ragazzi. Ma è pagato per fare l'uccello del malaugurio.»

Lei prese le pagine dalle sue mani. «Lo faccio subito.»

«E poi vattene a casa a farti una dormita. Torna per mezzogiorno, così potremo analizzare gli aspetti legali. E poi iniziare ad allertare la polizia.»

Allie fece una smorfia. «Stasera quei ragazzi finiranno veramente nella merda.»

«Non v'è dubbio. Ma sai cosa si dice. Se in galera non vuoi andare, di nessun crimine ti devi macchiare. Ora, levati dalle palle, Burns. Non voglio vedere la tua faccia prima di mezzogiorno.»

Dalla parte opposta della città, anche un altro protagonista del dramma era sveglio. Thomas Torrance se ne stava seduto, stretto nella sua vestaglia, a fumare come una ciminiera e a fissare la notte fuori dalla finestra. Era rimasto a letto, sveglio, con il cervello che si rifiutava di disattivarsi. Alla fine, ci aveva rinunciato e aveva smesso di fingere che il sonno sarebbe arrivato.

Per anni era stato scrupoloso. Il suo alibi era sempre pronto: se qualcuno dei colleghi lo avesse notato entrare o uscire da un bar per omosessuali, avrebbe detto che stava tenendo d'occhio un sospettato, e che comunque quello che faceva non era affar loro. Non era mai stato costretto a utilizzarlo, ma si fidava della sua forza.

Non era preoccupato per gli uomini con cui faceva sesso: avevano ben più da perdere di lui, perché la sua parola, la parola della legge, avrebbe sempre prevalso sulle loro "accuse malevole". Tutto andava a meraviglia.

E poi aveva incontrato Roddy Farquhar. Roddy era diverso. Era intelligente e colto. Leggeva libri e parlava di film in un modo che scavava sotto la superficie. Le conversazioni che facevano andavano al di là di quanto gli piacessero.

Negli ultimi mesi, Roddy si era insinuato sotto la pelle di Torrance. Si era addirittura lasciato scappare cosa faceva per vivere. E ora quel maledetto Danny Sullivan stava proiettando una grossa ombra sulle loro vite. Torrance aveva pensato di poter ricattare Sullivan per fargli sabotare il suo stesso pezzo, ma, quando si era reso conto della situazione, le cose si erano spinte troppo oltre. Anche se avesse fatto qualcosa per convincere Sullivan a mandare tutto in vacca, quella troia della Burns non vi avrebbe rinunciato. Se n'era accorto.

Non poteva starsene con le mani in mano e lasciare che Roddy venisse arrestato. A quel punto, sarebbe stato condannato: non c'era alcun dubbio. Avrebbe dovuto scontare anni in carcere. E Torrance sapeva bene come li avrebbe passati. Spense la sigaretta e ne estrasse un'altra dal pacchetto. Se la infilò tra le labbra, ma non la accese.

Il problema era che quello di Roddy che lo aveva attratto avrebbe potuto essere la sua rovina. Se fosse stato nei suoi panni, seduto in una maleodorante sala degli interrogatori della polizia tra quattro mura asfittiche, avrebbe saputo cosa fare. Avrebbe fatto il nome di Torrance. Avrebbe detto che agiva da informatore dell'uomo dello Special Branch. Che si era reso conto che i suoi amici stavano pianificando qualcosa che andava ben al di là di ciò che lui intendeva contemplare e perciò aveva passato l'informazione a Torrance. Il quale, a sua volta, lo aveva convinto a continuare per evitare che il piano andasse in porto.

Era una bella storiella.

Sarebbe crollata nell'istante in cui l'avessero verificata. Come faceva Roddy a conoscere Thomas Torrance? Come faceva a sapere che Torrance apparteneva allo Special Branch, considerato che gli agenti del Branch erano tenuti a mentire sul loro ruolo persino di fronte alle persone più vicine e più care? Nel momento in cui i detective si fossero messi a scavare in profondità, segreti e bugie sarebbero stati trascinati alla luce del giorno. Roddy sarebbe caduto, non c'era dubbio. Ma si sarebbe portato appresso anche Torrance.

Ed era una cosa che lui non avrebbe permesso.

44

Gli avvocati si erano dati da fare con la bozza di Allie. Era stata una strada lunga e sofferta, con entrambe le parti che spingevano per quello che giuravano fosse necessario. Il direttore era stato presente per buona parte del tempo. Per la prima volta in assoluto aveva lavorato al fianco di Allie, che invece lo aveva sempre conosciuto come una figura distante, bersaglio di battute e lagnanze. Ma era il mondo dei quotidiani e chiunque rivestisse un ruolo di comando era soggetto al medesimo trattamento.

Vedendolo operare da vicino, capì come mai Alexander Garioch occupasse la poltrona di direttore da cinque anni. Ascoltava più che parlare, però, quando interveniva, lo faceva con autorevolezza e incisività. Le ricordava il disegno a mano libera in bianco e nero di Dixon Hawke, il detective scozzese le cui storie avevano occupato una pagina nell'ultima edizione del sabato dell'*Evening Telegraph*. Dopo che suo padre aveva studiato i risultati del calcio e le cronache delle partite, strappava la pagina con la storia con cui Allie si sarebbe divertita. Hawke era una versione pulp scozzese di Sherlock Holmes, ma lei non aveva altri riferimenti e quei racconti le erano piaciuti un sacco. Quel ricordo era probabilmente ciò che la convinse che Garioch era dalla sua parte.

Allie e Danny fecero perlopiù da spettatori nella discussione, convocati solo per chiarire dettagli o sequenze di eventi. Si figuravano due ostacoli primari: l'origine dei soldi per gli esplosivi e il problema dell'interferenza con un processo equo.

«Non si può scappare dal fatto che aver offerto di pagare non solo vi renda agenti provocatori, ma abbia fornito pure fondi ai terroristi. Anzi, a due gruppi di terroristi» aveva protestato il Rasoio. «Prima ai vostri terroristi in kilt per acquistare gli esplosivi e poi, per osmosi, a quei mostri omicidi dell'IRA. Sullivan e Burns hanno indiscutibilmente sobillato degli attentati terroristici.»

«Le loro azioni hanno *impedito* degli attentati terroristici» ribatté Garioch, aggiungendo gravità alle parole con il suo tono baritonale. «A mio avviso non v'è alcun dubbio che, se i nostri si fossero astenuti dal fornire i soldi, quei giovani sventati li avrebbero trovati da un'altra parte. E senza il nostro coinvolgimento attivo in quella fase, non si può sapere con certezza se gli altri tre avrebbero coinvolto Sullivan nei loro piani. Pertanto, nessuno avrebbe avuto la minima idea di cosa stesse succedendo fintanto che quegli idioti si fossero fatti saltare in aria da soli o avessero mandato in orbita il monumento a Walter Scott. E questa, signor Drummond, è un'argomentazione che difenderò in un tribunale oltre che nell'arena dell'opinione pubblica.»

Il Rasoio fece scattare le mani in alto per la frustrazione. «Ho dato il mio consiglio. Non posso costringerla a seguirlo. Sono certo che lei farà in modo che i suoi dipendenti vengano trattati bene, se dovessero finire in galera.»

«La smetta di terrorizzare il mio staff, signor Drummond. È compito mio.» Garioch esibì un sorriso feroce. Allie si sentì meno rassicurata.

«Compromettere un processo equo è altrettanto grave» continuò il Rasoio, imperterrito. «È una questione penale solo per Burns e Sullivan, ma l'accusa di oltraggio è in grado di avere un impatto enorme anche sul giornale. Ci sono precedenti di multe ingenti tanto per gli individui quanto per l'editore.»

Garioch unì le lunghe dita a pagoda e rifletté. «Per quanto ne so, i procedimenti giudiziari per oltraggio si sono incentrati sulla pubblicazione di dettagli relativi agli accusati dopo che il crimine è stato commesso e loro sono stati arrestati. Prima o durante il processo stesso. Ma noi non stiamo interferendo con un'indagine della polizia o con un processo. Nessuno è stato arrestato. In questo momento, non c'è alcun processo con cui interferire. Per quanto ne sappiamo, potrebbe non esserci mai.» Il Rasoio fece una smorfia sarcastica, ma Garioch non si fece sviare. «Stiamo denunciando un crimine di cui la polizia non sapeva nulla. Come potremmo agire se non facciamo il nostro dovere di giornalisti? "Pubblica e al diavolo il resto" è tuttora uno slogan rispettabile a cui adeguarsi, per i direttori.»

«Temo che sia proprio ciò che l'aspetta» brontolò l'avvocato. «La responsabilità è sua, Alexander. O, piuttosto, dei meno rilevanti Burns e Sullivan.»

Allie fulminò l'avvocato con lo sguardo. Avrebbe scelto di avere dalla sua parte il direttore in ogni giorno della settimana. I moniti del Rasoio sull'affare Paragon non avevano portato a nulla: nessuno aveva accusato Danny di alcun illecito. A parte sua madre, naturalmente. Stava a poco a poco capendo che il compito dell'avvocato era procedere con estrema cautela in maniera tale che, nell'istante in cui la merda fosse finita sul ventilatore, lui sarebbe stato ben lontano dalla portata degli schizzi.

La bozza finale ottenne il benestare poco prima delle sei, con una sola eccezione. «Abbiamo bisogno di una forte condanna della violenza da parte dell'SNP» sottolineò Carlyle. «Sono sicuro che saranno felicissimi di pararsi il culo. Burns, chiama il loro addetto stampa e avvertili che è tuo desiderio parlare con loro intorno alle nove, in maniera da ottenere una dichiarazione finale da mettere in calce al pezzo.»

Garioch si alzò in piedi e si stiracchiò. «E ora vado a fornire alla polizia un'idea vaga di cosa attenderci non appena il giornale sarà in distribuzione. Saranno tutti pronti ad agguantare le nostre canaglie prima della colazione e noi saremo gli eroi del momento. Ottimo lavoro, gente. Vale anche per lei, signor Drummond. Fa bene a tenermi in campana.» Uscì maestosamente, lasciando la stanza in qualche misura orba di qualcosa.

Il Rasoio riunì i suoi documenti. Poi estrasse un paio di biglietti da visita da una tasca del panciotto. Ne consegnò uno a testa a Danny e Allie. «Quando vi arrestano, questo sarà l'uomo da chiamare. È il miglior avvocato difensore della città. Buona fortuna, ne avrete bisogno.»

Thomas Torrance parcheggiò a una cinquantina di metri dall'ingresso della Maxton High School. Buona parte degli alunni se n'era già andata, ma i ritardatari e i pochi membri del personale che non disponevano di un'automobile erano troppo impegnati a non farsi finire la pioggia battente negli occhi per notare la sua anonima Cortina grigia. Tenne il motore acceso. L'ultima cosa che voleva era farsi sfuggire il bersaglio perché gli si erano appannati i vetri.

Riconobbe la sagoma familiare di Roddy Farquhar mentre attraversava il cortile della scuola, malgrado fosse chino per ripararsi dal maltempo. Torrance avvicinò lentamente l'automobile al cancello e si protese per abbassare di qualche centimetro il finestrino dal lato del passeggero. «Roddy» gridò. «Sali.»

Sorpreso, lui si guardò intorno d'istinto, per scongiurare che ci fosse qualcuno in osservazione. Ma, con quella pioggia, non importava a nessuno. Aprì la portiera rapidamente e si gettò dentro. Pallido in viso, disse: «Non dovresti venire qui. L'accordo era quello».

Torrance gli rivolse un sorriso. Sperava che fosse rassicurante, ma ne dubitava. «Non è granché come accoglienza, Roddy.»

«Niente rischi, ricordi?»

«Scusami, ma è un'emergenza.»

«Che intendi dire, un'emergenza? Che succede? Hai detto che era tutto sotto controllo.»

Torrance mise una mano sulla coscia di Roddy e le diede

una strizzatina. «Il vostro nuovo amico, Paul Reilly? Salta fuori che, dopotutto, non è una fata buona. È il grande lupo cattivo, Roddy. È un giornalista del *Clarion*. E domattina voi occuperete l'intera prima pagina del giornale.»

Gli occhi di Roddy si spalancarono e le narici si dilatarono mentre prendeva fiato. «No» disse, esalando un lungo sospiro. «Com'è possibile? Avevi detto che sarei stato al sicuro.»

Torrance inserì la marcia e partì. «E lo saresti stato se Malloch e Bell avessero tenuto chiusa la bocca. Una delle donne presenti al vostro incontro era un'infiltrata. Un'altra scribacchina del *Clarion*. Le è parso che voi tre foste un manipolo di chiacchieroni, ma si è intrigata a sufficienza per seguirvi fino alla Spaghetti Factory. Ha origliato i vostri piani.» Cercò di tenere sotto controllo la rabbia, che però tracimò. «Porca di quella puttana, Roddy. Come hai potuto essere così sventato?»

«Non sono stato io. Come hai detto, è colpa di Deke e Dingdong.»

«Non importa chi è stato: così è andato tutto a puttane. E, come se ciò non bastasse, salta fuori che questo fottuto reporter è gay. Non l'hai riconosciuto? Non appena l'ho visto nella redazione del giornale, ho capito dove l'avevo già visto. È un cliente regolare del Dominoes. Si tiene in disparte, non fa sfoggio di sé sulla pista da ballo, ma è indiscutibilmente uno di noi. Quindi, non solo vi distruggerà sul giornale di domani, ma ha pure qualcosa su di me.» Torrance guidò con una sicurezza e una calma in contrasto con le sue parole.

La faccia di Roddy era tesa, nello sforzo di elaborare tutte quelle informazioni. «Ma se racconta di te, smascherera pure se stesso. Non lo farà. Il *Clarion* odia i gay, cazzo.»

«Forse. Me ne occuperò a tempo debito. Però ciò che conta ora è salvare il tuo povero culo.» Sogghignò. «No, intendo dire il tuo bel culo.»

«Porca di quella puttana, non è il momento» gemette Roddy. «Come puoi salvarmi adesso?»

«Semplice. Sparirai.»

Roddy si ritrasse di scatto. «Intendi uccidermi?» Le parole gli uscirono come un grido.

Torrance gli scoccò un'occhiata, con un sorrisino. «Cristo, Roddy, che tipo di film hai guardato? È ovvio che non intendo ucciderti. Intendo salvarti.»

Il traffico si stava facendo più intenso man mano che si avvicinavano all'appartamento di Roddy. Lui guardò mestamente fuori dal finestrino. «Come? Gli racconterai la verità? Cioè che, quando ti ho detto che i miei compagni stavano sparando sciocchezze pericolose sull'indipendenza, mi hai detto di non denunciare la cosa? Di lasciare che facesse il suo corso? Volevo che tu gli dessi un avvertimento amichevole, che facessi cambiare loro idea, spaventandoli. Ma tu hai detto "no, aspetta e vediamo, magari mi fanno arrivare a figure più importanti".» Fece una risata sarcastica. «Ti importava solo di te stesso e della tua carriera, non di proteggermi.»

«La situazione è sfuggita di mano quando quel bastardo di un giornalista del *Clarion* ha alzato la posta, spargendo soldi come coriandoli. Nessuno di noi avrebbe potuto immaginarlo. Ma ti prometto che ho un piano.»

«Non la verità, però.» La voce di Roddy era piatta.

Torrance scosse la testa. «È troppo complicato. Chiunque, dalla polizia agli altri giornalisti, si metterà a indagare su di te, il che porterà a me e, a quel punto, saremo entrambi fottuti. Roddy, torneremo subito al tuo appartamento e tu ti preparerai una valigia. Stasera ti lascerai alle spalle la tua vita per ricominciare da capo.»

«Non capisco. Come faccio a "ricominciare da capo"? Non voglio lasciarmi alle spalle la mia vita. Tu sei la mia vita, Thomas. Hai detto di amarmi.»

Torrance avvertì un nodo in gola. «Ti amo. E, fra un po' di tempo, potremo stare insieme. Nel modo giusto. In Inghilterra. Dove non è contro la legge.»

Gli occhi di Roddy erano gonfi di lacrime. «Non capisco.»

Torrance imboccò la via di Roddy e accostò a poche porte dal suo appartamento. «Te lo spiegherò in casa. Forza.»

«Mi stai spaventando.» Aveva un'espressione pietosa.

Torrance avrebbe voluto tenerlo stretto e non mollarlo mai, ma sapeva che non era possibile. Forse un giorno, ma non ora. «Per favore, Roddy.»

Una volta all'interno del bell'appartamentino, Torrance raggiunse subito la camera da letto e tirò giù la valigia che si trovava sulla sommità dell'armadio. «Devi fare i bagagli, Roddy. Devi farlo. Se non per te, almeno per me.» Gli si spezzò la voce. Si sedette sul letto. «Ecco come faremo. Stasera prenderai un treno. Per Manchester. Ti ho prenotato una camera a mio nome per due settimane in un B&B dalle parti della stazione. Ti troverò un'identità e un nome nuovi...»

«Che intendi dire? Una nuova identità? Com'è anche solo possibile?»

Torrance emise un sospiro. «È una cosa che facciamo per organizzare operazioni sotto copertura. Rintracciamo un ragazzo morto in giovane età e, di fatto, gli rubiamo l'identità. Otterrai un numero di previdenza sociale e un certificato di nascita. Puoi rifare l'esame di guida e prendere la patente. Puoi ottenere un passaporto.»

«E come faccio a sopravvivere? È una pazzia, Thomas.»

«Ti fornirò qualche referenza falsa. Puoi trovare un impiego in una scuola privata. Credimi, fanno decisamente meno storie. Lo abbiamo già fatto altre volte. Ti procureremo un bel posto in cui vivere. E verrò a farti visita ogni volta che posso. Mi farò trasferire a Manchester. Lì c'è una grossa comunità irlandese e c'è un gran bisogno di agenti dello Special Branch.» Ora le sue parole erano un profluvio. Attirò Roddy a sé, tra le sue braccia, inspirando l'odore familiare. «All'inizio, sarà dura, ma lo faccio per salvarti. Lo faccio per noi. Per favore, Roddy. Prepara la valigia.»

«Perché Manchester? Perché non Londra? È più grande. Se me ne devo andare, perché non Londra?» Le sue parole vennero smorzate dall'abbraccio di Torrance, ma furono sufficientemente chiare.

«Perché qualsiasi idiota in fuga se ne va a Londra, e noi non siamo idioti. La polizia ipotizzerà che tu sia scappato lì e dirà al MET di cercarti. Manchester non passerà loro nemmeno per la testa. E dato che a Manchester c'è una comunità gay, la gente laggiù non deve nascondersi.»

«E che mi dici della mia famiglia? Di mia mamma e di mio papà? Delle mie sorelle?» Si liberò dall'abbraccio dell'amante.

Torrance fece una risata caustica. «Per loro sarà come se avessi fatto coming out. Sarai morto per loro. Non potrai contattarli, Roddy. Mi dispiace, ma dovrà essere un taglio netto.»

Roddy scoppiò in lacrime. «Non posso farlo. Accetterò la mia sorte. Non ti tradirò, Thomas.»

Torrance lo afferrò di nuovo e lo strinse con forza. «Lo so» disse pacatamente. «Ma la tua vita finirebbe sotto la lente di un microscopio. Affonderemmo insieme.»

«Se sparisco all'improvviso, non succederà comunque? Non lasceranno nulla di intentato.»

Torrance gli accarezzò la schiena. «La differenza sta nel fatto che posso controllarlo. Se sei ancora un sospetto in questo caso, posso sostenere che la questione riguarda lo Special Branch e che ci sto già lavorando. Dici che vuoi che stiamo insieme: posso farlo succedere. Posso proteggerci entrambi se te ne vai. Non posso aiutare nessuno dei due se resti, Roddy.» Convinse il suo amante a scendere a patti. Adesso che aveva messo Roddy in sicurezza, l'unica minaccia rimasta per la sua vita futura era Danny Sullivan. Per fortuna, Torrance aveva i mezzi e le competenze per neutralizzare tale minaccia.

Più tardi, quella sera, mentre Allie faceva la sua prima telefonata all'addetto stampa dell'SNP, un treno diretto a sud uscì dalla stazione centrale. Roddy Farquhar si era accomodato nel vagone-ristorante a bersi una lattina di Tennent's: la sua faccia era una maschera di infelicità. In tasca aveva duecento sterline e l'indirizzo di un B&B. In testa non aveva la minima idea di cosa il futuro avesse in serbo per lui. Fino a un paio di settimane prima, era stato un insignificante professore di matematica animato dalla forte convinzione che il suo paese meritasse di esercitare il controllo sul proprio destino. Ora era un signor nessuno. Un signor nessuno i cui migliori amici sarebbero stati arrestati entro il mattino dopo.

Com'era possibile che le cose fossero andate in quel modo? La terribile beffa della canzone dei 10cc, *The Things We Do for Love*, non voleva saperne di zittirsi nella sua mente. Guardò la sua faccia riflessa nel finestrino screziato dalla pioggia e rimpianse di aver mai incontrato Thomas Torrance.

45

Allie si trovava sul ballatoio che si affacciava sulla sala delle stampatrici, dal soffitto alto tre piani, in attesa che i grandi macchinari rombassero in azione. Assistere a quell'operazione – il flusso di carta che usciva da rotoli lunghi otto chilometri, la macchia indistinta dei caratteri tipografici mentre scorreva per essere tagliata in pagine, ripiegata fino ad assumere la fisionomia di quotidiani da legare in pile pronte per la distribuzione – le trasmetteva tuttora una scarica di adrenalina. Ancor prima che le antiche macchine che stampavano il *Clarion* da quasi cinquant'anni si fossero avviate, l'aria era satura della promessa dei quotidiani. Allie adorava l'odore familiare di piombo fuso e inchiostro. Era affascinata dalla semplicità con cui le stampatrici inserivano le lastre stereotipiche sui rulli, gestendo ventitré chili di piombo come se non fossero stati altro che un piatto di curry da asporto. Sapeva bene che il sindacato dei tipografi era un istituto chiuso ermeticamente che controllava il proprio impero con spietatezza e corruzione, ricattando la direzione in modi che i giornalisti potevano solo invidiare. Questo, però, non spegneva il romanticismo che la stampa le trasmetteva.

Ci furono un ronzio e un cigolio e poi il graduale movimento della fila di presse, che guadagnavano velocità. Il pavimento sotto di lei vibrò dell'energia consumata in basso. Sapere che la propria storia avrebbe aperto il giornale quella sera era la migliore sensazione del mondo per qualsiasi giornalista: metteva in secondo piano ogni dubbio su come l'avevano ottenuta.

Allie avvertì una presenza e si voltò, vedendo Danny sgattaiolare dentro. «Guarda che roba» disse, meravigliato. «Non manca mai di entusiasmare.»

«Angus ha passato i nomi e gli indirizzi alla polizia?»

«A quest'ora, dovrebbe essere tutto pronto. Il capo tipografo avrebbe dovuto telefonare al piano di sopra nell'istante in cui ha messo in moto le macchine.»

Osservarono la scena in silenzio per qualche minuto. Danny si schiarì la voce. «Domattina devo parlare con la polizia. Vogliono interrogarmi sull'accaduto.»

«Solo tu?» Allie non riuscì a nascondere la sorpresa.

«A quanto pare. Perché quello coinvolto di persona nelle conversazioni ero io. Angus dice che, se dovessero optare per una denuncia formale, con ogni probabilità vorranno parlare anche con te per avere la conferma di ciò che le tue orecchie hanno captato nel ristorante. Ma, per ora, solo io.»

Una risatina, senza soddisfazione. «Relegata in panchina, come al solito.»

«Sanno tutti che è la tua storia, Allie. Il primo nome accanto al titolo. Se fossi in te, sarei contento di non passare la mattinata di domani chiusa in una sala degli interrogatori insieme a due poliziotti.»

In effetti, non le dispiaceva non doverlo fare. Ciò che le dispiaceva era essere ignorata. «Perlomeno, dovresti trovare qualche informazione su chi è stato arrestato.»

«Già, te lo farò sapere non appena sento qualcosa.»

Allie si accese una sigaretta e fissò le presse sotto di lei, dicendosi di non essere così sensibile. «Dovremmo festeggiare» disse, con brio.

«I ragazzi si incontreranno al Press Club. Ho detto che li avremmo raggiunti lì.»

«Certo. Ma intendevo tu e io. Domani saremo troppo esausti, ma che ne dici di domenica?»

Danny si rasserenò vistosamente. «Va bene. Possiamo pianificare la nostra prossima campagna. Sta' a sentire, vieni a casa mia. Cucinerò io. So preparare un fantastico pollo arrosto, con tanto di patate, carote, piselli e salsa, insomma tutto quel che serve. Qualche bicchiere di vino rosso e non avremo bisogno di altro.»

«Ci sto. Per la prossima campagna non lo so, ma accetto volentieri per domenica.»

«Appuntamento fissato. Mi infilerò il grembiule e metterò il pranzo in tavola all'una. Ma, per ora, passiamo dalla porta sul retro e prendiamo un paio di prime edizioni, così poi raggiungiamo il Press Club per pavoneggiarci.»

Allie fece un sorrisino. «Che eroi, eh?»

Lui rise e fece un gesto platealmente languido con il polso. «Già, ma chi sarà la regina della serata?»

«Litigheremo al riguardo.» Allie finse di affrontarlo e lui si ritrasse, coprendosi il volto con le mani.

«Non graffiarmi, stronza» disse lui, con una risatina.

Uscirono dall'edificio a braccetto, ebbri senza aver bevuto una goccia d'alcol. Era quella la vita, pensò Allie. Stava decisamente scalando posizioni.

La stessa cosa non valeva per Gary Bell. Aveva resistito per quasi mezz'ora davanti a *Christian* sul canale STV, ma alla fine si era arreso. «So cantare meglio di questo tizio» si era lagnato, alzandosi in piedi. «Per giunta, balla come se avesse della polvere urticante nelle mutande.»

«Ha dei begli occhi» disse sua madre.

Suo padre brontolò qualcosa di incomprensibile. Bell ipotizzò che avesse a che fare con il colore della pelle del cantante. Di solito era così ogni volta che qualcuno sullo schermo era più scuro del latte in bottiglia.

«Vado di sopra» disse Bell. «Uno dei colleghi di lavoro mi ha prestato questo libro, *Il giorno dello sciacallo*. Un tizio che tenta di assassinare De Gaulle.»

«Peccato che non ci sia riuscito» mugugnò suo padre.

Bell si chiuse dentro la sua camera da letto e schiacciò il tasto PLAY del registratore a cassette. *Darkness on the Edge of Town* di Bruce Springsteen prese improvvisamente vita con il ritmo pulsante di *Badlands*. Bell si sfilò le scarpe con i piedi, si stese sul letto ed estrasse dal taschino dei jeans la chiave dell'armadietto. Non poteva fare a meno di controllarla. Faceva ancora fatica a credere che lo avessero fatto. Da un'idea folle erano prossimi a far succedere qualcosa di enorme. Qualcosa che, forse, avrebbe cambiato il corso della storia.

Rise tra sé e mise via la chiave. Prese in mano il libro che, però, rispetto a ciò che stava accadendo nella sua vita, sembrava insulso. Rimpianse di non aver organizzato un incontro con i ragazzi quella sera. Moriva dalla voglia di rivederli. Si mise supino e chiuse gli occhi, ascoltando il Boss, e si assopì.

Quando si svegliò di soprassalto, non capiva cosa lo avesse destato. Qualcuno bussava con forza alla porta, il che non aveva senso perché c'era un campanello vistoso. Grida dal piano di sotto, sua madre che alzava la voce. Era la porta d'ingresso quella che si era sbattuta contro la parete?

Bell ora era in piedi, con l'adrenalina che gli pompava nel corpo. Un rumore di stivali pesanti sul sottile strato di moquette delle scale, forti urla. «Polizia.» In quel momento, capì che sensazione fosse quella di un'onda d'urto. Frastornato, sul punto di scoppiare in lacrime. Guardò la finestra, ma non ebbe nemmeno il tempo di prendere in considerazione la fuga che la porta si spalancò e due agenti irruppero, con addosso indumenti ingombranti che li facevano sembrare comparse di un film di fantascienza.

«Gary Bell?» gridò uno dei due.

Lui annuì. «Già.» La sua voce un gracidio.

Il secondo poliziotto avanzò e lo afferrò per le spalle, facendolo girare su se stesso, proiettandolo sul letto e bloccandogli le braccia dietro la schiena. Bell gemette, poi urlò nell'istante in cui avvertì le fredde manette di metallo ghermirgli i polsi. L'agente si chinò su di lui e gli sibilò in un orecchio: «Sei in arresto, stronzetto malefico».

«Gary Bell, è in arresto per sospetta cospirazione terroristica a fini dinamitardi...»

Il resto gli sfuggì. Sentiva uno strano ronzio nelle orecchie. Venne fatto alzare brutalmente, con le spalle che gli facevano un male cane. Lo spinsero giù dalle scale per le anche con tale velocità che seguitò a inciampare e a cadere in avanti, costringendo l'agente che gli stava di fronte a voltarsi e a colpirlo con violenza al petto. Udì i gemiti di sua madre, vide suo padre stringersi allo stipite della porta come se ne andasse della sua vita. Era scioccato, a bocca aperta e con gli occhi spalancati.

E poi si ritrovò sulla strada, ancora con le pattine ai piedi, che erano già bagnati e gelati. Come poteva anche solo pensare ai piedi in quel momento? Volanti della polizia assembrati nella via, con i lampeggianti blu accesi. Vicini sulla soglia di casa. Fottuti bastardi impiccioni.

Aprirono le portiere posteriori di un furgone della polizia e lo gettarono dentro. Fondo di metallo freddo. Poi sbatterono i portelloni. A Gary Bell parve il rumore della fine del mondo.

Le undici passate e il Press Club era più vivo che mai. Ormai tutti sapevano che il *Clarion* aveva qualcosa da festeggiare. Un paio di giornalisti di testate rivali erano stati strappati alle loro pinte dalle rispettive redazioni, che li avevano convocati nel disperato tentativo di recuperare il terreno perduto. Allie era alla terza vodka e Coca e stava tentando di farla durare. Non era mai una buona idea perdere troppe inibizioni in un bar zeppo di giornalisti.

Quando Angus Carlyle entrò a tutta birra, si levò un'acclamazione, e non solo dalla sua stessa squadra. I giornalisti mostravano sempre rispetto, seppur con riluttanza, quand'era meritato. Si fece largo tra la calca, accettando un abbondante whisky nel tragitto, e si arrestò tra Danny e Allie, che si scostarono per far posto alla sua mole.

«Sono andati a prendere Bell e Malloch, ma di Farquhar nessuna traccia. Secondo le mie fonti, pare che l'uccellino si sia volatilizzato. Possibile che abbia sospettato una trappola, Danny?»

Danny scosse la testa, senza staccare gli occhi dalla sua pinta. Allie non poté fare a meno di chiedersi cosa fosse realmente successo tra Thomas Torrance e Danny. Ma era il suo complice e doveva difenderlo finché le circostanze non le avessero suggerito altro. «Lui che se la squaglia? Non significa necessariamente che sapesse che stava per essere venduto alla polizia. Credo che se la sia fatta sotto» disse. «Non è mai stato molto entusiasta. E, una volta ottenuti gli esplosivi, non poteva certo cambiare idea e dire "Ora cavatevela da soli, ragazzi".» Lei fece spallucce. «Dopotutto, aveva tanto da perdere.» Danny alzò lo sguardo e lei lo vide per un istante dibattuto. «Cioè, è un professionista. Ha una laurea, un buon lavoro, ha più prospettive di carriera degli altri due. Ho avuto l'impressione che fosse quello saggio. Gli altri due? Sono teste calde. Farquhar... non tanto.»

Carlyle annuì. «Ha senso. Sono stati più fortunati a Dykeswood, però. C'era un taxi nero parcheggiato davanti alla casa quando la polizia si è presentata. Hanno sfondato la porta a calci e hanno trovato il tuo uomo, O'Loughlin, impegnato in una partita di carte con gli altri tre dannati irlandesi. Sembrerebbe la squadra che ha prelevato te e Bell, Danny. La polizia li ha legati come salami e adesso sono in stato di arresto in base al Prevention of Terrorism Act.»

Dopo aver captato quelle parole, Big Kenny Stone si intromise. «E sono già caduti dalle scale?»

Carlyle rise sguaiatamente. «Non è qualcosa su cui perderò il sonno.» Diede una pacca sulla spalla a Danny. «Quei tizi non vedranno la luce del giorno per molto tempo, dopo che il nostro Danny Boy sarà salito sul banco dei testimoni.» Posò il suo bicchiere vuoto e si spolverò le mani. «Lavoro terminato, ragazzi e ragazze. Lavoro terminato.»

46

Il sabato trascorse in modo gradevolmente pigro. Allie dormì fino a tardi, a sufficienza per evitare i postumi della sbronza. Erano arrivate un paio di lettere di amici: Marcus, dai tempi del tirocinio, che ora lavorava a Birmingham come revisore per i servizi speciali, e Jen, la sua compagna di studi dell'ultimo anno di università a Cambridge, ora sul punto di completare un master a Bryn Mawr. Le lesse mentre si beveva la prima tazza di caffè e poi si godette un bagno lungo e lento, aprendo il nuovo John Le Carré. *L'onorevole scolaro* era il sequel de *La talpa*, che aveva affascinato Allie con i suoi squarci sul mondo segreto dell'intelligence. Aveva atteso per mesi la versione tascabile.

Il telefono l'aveva trascinata con rabbia fuori dalla vasca poco dopo le due. «Sono io, Danny» le disse. «Gli sbirri hanno appena finito con me. Per ora, a quanto sembra. Non sono particolarmente felici che abbiamo svolto il loro lavoro.»

Allie sbottò in una risata sarcastica. «Dovrebbero darci un encomio.»

«Cosa? Per avergli fatto fare la figura degli stupidi? Non ci contare. A ogni buon conto, volevo farti sapere che non sono dietro le sbarre.»

«Hanno rintracciato Roddy Farquhar?»

«Se lo hanno fatto, non me l'hanno detto.»

«Non pensi che sia sospetto? L'unica persona che potrebbe puntare il dito contro Torrance non si trova da nessuna parte?»

«Ovvio che sia sospetta.»

«Non pensi che Torrance lo abbia... *fatto* scomparire?»

Danny rise. «Cosa ti sei fumata, Allie? Credo che gli abbia intimato di allontanarsi, non che lo abbia fatto fuori. È probabile che lo abbia aiutato a sparire, ma niente di più.»

«Tuttavia... Farquhar è l'unico che possa mettere Torrance nella merda e, d'un tratto, è scomparso.»

«Sono d'accordo con te, non credo che sussistano dubbi sul fatto che Torrance abbia fatto la soffiata a Farquhar, ma non possiamo farci nulla. Se accusiamo Torrance, dovremo dipanare come ero al corrente del loro legame. E non posso permettermelo, Allie.»

«Lo so.» Eppure, una parte di lei avrebbe voluto trovare un modo per denunciare la condotta scorretta dell'uomo dello Special Branch. E per dimostrare a Carlyle che il rapporto di Piccolo Gordon Beattie con i suoi contatti talvolta implicava scendere a patti con il diavolo un po' troppo appassionatamente. Se lei e Danny avessero guidato le inchieste del *Clarion*, avrebbero trovato una via diversa per giungere alla verità. Che senso aveva svelare la corruzione se eri corrotto quanto quelli che denunciavi? Danny interruppe il suo flusso di pensieri. «Sei sempre dell'idea, per domani?»

«Non vedo l'ora.»

«Allora, andrò a fare la spesa da Presto. A domani.»

C'era molto altro che lei avrebbe voluto chiedergli, ma avrebbe potuto attendere fino al giorno dopo. Riprese in mano il suo libro e, mentre tornava nel mondo segreto, si rese bruscamente conto di quanto fosse stata indiscreta con Danny. Considerato ciò che aveva letto, non poté fare a meno di chiedersi se la polizia aveva messo i loro telefoni sotto controllo. Quello che aveva udito era stato il *clic* di una microspia o, semplicemente, la solita connessione telefonica di merda? Allie proruppe in una risatina sprezzante. Chi credeva di essere?

Dato che il bagno era finito, si vestì e si preparò delle uova strapazzate con un paio di focaccine fritte di patate e continuò a leggere al tavolo della cucina. Fu nuovamente disturbata dal telefono: i suoi genitori avevano visto l'articolo e, nel loro modo impacciato, volevano congratularsi con lei. Sua madre, ovviamente, era preoccupata riguardo alle persone con cui aveva a che fare. Suo padre si mostrò più soddisfatto. Tutto sommato, fu una conversazione più agevole del solito. Forse, iniziavano ad accettare l'idea che lei lavorasse per il *Clarion*.

In seguito, andò in salotto e mise su *Parallel Lines* dei Blondie. Per tutto il pomeriggio, non fece altro che scrivere lettere ad amici perché quel giorno aveva qualcosa di cui vantarsi. Dentro ogni busta inserì le pagine rilevanti del *Clarion*. I giornalisti con cui aveva fatto il tirocinio a Newcastle avrebbero capito cos'era stato necessario per realizzare un pezzo a prova di bomba di tale intensità e le avrebbero invidiato l'opportunità di brillare. Il super-revisore Marcus avrebbe pensato al modo diverso in cui avrebbe organizzato il materiale. Jen e gli altri suoi amici dei tempi di Cambridge forse sarebbero addirittura rimasti impressionati, anche se segretamente pensavano che il suo nuovo datore di lavoro fosse poco dignitoso.

Allie aveva quasi finito l'ultima lettera quando il telefono squillò ancora. Sperando che non fosse l'ufficio, rispose con un guardingo: «Sì?».

«Ehi, Scoop! Sono io, Rona. So che l'avrai sentito già mezzo milione di volte, ma sei una piccola stella. Un lavoro fantastico, ragazza mia!»

Allie rise. «Ci vuole una persona in gamba per riconoscerne un'altra.»

«Piantala con la falsa modestia. Non ho mai scritto un pezzo del genere. La situazione in cui sia stata più prossima a mettere la mia vita in pericolo è stata quando ho fatto una recensione poco entusiasta di uno stilista di moda. Ma sta' a sentire:

non stai solo affrontando i cattivi, ti stai pure facendo dei seri nemici politici. Non credo che quelle signorine carine con cui hai stretto amicizia durante l'incontro dell'SNP intendano invitarti alla loro prossima festa per sole donne.» Rona si sganasciò dalle risate.

«Dai, sii giusta. Ho messo in chiaro che quegli scemi non avevano nulla a che fare con l'SNP. C'è addirittura una dichiarazione del loro addetto stampa che esprime orrore e sdegno.»

Un'altra risata gutturale. «Non si accontenteranno di nulla di meno di un'introduzione che dica più o meno così: "Ieri sera, i leader dell'SNP hanno negato di essere mai stati a conoscenza del piano per ottenere l'indipendenza della Scozia attraverso attentati dinamitardi". No, Allie, sei proprio fottuta con i nazionalisti.»

«Per dirla con il poeta Henry Wadsworth, "in ogni vita deve pur cadere un po' di pioggia", Rona.»

«Attenta, Allie. Quando governeranno il mondo, non otterrai una goccia di "petrolio scozzese". Comunque, non intendo trattenerti. Volevo solo congratularmi con te.»

«Grazie, lo apprezzo. Ti va di pranzare con me la settimana prossima? Da lunedì tornerò nella rotazione, iniziando dal diurno.»

Una breve pausa, poi Rona disse: «Che ne dici, invece, di uscire a cena? Sai bene che non si può mai prevedere cosa succederà nel turno diurno».

Aveva ragione. «D'accordo. Penso che la mia agenda sia vuota, dato che non dovrò partecipare e incontri dell'SNP.»

Si accordarono per mercoledì e Allie tornò alle sue lettere. Una camminata di buon passo fino alla cassetta postale e poi di nuovo al suo appartamento. Per qualcuno, un sabato sera da soli sul divano in compagnia di un buon libro e di una scatola di cioccolatini era davvero penoso. Dopo la settimana che aveva passato, Allie pensò che fosse molto vicina al paradiso.

Inoltre, era la prima occasione che avesse avuto per pensare a ciò che le aveva detto Danny a proposito della sessualità di

Rona. Di lesbiche ne aveva già incontrate in passato, ma nessuna era diventata una sua amica intima. Si rese conto della velocità con cui aveva preso Rona in simpatia e desiderato costruire un'amicizia. Ma la situazione tra loro sarebbe cambiata, adesso che era venuta a conoscenza di un aspetto così importante della vita di Rona?

Il mattino dopo, quando si svegliò, l'adrenalina nel sangue di Allie si era placata. La tensione si era allentata e lei non aveva la più pallida idea del progetto successivo che l'avrebbe liberata dalla tirannia di qualsiasi cosa la redazione pensasse che lei dovesse fare. La soffiata di Rona sull'arbitro in dolce attesa forse le avrebbe garantito un giorno di respiro, ma non avrebbe rafforzato il segno lasciato dal pezzo sui terroristi.

La notizia degli arresti di Malloch, Bell e dei quattro sospetti irlandesi era finita su tutti i giornali scozzesi della domenica. Persino il *Sunday Thistle* le aveva dedicato qualche paragrafo. Si accennava a un piano terroristico, ma le regole su cosa si potesse pubblicare dopo un arresto implicavano di dover scrivere in codice. Una volta che i due uomini fossero stati incriminati, sarebbe trapelata qualche informazione in più, ma la copertura primaria non sarebbe uscita prima del processo, e questo significa aspettare mesi.

Con un pizzico di fortuna, Danny le avrebbe migliorato l'umore. Magari, insieme, sarebbero pure riusciti a tirare fuori un'idea per una storia. Di certo, doveva esserci un filo in grado di dipanare una notizia che li avrebbe riportati in prima pagina, giusto?

Allie decise di andare da Danny in taxi. Non che intendesse bere tanto. Ma non ne poteva più di faticare con lo sterzo duro della Morris Minor su strade ghiacciate. Seduta nel retro dello sgraziato taxi, fu felice di non dover scrutare il nevischio attraverso un parabrezza appannato. Passò velocemente dal tepore dell'abitacolo al gradito riparo dell'andito.

Suonò il campanello di Danny e attese. E attese. Suonò di

nuovo, torcendo le labbra. Magari si era scordato un ingrediente e aveva fatto un salto al negozio. Sentì subito il freddo dei gradini di pietra insinuarsi nei suoi piedi. Una cosa ridicola. Se avesse indugiato sul pianerottolo, in un nonnulla si sarebbe congelata fino al midollo. Danny non avrebbe obiettato se lei fosse entrata in casa: lo aveva già fatto una volta, dopotutto.

Aprì la cassetta della posta e infilò dentro una mano per prendere la chiave. Non coglieva nessun aroma gradevole di pollo arrosto, ma, se per quello, la porta interna era ancora chiusa. Estrasse la chiave e aprì l'alta porta esterna di legno. Mise piede nel minuscolo vestibolo e se la richiuse alle spalle, ricordandosi di togliere la chiave.

Allie aprì la porta a vetri da cui si accedeva nell'ingresso. Decisamente niente profumi dalla cucina. Si era scordato del loro appuntamento? Era andato a fare bisboccia e non era tornato a casa? A pensarci bene, lei cosa sapeva realmente dello stile di vita di Danny?

La porta del salotto era socchiusa e lei notò che la luce era accesa. Non era certo una sorpresa in una grigio giornata di Glasgow, ma non riusciva a immaginare che Danny uscisse per passare la serata fuori lasciando accesa la luce. Si era addormentato su uno dei suoi grandi divani neri dopo una nottata pesante? Allie aprì un po' di più la porta del salotto ed entrò.

Lo shock le impedì di capire la scena che le si parò davanti. Il suo cervello dovette dipanarla al rallentatore. La stanza in bianco e nero che si collegava alla sua memoria. Il candeliere di onice impigliato in un angolo della sua mente. Fuori posto, era quello il problema.

E la figura distesa, scomposta, sul tappeto bianco e nero... che non c'entrava nulla. Era ancora più fuori luogo.

Ma nulla era profondamente fuori luogo quanto la macchia rossa, ormai una pozza rappresa, intorno alla testa del corpo senza vita che giaceva al centro del salotto di Danny Sullivan.

47

All'arrivo della polizia, Allie era seduta sul pavimento dell'ingresso, con le ginocchia piegate, le braccia strette intorno agli stinchi. Nonostante ci fosse ancora un residuo di tepore grazie al ciclo mattiniero del riscaldamento centralizzato, accessi di brividi la scuotevano a intervalli imprevedibili da capo a piedi. Era come se il suo cervello balbettasse da un pensiero all'altro. Chi aveva fatto tutto ciò? Cosa avrebbe detto Carlyle? Il tappeto si sarebbe potuto lavare? Dov'erano finiti tutti gli appunti di Danny? Il pollo era nel frigorifero? Nulla aveva senso.

I primi a giungere sulla scena, due agenti in divisa. Un uomo corpulento di mezza età dai capelli rossicci e argentei che spuntavano dal cappello e un accento che Allie interpretò come proveniente da un punto imprecisato delle Ebridi Esterne, e uno più giovane dalla pelle semitrasparente che non disse nulla e non fece altro che masticarsi il labbro inferiore. Probabilmente screpolato per il freddo, pensò Allie, in modo incoerente. Si era alzata in piedi a fatica per rispondere al campanello e ora non sapeva dove stare.

«Sono l'agente di polizia Macleod e lui è l'agente di polizia Campbell» disse il più vecchio. «È stata lei a chiamare il 999?»

Allie annuì.

«Mi può fornire il suo nome?»

Campbell estrasse un piccolo taccuino nero e si mise a scrivere.

«Allie Burns. Alison.»

«E abita qui, Alison?» La voce di Macleod era sorprendentemente delicata.

«No. Ero venuta per pranzare qui. Danny avrebbe dovuto preparare il pollo arrosto.» Come se importasse.

«Ha detto a un mio collega che nel salotto c'era un uomo morto. Si tratterebbe di Danny?»

Lei annuì. «È il suo appartamento. Danny Sullivan.»

Campbell emise un rumore indeterminato. Macleod lo guardò con aria interrogativa e l'uomo più giovane parlò. «Siete i giornalisti del *Clarion*?» Campbell sembrava profondamente dubbioso. «Quelli che hanno fatto arrestare i terroristi nazionalisti?»

«Sì, ma non conta. Danny è morto ed è di questo che dovreste occuparvi.» Allie aveva alzato la voce senza nemmeno rendersene conto.

«Capisco che per lei sia stato uno shock. Però, dobbiamo chiarirci le idee su un paio di cose.» Macleod inclinò la testa verso il salotto e Campbell si diresse alla porta. Si voltò e annuì. Un altro cenno da parte di Macleod e Campbell tornò sul pianerottolo, chiudendosi la porta interna alle spalle. Distaccata, Allie udì il tono sordo della sua voce e il crepitio di una radio della polizia.

«L'agente Campbell sta facendo sapere alla sala di controllo che abbiamo bisogno di una squadra di specialisti.»

«Una squadra omicidi» disse Allie. «Voglio dire, non si è colpito da solo con un candeliere, giusto?» Sentì il tremore nella sua voce e chiuse con forza la bocca.

«Era il suo fidanzato?»

Se era un tentativo di distoglierle la mente dalla terribile immagine di Danny disteso sul tappeto di pelle bovina, aveva fallito. Anzi, aveva peggiorato le cose. «No» gli disse. «Era un amico. Un collega. È troppo difficile da afferrare?»

«Sto solo cercando di crearmi un quadro chiaro della situazione, signorina Burns. Perché ora non viene in cucina finché non arrivano i miei colleghi?»

Lo seguì fuori dall'ingresso e si sedette al tavolo. Nulla indicava che ci fosse stato un pranzo in preparazione. Danny aveva giaciuto lì per tutta la notte? Era stata una cosa rapida o aveva sofferto in quella posizione per minuti, oppure ore? Riacquistando e perdendo conoscenza? Aveva capito che stava morendo?

«La lascerò qui» disse Macleod, uscendo con cautela dalla stanza. Non le sembrava un uomo a suo agio di fronte alle emozioni del prossimo. Allie si accese una sigaretta, notando che non le tremavano le dita. Non aveva mai visto prima un corpo senza vita e gli episodi di *Sutherland's Law* non erano stati quella gran preparazione alla realtà. Non si era immaginata che Danny sembrasse così vuoto, il che la fece sentire stupida.

Allie aveva bisogno di togliersi dalla mente l'immagine del suo cadavere sul tappeto. C'era una pila di quotidiani accanto a lei e, quasi senza pensare, iniziò a scorrerne le pagine. Il primo della pila era il *Clarion* del giorno precedente, con il loro titolo in grande evidenza. Era stato solo ieri? Pareva storia antica ora. Possibile che Danny fosse morto?

Prese in mano il giornale e poi notò il taccuino di Danny al di sotto. Era l'agendina fornita dal *Clarion* e utilizzata da tutti i giornalisti. Ne aveva una identica nella borsetta. A spirale, sufficientemente piccola da infilarsi in una tasca, a righe con un margine che consentiva all'intervistatore di annotarsi le frasi importanti in corso d'opera. Tecnicamente, sapeva che era proprietà del quotidiano. Qualsiasi cosa Danny si fosse annotato apparteneva al *Clarion*. Si chiese se avesse trascritto tutti i suoi appunti. Avrebbe dovuto riportarla in redazione per esserne certa, pensò. Era la sua storia tanto quanto di Danny.

Inoltre, la polizia non sarebbe riuscita a capirci un'acca. Allie era certissima che chiunque lavorasse con la polizia o con i tribunali avrebbe utilizzato la tradizionale stenografia di Pitman. Precisa e formale, ci voleva tempo e capacità per padroneggiarla. Ma, per la sua generazione di reporter, era stata rimpiazzata dalla Teeline, un sistema molto più semplice, basato sull'idea di spogliare le forme delle lettere e di interpretare i segni a seconda di dove apparivano in relazione alle righe sulla pagina. Ma, mentre un appunto del sistema di Pitman poteva essere letto da chiunque fosse a conoscenza delle sue forme, il Teeline era idiosincratico. Non c'erano due persone che avessero abbozzi uguali. Allie spesso non riusciva nemmeno a interpretare i suoi stessi appunti se li aveva scritti più di un paio di settimane prima. Per un esperto del sistema di Pitman, avrebbe tranquillamente potuto essere stato scritto in greco antico. Per dare un senso alle frasi di Danny, non sarebbe bastato utilizzare il Teeline: bisognava pure conoscere l'argomento di tali appunti.

Senza ulteriori riflessioni, Allie infilò il taccuino di Danny nella sua borsetta. Non stava nascondendo prove alla polizia. Se nelle note c'era un indizio in grado di portare al suo assassino, lei rappresentava la miglior speranza di scoprirlo. Avrebbe studiato i suoi appunti e se avesse trovato qualcosa di cui non fosse già al corrente, l'avrebbe passata agli investigatori.

Poi, l'enormità di ciò che aveva visto la colpì nuovamente e un'onda di nausea la travolse. Riuscì a malapena a raggiungere il lavabo e stava rimettendo quando udì dei passi e delle voci nell'ingresso. Alzò la bocca dal rubinetto, e mentre sputava l'acqua nel lavandino un uomo di mezza età, calvo e con una faccia da pugile professionista di scarso successo, apparve sulla soglia. «Sono l'ispettore capo Buchan. Lei è la ragazza che ha trovato il corpo, se non sbaglio.» Aveva un accento di Glasgow che faceva sembrare una minaccia il commento più innocuo.

«Sì, sono io.» Allie sentì il tremolio nella sua stessa voce.

«Ed è arrivata quando, esattamente?» Lei glielo disse e lui annuì. «Avremo bisogno di una sua deposizione. Le sta bene farla qui oppure preferisce in commissariato?»

La prospettiva di starsene seduta nella cucina di Danny in

mezzo alle cose da lui scelte mentre la polizia passava al vaglio le circostanze della sua morte la fece rabbrividire.

L'interrogatorio della testimone si era rapidamente trasformato in qualcosa di inatteso. La stanza era angusta e puzzava di sudore maschile e fumo stantio di sigaretta, e i due agenti seduti di fronte a lei sembravano determinati a intimidirla fino a strapparle una sorta di ammissione. Il sergente Hardie e il detective Groom avevano gli occhi cinici e inespressivi di chi aveva visto ogni sorta di bugia. Entrambi avevano un'aria studiata di scetticismo che, di quando in quando, si trasformava in incredulità e a cui Allie non sapeva come ribattere.

«State a sentire, ve l'ho già detto. Danny mi ha invitata a casa sua per un pranzo a base di pollo arrosto. Per festeggiare il nostro articolo. Mi sono presentata all'ora stabilita e l'ho trovato steso sul pavimento del salotto.» Deglutì con forza. «Morto. Ho chiamato il 999 e il resto lo sapete.»

Hardie aggrottò la fronte. «Così ci ha detto. Ma c'è un problema, Alison. In materia di omicidio, siamo noi quelli con le competenze. E una cosa che sappiamo per certo è che, in un caso di un assassinio, tutti mentono. A volte, si tratta di piccole, innocenti bugie; altre, invece, di bugie grosse e criminali. Ora, a quale categoria appartiene la sua, mia cara?»

«Non sono la sua cara e non mento» disse Allie, con la mascella serrata. La rabbia aveva spostato la sua pena in secondo piano.

Groom si sporse in avanti. «Ed ecco un'altra cosa che sappiamo. Spesso, l'ultima persona a vedere la vittima in vita è la stessa che ci chiama per dirci che ha scoperto un cadavere. Quindi, quand'è arrivata veramente all'appartamento di Danny? Perché a me pare che, se intendevate festeggiare in maniera adeguata, lo avreste fatto di sabato sera. Cioè, è quello il giorno in cui, da queste parti, la gente festeggia.»

«Ci ricordi cosa ha fatto sabato sera.» Di nuovo Hardie. Una cosa incessante.

«Non importa quante volte me lo chiediate. La risposta sarà la stessa perché è la verità. Ho scritto delle lettere ai miei amici. Mi sono riscaldata un po' di zuppa a metà pomeriggio e mi sono sistemata sul divano con una scatola di cioccolatini e il nuovo romanzo di John Le Carré. Non sono mai uscita di casa.»

«Ma non dispone di un solo testimone a suo sostegno. Nessuno le ha telefonato. Nessuno ha fatto un salto da lei. Nessuno è in grado di dimostrare che dice la verità. Chi ci dice che non era nell'appartamento di Danny Sullivan a fare una festicciola?»

Allie strabuzzò gli occhi mentre Groom riprendeva il filo del discorso. «Capiamo come vanno queste cose, Alison. Possono esserci delle incomprensioni. La situazione sfugge di mano. Gli uomini lo fanno. Vogliamo qualcosa di più di quanto voi ragazze siate disposte a dare. Non accettiamo un rifiuto. E, senza nemmeno accorgertene, afferri il primo oggetto che trovi e assesti un bel colpo. Ora sì che la situazione è sfuggita di mano.»

«Voi due vivete a Fantasilandia» disse Allie, stanca. «Danny non era il mio fidanzato. Eravamo colleghi e amici, ecco tutto. Ieri sera non ero nel suo appartamento e, di certo, non l'ho ucciso, dannazione.»

«D'accordo, sta dicendo che Danny non era il suo fidanzato.» Il tono di voce di Hardie ora aveva una nota tagliente. «Forse era quello il problema. Voleva diventare il suo fidanzato, ma lei non ne voleva sapere. E, magari, avevate bevuto qualche drink e lui ne stava approfittando. Non sarebbe stato il primo, giusto? Cioè, sono cose che lei saprà senz'altro, facendo la giornalista e via dicendo...»

«Non c'è nulla di vero.» Una miscela di rabbia e panico stava crescendo dentro di lei. Nulla di ciò che diceva aveva il minimo effetto sulle loro spettrali fantasie. Le martellava la testa e le immagini di Danny senza vita sul tappeto seguitavano a balenarle davanti agli occhi.

«Ha cercato di stuprarla, Alison?» disse Groom, delicatamente. «So che è difficile da dire. Ma non è colpa sua.»

Alla fine, la diga scoppiò. «Volete darmi ascolto o no?» esplose Allie. «Quante volte devo dirvelo? Danny non era interessato a me. Danny era gay.» Non appena le parole le furono uscite di bocca, si sentì travolgere dalla vergogna. La sua rivelazione forse l'avrebbe scagionata, ma cosa aveva fatto a Danny?

48

La spia della segreteria telefonica lampeggiava quando Allie, finalmente, giunse a casa. L'avevano trattenuta per altre due ore dopo che era sbottata, finendo per tradire Danny. Si era rifiutata di rispondere anche solo a un'ulteriore domanda, ma loro non avevano smesso di insistere. «È stata lei, allora, a fare delle avance a lui? E non è riuscita ad accettare il suo rifiuto? Oppure scoprire la verità l'ha disgustata?» E via discorrendo: più variazioni di quante ne avesse ritenute possibili. Se n'era rimasta seduta con le braccia incrociate sul petto e la mascella serrata in un'espressione ostinata che sua madre avrebbe riconosciuto. La signora Burns avrebbe detto a Hardie e Groom che stavano sprecando il loro tempo. «È più facile che Falkland Hill metta su un paio di gambe e se ne vada a prendere il tè a Largo Law piuttosto che la nostra Alison cambi idea, una volta che s'è messa in testa qualcosa» come soleva dire sua madre dalla sua infanzia.

Alla fine, avevano ammesso la loro sconfitta, anche se Allie capì che con ogni probabilità sarebbe stata solo una tregua temporanea. Faceva buio quando le era stato detto che poteva andarsene. Era troppo arrabbiata o troppo orgogliosa o troppo qualcos'altro a cui non avrebbe saputo dare un nome per chiedere se poteva chiamare un taxi. Rimpianse di non averlo fatto a un centinaio di metri dalla stazione della polizia. I suoi piedi erano bagnati e qualche goccia le colava dai capelli tra il bavero del cappotto e il collo. I soccorsi giunsero sotto forma di un autobus che si materializzò dall'oscurità nevosa. Non le importava dove fosse diretto: sempre meglio che vagabondare per le strade del South Side.

Con la testa piena di quanto accaduto a Danny, Allie attraversò il fiume in autobus, scendendo nei pressi della fermata dei taxi della stazione centrale. Dieci minuti dopo, con le scarpe e il cappotto che iniziavano a esalare vapore nell'aria viziata del taxi, era giunta a casa. Fissò, torva, la segreteria telefonica e decise che poteva aspettare che lei si riscaldasse. Si fece una doccia rapida, si infilò un pigiama pulito di flanella in cotone e lo spesso accappatoio che aveva rubato in un esclusivo albergo sulle Highlands in cui era stata mandata per lavoro. Poi, finalmente, schiacciò il tasto PLAY.

Era Carlyle. Nessuna sorpresa. «Cristo, ma è una notizia sciocante. Spiacevolissima per te. Spero che tu stia bene. Mi dicono che sei dagli sbirri, per cui chiamami appena sei di ritorno. Io sono a casa.»

Avrebbe dovuto raccontargli il segreto che aveva spifferato alla polizia. Non era affare di nessuno e non avrebbe dovuto cambiare l'idea che qualcuno si era fatto di Danny, ma ora che quei chiacchieroni della Strathclyde Police lo sapevano, era solo questione di tempo prima che fosse sulla bocca di tutti al Press Club. «Tu e la tua boccaccia» mugugnò. Non era ancora pronta.

Allie si versò un'abbondante dose di whisky e ne bevve un sorso. Sentì il calore del superalcolico scenderle giù per la gola e si ricordò che non mangiava dalla colazione. E le era passata la voglia nella cucina di Danny. Dopo aver deciso che non era il caso di bersi il resto del drink, Allie mise da parte il bicchiere e chiamò Carlyle. Quando lui rispose, Allie non sapeva da dove iniziare. «Sono io» disse.

«Cristo santo, Burns, è una notizia terribile. Non riesco a digerirla. Danny morto? Assassinato? Devi essere in condizioni pessime, dopo esserti imbattuta in quella scena.»

«È stato orribile, capo. E poi la polizia? Come se fossi un'indiziata?»

«Stai scherzando? Hanno pensato che fosse nelle tue corde colpire Danny a morte? Che razza di idioti sono?»

«La razza che detesta ammettere di non sapere un accidente di niente.»

«Abbiamo saputo l'essenziale dalla polizia. E hai ragione, non pare che abbiano nulla da cui partire. Niente testimoni, niente impronte sull'arma del delitto. Il che non mi dà molte opzioni in vista della prima pagina di domani.» Lasciò le parole in sospeso tra loro.

Allie si sentì la bocca secca. «Non posso» riuscì a dire.

«Penso che tu possa farlo, Allie.» Carlyle parlò in tono più delicato di quanto lei avesse ritenuto possibile. E l'aveva chiamata per nome. «Penso che tu sia una di quelli che hanno l'inchiostro nelle vene. E credo che Danny non vorrebbe nessun altro per scriverlo se non tu. È il tuo pezzo, Allie.»

Lei si sentì pungere gli occhi dalle lacrime. «L'ho tradito.»

«In che senso, "tradito"? Non c'era nulla che avresti potuto fare per salvarlo.»

«No, non mi riferisco a quello. La polizia... Hanno continuato a insistere con me, accusandomi di essere stata lì ieri sera, insinuando che Danny avesse... avesse tentato di stuprarmi. Ho tenuto duro finché ho potuto, capo.» Le sue parole suonarono pietose persino a se stessa.

«Stai dicendo...» La voce di Carlyle, incredulo, si spense.

«No, no» esclamò Allie. «Ovviamente no. Ho detto ai poliziotti che, anche se fossi stata là, non si sarebbero potuti sbagliare di più su Danny, perché era gay. Si è confidato perché di me poteva fidarsi e io l'ho deluso. E ora quei bastardi... si comportano come se lui, per questo, valga di meno.» Fece una pausa. «Te lo sto dicendo solo perché avranno già diffuso la notizia tra i loro contatti.»

«Non l'ho mai saputo» disse Carlyle, a bassa voce. «Non si comportava da gay.»

«Qualsiasi cosa significhi» disse Allie, con un sfumatura di rabbia che si insinuava nella sua voce. «Con me è stato più cordiale dell'intera redazione, maledizione. Era appassionato del suo lavoro, non scherniva mai chi leggeva il *Clarion*. Era gentile e intelligente, ed è così che merita di essere ricordato. Non perché gli piacevano gli uomini.»

«Non avrai nessuna obiezione da parte mia al riguardo. Ed è per questo che ho bisogno che tu scriva l'apertura di domani. Perché è quello che racconterai al mondo. Qualunque cosa succederà dopo, che Dio li strafulmini. Tu farai uscire prima la tua verità.»

Era quello il Carlyle energico a cui era abituata e Allie gli diede la sua risposta condizionata. «D'accordo, capo. Ma non so cosa dire. Come impostare la storia.»

Udì il sibilo di una fiamma e il crepitio del tabacco che bruciava. «Un pezzo autoreferenziale. Scrivilo con il cuore, Burns. Proprio con il cuore. Tu eri lì. Sai cos'hai visto. Sai che sensazione hai provato. Quattordici paragrafi entro le otto. Andrò in ufficio per accertarmi che l'articolo vada in stampa prima di andare a letto.»

Un crepitio nell'orecchio di Allie quando lui posò la cornetta. Era venuto il momento di onorare il suo defunto.

Allie si accomodò davanti alla sua macchina portatile, con il whisky su un fianco e un portacenere sull'altro, e fissò il foglio di carta bianco. «Daniel Sullivan, reporter investigativo del *Daily Clarion*...» Fanculo tutti. Gli avrebbe dato il titolo che si meritava, anche se ciò avrebbe fatto venire un infarto a Piccolo Gordon Beattie.

... è stato trovato brutalmente assassinato nel suo appartamento di Glasgow.

Sono io quella che l'ha trovato. Danny mi aveva invitata a casa sua a pranzo, domenica, per festeggiare l'articolo da prima pa-

gina sui terroristi in kilt a cui avevamo collaborato la settimana scorsa. Mi aveva promesso pollo arrosto con tanto di contorni.
Ma quando sono giunta al suo appartamento di Pollokshields, non mi ha aperto la porta. Ho ipotizzato che fosse andato al supermercato perché si era scordato qualche ingrediente. Stavo congelando sul pianerottolo e sapevo dove teneva la chiave di riserva e, dunque, sono entrata da sola.
Nell'appartamento regnava il silenzio e non ho avvertito profumi provenienti dalla cucina. Il che mi ha reso perplessa. Danny non era il tipo da scordarsi di un impegno, meno che mai di una celebrazione.
Sono andata in salotto e la mia vita è cambiata. Danny giaceva scomposto sul tappeto bianco e nero di pelle bovina, con una pozza di sangue rappreso intorno alla testa.
Non avevo mai visto prima una persona morta, ma ho capito subito che il mio amico era deceduto. Ora so che non ci si può sbagliare. Non sono stati il sangue o il silenzio a dirmelo. È stata l'assoluta assenza di Danny.
Ora Danny fa parte della macchina della giustizia che entra in azione rumorosamente quando una persona mette fine alla vita di un'altra con violenza deliberata.

Se i revisori non l'avessero tagliato per il suo scostamento dal tabloidese, ci avrebbe pensato l'avvocato del turno di notte, per il giudizio avventato sul fatto che si trattasse di omicidio volontario o colposo.

Danny era cresciuto a Edimburgo e aveva frequentato la St Augustine's High. Parlava spesso con grande affetto dei suoi genitori, Marie e Eddie, di suo fratello Joseph e della sua famiglia estesa, a cui era molto legato.
Aveva iniziato la carriera nel giornalismo in qualità di assistente editoriale all'*Edinburgh Evening News*, ma la sua ambizione e il suo talento presto gli avevano fatto ottenere un posto da reporter esordiente. Una serie di reportage di alto profilo lo avevano

portato all'attenzione del *Daily Clarion*, da cui era stato assunto e per il quale lavorava da tre anni.
Danny era un membro popolare della nostra redazione. Aveva naso per le storie buone e, quando ne scovava una, nulla per lui rappresentava un ostacolo. Ma sapeva pure giocare di squadra ed era felice di operare collaborativamente per far sì che venissero raccontate le storie difficili.
Ho imparato tanto lavorando al suo fianco. Era sempre gentile, mai arrogante, immancabilmente generoso, creativo e inventivo.
Tra i casi importanti su cui aveva lavorato recentemente figuravano il dossier sulla frode fiscale della Paragon Insurance e le rivelazioni sui terroristi in kilt che ieri hanno scosso la nazione.
La Strathclyde Police ritiene che il delitto sia stato commesso sabato sera. Non ci sono segni di effrazione nell'appartamento.
Gli investigatori stanno seguendo diverse piste di indagine...

Come no, pensò amaramente.

... e noi invitiamo ogni lettore che disponga di informazioni sull'omicidio di Danny Sullivan a contattarli oppure a chiamare la nostra redazione in via confidenziale, al numero 041 681 3333.
Si è trattato di un'aggressione brutale ai danni di un giornalista coraggioso la cui unica colpa è stata cercare la verità e denunciarla con onestà. Quanto a me, la situazione è ben peggiore.
Perché Danny Sullivan era un mio amico. E ora è morto.

Allie lesse attentamente la sua bozza. Era ben lontana da come avrebbe voluto scriverla, ma ci sarebbe voluto tempo per farlo nel dovuto modo. Tempo che non aveva. E Danny lo avrebbe capito.

Raggiunse il telefono e compose il numero dei dattilografi. «Parla Alison Burns» disse. «Ho una bozza urgente da recapitare personalmente ad Angus Carlyle.»

Una risatina catarrosa. «Santo cielo, stasera sei grandiosa, signorina Burns» fu la risposta maliziosa.

«Riguarda Danny.»

«Oh, Cristo, scusami. Voi due eravate amici, vero? Era un ragazzo dannatamente bravo, per essere un cattolico.»

Allie rivolse gli occhi al cielo. «Sei pronto? Angus lo aspetta.» E così partì, con il martellio stile mitragliatrice dei tasti della macchina per scrivere a fare da contrappunto alle sue parole. Eppure, dopo tutto quel tempo, la velocità con cui il tizio batteva a macchina la sorprese. Senza quasi accorgersene, giunse alla fine.

«Perché Danny Sullivan era un mio amico. E ora è morto. Punto. Fine.»

49

Carlyle aveva chiamato Allie dopo che la sua bozza era finita sulla sua scrivania. «Non male» disse. Nel lessico riluttante degli elogi scozzesi, equivaleva agli allori. «Gli ho dato un'aggiustatina, ma riavrai il titolo d'apertura. Ormai è un'abitudine.»

«In questo caso, ne avrei fatto volentieri a meno.»

«Vale per tutti. Sta' a sentire, ti toglierò di nuovo dalla turnazione, ma domattina alle undici faremo una riunione per parlare di come procedere subito dopo. Ti voglio lì.»

«Certo. Qualcuno ha parlato con la famiglia?»

«È passata a trovarla Maureen Jarvie della redazione di Edimburgo.» Emise un sospiro. «Meglio lei di me. Una visita quando qualcuno muore è di per sé dura, ma se di mezzo c'è qualcuno che conosci... Immagino che sia stato tristissimo. Però, ha ottenuto qualche bella dichiarazione per un trafiletto da affiancare al tuo articolo.»

Allie poté solo immaginare la sofferenza che stava travolgendo i Sullivan. L'unica cosa peggiore della perdita di un figlio adorato doveva essere sapere che il rapporto con lui era incrinato. E Joseph, l'uomo a cui si doveva quella spaccatura? Per lui sarebbe stato ancora peggio, sapendo in che modo tale dissapore si era insinuato tra Danny e i loro genitori. «E non possono organizzare il funerale finché la polizia non rilascerà la salma» disse Allie.

«Quantomeno, terranno una veglia. Come faremo anche noi, Burns. Anche noi.»

Non aveva nemmeno posato il telefono che riprese a squillare. Stavolta, era sua madre. «Alison, abbiamo appena guardato il telegiornale e abbiamo visto un servizio su un giornalista assassinato a Glasgow. Tuo papà dice che si tratta di quel Danny con cui stavi lavorando, ma non può essere vero...»

«Si tratta di Danny, mamma.» Non voleva ammettere che era stata lei a trovarlo: sapeva come sarebbe andata a finire. Ma, il mattino dopo, la notizia sarebbe apparsa sul giornale e sarebbe stato ancora peggio. Per cui, cedette e accettò un interrogatorio serrato su ogni aspetto del ritrovamento. Santo cielo, però era stanca di rivivere la giornata peggiore della sua vita.

«È stato uno di quei terroristi di cui stavate scrivendo?» volle sapere sua madre.

«Non penso. Hanno sistemi molto particolari per punire le persone e questo non rientra tra essi.» Allie si sforzò di mostrare nonchalance nel tentativo di placare le preoccupazioni della mamma. Non aveva idea se fosse stata l'IRA a togliere la vita a Danny. Era vero che l'omicidio non era il loro approccio tipico, ma, con la divisione in cellule delle unità in servizio attivo, chi poteva conoscere di quali opzioni disponessero?

Il tentativo non aveva avuto successo. «Sono in pensiero per te, Alison. Ti sei occupata dei suoi stessi casi... e se dovessero prendersela con te?»

«Mamma, potrebbe non c'entrare nulla con il lavoro. Nessuno ha idea di cosa sia successo.»

«Dicevano che la polizia sta seguendo delle piste.»

Allie sbottò. «Fidati di me, mamma: la polizia non sa che pesci pigliare. Però, onestamente, non c'è motivo di pensare che io sia a rischio. Ora, vado a bermi il mio tè...»

«Non hai ancora preso il tè? Sono quasi le otto e mezza. Devi prenderti cura di te, Alison.»

Allie chiuse gli occhi e tentò di non far udire il suo sospiro. «Ti farò uno squillo nel fine settimana, mamma. Ma non preoccuparti per me. Non sono minimamente in pericolo. Sono solo molto triste, ecco tutto.» Mentre posava il telefono, Allie si rese conto che non era altro che la verità. La tristezza non era qualcosa che lei avvertiva spesso, ma quella sera era quasi incontenibile.

Stava per raggiungere la cucina quando qualcuno suonò il campanello. Si sentì percorrere da una vampata di panico. Non attendeva nessuno. Era quello che era successo a Danny? Il campanello che suonava, una faccia familiare, un'accoglienza calorosa, un invito a un omicidio? Allie attraversò l'ingresso in punta di piedi e aprì la porta interna con attenzione infinita. La grossa porta esterna a due battenti aveva una catena e la inserì con lo scrupolo di uno scassinatore di casseforti impegnato a far girare i cilindri. Solo allora, aprì la serratura e diede una sbirciata dalla sottile fessura.

Allie si abbandonò a una risata di sollievo. «Maledizione, Rona, per poco non mi fai venire un infarto.»

Rona Dunsyre fece spallucce. «Non è così che si accolgono gli amici.»

Allie trafficò con la catena e fece entrare Rona. «Cosa fai qui? Non ti aspettavo. Come fai a sapere dove vivo?» Un fiume in piena.

Rona la seguì dentro casa e studiò l'atrio con occhio critico. «Sempre lavori in corso, dunque?»

«Sono in affitto. Non intendo sprecare soldi. Ma non capisco come mai sei qui.»

«Per via di Danny. Ho pensato che potesse farti bene un po' di compagnia. Una spalla su cui piangere. O, magari, un po' di vodka per il corpo?» Rona sollevò la borsa della spesa che stringeva. Il tintinnio era una promessa.

«Tutto quello di cui sopra» disse Allie, con un sospiro. «Accomodati.»

La condusse nel salotto. Rona si sfilò il voluminoso cappotto verde oliva e lo lasciò cadere sul pavimento accanto alla sedia che era stata occupata per l'ultima volta da Danny. Il suo look era più castigato di quanto Allie si fosse abituata a vedere: jeans infilati in stivali di cuoio morbidi al ginocchio, un maglione largo di mohair grigio dall'elegante collo a cappuccio, un paio di orecchini a forma di lingotti d'oro, gli unici gioielli. La macchia di colore, suo marchio di fabbrica, era dato dalla vivace sciarpa tie-dye annodata intorno alle spalle. Studiò la sedia, poi disse: «Se hai bisogno di un abbraccio, suppongo che abbia più senso accomodarci sul divano». Scrutò la forma tubolare cromata. «Non che sia stato concepito per le coccole.»

Allie avvertì un cambio nel suo umore. C'era qualcosa in Rona che la faceva immancabilmente sorridere. «Vado a prendere i bicchieri.»

Quando fu di ritorno, Rona aveva avvicinato il tavolino e svuotato la borsa della spesa. Una bottiglia di Smirnoff Blue Label. Mezza dozzina di lattine di Coca. Un enorme sacchetto di noccioline americane tostate, versato in un portacenere pulito. «Mi sto solo mettendo comoda» disse Rona, strappando il sigillo dal tappo della vodka.

«Sono felice che tu sia qui.» Allie le si sedette accanto e posò due bicchieri highball con dentro un cubetto di ghiaccio ciascuno. Rona versò due dosi generose e aggiunse un quantitativo di Coca sufficiente a riprodurre una colorazione come quella di un tè blando.

Fecero tintinnare i bicchieri e Rona disse: «A Danny».

«A Danny. Adoravo lavorare con lui.»

«Cos'era a renderlo tanto speciale?» Strabuzzò gli occhi. «Santo cielo, senti come parlo. La solita dannata autrice di servizi speciali.»

Allie bevve un sorso del suo drink. «Non mi trattava con aria di superiorità o come se fossi la sua segretaria. Prestava sempre ascolto a quello che avevo da dire e per lui non era un problema ammettere che avevo un'idea migliore della sua. E non tentava di rivendicare che fosse stata sua.» Prese le sigarette e se ne accese una. «Ma l'ho tradito, Rona. L'ho tradito pesantemente.»

«Che intendi dire?»

«Mi ha confidato il suo segreto più grande. E io me lo sono lasciato sfuggire davanti alla polizia.» Un sospiro di fumo. «Ho detto che era gay.»

Rona cinse le spalle di Allie con un braccio e le diede una strizzatina. «Ora non puoi fargli del male, tesoro.»

«Posso fare del male alle altre persone nella sua vita. E posso fare del male alla sua reputazione.» Strinse gli occhi. «Non ho resistito. Continuavano ad attaccarmi con le loro vili, stupide insinuazioni.»

«Parlamene.»

E Allie lo fece. Più dettagliatamente di come ne aveva parlato a Carlyle. Dire troppo al suo capo sulla sua reazione emotiva sarebbe stato come dargli un appiglio per il futuro. Di fronte a Rona, fu libera di spiegare quanto si fosse sentita spaventata e arrabbiata e fuori controllo. Di fronte a lei, Allie avrebbe potuto esprimersi con onestà riguardo a quello che le pareva un pesante fallimento, senza la paura di essere giudicata.

«Hai dovuto dirglielo» disse Rona. «Altrimenti, saresti ancora là. Pare che non abbiano nessun altro da intimidire. Non è un tradimento, Allie. Ovunque sia Danny, è fuori dalla portata del male che potresti fargli. E chiunque si faccia un'opinione negativa di lui perché era gay...» Scosse la testa, con un'espressione sdegnata. «Non vale la pena curarsene.» Si girò e rivolse uno sguardo misurato ad Allie. «Lascia perdere. Smettila di tormentarti. Se non lasci perdere, si trasformerà in autocommiserazione, ed è una cosa brutta. Inoltre, non è di alcun aiuto né a te né a Danny. Capito?»

Il buonsenso spiccio di Rona fu un breve shock per Allie, prima che ne riconoscesse la validità. Si avvicinò all'amica. «Hai ragione. Ciò che conta ora è scoprire cos'è successo. Quello a cui continuo a pensare, Rona, è: chi può averlo fatto? Perché qualcuno avrebbe mai voluto uccidere Danny?»

«Non sono una detective, ma ho letto tanti di quei romanzi gialli da sapere che il movente è personale o professionale. Inoltre, quelli della Strathclyde Police non assomigliano minimamente ai celebri Wexford, Morse o Dalgliesh. La maggior parte non riuscirebbe nemmeno a uscire da un sacchetto di carta armata di mappa e torcia. A noi qui serve gente del calibro di Miss Marple o Philip Marlowe.»

Allie scoppiò in una risata di incredulità. «Cosa? Devo mettermi a fare la maglia?»

«No, devi usare le tue celluline grigie, sciocchina. Conosci Danny meglio di chiunque altro in quell'ufficio. Si è fidato di te, dicendoti chi era davvero. E tu conosci la storia *dietro* le storie su cui avete lavorato nelle ultime settimane. Deve esserci parecchia gente che voi due avete fatto incazzare di brutto.»

Allie avvertì un brivido al petto. «Se i nostri articoli hanno fatto incazzare qualcuno al punto da uccidere Danny, io potrei essere la prossima.»

Rona si portò una mano alla bocca. «Porca puttana, Allie. Io e la mia boccaccia. Non intendevo spaventarti a morte.»

«Non è che non ci avessi pensato da sola. Ho cercato di togliermelo dalla testa. Dopotutto, il primo nome a figurare accanto al pezzo sulla Paragon era quello di Danny e la parte principale nel caso sui terroristi in kilt l'ha recitata lui. Si è occupato della storia sotto copertura, dunque per l'IRA era lui la faccia della nostra inchiesta.»

«Esatto.» Rona le diede una pacca sul ginocchio. «Ma non si uccide un giornalista dopo il fatto, giusto? Lo si uccide per chiudergli la bocca.» Fece una pausa. «A quelli dell'IRA, però, piacciono le punizioni corporali. Un avvertimento per chiunque altro stia pensando di tradirli.»

«Hanno dei tratti caratteristici, però. È così che la gente capisce che si tratta di un avvertimento. Gambizzano la gente o la giustiziano. Questa cosa non è nel loro stile. Anche se avessero reagito in maniera estemporanea, non avrebbero lasciato alcun dubbio, non trovi? *Pour encourager les autres.*»

Nemmeno Rona aveva una risposta a quella domanda. Le due donne restarono sedute in mesto silenzio sufficientemente a lungo per finire i rispettivi drink e versarsene un altro forte come il primo.

«Sai tanto della vita personale di Danny?» chiese Rona, agguantando una manciata di arachidi.

«Quasi nulla. So che frequentava bar e locali, ma diceva che faceva grande attenzione alle persone con cui entrava in contatto. Quando gli ho chiesto se aveva qualcuno con cui parlare, mi ha detto che aveva "qualcosa". Non so cosa significhi.»

Rona fece spallucce. «Non lo so neanche io. Onestamente, credo che i gay appartengano a un pianeta diverso rispetto alle lesbiche. L'idea di rimorchiare sconosciuti in un bar e peggio ancora? Non la capisco. Non ho "qualcosa", io ho delle relazioni. E suppongo che Danny non ne avesse, giusto?»

«Non che lo abbia ammesso di fronte a me. Ma qualcosa c'era.» Allie rivolse un'occhiata d'intesa a Rona. «Che resti tra noi, d'accordo?»

Rona la abbracciò nuovamente. «Solo tra noi, tesoro.»

«Conosci Gordon Beattie, il corrispondente per la nera?»

«Piccolo Gordon? Modesto per statura e talento. Non dirmi che è segretamente Gay Gordon» disse Rona, con una risata sguaiata.

«No, santo cielo, no. Ma ha un contatto nello Special Branch, Thomas Torrance. E lo ha fatto venire in redazione per parlare della storia sui terroristi in kilt. A Danny per poco non è venuto un infarto quando ha visto Torrance. È sbiancato di brutto. Quando gli ho chiesto spiegazioni, è saltato fuori che lo aveva incrociato in un locale del centro.»

«È interessante, ma non è certo una minaccia, giusto? Ammettilo, tesoro, se Danny avesse puntato il dito contro Torrance, avrebbe messo a nudo anche se stesso.»

«Lo so, ma ascolta questo. Salta fuori che il tizio con cui stava Torrance – con cui, intendo dire, stava pomiciando – era Roddy Farquhar, uno della banda dei terroristi in kilt. Quando ne abbiamo parlato, Danny ha ipotizzato che fosse solo un caso. Ma è una coincidenza pazzesca che Farquhar si sia dato alla fuga appena prima che il giornale venisse distribuito.»

«E quindi? Pensi che fossero una coppia, e che Farquhar abbia raccontato a Torrance cosa stavano combinando i suoi amici?»

«Ha senso, non trovi? E, invece di arrestarli prima che le cose sfuggissero di mano, Torrance li ha lasciati procedere per capire dove sarebbero andati. Dopodiché, quando Piccolo Gordon Beattie lo ha portato in redazione, è venuto a sapere ciò che Danny e io avevamo scoperto. Torrance deve aver intimato a Farquhar di allontanarsi prima che la polizia andasse a prenderlo.»

«Oddio» disse Rona, con un filo di voce. «Quindi, Torrance aveva un ottimo motivo per chiudere la bocca a Danny. Avrebbe comunque potuto incasinargli la vita di brutto.»

D'un tratto, le lacrime non versate che Allie era riuscita a trattenere abbatterono le sue difese. Nel giro di pochi istanti, iniziò a tremare e a singhiozzare, boccheggiando e piangendo come una bambina. Rona la cinse con le braccia e la tenne stretta. Allie si aggrappò a lei, stringendola per il maglione, lasciando che la sua pena le scorresse dentro. Danny era morto e non c'era la minima consolazione.

50

Allie si svegliò al buio, con un lieve dolore pulsante alle tempie. La serata le tornò in mente a singhiozzo. Altra vodka, altri scambi di storie. Ancora vodka. Poi il vuoto. Si girò sulla schiena e lanciò un grido quando andò a sbattere contro un altro corpo. Rona? Rona era a letto con lei? Cos'era successo nello spazio vuoto tra la fine dei ricordi e l'inizio della mattinata?

Un grugnito non meglio identificato e uno spostamento di peso sul materasso, e Rona disse: «Qui dentro sembra di stare nel Buco Nero di Calcutta alla vigilia della battaglia di Plassey».

Preoccupata per ciò che aveva scoperto, Allie accese la lampada sul comodino. Rona giaceva accanto a lei, però sopra il piumone. Ne aveva preso uno dalla stanza degli ospiti per coprirla. Il panico di Allie si placò. Non era successo nulla di sconveniente.

Rona riconobbe il sollievo. «Niente macchie sulla tua reputazione, tesoro. Non sono appassionata di necrofilia.»

Allie si sentì arrossire fin dalla gola. «Non era mia intenzione etichettarti come lesbica predatrice: stavo etichettando me stessa come stupida ubriaca. Sai come si dice, "ti voglio bene, sei la mia migliore amica".»

Rona sbadigliò e si stiracchiò. «Hai solo bisogno di affetto,

Allie. Non è un crimine.» Si sciolse il nodo che si era fatta alla chioma prima di dormire e i capelli le caddero sulle spalle in quello che sembrava un disordine calcolato con cura. Allie invidiava la semplicità con cui si era riaffacciata al giorno. Rona si sporse su di lei e le diede un fugace abbraccio. «Devo darmi da fare. Non posso presentarmi al lavoro con quest'aria di normalità.» Scese dal letto e si infilò i jeans e il maglione. Allie si girò dall'altra parte, rendendosi conto con un certo imbarazzo di aver notato quant'era bella Rona vestita solo di intimo. Cosa stava succedendo nella sua testa?

«Grazie» disse Allie. «Averti qui mi è stato di grande aiuto.»

Rona fece spallucce. «Quando ho sentito la notizia, ho pensato a come mi sarei sentita io nei tuoi panni. E non ho dovuto pensarci due volte.»

«Capisco come fai a convincere i clienti a parlarti. Una domanda a cui non hai risposto: come facevi a conoscere il mio indirizzo?»

«L'ho chiesto a Jock. L'autista del giornale. Quei tizi sanno tutto, non l'avevi capito? Chi ha una storia con chi, chi non riesce a restare lontano dal casinò, qual è il cibo da asporto preferito di ognuno. Non abbiamo nessun segreto per gli autisti. Be', quasi nessuno.» Fece l'occhiolino. «Magari ci vediamo più tardi. Esco da sola.»

L'atmosfera in redazione era sommessa. Nessuno che gridasse al telefono, nessuno che si lagnasse dell'incarico ricevuto. Allie era conscia degli occhi che la stavano seguendo lungo l'intero ufficio. Tutti, dai fattorini al caporedattore, sapevano che era stata lei a rinvenire il corpo di Danny Sullivan; tutti avrebbero interpretato a modo loro le circostanze.

«Stai bene?» le chiese la segretaria di redazione quando lei si avvicinò.

«Quasi.» Allie si tolse il cappotto e lo appese. «Dov'è la riunione?»

«Nell'ufficio di Angus.»

Per raggiungerla dovette superare le file delle scrivanie dei giornalisti. Alzarono tutti lo sguardo al suo passaggio, perlopiù esprimendo sottovoce condoglianze imbarazzate. Nessuno sapeva come reagire quando uno di loro diventava il cuore di una storia. Avevano finto solidarietà in tante occasioni da non sapere bene come esprimerla per davvero, pensò Allie. Sarebbe stato così anche per lei.

Il Rasoio e Piccolo Gordon Beattie erano già seduti intorno alla scrivania di Carlyle. Le risultò chiaro che nemmeno loro avevano idea di cosa dirle. «Quello di stamattina è un bel pezzo» disse il Rasoio. «Realizzato con attenzione.»

Tipico elogio da avvocato, pensò Allie. «A essere onesta, non era a quello che stavo pensando.»

«È un vero peccato per quel ragazzo» disse Beattie. Non si sforzò di essere sincero. Poi aggiunse, a voce talmente bassa da consentire solo a lei di udirlo: «Ma è quello succede se fai fare a un ragazzino il lavoro di un uomo».

Lo sconcerto e lo shock per un momento la zittirono. Prima che lei riuscisse a riprendersi, Carlyle si schiarì la voce. Dimostrava cinque anni in più della settimana precedente, gli occhi simili a ostriche annidate in sacchetti di pelle grinzosa. «Gordon ha una notizia da comunicare» disse. «Non proprio rassicurante e gioiosa, ma nella direzione giusta. E tutto grazie alla pista che ieri hai fornito alla polizia, Burns. Gordon, riprendi il racconto.»

«Già, be', una volta che hanno capito che Sullivan era omosessuale, hanno studiato per bene la piccola rubrica che teneva nel cassetto sotto il telefono. In larga parte si trattava di numeri ovvi: familiari, colleghi, amici. Ma ce n'era uno che era diverso. C'era solo scritto "B: messaggi". Per cui, hanno chiamato il numero ed è saltato fuori che si trattava di una segreteria telefonica che accoglie richieste di "ragazzi in affitto".» Scoccò un'occhiata lasciva ad Allie. «Prostituti» aggiunse, compiaciuto.

«Conosco il termine» disse Allie, in tono brusco.

«Salta fuori che Sullivan...»

«Danny» lo interruppe Allie. «Si chiamava Danny.»

Beattie corrugò la fronte. «Salta fuori che aveva un ragazzo preferito tra quelli in affitto presso quel centralino. B sta per Barry. Barry Curran, è il nome completo. La polizia ha messo quella gente sotto pressione – se ci aiutate, non vi arresteremo per adescamento e atti osceni, quel tipo di cose – e, guarda caso, Curran sabato sera avrebbe dovuto incontrarsi con Danny. Pertanto, hanno arrestato quel frocetto» concluse trionfalmente.

«E non c'è altro?» disse Allie, faticando a restare calma di fronte alle calunnie di Beattie. «È un ragazzo squillo e, dunque, è automaticamente un assassino?»

«È stato lì, Burns» disse Carlyle, la voce della ragione.

«E quale sarebbe il movente?»

Beattie si sporse in avanti, rivolgendole nuovamente un'occhiata lasciva. «A quanto sembra, si è trattato di una lite tra amanti andata male. Oppure, Curran stava cercando di ricattarlo. O, magari, il sesso è finito male. Caso risolto, pare.»

«Danny era completamente vestito» disse Allie. «Non aveva l'aria di uno che si stesse preparando a una serata di sesso sfrenato. A che ora questo Barry sarebbe stato lì?»

«Era prenotato per le sette. Il medico legale stima l'ora della morte tra le otto e mezzanotte. Forse, otterremo altri riscontri dall'autopsia, ma non sarà nulla di radicalmente diverso.»

Allie scosse la testa. «Perché adesso, se Danny era un cliente regolare di questo Barry?»

Beattie scrollò le spalle. «Il suo nome era ovunque sul giornale da qualche settimana. Forse, Curran si è reso conto solo ora che valeva la pena ricattare il suo cliente.» Scosse la testa, fingendosi addolorato. «Meno male per la nostra reputazione che non hai messo Sullivan a capo delle inchieste, vero, Angus?»

«Curran non può averlo riconosciuto per via del giornale. Non ha senso» si intromise Allie. «Danny non aveva la foto accanto alla sua firma. Era determinato al riguardo. Voleva essere un giornalista di inchiesta. Sapeva che si sarebbe pregiudicato incarichi sotto copertura come quello che abbiamo appena realizzato se la sua faccia fosse stata accanto al pezzo. Se non sei un editorialista, la gente di solito non presta attenzione alle firme degli autori. Noi siamo gli unici ad accorgercene. Le firme appagano solo la nostra vanità.»

«Il ragionamento della ragazza fila» disse il Rasoio. «Direi che la polizia sta incontrando qualche difficoltà. Se non trovano le sue impronte digitali sull'arma del delitto oppure il sangue di Danny sulle scarpe o sugli indumenti, sarà una forzatura.»

«Devo fare qualche ricerca sul passato di quest'ometto insulso» disse Beattie. «Per capire che storia criminale ha. Scommetto che ha la fedina sporca.»

Il gusto con cui Beattie aveva fatto la sua dichiarazione fece infuriare ancora di più Allie. Riusciva a immaginare fin troppo bene che tipo di vita avesse condotto: povertà, violenza, bullismo, vergogna. E, siccome era stato costretto a guadagnarsi da vivere con l'unica cosa in suo possesso che avesse il minimo valore di mercato, era finito automaticamente sotto osservazione. «Non è l'unico che abbia un movente per l'omicidio» disse Allie, con aria ribelle.

«Che intendi dire, Burns?» chiese Carlyle, osservandola.

«Mi viene in mente almeno un'altra persona con un buon motivo per zittire Danny.» Ora aveva l'attenzione vivissima dei tre uomini. «Qualcuno che ha molto più da perdere di un ragazzo squillo.»

«Vuoi condividere tale informazione con noi?» disse Carlyle, dopo una lunga pausa.

«Non era mia intenzione farlo, non senza essere suffragata da altre informazioni. Però, se ho ragione, sarebbe stupido tenere la bocca chiusa, perché quell'uomo è una minaccia potenziale per me tanto quanto lo è stato per Danny. Per cui, te lo dirò, capo. Ma solo in privata sede.»

«Stai dicendo che non ti fidi di me?» Beattie la fulminò con lo sguardo. «Sono io il dannato corrispondente di cronaca nera qui, non tu. Non sei altro che una ragazzina che è qui dentro da cinque minuti.»

Lei non disse nulla. Il Rasoio raccolse le sue carte e si alzò in piedi. «Certe cose è meglio dirle senza la presenza di un avvocato.» Le rivolse un sorrisino sardonico e con un dito fece l'atto di sfiorarsi un cappello inesistente. «Forza, Gordon, non fare lo stronzo.»

I due sfilarono fuori, Beattie brontolando a bassa voce a ogni passo. Carlyle li osservò andarsene e poi commentò: «Stronzo. È la condizione naturale di Piccolo Gordon. Allora, dimmi: chi sarebbe questo sospettato misterioso?».

Allie fece un respiro profondo e sperò che Carlyle la prendesse sul serio. «Thomas Torrance. Dello Special Branch.»

51

Carlyle non rise, il che fu un sollievo. La fissò a lungo, con calma, poi disse: «Sentiamo».

Allie ripercorse rapidamente la storia: la reazione di Danny, la sua spiegazione, la sparizione di Roddy Farquhar. «Quindi, nonostante abbiamo pubblicato la storia iniziale, Torrance saprà senz'altro che cercheremo altro che le faccia seguito. Con Farquhar in fuga, sarebbe dura resistere all'idea di pubblicare un pezzo che metta a nudo la sua relazione con un agente dello Special Branch.»

«Secondo te, Torrance sarebbe convinto che aver tolto Danny di torno possa proteggerlo? Che creda che Danny abbia mantenuto il suo segreto?»

Allie sospirò. «So che per te può essere difficile crederlo, ma penso che sia probabile. Non so nulla del loro mondo per esperienza personale, ovviamente. Ma gli omosessuali conoscono i rischi che affrontano. Il sesso tra uomini qui resta illegale. Se vieni smascherato, non rischi semplicemente un marchio di infamia: puoi finire in galera. Perdere il lavoro. Perdere la casa. L'assuefazione alla segretezza è inveterata. Torrance deve aver ipotizzato che, denunciandolo, Danny avrebbe denunciato se stesso. Per cui, sì, direi che Torrance fosse alquanto sicuro che Danny non lo avrebbe denunciato.»

«Allora, perché sbarazzarsi di lui, se Torrance poteva fare affidamento sul fatto che Danny avrebbe tenuto la bocca chiusa?»

Allie fece una pausa, riordinando la sua tesi. Alla fine, disse: «È più o meno come quel vecchio adagio, giusto? Due persone possono mantenere un segreto se una è morta».

Carlyle prese in mano una penna e ci giocherellò. «Da un proverbio a un omicidio è un bel salto.»

«La sua prima reazione può essere stata fare affidamento sulla distruzione assicurata per entrambi. Ma riflettendoci... Ricordati che Torrance è la fonte di Gordon Beattie. Conosci Gordon. È incapace di tenere la bocca chiusa su tutte le storie che ha portato in redazione in passato. Sul modo in cui si è fatto strada fino alla verità. Torrance sa cosa significhi uno scoop per un giornalista. Saremmo disposti a tutto pur di ottenere una rivelazione che ci stia particolarmente a cuore. E Torrance di sicuro conosce la storia dietro l'articolo sulla Paragon. Di sicuro sa che Danny aveva già tradito suo fratello. Nonostante Danny abbia fatto tutto il possibile per proteggere Joseph, suo fratello è ancora senza lavoro. Probabilmente, pure senza prospettive. Sapendolo, ti fideresti – ti *sentiresti* di fidarti – del fatto che Danny ti copra le spalle?»

«Già, però lo hai già detto: smascherando Torrance, Danny avrebbe smascherato anche se stesso.»

Allie scosse la testa. «Non necessariamente. Danny era intelligente. Non ha fatto altro che nascondersi per tutta la vita. Si sarebbe potuto coprire le spalle. Gli bastava dire che aveva scoperto ciò che era in corso tra Torrance e Farquhar durante la nostra inchiesta, che aveva seguito Farquhar fino a un locale per gay in cui aveva visto quei due pomiciare. O altro. E non penso che Torrance disponga di prove convincenti sulla sessualità di Danny. Danny mi ha detto che faceva sempre attenzione. Il ruolo di Barry Curran nella sua vita la dice lunga riguardo a tale attenzione, capo. Danny era terrorizzato dall'idea che Torrance rivelasse al mondo il suo segreto, ma, se avesse avuto il tempo per rifletterci, forse si sarebbe reso conto che non aveva così tanto da temere.»

Carlyle sospirò e premette il tasto della penna mezza dozzina di volte. «È plausibile, Burns. Ma niente di più. Non hai uno straccio di prova. Nulla che collochi Torrance nei paraggi dell'appartamento di Danny sabato sera. Nulla se non dicerie al riguardo. Torrance potrebbe sostenere che Danny si inventava bugie malevole per screditare la fonte di Piccolo Gordon, per apparire come la figura più importante nei pezzi di inchiesta. Non è nemmeno il caso che tu provi a sostenere questa tesi.»

Allie un'idea di come farlo l'aveva. Ma non intendeva esporla a Carlyle e rischiare di apparire ridicola o fallire. «Pensi che non lo sappia? Ma la polizia non sta nemmeno seguendo altre piste ora che ha preso di mira Barry Come-cavolo-si-chiama. Capo, lasciami fuori dalla rotazione per due giorni. Dammi due giorni e un fotografo.»

«A cosa ti serve un fotografo?»

Lei pescò un sorriso insolente da qualche parte. «Per scattare delle foto?»

Carlyle sospirò. «Fammici pensare. Starò giù in mensa per un'ora.»

Due ore dopo, Allie era china su una panca di fortuna nel retro di un furgone che si spacciava per un automezzo della Plumb-It Services, una ditta di impianti idraulici. In realtà, la Plumb-It Services non era altro che un cartello di plastica magnetizzato, attaccato alla fiancata di un furgone della Hillman Imp. Non conteneva attrezzature per idraulici bensì solo una panca bassa, una confezione di latta di biscotti e una scatola di cartone con mezza dozzina di lattine di Irn Bru. Conteneva pure il padrone del furgone, Bobby Gibson. Una delle ragioni per cui Bobby G era il fotografo preferito di Allie era il furgone, la prova della sua dedizione a effettuare lo scatto che contava. Era vetusto, malridotto e anonimo, il tipo di vettura bianca da artigiano a cui nessuno avrebbe rivolto uno sguardo attento.

Ma i vetri posteriori erano unidirezionali, il che consentiva a Bobby di spiare i suoi bersagli senza farsi vedere.

Erano parcheggiati all'imboccatura di Douglas Lane e il retro del furgone era rivolto verso il quartier generale della Strathclyde Police. Due macchine fotografiche su treppiedi erano puntate verso l'ingresso dell'edificio. Quando Carlyle aveva dato il benestare ad Allie, lei gli aveva chiesto dove si trovasse l'ufficio di Torrance, consapevole che, se lui non ne avesse avuto idea, lo avrebbe presto scoperto. Ma il capo le aveva detto immediatamente che Torrance operava dalla sede di Pitt Street. Per cui, ora lei stava temporeggiando insieme a Bobby G.

«Secondo te, uscirà per la cena?» chiese Bobby, non per la prima volta.

«Non sappiamo nemmeno con certezza se oggi è in sede.»

«Potresti telefonare e verificare.»

«Come? Se mi allontano per cercare una cabina del telefono, potrebbe mettersi nudo a fare una danza scozzese sui gradini all'ingresso senza che tu lo riconosca.»

Bobby rise. «Da quando abbiamo fatto quel pezzo sulla spiaggia per nudisti, sei ossessionata dalla gente che se ne va in giro in costume adamitico.»

Il tempo trascorse lento. Alle due, convennero entrambi che Torrance non avrebbe fatto la pausa pranzo. Allie provò a insegnare a Bobby a giocare a Non sono Napoleone, un gioco che aveva imparato nei lunghi viaggi di ritorno in Scozia con un paio di compagni di studi di Cambridge. «Non so nulla di nulla» aveva protestato dopo il primo tentativo di Allie di umiliarlo.

«Forse, non avrei dovuto optare per Virginia Woolf» ammise.

«Il tuo guaio, Burns, è che vuoi vincere sempre.»

«Il mio guaio è che non penso sia un problema.»

Tre ore trascorsero lentamente e loro iniziarono a perdere la luce. «Così, non riesco a fare un'inquadratura decente» si lagnò Bobby. «Con la lunghezza dell'esposizione necessaria, a meno che un uomo non se ne stia immobile come una statua, non otterrò altro che un'immagine confusa.»

«Lo so. Ma mi serve che tu lo veda. In tal modo, domani non dovrò starti appiccicata tutto il giorno come una mignatta. Potrai rimanertene seduto a grattarti le palle in pace.»

Un'altra mezz'ora e poi la porta si aprì, e tre uomini ne uscirono insieme, parlando e ridendo. «È lui» esclamò Allie. «Quello in mezzo. È Torrance.»

D'istinto, il dito di Bobby schiacciò il bottone e il motorino fece partire una serie di scatti.

«Inutile» brontolò. «Vuoi che lo segua?»

«Ne vale la pena?»

«Quantomeno mi darà un'idea della direzione dalla quale verrà domattina.» Mentre parlava, scostò il tramezzo che divideva lo scomparto posteriore e i sedili e smontò, gettando le chiavi ad Allie. «Riporta il furgone al parcheggio del giornale. Ci vediamo lì più tardi.» E così sparì, incamminandosi di buon passo dietro il trio.

Lei li osservò fino all'angolo, dove si fermarono. Si scambiarono qualche parola e poi Torrance puntò a destra, mentre gli altri due se ne andarono a sinistra, in direzione del centro. Lei salì sul sedile del guidatore e si diresse all'ufficio, superando Bobby G e Torrance nel tragitto.

Non dovette attendere a lungo il ritorno di Bobby. «Ha preso una macchina dall'area di sosta sotto Kingston Bridge» le comunicò. «Così, domani posso appostarmi con qualche possibilità in più di inquadrarne la faccia. Ci vediamo nel parcheggio della redazione alle sette e mezza.» Vedendo l'espressione di Allie, sorrise. «Se n'è andato presto. Potrebbe essere mattiniero.»

Allie giunse a casa in tempo per cucinarsi una cena come si doveva, una volta tanto. L'unico problema era che non ricordava l'ultima volta in cui fosse andata a fare la spesa. Il frigorifero era quasi sgombro, a parte qualche vecchia patata e tre cipolle da cui spuntavano dei germogli. Però, nella credenza c'era una scatoletta di carne, il che significava che aveva tutto l'occorrente per farsi lo *stovies*. Non potevi mai sbagliare con un piatto di *stovies*, secondo Allie.

Mentre cuoceva, si versò una birra e rimpianse che Danny non fosse lì a darle un parere sulle sue idee. Aveva perso il conto delle volte in cui, negli ultimi giorni, si era trovata sul punto di chiedere a Danny un'opinione.

Ma se la situazione era brutta per lei, quanto peggiore doveva essere per la sua famiglia? Danny era stato così determinato a dimostrare ai genitori che stava facendo qualcosa di buono nel mondo, ma il suo assassino gli aveva sottratto la minima speranza di una riconciliazione.

Senza nemmeno pensarci, Allie chiamò la redazione. «Abbiamo il numero di telefono dei genitori di Danny Sullivan?» chiese alla segretaria.

«Sì. Solitamente non fornisco numeri, ma siccome sei tu, Allie...» Udì il rumore della donna che faceva scorrere il suo Rolodex. Poi lo lesse ad alta voce. «E tu come ti senti?»

«Cerco di reggere. Grazie, sei un'amica.»

Allie fece un respiro profondo e compose il numero. La voce che rispose era profonda e maschile ed esausta. «Chi parla?» disse.

«Signor Sullivan? Il mio nome è Allie Burns. Non ci siamo mai incontrati, ma ho lavorato al fianco di Danny nelle ultime settimane. Sono io che...»

«È lei che lo ha trovato.» La voce ora era piatta e fredda.

«Non riesco a dirle quanto sia triste e dispiaciuta per Danny.»

Una lunga pausa. Allie si sforzò di non farfugliare.

«Non siamo ancora riusciti ad assimilare la notizia, ma grazie della telefonata.»

Lei capì che stava per mettere giù il telefono. Ma aveva ancora cose importanti da dire. «Non riattacchi, signor Sullivan. Volevo dirvi quanto Danny vi voleva bene. Eravate al centro di tutto ciò che faceva.»

Una risatina acida. «Vada a dirlo a suo fratello. È dura accettare l'ultima cosa che Danny ha fatto alla nostra famiglia.»

«Signor Sullivan, ha fatto tutto il possibile per non implicare Joseph. Ma Danny era troppo onesto per chiudere un occhio di fronte al crimine e alla corruzione. Non avrebbe potuto ignorare qualcosa che lo guardava dritto in faccia. Questa situazione lo ha lacerato, signor Sullivan. Lo ha lacerato.»

«Bene. Perché è quello che ha fatto a noi. E ora lo abbiamo perso e non sappiamo perché.»

Allie si sentiva sempre più a pezzi. «Il dossier che abbiamo realizzato la settimana scorsa... Danny seguitava a dirmi che con quello sperava di dimostrare a lei e a sua moglie che stava svolgendo un buon lavoro. Un lavoro importante. Che stava facendo la cosa giusta. Aveva un disperato bisogno di rendervi fieri di lui, signor Sullivan. Disperato.» Udì un'altra voce in lontananza. Più acuta, dal tono interrogativo, parole indistinte. «Desiderava il vostro perdono. Desiderava che voi capiste che...»

«Non ce la faccio, ragazza mia.» La sua voce si spezzò. «Parli con mia moglie.»

Il rumore del passaggio della cornetta, il suono confuso di uno scambio di parole, poi la voce sottile di Marie Sullivan le riempì le orecchie. «Eddie dice che è lei ad aver trovato il mio Danny, giusto?»

«Esatto. Ero andata a pranzo da lui, avremmo dovuto festeggiare...»

«Era la sua ragazza?» la interruppe la madre di Danny.

Cristo, non di nuovo. «No, niente di tutto ciò. Eravamo amici. Lavoravamo insieme. Danny mi piaceva davvero tanto, ma non in quel modo. Lo rispettavo. Lo ammiravo. Era un esempio, per me.»

«Già, be', un paio di settimane fa, avrei detto lo stesso. Poi, lei e lui, insieme, avete distrutto Joseph.»

«Danny ha cercato di proteggere Joseph. Sul serio. Per poco non ha mandato a monte l'intera inchiesta, ma non ce l'ha fatta a chiudere un occhio di fronte alla Paragon, che ha infranto la legge e ha fregato tutti noi che paghiamo le tasse. Danny aveva forti princìpi, signora Sullivan. Lo avete educato a essere onesto, a raccontare la verità. E lui vi voleva bene per questo.»

Un singhiozzo soffocato. «Già, e questo lo ha ucciso.»

«Non sappiamo perché Danny sia stato ucciso, signora Sullivan. Ma quello che so è che detestava aver interrotto i rapporti con voi. Aveva un bisogno disperato di trovare il modo per rientrare nelle vostre grazie. Ecco perché era così determinato a inseguire storie rilevanti. E io sono fiera di averlo aiutato. Perché so quanto contasse la sua famiglia per lui.»

«Non c'è più ora ed è l'unica cosa che mi importi. Ed è stato proprio grazie all'incoraggiamento di persone come lei che lui ha interrotto i rapporti con noi. Per cui, se non le spiace, ora riattacco.» E lo fece. Alla faccia del suo tentativo di alleviare la loro pena, pensò Allie amaramente. Sarebbe stato meglio lasciar perdere.

Un intenso profumo proveniente dalla cucina la avvertì di un pericolo imminente per la sua cena. Mise in tavola, con un gesto meccanico, un piatto fumante di *stovies* e poi si rese conto che il suo appetito si era volatilizzato. Rimise il cibo nella padella, sentendosi inadeguata e sciocca. C'era qualcosa che avrebbe potuto fare per alleviare la pena dei Sullivan? Trovare delle ragioni per quanto accaduto avrebbe dato loro un minimo di sollievo? Si sedette, con lo sguardo perso nel vuoto, poi, finalmente, le venne in mente che non aveva ancora dato un'occhiata al taccuino di Danny. Lo tirò fuori dalla borsetta e lo sfogliò fino all'ultima pagina. Sull'angolo superiore destro era annotata la data "27/01": sabato. Aveva a che fare con la storia che stavano scrivendo?

Sul margine, là dove i giornalisti tracciavano asterischi o cancelletti attraverso cui identificare un intervistato, c'erano due lineette orizzontali sulla sommità dello spazio tra le righe, segni indicanti due T. Chi se non Thomas Torrance?

Allie corrugò la fronte davanti alla stenografia Teeline sulla pagina. Quanto abbozzato da Danny era particolarmente incisivo e chiaro. Tornò indietro di un paio di pagine e vide che la sua stenografia era molto più frammentaria. Aveva volutamente reso tale appunto più leggibile, come una sorta di polizza assicurativa, un atto finale di rivalsa nel caso gli fosse successo qualcosa?

Si annotò la sua interpretazione dei simboli e, conoscendo le contrazioni utilizzate dal sistema, Allie li tradusse come: "Thomas Torrance mi ha contattato. Ha detto di non ficcare il naso o altro. Ha detto che mi avrebbe tenuto d'occhio. Ha detto di scordarmi di RF". Che poteva essere solo Roddy Farquhar.

Era un messaggio che lasciava più domande che risposte. In momenti come quello, Allie sentiva la mancanza delle sue coinquiline di Newcastle. Con loro avrebbe potuto discuterne a cena davanti a un paio di birre. Insieme, avrebbero vagliato le varianti e concordato l'opzione più ragionevole.

Scrutò il telefono. L'unica persona da quelle parti che avesse quel tipo di connessione con lei era Rona. Ma era riluttante ad approfittare di un'amicizia così nuova. L'ultima cosa che desiderava era che Rona pensasse che era bisognosa e disperata.

D'altro canto, non c'era stato nulla di simulato nell'interesse di Rona quando Allie le aveva narrato gli eventi di domenica. Ed era una giornalista anche lei. Come poteva non essere interessata? Dopo aver messo da parte ogni riserva, si diresse al telefono e compose il numero di Rona, prima di avere ripensamenti.

Impiegò talmente tanto a rispondere che Allie fu sul punto di riattaccare. Rona parve affannata quando rispose con la sua solita battuta. «Parla Marple. Deduco che tu sia appena entrata in casa» disse Allie.

«Qualcuno di noi deve pur guadagnarsi da vivere. Come va?»

Allie la ragguagliò, concludendo con la traslitterazione dell'appunto di Danny. «Ma ecco quello che non mi è chiaro. Quando Danny dice "Thomas Torrance mi ha contattato", si riferisce a una telefonata o a una visita di persona?»

«Puoi interpretare la cosa in entrambi i modi, ma penso

che, se Torrance ci fosse andato di persona, Danny si sarebbe espresso diversamente. Non pensi che avrebbe detto qualcosa come "Torrance è passato da me"?»

«Forse. Ma il fatto che si sia trattato di una semplice telefonata non significa che Torrance non abbia poi fatto una visita di persona. La reazione di Danny potrebbe averlo preoccupato al punto da spingerlo all'azione.»

Rona emise un suono gutturale non meglio identificato. «Una teoria debole» disse. «Ti servirà ben altro prima di puntare il dito contro qualcuno capace di trasformare la tua vita in un inferno. I tipi come Torrance hanno una grande sfera di influenza. A ogni minima infrazione, avrai il fiato della polizia sul collo. Supera di un chilometro il limite di velocità e ti saranno alle costole. Bevi un bicchiere di troppo mentre torni a casa in macchina e ti arresteranno. E tutto questo ancora prima che si arrivi alle droghe che troveranno nella tua macchina quando ti fermano. Questi stronzi fanno comunella, tesoro.»

«Lo so. Ecco perché ho fatto appostare Bobby G.»

«Ma in che modo una foto può aiutarti? Farai porta a porta nella via di Danny? Perché scommetto una sterlina contro un orologio d'oro che sabato sera erano tutti rintanati in casa davanti alla televisione. Nevicava di brutto, ricordi?»

«Ho qualcosa di meglio. Ho un'arma segreta.»

Rona soffocò una risatina triste. «Perché non sono sorpresa? Ho il sospetto che tu ne abbia un dannato arsenale. Allora, qual è la tua arma segreta?»

«Un uomo, un certo Jimmy.»

52

Martedì stava impiegando parecchio a svegliarsi. Un banco di nuvole basse si era adagiato sulla città, minacciando pioggia senza peraltro mantenere le promesse. Quello che il mattino effettivamente regalò ad Allie e a Bobby G fu Thomas Torrance, che si avviò tronfio lungo Pitt Street, a quanto pareva senza una sola preoccupazione al mondo. Colto di fronte da entrambe le macchine fotografiche, a colori e in bianco e nero. Tornarono in ufficio prima delle nove e Bobby si diresse subito alla camera oscura, un piano sotto la redazione notizie e quella fotografica. Allie raggiunse la mensa, con l'intenzione di evitare le domande dei colleghi. Con un panino alle uova strapazzate e un tazzone di caffè, puntò verso l'angolo in fondo e si nascose dietro i paginoni dello *Scotsman*. Presto avrebbe dovuto mostrare la sua faccia: Bobby le aveva promesso le stampe delle foto nel giro di quaranta minuti.

Lo trovò nella sala dei fotografi, spaparanzato sul divano, con una busta rinforzata da un cartone su un fianco. «Ecco i tuoi scatti.» Gliela passò.

Allie diede un'occhiata. Mezza dozzina di foto in bianco e nero e a colori. Due avevano colto Torrance mentre passeggiava, le altre erano primi piani. Chiunque lo avesse incontrato non avrebbe potuto non riconoscerlo. «Perfetto. Grazie, Bobby.»

«Di che? Mi piacciono le sfide.»

Mentre Allie usciva, Gordon Beattie la chiamò. «Una piccola notizia per te» disse. «Pare che il ragazzo squillo avesse un complice.»

«Perché lo dici?»

«Secondo le mie fonti inappuntabili, è stata rinvenuta l'impronta parziale di un pollice sul candeliere.» Fece una pausa a effetto. «E non corrisponde a quella di Curran.»

«E tu ipotizzi che abbia avuto un complice e non che lui non c'entri nulla.»

Beattie soffocò una risata. «Hai tanto da imparare, cara. È stato lì. Quelli della sua risma non sono estranei a violenze e crimini. Deve aver fatto entrare uno dei suoi amichetti, magari per vedere se riusciva a rubare qualcosa mentre lui distraeva Danny.»

«Hai una mente malata, Gordon.» Allie fece una pausa, come se d'un tratto si fosse ricordata qualcosa. «A proposito, ti hanno preso le impronte digitali?»

Gli occhi dell'uomo si strinsero. «Cosa cazzo intendi dire?»

Lei fece spallucce. «Mera curiosità. L'ultima volta che ci siamo trovati tutti insieme, eri molto agitato all'idea che Danny guidasse una squadra di inchiesta.»

«Sei una stronzetta impudente. Lo sai, vero, Burns?»

«Mi è stato detto di peggio.» Fece per andarsene.

«A proposito, hai visto l'avviso sulla veglia per Danny?» Ora sfoggiava un sorriso maligno. Le parole la colsero di sorpresa: una fitta di afflizione. «No. Quand'è?»

«Venerdì sera, al Press Club. Ci sarà parecchia gente.»

Nauseata dalla sua ipocrisia, gli rivolse un brusco cenno. «Grazie per avermelo comunicato.» Nonostante fosse l'ultimo posto in cui volesse trovarsi, si sarebbe fatta vedere. Tornò in redazione, senza curarsi dell'attività in corso intorno a lei. Era quasi giunta agli ascensori, quando udì una voce familiare. Si voltò e vide Rona agitare una mano al suo indirizzo.

«Mi serve un minuto» disse Rona.

Allie riuscì a tirare fuori un sorriso. «Certo.»

«Vieni nel mio ufficio. Non è ancora arrivato nessuno.»

Allie la seguì nel suo cubicolo in cui c'era spazio unicamente per le tre scrivanie del terzetto che lavorava alla sezione femminile. Le pareti schiumavano di foto glamour, pagine strappate da riviste e locandine pubblicitarie di trucchi. Le scrivanie erano costellate di campioni alla rinfusa di ogni tipo, da vitamine a maschere di bellezza. Rona le indicò una sedia. Allie non riuscì a interpretare l'espressione sul suo viso. Sembrava insolitamente nervosa. «Che c'è?»

«È davvero imbarazzante» disse Rona.

«Ehi, sono una giornalista. Ne ho sentite di ogni...»

«Il tizio che la polizia ha arrestato per l'omicidio di Danny? Quello che, secondo te, forse non c'entra?»

«Be'?»

«E se io ti dicessi che ha un alibi?»

Allie la fissò, incredulo. «Che intendi dire?»

Rona non la stava guardando negli occhi. «Ho un buon amico. Fa l'avvocato, un patrocinante per la Corona. Ed è gay. Tiene la cosa totalmente nascosta. Lo so solo perché ho avuto una storia con un'avvocatessa della sua scuderia e loro due fanno ufficialmente coppia.» Notando l'espressione disorientata di Allie, Rona si spiegò meglio. «Fingono di essere una coppia fissa. Vanno a cene e cerimonie pubbliche insieme. All'inizio, hanno ingannato persino me: è stato solo quando Margery mi ha fatto delle avance che ho capito come stavano le cose. Per cui, questo mio amico è passato a trovarmi ieri sera, a tarda ora. E pensa di essere l'alibi di quel ragazzo squillo.»

«Non capisco. Come fa a essere il suo alibi?»

«Hai detto che è stato con Danny alle sette? Be', alle otto e mezza era con il mio amico dall'altra parte della città. A Hyndland. Il mio amico dice che era com'è sempre. Nulla di insolito nel suo comportamento. Niente sangue sulle mani o sui vestiti.»

Allie ci rifletté sopra. La tempistica era stretta. Anche se lui avesse ucciso Danny subito dopo essere entrato in casa, Allie non capiva come poteva essere tornato nel suo monolocale dell'East End, essersi lavato e cambiato per poi presentarsi alle otto e mezza a Hyndland. «È disposto a farsi avanti?»

«Per parlare con la polizia?» disse Rona, in tono sarcastico. «Assolutamente no. Sarebbe la fine della sua carriera. La polizia non sa essere discreta. Lo sai.»

«E allora perché è venuto da te, se è così determinato a custodire il suo segreto?»

Rona si accese una sigaretta per guadagnare qualche istante. «Si fida di me. Sa che non lo tradirò mai. Ha pensato che, magari, avremmo potuto scrivere un pezzo senza fare il suo nome.»

Allie gemette. «Sarebbe un incubo. Una soffiata anonima? È inutile.»

Rona diede nervosamente un colpetto alla sigaretta sul portacenere. «Gli ho detto che poteva fidarsi di te, Allie. E se tu lo intervistassi e scrivessi l'articolo, omettendo il suo nome e limitandoti a dire "un avvocato di primo piano" o qualcosa del genere...»

«La polizia ci sarebbe subito addosso.»

«Non puoi rifiutarti di rivelare le tue fonti?»

«Non c'è protezione legale per quello. Potrebbero arrestarmi per aver ostacolato un'indagine della polizia.»

«Anche se stai facendo l'esatto opposto?»

Allie proruppe in una risata malinconica. «È così che va, Rona.»

«Il giornale ti farebbe sembrare un'eroina.»

«Ma sarei comunque rinchiusa in una cella.»

«Almeno, sei disposta a parlargli? Magari c'è un modo per sfruttare la testimonianza che può scagionare quel ragazzo senza esporre il mio amico.» Era difficile resistere alla supplica di Rona. Pareva per qualche ragione vulnerabile e al tempo stesso determinata.

Allie emise un sospiro. «D'accordo, d'accordo. Ovviamente, non possiamo incontrarci in un luogo pubblico.» Sospirò. «Ho una faccenda da sbrigare, ma può attendere. Puoi convincerlo a venire nel mio appartamento tra un'ora o giù di lì?»

Rona si stava già protendendo verso il telefono. «Se non è in tribunale...»

Allie raccolse la posta dallo zerbino e la portò in cucina. Un'occhiata all'orologio le disse che Rona e William Morrison sarebbero stati da lei entro una decina di minuti. Si tolse il cappotto, mise il pentolino sul fuoco e passò in rassegna le lettere. Una bolletta del telefono, una busta con la grafia familiare di un'amica di Cambridge e una terza con il timbro postale di Glasgow e un francobollo di posta ordinaria. Riconobbe immediatamente la grafia, cosa che le fece drizzare i peli sulla nuca.

Strappò la busta ed estrasse un foglio piegato e una seconda busta. Indugiò un istante, spaventata da quello che sembrava un messaggio dall'oltretomba. Ma la curiosità ebbe la meglio sui suoi scrupoli e lesse il biglietto.

La lettera di Danny era breve e pertinente:

*Allie, sto per andare ad acquistare armamenti dall'*IRA *e ho paura di non uscirne vivo. Pertanto, ho pensato di scrivere un testamento. Non si sa mai. Se dovesse succedermi qualcosa, so di poter contare sul fatto che tu faccia la cosa giusta e, dunque, eccola. Spero di poterci ridere sopra insieme, una volta che il polverone si sarà dissipato. Il tuo amico, Danny.*

Il cordoglio la investì nuovamente, serrandole la gola, ma lei si sforzò di restare calma. Rona e Morrison sarebbero arrivati da un momento all'altro e lei doveva fare la giusta impressione sull'avvocato. Però, non seppe resistere alla tentazione di aprire la busta contenente il testamento scritto a mano di Danny. Non impiegò tanto a leggerlo. Aveva lasciato tutto a suo fratello Joseph. Aveva chiesto ai suoi vicini, quelli che abitavano sul pianerottolo di fronte a lui, di fargli da testimoni, di modo che fosse a norma di legge.

Una mossa che sciocco Allie. Se avesse dovuto tirare a indovinare, avrebbe optato per i genitori di Danny come suoi beneficiari. Non si sarebbe trattato di un'eredità insignificante: la società che aveva concesso il prestito a Danny doveva averlo costretto a stipulare un'assicurazione per coprire il mutuo sull'appartamento. Succedeva sempre così. E lo stesso *Clarion* prevedeva un generoso indennizzo in caso di morte in servizio. Cos'aveva spinto Danny alla decisione di lasciare tutto a suo fratello?

Per quanto ne sapeva, l'ultima volta in cui si erano parlati Joseph si era mostrato terribilmente arrabbiato. Non le venne in mente altro che Danny roso dai sensi di colpa per aver causato tanta sofferenza. Essere costretto ad affrontare le conseguenze della loro inchiesta sulla Paragon aveva evidentemente creato in lui un forte bisogno di farsi perdonare.

A caldo, aveva cercato di migliorare il suo umore, nominando Joseph suo beneficiario. Allie sospettava che non avesse mai creduto sul serio che il testamento sarebbe entrato in gioco e che, con il passare del tempo, la sofferenza dei suoi rimorsi si sarebbe attenuata. Ma il testamento era quello e quello sarebbe rimasto.

I suoi pensieri vennero interrotti dall'arrivo degli ospiti. William Morrison sembrava lo spot di una sartoria maschile di alto livello: cappotto di cammello dal colletto di velluto a coste marrone, completo a tre pezzi antracite a righine quasi invisibili, sciarpa di seta a motivo cachemire con cravatta in tono e camicia così sgargiante da far strabuzzare gli occhi ad Allie. Impiegò un momento a fare mente locale sul suo viso, talmente perfetto era il suo abbigliamento. "Azzimato" era l'aggettivo che le venne in mente. Capelli acconciati con cura, con tanto di ciocca isolata che gli cadeva artatamente sulla fronte, sopracciglia curatissime e barba appena fatta. Ma, curiosamente, non c'era nulla di memorabile nel suo volto, eccezion fatta per la bocca la cui piega trasmetteva la sensazione che lui fosse sul punto di sorridere.

Rivolse uno sguardo calcolatore ad Allie, mentre Rona faceva le presentazioni. Si sfilò i morbidi guanti di cuoio marrone e le tese la mano. Allie gliela strinse e li fece entrare nel salotto. «Capisco quanto sia difficile per lei» disse, indicando loro di sedersi.

«Non se lo immagina nemmeno» disse lui. «E voglio che lei comprenda bene che negherò che questa conversazione abbia mai avuto luogo, se osasse rivelare il mio nome.» L'accento indicava una provenienza dall'Edimburgo privilegiata. Scuole private e tutto il resto che vi si accompagnava.

«È sempre bello stabilire una relazione di fiducia» sbottò Allie, in risposta.

«L'unica ragione per la quale sono costretto a fidarmi è che Rona garantisce per lei. E la fiducia di seconda mano è sempre un rischio.»

«Però, lei è qui. »

L'uomo scrollò una sola spalla, delicatamente. «Ho dedicato la mia vita adulta alla legge. Non posso starmene con le mani in mano e lasciare che si compia un errore giudiziario.» Torse la bocca fino ad assumere un'espressione strana, ironica. «Conosco Barry ormai da un paio d'anni. E, dunque, mi sono fidato di lui. Non solo perché tra noi c'è una relazione commerciale, ma perché è un ragazzo bravo e onesto. So che potrebbe sembrare strano, considerato come si guadagna da vivere. Ma non mi ha mai minacciato, non mi ha mai rubato dei soldi. Ha trascorso buona parte della sua infanzia in un istituto e non pensa di avere altri mezzi di sussistenza. Ho cercato di indirizzarlo verso altre possibilità, ma ho il sospetto che abbiano poca attrattiva fintanto che lui è così bello. Pertanto, le mie azioni di oggi le baso non solo sulle circostanze del caso, ma pure sulla conoscenza del suo carattere di cui dispongo.»

Che capolavoro di autoinganno, pensò Allie. Non era il primo avvocato con il complesso della crocerossina che avesse incontrato. «Se vuole salvarlo, sarebbe più utile associare un nome alla sua storia.»

«Non è possibile.» Aveva un'espressione imperscrutabile: non c'era una crepa nella sua armatura.

«Proteggerò la sua identità» disse Allie. «Ma devo avvertirla della possibilità che il mio caporedattore decida di non poter rischiare di pubblicare il pezzo con quei presupposti. Sarebbe troppo facile addossarci l'accusa di esserci inventati tutto. Pertanto, ho bisogno di prendere nota di questa conversazione mentre si svolge.»

Morrison annuì. «Capisco. E promette di non avere la tentazione di venire meno al nostro accordo solo per salvare il suo articolo?»

Allie nascose dietro un sorriso la sua avversione per l'egoismo di quell'uomo.

«Nemmeno per salvare Barry Curran.»

Lui si rivolse a Rona. «Spero proprio di potermi fidare di lei, Rona. Perché, se dovessi affondare, ci saranno altri che sprofonderanno con me.» La frase fu pronunciata senza enfasi, ma Allie colse la minaccia.

«Puoi fidarti di lei, William.» La risposta di Rona fu secca.

«Aveva un appuntamento con Barry Curran sabato sera?» Allie era stanca di svicolare.

«Sì. Lo vedo un paio di volte al mese. Ogni tanto, più spesso. Mi piace rilassarmi dopo una dura settimana di lavoro. E, ovviamente, non posso frequentare bar per gay.» Nella sua voce c'era una punta di disprezzo.

«Quindi, come funziona la cosa?»

«Contatto il centralino e Barry mi richiama. Prendiamo appuntamento e lui si presenta all'ora concordata. Si fa una doccia, facciamo sesso, ci beviamo un paio di drink e se ne va.» Testa alta, promesse mantenute.

«Ed è così che è andata sabato?»

Morrison annuì. «Ogni cosa come al solito.»

«Perché prima si fa una doccia?»

Morrison aggrottò la fronte. «Non sono così stupido da pensare di essere il suo unico cliente. Però, prima che lei salti alle conclusioni, sul suo corpo non c'era sangue in nessun punto. E nemmeno sugli abiti. Non c'era alcuna indicazione che avesse fatto nient'altro che il suo... il suo lavoro. E non manifestava segni di agitazione o turbamento. La sua squadra di calcio aveva vinto una partita di coppa e, per questo, lui era di buon umore.»

«Sapeva che era stato con Danny Sullivan prima di lei?»

«No. Non parliamo mai degli altri suoi clienti. Era uno dei motivi per cui sentivo di potermi fidare di lui. Non spettegolava e non tentava di fare colpo.»

«Vive a Hyndland, giusto?»

Morrison annuì.

«Sa dove vive Barry?»

«Non con esattezza. Una volta mi ha parlato di Easterhouse, perché un membro di secondo piano della famiglia reale vi aveva fatto visita. Era alquanto critico nei loro confronti.»

«A che ora è arrivato sabato?»

«Avevamo preso accordi per le otto e mezza. In realtà, è arrivato con qualche minuto di anticipo. Non in taxi, prima che lei me lo chieda. Aveva i piedi bagnati per essere venuto a piedi dalla fermata dell'autobus di Dumbarton Road. Ha infilato dei fogli di giornale nelle scarpe e le ha messe ad asciugare sul termosifone. E sopra non ci ho visto tracce di sangue.»

«Non mi sarei aspettata che ne avesse viste. Non c'erano orme nella pozza di sangue intorno alla testa di Danny.»

Quella frase diretta bloccò del tutto Morrison. Il suo mento si ritrasse, la sua testa scattò all'indietro. «Mi dispiace per la sua perdita.»

Allie increspò le labbra. Non faceva la minima differenza che lui fosse un amico di Rona: sapeva che non avrebbe mai potuto prendere in simpatia William Morrison, patrocinante per la Corona. «Ha altro da dirmi che possa contribuire a scagionare Barry?»

Tra le sopracciglia dell'uomo apparvero due solchi. Parve riflettere sulla domanda. «Non mi viene in mente nulla, a parte le tempistiche» disse, alla fine. «Spero davvero che possa essere d'aiuto. Non si merita questo.»

Allie si alzò in piedi. «Grazie per avermi incontrato. Se dovessi aver bisogno di altri dettagli, Rona sa dove raggiungerla, giusto?»

Prima di uscire, Rona si trattenne. Mise una mano sul braccio di Allie e si avvicinò per darle un bacio su una guancia. «So che può comportarsi da stronzo» disse a bassa voce. «Ma ha voluto davvero fare la sua parte.»

Allie la cinse con un solo braccio. «Grazie. Ti chiamo più tardi. D'accordo?»

Rona sorrise. «Qualunque cosa tu stia combinando, stammi bene.»

53

Allie parcheggiò nel terreno abbandonato accanto al condominio di Danny. Jimmy si materializzò immancabilmente accanto al suo finestrino, come grazie a un sesto senso. «Come fai?» gli chiese, aprendo la portiera.

Lui fece spallucce. «Tengo solo gli occhi aperti. Non è che io sia tanto occupato. Ehi, mi è dispiaciuto sentire del tuo Danny.»

«Grazie.» Smontò e diede una banconota da cinque sterline a Jimmy.

«Vado a prendere il resto» le disse.

«No.»

«Perché no?» Parve contrariato.

«Chiamala parcella da consulente.» Allie sorrise. «Eri qui sabato sera, giusto?»

«In quale altro posto avrei potuto essere? Anche se il pub mi facesse entrare per riscaldarmi, costa meno comprare da bere al supermercato e restare nell'automobile.»

«Quindi, stavi tenendo d'occhio la situazione?»

«Già. Guadagni scarsi, però, soprattutto dal calare del sole in poi.»

«Hai visto qualcuno entrare nell'andito di Danny?»

Jimmy ci rifletté un momento. «La consulenza te la sto facendo su questo?» Poi un cipiglio diffidente. «Sei della polizia?» A giudicare dalle voce, sembrava sorpreso.

«No, sono una giornalista. Come Danny. Ricordi? Lavoravamo insieme. Allora, hai visto qualcuno?»

L'uomo annuì. «Ho provato a dirlo a uno dei poliziotti che stava facendo verifiche porta a porta, ma non era interessato. Ha detto che ero solo un ubriacone buono a nulla.»

«A me sembra che il buono a nulla sia lui. Dimmi cos'hai visto.»

Jimmy ci rifletté. Allie si sforzò di non riempire il vuoto con altre parole. Finalmente, Jimmy parlò. «Durante il giorno, c'è stato il solito viavai. Bimbetti che giocavano all'aperto, mogliettine in giro a fare le loro commissioni. Uomini che si facevano un giro alla sala corse o al pub. Una volta che cala il sole, però, è come una città fantasma. L'ho vista dall'ultimo piano uscire barcollando dalla porta sul retro del 6: ho pensato che stesse andando alla sala bingo. Poi più niente fino all'amichetto frocio di Danny, intorno alle sette.»

«"L'amichetto frocio di Danny"?»

Jimmy fece spallucce. «A me sembra un frocetto. Per come cammina. Con il giacchino corto dal colletto alzato in finto montone. In genere, si presenta ogni settimana o due, si ferma per circa tre quarti d'ora e poi si leva dalle palle. Cioè, non ha l'aria di una persona con cui Danny possa essere amico nel senso normale della cosa, capisci cosa intendo? Però, ora che ci penso, mi pare di averlo visto anche venerdì sera.»

«Cosa? La sera prima che Danny morisse?»

Jimmy annuì. «Che Danny avesse qualcosa da celebrare? Due sere di fila?»

«Aveva avuto una settimana pazzesca. Probabilmente aveva bisogno di rilassarsi un po'. Per cui, sabato questo tizio si è presentato intorno alle sette. A che ora se n'è andato?»

«Devono essere state le otto meno un quarto.»

«Come ti è sembrato?»

Jimmy rise. «Infreddolito! È uscito dall'androne e si è tirato su il bavero. Si è messo a correre sulla strada come per cercare di mettere un po' di calore nel suo corpicino pelle e ossa.»

«Ti è parso turbato?»

«No. Mi è solo parso che avesse freddo. Mani in tasca, cosa che, se proprio lo vuoi sapere, è davvero stupida con tutto quel ghiaccio e quella neve sul terreno.»

«E più tardi? Hai visto qualcun altro?»

Jimmy le rivolse un'occhiata maliziosa. «La tizia del piano terra: il suo amante si è presentato pochi minuti dopo le otto. Aveva una grossa busta di cibo da asporto: era chiaro che erano pronti a godersi una splendida serata. E poi è venuto un altro ragazzo.»

«A che ora è stato?»

«Direi intorno alle nove.»

«Si è fermato a lungo?»

Jimmy scrollò le spalle. «Deve essere rimasto una mezz'oretta.»

«Come fai a sapere che è passato a trovare Danny?»

Jimmy espresse sonoramente la sua impazienza. «Perché l'avevo già visto. Da quando abito qui, è venuto alcune volte.»

«Quand'è che... sei venuto a stare qui?»

«Un anno fa, lo scorso dicembre. Appena prima di Natale.» Il sospiro di Jimmy parve uscirgli dagli stivali. «Non me la sento di dare la colpa a mia moglie. Avevo perso il lavoro. Sperperavo i nostri risparmi nell'alcol e mi comportavo da stronzo. Una sera, suo padre me ne ha dette quattro e io ho perso la testa e l'ho riempito di botte. Per lei è stata l'ultima goccia e mi ha messo alla porta.»

«È un periodo difficile per starsene sulla strada.»

Jimmy allargò le braccia. «Ho avuto quel che mi meritavo.»

Allie lasciò che la conversazione si fermasse per un momento. «Dunque, quel tizio l'avevi visto nell'ultimo anno?»

«Sì. Parcheggiava la sua auto qui. Non faceva altro che lagnarsi perché doveva pagare, ma alla fine sborsava il dovuto. Però, il sabato non parcheggiava mai qui. Lasciava la macchina sulla via, dalle parti dell'andito del condominio 5. Piccolo bastardo taccagno.»

«Ma come facevi a sapere che era Danny la persona che andava a trovare?»

Non un istante di esitazione. «La seconda o la terza volta che l'ho incrociato, non aveva l'automobile. Stava camminando lungo la strada insieme a Danny.»

«Ti sembravano amici?»

Jimmy sogghignò. «Non nel senso a cui alludi tu.»

«Non sto alludendo a niente» protestò Allie, anche se in realtà se lo era chiesto.

«Si conoscevano: era evidente. Ma non mi è mai passato per la testa che fosse il fidanzato di Danny. Sembrava piacere alle donne, se capisci cosa intendo. La sua macchina era per rimorchiare le tipe. Una macchina sportiva rosso fuoco.» Sbuffò, con aria sarcastica. «Un automezzo da damerino per scopare.»

«Che aspetto aveva? Puoi descrivermelo?»

«Sembra una persona qualunque. Altezza media, corporatura esile. Vestito con discreta eleganza ma nulla di lussuoso. Capelli castani che lo facevano assomigliare un po' al tizio del gioco televisivo *The Krypton Factor*.»

«Gordon Burns?»

«Si chiama così? Be', gli assomiglia un po'. Viso lungo e sorridente, direi.»

Nulla che lasci pensare a Thomas Torrance, pensò Allie. «E la macchina? Sai il modello?»

Jimmy scosse la testa. «Macchina sportiva. Ha quei fanali strani che fanno su e giù.»

Un'informazione che non aiutò Allie, che di auto non sapeva praticamente nulla.

«Una cosa, però...» Jimmy corrugò la fronte, «mi sta tornando in mente. A volte aveva dei dépliant sul sedile del passeggero.» Si grattò la barba. «Paradise? Parade?»

Lo shock fece scattare il cervello di Allie. «Paragon?»

Jimmy fece una risatina. «Mi hai letto nel pensiero, ragazza mia. Paragon, ecco cos'era.»

«Sei un tesoro, Jimmy.» Che, dunque, il fratello di Danny fosse stato nel suo appartamento sabato sera era una scoperta spiacevole. Allie odiava l'idea, ma non avrebbe potuto ignorarla. Tuttavia, doveva tentare la sorte ancora una volta. «E sei sicuro di non aver visto nessun altro? È davvero importante, Jimmy.»

Lui distolse lo sguardo e si scostò di un paio di passi da lei. «Ti ho detto quello che ho visto» disse.

Allie riconobbe il tono evasivo. La sua voce assunse il registro che usava quando parlava con i bambini. «Hai paura, Jimmy? Qualcuno ti ha minacciato?»

Vide un lampo di panico nei suoi occhi. «Lui non ha mai... Cioè, no, nessuno mi ha minacciato. Sul serio, non è mai successo.»

Allie tese una mano e gli accarezzò un braccio. «Oppure, magari, ti hanno pagato una parcella da consulente, come ho fatto io? Per farti scordare che erano stati qui?»

Si accigliò, preoccupatissimo. «Non è successo nulla.»

«Credo che tu non mi stia raccontando tutta la storia, Jimmy. Danny era bravo con te, vero?»

Non senza riluttanza, Jimmy lo ammise. Con un cenno. «Sì. A volte, quando andava a prendersi del cibo da asporto, mi offriva un piatto di curry.» Un mezzo sorriso. «E a Natale mi ha regalato questi.» Tese le mani, mostrando un paio di guanti di lana lerci.

«Non ti andrebbe di fare qualcosa in cambio?»

«Come? È morto.» Jimmy fece spallucce. «Non potrà saperlo.»

«C'è qualcosa che ti turba, Jimmy. Ti conosco da poco, eppure vedo che sei preoccupato. Hai ragione: ora non puoi far stare meglio Danny. Ma puoi ancora far stare meglio te stesso: facendo qualcosa che lui vorrebbe che tu facessi.»

Si staccò da lei ed estrasse un pacchetto sgualcito di sigarette da una tasca. Si girò leggermente per accendersene una, con il bagliore improvviso del fiammifero che rivelò la sua incertezza. Inalò con forza. «Sei come tutti gli altri: vuoi qualcosa.»

Allie scosse il capo. «Voglio giustizia per Danny. Qualcuno gli ha fracassato la testa, Jimmy. Non dormo la notte pensando a come deve essere stato per lui. Sai cosa vuol dire avere paura, Jimmy. Prova a immaginare come deve essere stato per Danny.» L'unica reazione dell'uomo fu fumare come se la sigaretta fosse una trasfusione di sicurezza. «Pensi che chiunque gli abbia fatto questo meriti di farla franca? Io no.»

Raggiunse il filtro della sigaretta e lo gettò via, nauseato. «Ho visto un uomo bighellonare nei pressi dell'andito di fronte a quello di Danny» farfugliò. «Si manteneva nell'oscurità. All'inizio, ho pensato che fosse solo un'ombra. Ma poi ha dato una sbirciata fuori per guardare il caseggiato. Forse, stava osservando l'appartamento di Danny.»

«Lo hai riconosciuto?»

«Non sono riuscito a vederlo bene. Ma quando il ragazzo della macchina vistosa è riuscito dall'andito, l'altro tizio ha attraversato la strada. Mi ero appena annotato il suo parcheggio al numero 10, per cui ero vicino al marciapiede e lui mi ha visto cronometrargli il tempo.» Fece un respiro fremente. «Mi si è fatto subito incontro e mi ha afferrato qui.» Si strinse il bavero del cappotto, vicino alla gola. «Mi fa: "Cosa cazzo guardi?". E io gli ho detto: "Niente". E lui fa: "Hai dannatamente ragione. Non hai visto niente. E sai cosa succederà se dirai mai qualcosa di diverso? Saranno le tue ultime parole". Mi ha fatto una cazzo di paura. Poi mi ha mollato. Ha tirato fuori due banconote da cinque sterline dal portafoglio e ha detto: "Va' a sbronzarti e scordati di questa sera".» Jimmy stava tremando e Allie pensò che il freddo non c'entrasse minimamente.

«Chiunque si sarebbe spaventato a morte, Jimmy. Sono onorata che tu ti sia fidato e me l'abbia raccontato.» Si avvicinò di un passo e posò una mano sulla parte superiore del braccio di Jimmy. «Grazie.» Una pausa. «Hai visto dov'è andato?»

«Mi ha spinto via e io me la sono data a gambe, tornandomene alla mia macchina. Ma mi sono voltato e l'ho visto svoltare l'angolo, in direzione dell'andito di Danny. Mi sono chinato sotto il volante, ma non ho smesso di sbirciare fuori. Nel giro di dieci minuti era di nuovo sul marciapiede, diretto verso la via principale.» Espirò a fondo. «Non l'ho più rivisto.»

«Jimmy, voglio che tu dia un'occhiata a un paio di fotografie. Per vedere se, magari, lo riconosci. D'accordo?»

La sua faccia si avvizzì, come se stesse per piangere. Ma non ci furono lacrime. «Questo mi metterà nei guai.»

«Mi daresti una mano.»

Scosse la testa, ma disse: «Comunque, quali probabilità ci sono?». Una risata nervosa che si trasformò in tosse.

Allie estrasse dalla borsetta la busta che Bobby G le aveva dato. Tirò fuori l'immagine migliore di Thomas Torrance, uno scatto in bianco e nero che lo aveva colto di fronte. Senza dire una parola, la mostrò a Jimmy.

Si ritrasse, rifiutandosi di toccarla. «Come facevi a sapere che era lui?» gridò. «È un tuo amico o cosa?»

«Non è un mio amico. Grazie, Jimmy. Sei stato fantastico. Devo solo verificare un'altra cosa con te e poi ti lascio in pace. Torno subito.» Allie non si preoccupò nemmeno di chiudere a chiave la sua macchina. Si affrettò sul terreno melmoso, fin dentro l'andito di Danny, salendo le scale due gradini alla volta. Con il cuore in gola, giunse davanti alla porta di Danny. Gli sbirri avevano tolto la chiave attaccata al cordino oppure sarebbe stata ancora lì? Dopotutto, gliene aveva parlato. D'altro canto, non era una prova.

Biascicando una preghiera al Dio in cui non credeva, Allie infilò le dita nella cassetta della posta e cercò il cordino. Inizialmente, non lo trovò, ma quando spostò la mano da un lato i suoi polpastrelli sfiorarono il nodo ruvido. Faticò ad afferrarlo, perché era impigliato intorno a qualcosa dentro la cassetta. Temeva che fosse stato legato, ma alla fine riuscì a liberarlo e a tirare fuori la chiave.

Sudata, entrò nell'appartamento. Sperava che i vicini non

l'avessero udita. Non intendeva trattenersi a lungo, ma avrebbe comunque preferito che la polizia restasse all'oscuro della sua visita. Allie si diresse in cucina. Lì avrebbe trovato quello che stava cercando.

Lì, sulla parete sopra il tavolo, collocato nella rientranza del muro, c'era una foto di famiglia. Danny, i suoi genitori e suo fratello Joseph. L'uomo che con ogni probabilità possedeva un'automobile vistosa con i dépliant della Paragon sul sedile del passeggero. Allie si protese verso l'alto e la staccò dal gancio. Stava per infilarla nella borsetta, quando sentì un rumore che la fece spaventare a morte.

La porta d'ingresso che lei aveva scrupolosamente chiuso a chiave si stava aprendo.

54

Allie si bloccò del tutto, per un istante, ma poi la paura le diede la forza per agire. Non si era mai mossa con maggiore velocità. Si infilò la fotografia incorniciata nella borsetta e si tolse la sciarpa. Aveva appena completato l'operazione quando un uomo apparve sulla soglia della cucina. «Chi diavolo sei?» pretese di sapere. «E cosa fai qui dentro?»

«Mi chiamo Allie Burns. Lavoravo con Danny. Sono quella che l'ha trovato.» Non dovette chiedere chi fosse. Riconobbe Joseph Sullivan dalla foto che aveva appena nascosto. I suoi respiri erano rapidi e corti: l'istinto le diceva che non aveva motivo di fidarsi di lui.

«Già.» L'uomo strascicò la parola. «Sei quella che lo ha aiutato a fottermi. Sono suo fratello, nel caso non lo sapessi. E questa è proprietà privata. Ora è il mio appartamento. Per cui, te lo chiedo di nuovo. Cosa diavolo fai qui dentro, Allie Burns? Potrei chiamare la polizia e denunciarti, lo sai?» Aveva un tono leggero, ma le era troppo vicino. Allie avvertì un che di innegabilmente minaccioso.

Si sforzò di sorridere e gli agitò la sciarpa davanti. «Me ne sono resa conto stamattina, quando mi sono messa a cercarla. Sapevo di averla avuta con me domenica e mi è passato per la testa che per via dello shock e via discorrendo... insomma, ho capito che dovevo averla lasciata qui. Per cui, ho pensato di passare a prenderla.»

«Ti sei introdotta illegalmente sulla scena di un crimine per una sciarpa?»

Non lo biasimava per la sua incredulità. Non avrebbe potuto fare altro che recitare il ruolo della svampitella. «Lo so, è una cosa da scemi, giusto? Ma è la mia preferita in assoluto. So che non sembra granché, ma me l'ha fatta all'uncinetto mia nonna, che è morta l'anno scorso. Per me è una specie di portafortuna.»

Le labbra dell'uomo si arricciarono. «A Danny non ha portato grande fortuna, eh?»

Lei abbassò lo sguardo. «Mi dispiace davvero tanto per Danny. Era un ragazzo fantastico.»

«Non dal mio punto di vista. Voi due insieme mi siete costati tutto ciò per cui ho faticato. Per colpa vostra, ho perso il lavoro e la reputazione. Rischio tuttora di finire in galera: ci avete pensato quando avete scritto il vostro pezzo da furbetti?»

«Danny ha fatto il possibile per tenerti fuori. Ma non ha potuto ignorare il fatto che le persone con cui lavoravi fossero un branco di delinquenti.»

«A differenza di quelle con cui lavori tu» le disse, sogghignando. «Raccontate balle, frequentate fottuti terroristi, non ve ne frega un cazzo dei danni che vi lasciate alle spalle. Tu e Danny... avete spezzato il cuore di mia madre, lo sapevi?»

Al diavolo la svampitella. Allie ora era fuori dai gangheri. «In tutta onestà, credo che sia stato tu a farlo, Joseph. Quando ti sei messo a fare il fattorino per un branco di delinquenti.»

Lui si avvicinò ulteriormente. «Esci dal mio appartamento, cazzo!»

«Il *tuo* appartamento? Seguiti a dirlo, eppure Danny non è nemmeno nella tomba.» Allie sapeva che era il suo appartamento. Ma lui come faceva a saperlo? Il testamento lo aveva in mano lei, non lui.

«Non che siano affari tuoi, ma lui mi ha telefonato venerdì

per supplicarmi di parlare con nostra madre, di convincerla a perdonarlo. Mi ha fatto balenare davanti la lusinga di lasciarmi questo posto. Come risarcimento per ciò che voi due mi avevate fatto. Quello e l'indennizzo del giornale in caso di morte in servizio. Abbastanza per trasferirmi all'estero e ricominciare da capo. È quello che mi ha detto.»

«Ma perché ti saresti aspettato di ereditare tutto ciò nell'immediato? Non è che Danny fosse un malato terminale di cancro.»

Lui fece spallucce. «Non me lo aspettavo. Ho pensato che fosse un gesto inutile. Ma è quello che mi ha detto. Aveva un bisogno disperato di tornare nelle grazie di nostra madre. Inoltre, con il tipo di persone che tu e lui avete fregato, sarebbe stato solo questione di tempo.»

«Cosa? Ti aspettavi che morisse presto?»

Lui sbuffò in modo poco convincente. «Cosa stai insinuando?» Ora una risatina. «Comunque, che cazzo c'entra tutto questo con te, Allie Burns? Il mio fratellino ti arrapava?»

C'era qualcuno al mondo in grado di immaginare che un uomo e una donna fossero soltanto amici? «Era un collega e un amico. Vederlo morto proprio lì è la cosa peggiore che mi sia mai successa.»

Per un istante, la sua espressione parve ammorbidirsi. Ma non le sue parole. «Vattene prima che perda la pazienza e chiami gli sbirri.»

Allie alzò le mani, mostrandogli i palmi. «D'accordo, d'accordo. Me ne vado, sempre che mi lasci passare...»

Lui si fece da parte. «Sarà meglio che tu non mi abbia mentito.» Dopodiché, come se il pensiero gli fosse passato per la testa solo in quel momento, disse: «E sarà meglio che tu non abbia rubato nulla». Fece per agguantarle la borsetta, ma Allie si era aspettata la mossa.

«Toccami con un dito e sarò io a chiamare la polizia. Come osi accusarmi di aver rubato qualcosa a un morto? Tuo fratello era mio amico.» Si ritrasse, mentre parlava. «Pensi che io voglia stare qui? L'ultima volta mi sono trovata faccia a faccia con il corpo assassinato del mio amico. Non sono io la profanatrice, in questa casa. Sei tu quello che non vede l'ora di mettere le mani sulle cose di Danny.»

Raggiunse la porta di ingresso e la aprì. All'ultimo istante, si voltò e disse: «A proposito, buona fortuna per la ricerca del testamento».

Allie, tremante, stazionò a ridosso delle scale. Era determinata a essere padrona di sé una volta tornata da Jimmy. Nonostante il comportamento di Joseph, faticava a credere che potesse aver ucciso Danny. Erano cresciuti fianco a fianco in una famiglia amorevole, unita. Joseph era l'impiegato di una compagnia assicurativa, non un gangster. D'altro canto, lei di uomini come lui ne aveva già incontrati, uomini che si sentivano in diritto di ottenere dal mondo ciò che volevano. A ogni buon conto, non sembrava probabile che avesse aggredito il fratello con tanta violenza.

Thomas Torrance, invece... Un uomo a proprio agio in un mondo in cui la violenza era molto spesso la risposta data. Perché Torrance era andato a trovare Danny, se non per chiudergli la bocca? Non aveva un motivo valido per trovarsi lì ed era stato talmente determinato a restare nell'ombra da spaventare a morte un povero senzatetto che nessun poliziotto avrebbe mai preso sul serio.

Quando si fu calmata, tornò nel regno di Jimmy. Parcheggiata a pochi metri dalla sua automobile c'era la macchina sportiva che lui le aveva descritto: una Triumph TR7 rosso fuoco, con l'inconfondibile cofano a V e i profili quadrati di metallo che coprivano i fari abbassati. Non v'era traccia di Jimmy.

Si diresse nel punto in cui la macchina di Jimmy era accucciata sui cerchioni. Lui sedeva dal lato del passeggero, con una lattina di Tartan Special sul cruscotto davanti a sé. Al suo approssimarsi, abbassò il finestrino. «Hai visto il tuo uomo?»

«Sì. Mi sono presa un bello spavento.» Estrasse la fotografia dalla borsetta. «Solo per avere conferma. Sabato sera, hai visto lui?»

Un dito chiazzato indelebilmente diede un colpetto alla faccia di Joseph. «È lui. Lo stesso tizio che hai appena visto, giusto?»

«Giusto. Ed è entrato dopo l'amichetto di Danny e prima del tipo che ti ha minacciato?» Jimmy annuì. «E sono le uniche persone che tu abbia visto entrare nell'andito, a parte la gente che ci vive?»

«Già. Be', senza contare l'amante della tipa del piano terra. Mi sono guadagnato la mia parcella da consulente?»

Allie riuscì a tirare fuori un sorriso mesto. «Sì, Jimmy. E se la polizia dovesse venire a farti domande al riguardo, mi raccomando di dire loro quello che hai detto a me. Intesi? Anche se sono delle teste di cazzo.»

Alzò gli occhi al cielo. «Se lo dici tu.»

Allie si allontanò, combattuta. Non aveva uno bensì due candidati per l'omicidio di Danny. Sapeva anche che la testimonianza di un ubriacone senza fissa dimora non avrebbe fatto né caldo né freddo alla polizia. Le serviva ben altro.

Fece prima un tentativo con l'andito di fronte a quello di Danny. Otto appartamenti, cinque dei quali erano abitati. Due casalinghe, un operaio del turno di notte, una coppia in pensione e una figlia adolescente. Nessuno aveva notato nulla nei paraggi del loro andito sabato sera, intorno alle nove. Ma, se per quello, come aveva detto la moglie pensionata: «Se avessimo notato qualcosa del genere, lo avremmo detto alla polizia quando ha bussato alla nostra porta, domenica. Non è cosa di tutti i giorni avere un omicidio sulla via di casa».

Sarebbe tornata più tardi, augurandosi maggiore fortuna.

Jimmy le aveva detto che la macchina di Joseph era stata parcheggiata lungo la strada, davanti al numero 5. Magari, gli inquilini degli appartamenti del piano terra l'avevano notata. Dava nell'occhio, forse il motore ruggiva a sufficienza per attirare qualcuno alla finestra. Valeva la pena fare un tentativo.

Allie impiegò dieci minuti per scoprire che gli inquilini di entrambi gli appartamenti erano stati troppo assorbiti dalla televisione per notare qualcosa che non fosse l'esplosione di una bomba nei paraggi. Trovò riparo di fronte all'andito e si accese una sigaretta, incerta se tornare in ufficio per cercare di convincere Carlyle che aveva qualcosa in mano.

Un paio di ragazzini si lanciarono fuori dall'andito opposto, scivolando sulla neve compatta e infida sul ciglio del canaletto di scolo. Era difficile stabilirne il sesso, infagottati com'erano per proteggersi dal freddo, ma quando giunsero lo spiazzo in cui erano parcheggiate le automobili, si fermarono e si diedero reciprocamente di gomito. A giudicare dal grande interesse che mostravano per la macchina di Joseph Sullivan, ipotizzò che fossero maschi. Era Glasgow, dopotutto. Le ragazze raramente mostravano il minimo interesse per le automobili prima della pubertà.

«Chissà...» mugugnò, gettando nel canaletto la sigaretta fumata solo in parte. Non la guardarono nemmeno quando lei fu loro accanto. «Bella macchina, eh?» disse.

«Pazzesca» disse il più alto dei due. «Triumph TR7. Mio papà dice che è la macchina del futuro.»

«Quindi, l'avevate già vista?»

Annuirono entrambi con entusiasmo. «Sabato sera era parcheggiata sulla strada di fronte a noi» disse quello piccolo. «Volevo andare a darle un'occhiata da vicino, ma papà ha detto che era già ora di andare a letto.»

«L'ha vista anche tuo papà?»

«Già, è per quello che mi ha detto che è la macchina del futuro» disse il primo ragazzino, insofferente.

«Tuo papà è in casa?» Cercò di mantenere un tono di voce neutro.

«Già. Fa il primo turno questa settimana. Sta cenando.»

«Che dici? Mi porti a conoscerlo? Vorrei parlargli della macchina del futuro.»

55

L'espressione di Angus Carlyle non tradiva nulla. Allie lo aveva intercettato mentre usciva dalla porta e lo aveva convinto che ciò che aveva da raccontargli non poteva aspettare. Brontolando, lui l'aveva preceduta nell'angolo tranquillo della mensa che lei iniziava a sentire come il suo posto lontano da casa. Si abbandonò pesantemente sulla sedia, con le mani sulle ginocchia, il cappotto allargato tutt'intorno come per marcare il suo notevole territorio.

L'apprensione di Allie era innegabile. Aveva rischiato parecchio per una storia che aveva il sospetto che non sarebbero stati in grado di pubblicare per via delle leggi che li ingabbiavano. Nel frattempo, si era imbattuta in qualcosa di inaspettato, ma che avrebbe potuto essere altrettanto problematica. Si trattava in entrambi i casi di una storia da raccontare, prima al suo capo e poi, per finire, alla polizia. Se avesse giocato bene le sue carte, forse non avrebbe nemmeno dovuto menzionare l'esistenza dell'alibi fornito da William Morrison. Il che le avrebbe assicurato un contatto prezioso per il futuro. Inoltre, avrebbe fatto piacere anche a Rona. E, per qualche motivo che non desiderava indagare, Allie voleva compiacere Rona.

Passo dopo passo, espose ciò che aveva appreso sulle visite

di sabato sera all'appartamento di Danny Sullivan. Carlyle si accigliò per un istante. «Cristo, quel posto era trafficato come una fiera di paese!» La sua faccia tornò impassibile. «Fammi capire bene, Burns. Dopo che quel Curran se n'è andato, si è presentato Joseph, il fratello, che si è fermato una mezz'ora e poi se n'è andato? E poi Torrance ha spaventato a morte quell'avvinazzato di Jimmy, prima di scomparire dentro l'andito di Danny? Ne sei proprio sicura?»

«So che sembra tutto improbabile, ma onestamente, capo, mi è parso che Jimmy avesse le idee molto chiare al riguardo. So che vive per strada ed è chiaro che gli piace bere, ma è dannatamente più lucido di metà della redazione al Printer's Pie il venerdì sera.»

Carlyle riuscì quasi a tirare fuori un sorriso. «Stai tenendo l'asticella piuttosto bassa, Burns.»

«Però, dispongo di qualche riscontro. Stuart Paul, l'uomo che abita al piano terra del numero 4, è categorico sul fatto che la TR7 di Joseph Sullivan si trovasse parcheggiata lì dopo le nove. Se lo ricorda bene perché, quando i suoi bambini gli hanno indicato la macchina, si è reso conto che avrebbero già dovuto essere a letto. E, il sabato, vanno a letto alle nove. Per cui, è difficile asserire che Barry Curran ha assassinato Danny. Non riesco a pensare a un solo motivo per cui il fratello avrebbe scoperto il cadavere di Danny, non avrebbe chiamato la polizia e si sarebbe trattenuto mezz'ora prima di andarsene. Tu ci riesci?»

Carlyle ci rifletté sopra a lungo. «No» disse infine. «Il che non vuol dire che Joseph Sullivan non sia nelle condizioni di tirare fuori una spiegazione plausibile. Per esempio, che aveva paura di venire incolpato, essendo il beneficiario di suo fratello. In base al testamento che hai nascosto nella tua borsetta.»

«Ha un bisogno disperato di trovare quel testamento» disse Allie.

«Non è un reato. Se vuole iniziare una nuova vita in un altro paese, potrebbe avere una certa fretta, nel caso la polizia dovesse cambiare idea su un suo coinvolgimento nel caso Paragon.

E, magari, è quello che ha fatto in quella mezz'ora: cercare il testamento» ipotizzò, allargando le braccia come segno di ragionevolezza.

«Dovrebbe essere un bastardo insensibile per restare impassibile alla vista del fratello morto sul pavimento. Nonostante il dissidio sorto tra i due.»

«Concordo. Eppure, qualche bastardo insensibile in giro c'è. Ma il tuo vero problema è una totale mancanze di prove ai danni di Joseph. E poi c'è il problema di Thomas Torrance che, ahinoi, si è presentato sulla soglia di Danny. Che ci faceva? E perché avrebbe ucciso Danny?» Sollevò le mani, tenendole a coppa, come per soppesare due opzioni. «D'altro canto, se ha trovato Danny morto, perché non denunciare il fatto?»

«Abbiamo il biglietto stenografato da Danny riguardo a una minaccia di Torrance.»

Carlyle sospirò. «Abbiamo la tua interpretazione del biglietto di Danny, che non è esattamente la stessa cosa.»

«Danny era nelle condizioni di distruggere la carriera di Torrance. Non solo rivelando la sua omosessualità, ma pure il fatto che avesse una relazione con uno dei terroristi in kilt, quello che, guarda caso, è finito sulla lista delle persone scomparse prima che la polizia bussasse alla sua porta. È alquanto convincente» disse Allie.

«Non abbiamo altro che dicerie. Danny non è qui a dirci cos'ha visto, cosa sapeva. Ancora una volta, si basa tutto sulla tua versione degli eventi.» Gli si torse la bocca in un sorriso sardonico. «E sappiamo entrambi che c'è almeno una persona in quest'ufficio che verserà un torrente d'acqua fredda su qualsiasi tentativo di screditare Torrance.»

Allie gemette. «Piccolo Gordon Beattie. Farebbe qualsiasi cosa per difendere la sua fonte.»

«Soprattutto dopo che ho fatto balenare la prospettiva di una sezione di inchiesta separata dal suo feudo da corrispondente della cronaca nera.» Di nuovo quel sorriso sardonico. «Porti argomentazioni convincenti, ma nemmeno tu riesci a scegliere tra quei due. Fratello Joseph oppure Thomas Torrance. Chi sarà mai?»

Ad Allie restava una carta da giocare. «Potremmo lasciar decidere alle prove. Piccolo Gordon mi ha detto che è stata rinvenuta un'impronta parziale sul candeliere. Ha detto che non corrisponde a Barry Curran. Mi chiedo se la polizia di Edimburgo possa aver preso le impronte digitali di Joseph quando lo ha indagato in relazione alla Paragon. Se non sono di Joseph, possiamo convincere la polizia a fare una verifica su Torrance? Possiamo chiederglielo?»

Al che, Carlyle rise, lungamente e di gusto. «No, Burns. Be', in teoria sì. Ma ci inviterebbero allegramente ad andare a quel paese. Però, lo direbbero all'ispettore capo Davie Buchan.» Diede un'occhiata al suo orologio. «A quest'ora della sera, starà bevendo con la sua squadra.» Sospirò dal profondo dello stomaco e si alzò in piedi. «Forza, dobbiamo andare a offrire da bere alla polizia.»

Il bar era poco più di un buco nel muro in uno dei vicoletti dalle parti di Blythswood Square. Per quanto ne capisse Allie, la clientela consisteva unicamente in agenti di polizia in borghese e di gruppetti di donne che davano la sensazione di essere entrate per sfuggire al freddo, tra un cliente e l'altro. «Carino» brontolò alle spalle di Carlyle, mentre si dirigevano verso il piccolo bancone a ferro di cavallo. Si rendeva conto che gli occhi di tutti si erano puntati su di lei.

«È diverso» disse lui. Si girò nuovamente verso il barista. «Io prendo un Grouse doppio.» Inarcò un sopracciglio all'indirizzo di Allie.

«Coca e vodka.»

«Anche quello fallo doppio. E fa' avere un messaggio a Davie Buchan. Digli che vorrei scambiare due parole con lui.» Inclinò la testa verso l'angolo opposto. Allie non l'aveva notata, ma lì c'era una porta. Il barman versò una dose generosa di Glenfiddich, sollevò la ribalta del bancone e sparì oltre la porta.

Quando fu di ritorno, servì i loro drink, prese i soldi di Carlyle e disse: «Deve andare di là».

Allie udì uno scoppio di risate stridule dietro di lei, nel momento in cui aprirono la porta ed entrarono in una saletta intima, satura di fumo di sigaro e di vapori di whisky. Buchan occupava una poltrona imbottita dietro un tavolino dal pianale di rame sbalzato. Su un lato, il sergente Hardie che la guardò in cagnesco; sull'altro, una donna che non assomigliava a nessun agente di polizia che Allie avesse mai visto.

Buchan rivolse un cenno a Carlyle. «È da un sacco che non ci si vede, Angus.»

«Due parole, se possibile, Davie.» Un sorriso accattivante. «In privato, se non ti dispiace.»

Buchan ci rifletté, poi disse: «Levatevi dalle palle, voi due. Questa è una faccenda da adulti».

Hardie aveva la faccia di uno che avrebbe voluto discutere, ma la donna si allontanò frettolosamente, come se fosse stata pungolata con un bastone appuntito, e il detective di grado inferiore fece altrettanto, piano piano.

Buchan indicò loro di sedersi. «La signorina Burns, vero? Sei venuta a confessare?» Lo disse con voce giocosa e la sua faccia bistrattata si increspò in un sorriso.

«Siamo venuti a offrirti un caso con i fiocchi, Davie. A quest'ora, saprai che Barry Curran non c'entra nulla con l'assassinio del mio ragazzo, Danny. Sappiamo che quella sull'arma del delitto non è la sua impronta. E scommetto che, se messo alle strette, farebbe almeno il nome di un altro suo cliente come alibi. Si rifiuta di parlare solo perché sa di essere innocente e conta sul fatto che anche voi giungiate alla medesima conclusione.»

Allie tentò di non manifestare il suo sbigottimento di fronte alle parole di Carlyle. Sapeva di Morrison? Oppure stava tirando a indovinare sulla base dell'esperienza?

Buchan scosse la testa, sorridendo a Carlyle. «Se state indagando di nascosto su qualcosa, dovreste avere maggior buonsenso. Abbiamo fermato quel ragazzo perché sappiamo che, se lo mettessimo davanti a una giuria, otterremmo un risultato.»

«Non preferireste ottenere un risultato mettendo le mani sul colpevole?»

«Cosa ti fa pensare di saperne di più di me e dei miei ragazzi?»

Carlyle si rivolse ad Allie. «Racconta all'ispettore capo Buchan quello che hai raccontato a me. Non tralasciare nessun dettaglio: fintanto che il bar è aperto, non ha fretta.»

Buchan rise. «Questo bar è sempre aperto per me. D'accordo, ragazza. Sentiamo cos'hai architettato da domenica, quando hai parlato con i miei ragazzi.»

Come Carlyle, ascoltò in silenzio. Ma l'allegria abbandonò progressivamente la sua faccia, rimpiazzata da uno sguardo di pietra che si fissò su Allie sulla sua sedia. Non era un uomo a cui sarebbe stato facile mentire, pensò, felice che quella che gli stava comunicando fosse la verità.

Giunta alla fine della sua storia, lui rimase a fissarla. Dopodiché, sollevò il bicchiere e lo svuotò in un sorso solo. «Hai un bel coraggio a stare dietro a un agente dello Special Branch. Hai il testamento?» volle sapere, tendendo una mano.

Carlyle annuì e Allie glielo consegnò. Buchan gli diede una scorsa e se lo infilò nella tasca interna della giacca. «Una prova» disse. «Mi servirà una tua dichiarazione formale. Domattina presto, in Stewart Street.» Scosse la testa. «Il tuo senzatetto avrebbe dovuto dirlo ai nostri agenti, domenica.»

Allie sostenne il suo sguardo. «Non hanno voluto dargli ascolto» disse. «Senzatetto, maleodorante, con problemi di alcol, accattone.»

Un sorriso tirato che non sfiorò gli occhi dell'uomo. «Non materiale da banco dei testimoni.»

«No, però mi ha condotto a Stuart Paul, che invece lo è. E voi avete la prova dell'impronta digitale. Dovrebbe bastare.»

Buchan fece spallucce. «Sapete che non potete scriverlo, vero? Una sola parola di tutto questo appare sul *Clarion* e io vi faccio finire entrambi dietro le sbarre per aver interferito con il corso della giustizia. Ai giudici piace un sacco rimettervi in riga per oltraggio.»

«Questo lo capiamo» disse Carlyle. «Ma, una volta che avrete svolto il vostro lavoro e il caso sarà chiuso, racconteremo la nostra versione dei fatti.» Si alzò in piedi. «Qui vi abbiamo fatto un favore, Davie. Dopo che avrete comparato quell'impronta con quella dei sospetti che i tuoi ragazzi non hanno nemmeno notato, mi sarai debitore di una grossa bevuta.» Si avviò verso la porta e Allie si affrettò a seguirlo.

Buchan si alzò. «Mentre esci, Allie, di' a quello stronzo incapace di Hardie di riportare il suo culo qui dentro, se non ti dispiace.»

«Non mi è sembrato molto felice» disse Allie, mentre percorrevano a piedi Bath Street, alla ricerca dei taxi.

«A nessuno piace sentirsi dire come fare il proprio lavoro. Ma prenderà in mano la situazione e andrà fino in fondo. Conosco Davie Buchan da quando lavorava in pattuglia e io ero un giornalista alle prime armi a Clydebank. È una persona perbene e ci sono tanti poliziotti in questa città che sono tutto fuorché quello. Come avrai forse notato.» Carlyle scese dal marciapiede ed emise un fischio acuto. Un taxi accostò accanto al cordolo e lui la fece salire a bordo. «Ci vediamo domani, appena avrai finito a Stewart Street. Devi scrivere entrambe le versioni fintanto che è ancora tutto fresco nella tua testa. Dopodiché, sarà tutto pronto quando uno di quegli stronzetti infidi va a fondo.»

La chiusura della portiera interruppe qualsiasi cosa Allie avesse avuto in mente di dire. «Dove si va?» chiese il conducente.

Stava per dargli l'indirizzo, quando le sovvenne un'alternativa. Rona Dunsyre non era l'unica in grado di estorcere un'informazione a un autista della redazione.

Allie non sapeva bene cosa aspettarsi dalla casa di Rona, ma certo non quello. Annidata in un vicoletto, dietro una fila di rimesse per carrozze convertite in abitazioni, quella di Rona era la più lontana dall'imboccatura del vicolo e leggermente distanziata dalle altre. Un pannello di vetro smerigliato occupava la sommità di quella che un tempo era stata la porta a due battenti della rimessa per carrozze, fornendo luce senza privarsi di intimità. Subito dopo c'era una porta dal pesante battente di ottone a forma di ferro di cavallo. Allie bussò e attese.

Una luce si accese dietro il vetro smerigliato e, dopo qualche secondo, Rona aprì. «Ehilà!» gridò, con una faccia che manifestò stupore e poi gioia. «Che bella sorpresa.»

«Non ti disturbo?»

Rona la trascinò dentro, con un braccio intorno a una spalla di Allie. «No, stavo solo riflettendo su mezza dozzina di uova e un po' di salmone affumicato, chiedendomi se era il caso. Preferirei aprire una bottiglia di vino e un sacchetto di patatine.»

La stanza fu una rivelazione. Occupava l'intero piano terra, ma l'elemento più singolare era un murale dalle tinte vivaci che copriva una parete intera. Sedie e divani erano sistemati in maniera da apprezzarlo, ma Allie aveva occhi solo per il dipinto. Era un insieme composito di costruzioni e persone, alcune familiari e altre sconosciute. Gli accostamenti erano surreali, i colori strabilianti. «Santo cielo» riuscì a dire. «È straordinario.»

«Vero?» Rona si fermò con le mani sui fianchi a osservarlo. «Sono una delle persone più fortunate di Glasgow. Ti sei mai imbattuta in Alasdair Gray? È un artista favoloso che vive qui, nei paraggi. Si dice pure che stia scrivendo un romanzo, ma chissà quando accadrà o in cosa la sua immaginazione trasformerà il mondo. Questo lo ha dipinto per me.»

«È... Non ho parole.»

«Dicono che l'arte dovrebbe parlare da sé. Nel caso di Alasdair, grida.»

«È bellissimo.»

«Lo so. E ci convivo.» Rona si girò verso di lei. «Non mi aspettavo di vederti stasera. Puoi fermarti per quella bottiglia di vino e quel sacchetto di patatine? Oppure è una visita lampo?»

«Un drink mi andrebbe.»

«Come speravo. Togliti il cappotto, mettiti a tuo agio.»

Allie si chiese se si stesse immaginando il tono seducente nella voce di Rona e, d'un tratto, si sentì al tempo stesso timida e imbarazzata. «Ho delle novità, però» si affrettò ad aggiungere, lasciando cadere il cappotto sulla sedia più vicina.

«Vieni di sopra, in cucina, e raccontamele mentre scelgo il vino.»

Allie la seguì al piano superiore, all'interno di un cucinino dotato di una sola finestra che si affacciava sul giardino di qualcun altro, a malapena visibile nell'oscurità. «È fantastica. L'hai fatta tu la conversione?»

«Grazie a Dio, era già stata fatta.» Rona estrasse una bottiglia di vino da una rastrelliera sul piano di lavoro.

«Non mi era mai passato per la testa di abitare in un posto come questo. Ma lo trovo molto carino.»

Rona sorrise. «È quello che si dice quando, in realtà, si pensa: *Dove diavolo metterei tutte le mie schifezze?* La risposta è: nel garage di mio papà. E concordo con te: lo trovo molto carino. Non ho mai rimpianto per un secondo di averlo comprato.» Stappò la bottiglia. «Tira fuori un paio di sacchetti di patatine da quella credenza a destra dietro di te e, a quel punto, potrai raccontarmi le tue novità.» Riempì un paio di bicchieri e, dopo che ebbero brindato, guardandosi negli occhi, entrambe bevvero qualche sorso corroborante di rosso bulgaro.

«Ne abbiamo due nel mirino e non so ancora di quale si tratti» iniziò Allie. Poi, per la terza volta, le raccontò la storia della sua giornata. Ma, dato che si trattava di Rona e che, sotto sotto, intendeva fare colpo su di lei, la infarcì di dettagli e di momenti di suspense. Il suo racconto suscitò gratificanti esclamazioni di sorpresa e piacere, e tutto ciò la spinse a sforzarsi ulteriormente. Nel frattempo, una parte di lei ammise che la storia era di per sé sufficientemente drammatica senza doverla imbellettare troppo. Quando Allie giunse all'apice, Rona riempì di nuovo i loro bicchieri, senza notare che ormai avevano fatto fuori il cabernet.

Allie, con le labbra chiazzate di rosso, fece un respiro profondo. «Ma la cosa più importante, dal tuo punto di vista, è questa.» Una pausa a effetto. «Dato che sia Joseph sia quella serpe di Torrance si sono presentati dopo che Barry Curran se n'era già andato, e dato che nessuno dei due ha dato l'allarme, è difficile dipingere Curran nei panni dell'assassino. Verrà dimostrato, ne sono certa, che l'impronta digitale parziale appartiene a Joseph Sullivan o a Thomas Torrance. Il che li farà approdare direttamente sul banco degli imputati presso l'Alta Corte di Giustizia. E poi in prigione e senza passare dal via.» Pausa finale. «Non ho avuto bisogno di menzionare la prova costituita dall'alibi di William Morrison.»

Con grande sorpresa di Allie, gli occhi di Rona si erano riempiti di lacrime. «Fatico a credere che tu lo abbia fatto. Hai capito. E lo hai fatto per uno sconosciuto.»

Allie scosse la testa. «Non per William, Rona. Come hai detto, quell'uomo è uno stronzo. No, l'ho fatto per te.»

Rona posò il bicchiere e gettò le braccia al collo di Allie. Colta alla sprovvista, lei riuscì a sua volta a posare il bicchiere sul piano di lavoro senza macchiare di vino se stessa e Rona. Con qualche titubanza, rispose all'abbraccio. I suoi sensi finirono in sovraccarico. Non avvertiva altro che l'odore dei capelli di Rona, il resto del profumo della giornata, l'alito dolce di vino fresco. Tutto ciò che vedeva era amplificato: più luminoso, più a fuoco, a tinte più vivaci. Udì il sangue ribollirle nelle orecchie, avvertì il solletico dei capelli su un orecchio, uno sfregamento di labbra secche su una guancia e il calore del corpo di Rona tra le sue braccia. Ansia e apprensione sparirono, rimpiazzate dal desiderio. Allie lottò per un po' contro ciò che significava nel suo intimo, poi si arrese.

Passò del tempo, senza che lei avesse idea di quanto. Poi, mormorò: «È stato un anno strano. È come se avessi iniziato a trovare dei riferimenti e poi il terreno sotto i miei piedi si fosse spostato». Rona le accarezzò delicatamente la schiena. «Ho trovato un amico in Danny e poi l'ho perso nel peggior modo possibile. E ora ci sei tu.»

Rona si ritrasse appena e sorrise. «E l'anno non è ancora finito, Allie.»

DOPO...

2 marzo 1979

SÌ MA NO PER LA DEVOLUZIONE

dai nostri corrispondenti politici

Stamattina, gli scozzesi si sono svegliati con la notizia che, pur votando in favore di un parlamento scozzese, un numero insufficiente di elettori si è espresso per costringere Westminster a prestare attenzione.

Dato che la soglia era stata fissata in corrispondenza del 40% degli aventi diritto al voto, la Scozia non avrà voce in capitolo nei propri affari interni.

L'applicazione dell'alto limite è stato possibile grazie a un emendamento presentato da George Cunningham, uno scozzese che rappresenta un seggio di Londra.

«Dunque, chi non ha votato è stato contato a tutti gli effetti come un "no"» ha dichiarato ieri sera un portavoce dell'SNP. «Se tali regole si applicassero alle elezioni politiche, praticamente non verrebbe eletto un solo parlamentare.»

Ignorati

«Non si è tenuto minimamente conto della volontà di 1.230.937 scozzesi. Il governo di Jim Callaghan dovrebbe chinare il capo per la vergogna.»

Un parlamentare scozzese del Partito Laburista ha detto: «Capisco perché la gente possa sentirsi offesa, ma non è che una maggioranza schiacciante si sia espressa in favore». Il 51,6% dei voti si è espresso a favore del parlamento della devoluzione, mentre il 48,4% contro.

Ma un uno dei principali sostenitori del "sì" si è lamentato del fatto che i registri elettorali sono talmente datati e imprecisi che, in molte parti del paese, raggiungere una soglia del 40% sarebbe stato pressoché impossibile. «Il governo ha tentato di rabbonire gli scozzesi dando la sensazione che possiamo avere voce in capitolo sul nostro futuro. Ma è si è mostrato determinato a mantenere le mani sul petrolio scozzese. La Scozia ha detto di sì ieri sera, ma il governo corrotto di Callaghan continuerà a dire di no.»

5 marzo 1979

ARRESTO NEL COMPLOTTO TERRORISTICO IN KILT

di Alison Burns

Un terzo uomo di Glasgow è stato arrestato in relazione a un agghiacciante complotto per far esplodere ordigni terroristici in Scozia.

Roderick Farquhar era scappato dalla città poche ore prima che la polizia catturasse gli estremisti nazionalisti che avevano già acquistato dell'esplosivo dall'IRA.

Ma la polizia aveva ricevuto la soffiata secondo cui Farquhar sarebbe stato ancora in contatto con una persona a Glasgow. L'ispettore capo David Buchan ha rivelato che i suoi agenti avevano messo tale persona sotto sorveglianza.

«I nostri agenti sotto copertura lo hanno seguito fino a Manchester, dove hanno assistito al suo incontro con Farquhar. Grazie all'assistenza di agenti della Great Manchester Police, Farquhar è stato tratto in arresto.»

«Non stiamo cercando nessun altro in connessione a questo complotto» ha aggiunto.

I due complici del sospettato sono già stati incriminati per cospirazione terroristica a fini dinamitardi e appariranno presso l'Alta Corte di Giustizia nel corso dell'anno.

4 maggio 1979

ADDIO JIM SALVE MAGGIE

dai nostri corrispondenti politici

Margaret Thatcher sta festeggiando la nomina a primo ministro donna della Gran Bretagna. Con una vittoria decisiva, i suoi Tory trionfanti hanno sgominato il governo laburista di Jim Callaghan.

Con ogni probabilità, i Tory disporranno di una maggioranza superiore al 40% alla Camera dei comuni.

È stata una notte catastrofica per l'SNP, a cui è costato caro il sostegno verso chi ha fatto cadere il governo Callaghan. Il suo elettorato è crollato e ha perso nove seggi, il che significa che gli restano solo due parlamentari.

Una figura preminente del Partito Laburista ci ha detto: «È chiaro che gli elettori che hanno abbandonato l'SNP in gran numero sono passati direttamente tra le file dei conservatori. Se qualcuno dubitava che i nazionalisti fossero semplicemente dei Tory in kilt, questo risultato dovrebbe fargli cambiare idea». (*continua a pagina 2*)

10 maggio 1979

COME IL *CLARION* HA SMASCHERATO IL FRATELLO OMICIDA

Il delinquente che ha assassinato il reporter ritenuto colpevole grazie a noi

Esclusiva di Alison Burns

Ieri sera, Joseph Sullivan ha iniziato a scontare una condanna a vita per l'omicidio di suo fratello, il giornalista del *Clarion*, Daniel Sullivan.

È stata la pagina finale di un capitolo apertosi quando ho scoperto il cadavere brutalizzato di Danny in una pozza di sangue, nel salotto di casa sua.

Domenica 27 gennaio, ero passata dall'appartamento di Danny in Fraoch Street, nella zona di Pollokshields, a Glasgow, per pranzare con lui. Ma, al mio arrivo, lui era già morto da un po'.

Orrore

È stata una scoperta sconvolgente.

Il nostro primo pezzo insieme è stato una casualità felice. Stavamo entrambi tornando a Glasgow dopo aver passato il Capodanno con le nostre famiglie, quando il nostro treno è rimasto bloccato in una tormenta di neve e una donna è entrata in travaglio.

In seguito, abbiamo portato a termine due grosse inchieste che si sono trasformate in altrettante prime pagine del *Clarion*. Entrambe hanno portato a una serie di arresti e condanne per reati che vanno dalla frode fiscale alla cospirazione terroristica a fini dinamitardi.

Ma quando quel giorno la polizia si è presentata nell'appartamento di Danny, non ha voluto sapere di nessuno che potevamo aver infastidito. Avendo scoperto il suo cadavere e non disponendo di un alibi, sono diventata la loro indiziata numero uno.

Accuse

Nel corso di un lungo interrogatorio, sono stata ripetutamente accusata dalla polizia di aver ucciso il mio amico nel tentativo di respingere una sua aggressione sessuale. Sono stata intimidita e minacciata al punto da spingermi a svelare il più grande segreto di Danny: il fatto che fosse gay.

Ma non è bastato a scagionarmi. Subito dopo, sono stata accusata di averlo aggredito perché aveva respinto le mie avance sessuali. I poliziotti mi hanno assillata per ore, prima di arrendersi quando altri colleghi hanno trovato un indiziato migliore: un giovane che aveva fatto regolarmente visita a Danny nel suo appartamento.

Per quanto non ci fossero prove a suo carico, tranne il fatto che si era trattenuto brevemente in quell'appartamento la sera della morte di Danny, è stato arrestato.

Solo quando ho iniziato a indagare più in profondità, la verità è emersa. Per prima cosa, ho saputo che la polizia aveva trovato un'impronta digitale che non corrispondeva a quella dell'indiziato.

Frode

Poi, quando ho parlato con i vicini, ho scoperto che più tardi, quella sera, l'inconfondibile automobile di Joseph Sullivan era stata avvistata sulla strada.

La tessera finale del rompicapo si è presentata sotto forma di un ex detective dello Special Branch che si era presentato all'appartamento dell'omicidio in quella serata fatale. La sua testimonianza esplosiva – rilasciata anonimamente per proteggere la sua identità – ha rivelato che vi si era recato per interrogare Danny poco dopo che Joseph se n'era andato e che lo aveva trovato morto.

Ha ammesso che avrebbe dovuto denunciare il fatto alla Strathclyde Police, ma ha sostenuto che avrebbe compromesso un'operazione in corso.

Sono state le prove a condannare Joseph Sullivan. Ma perché un uomo dovrebbe uccidere il proprio fratello?

La risposta sta nella prima inchiesta che abbiamo realizzato insieme.

Danny mi ha detto che suo fratello adottivo si era lasciato sfuggire un commento avventato su una serie di stratagemmi per eludere il fisco messi in atto dalla compagnia assicurativa per la quale lavorava. Danny ha richiesto il mio aiuto. È stato uno shock scoprire che Joseph era uno degli attori principali di quell'imbroglio, ma, siccome era il fratello di Danny, abbiamo fatto il possibile per tenere il suo nome fuori dalle prime pagine.

Quando la polizia è piombata sulla compagnia assicurativa, Joseph è riuscito a mentire in modo convincente sul proprio ruolo perché noi avevamo omesso il suo coinvolgimento. Ma i suoi capi sapevano come stavano le cose e lo hanno licenziato dal suo posto da impiegato.

Colpevole

Ha dato la colpa a Danny per quanto accaduto e gli ha messo contro i loro genitori. Quando la madre si è rifiutata di aver minimamente a che fare con lui, Danny ci è rimasto malissimo.

Danny non aveva fatto niente di male, ma si sentiva in colpa. Siccome stava per assumere l'incarico sotto copertura riguardo ai terroristi in kilt che temeva potesse costargli la vita, non solo ha redatto un testamento in cui lasciava ogni cosa a suo fratello, ma ha pure detto a Joseph cos'aveva fatto.

Come evidenziato dalla pubblica accusa durante il processo (*Servizio integrale, pagine 5-6*), Joseph non ha voluto attendere per avere i soldi, una cifra intorno alle 20.000 sterline. Voleva andare all'estero e iniziare una vita nuova. Per cui, è andato a trovare suo fratello e ha preteso che i soldi glieli desse subito.

So che Danny deve avergli offerto quanto era nelle sue possibilità, ovvero non più di qualche centinaio di sterline. Non era abbastanza per Joseph. Danny gli serviva morto. Nella lite che ne è conseguita, ha afferrato un pesante candeliere di onice e lo ha sbattuto sulla testa del fratello.

Era convinto di averlo ripulito interamente da ogni traccia, ma gli è sfuggita l'impronta parziale del pollice che gli è costata la condanna.

Se non fosse stato per l'inchiesta istruita dal *Clarion*, forse un innocente sarebbe in carcere e un colpevole si godrebbe i proventi del suo vile atto. Ora la condanna di Joseph Sullivan significa che non potrà beneficiare del testamento di Danny.

Danny Sullivan amava il suo lavoro e amava il *Clarion*. Siamo fieri di aver contribuito così intimamente a rendergli giustizia.

RINGRAZIAMENTI

Come Allie Burns, ho fatto la giornalista e ho vissuto e lavorato a Glasgow nel 1979. Scrivere *1979* è stato un potente memento di quanto dimentichiamo...

Scrivere un romanzo ambientato nel passato richiede sempre ricerche più approfondite, per insinuarsi sotto la pelle di un altro periodo, nonostante sia ancora decisamente nella sfera della memoria vivente. Per me, la via più rapida per afferrare le questioni che assillavano la gente e che avevano un impatto sulle loro vite quotidiane è studiare i giornali dell'epoca. Non avrei potuto scrivere *1979* senza aver avuto accesso agli archivi del *Daily Record* e del *Glasgow Herald* (come si chiamava al tempo). Il tutto è stato reso enormemente più difficile dalle restrizioni per il Covid a cui siamo stati tutti sottoposti tra il marzo del 2020 e il marzo del 2021, quando ho terminato di scrivere *1979*. Voglio ringraziare la squadra della National Library of Scotland che si è prodigata per facilitarmi le cose con l'accesso limitato agli archivi di quel periodo. Chiunque io abbia incontrato si è mostrato cordiale, utile e premuroso. Il vostro atteggiamento ha reso questo libro più autentico di quanto sarebbe stato altrimenti.

Ruth Wishart, una leggenda del giornalismo scozzese, era la

responsabile della sezione femminile del *Daily Record* quando io sono entrata a farne parte, nel 1977. Le sono debitrice di un viaggio divertentissimo e illuminante sulla strada dei ricordi e sulle sue malfamate viuzze, e del tempo che si è presa per leggere la prima bozza e verificarne accuratezza e autenticità. Grazie anche per il salmone e i paesaggi mozzafiato...

Molti dettagli sono stati forniti o avvalorati dalle conoscenze di altre persone. Senza un ordine particolare, la mia gratitudine va a Tommy Hughes (@TommyQH) per la consulenza sulle banconote scozzesi; a Ruth Reed, direttrice di Archives & Art; al NatWest Group, per le descrizioni dettagliate e le immagini delle banconote scozzesi; al personale degli archivi di Diageo per le informazioni sulla vodka; all'incessante fonte di buona parte delle mie informazioni forensi, la professoressa Niamh Nic Daéid del Leverhulme Research Centre for Forensic Science presso l'Università di Dundee; a Christine Hamilton, per i suoi ricordi del Citizens Theatre; a Paul Lyons, la fonte di ogni erudizione in relazione alla stazione centrale di Glasgow.

Leggere l'opera di altre persone è a sua volta un potente strumento per comprendere altri tempi, altre vite. Ruth Rendell, Reginald Hill, P.D. James, Ernest Tidyman, John Le Carré, Norman Mailer, Penelope Fitzgerald e Colin Dexter mi hanno tutti fatta entrare in teste molto diverse dalla mia e mi hanno rammentato le trasformazioni sociali sismiche degli ultimi cinque decenni. Tra i libri di non-fiction che ho trovato utili figurano:

Dominic Sandbrook, *Seasons in the Sun*
Ian Cobain, *Anatomy of a Killing*
Peter Taylor, *Provos: IRA and Sinn Fein*
Peter Taylor, *Brits: The War Against the IRA*
Ed Moloney, *Voices from the Grave: Two Men's War in Ireland*
Alwyn W. Turner, *Crisis? What Crisis?*
Julie Welch, *The Fleet Street Girls*
Thomas Grant, *Court Number One: The Old Bailey Trials that Defined Modern Britain*

William Leslie Webb (a cura di), *The Bedside "Guardian": No. 28*
Stuart Maconie, *Hope and Glory*

Grazie anche alla mia squadra di sostegno presso Little, Brown e presso Grove Atlantic. Siete stati tutti straordinari in quest'anno strano e spesso inquietante. Questo libro non sarebbe nelle mani dei lettori senza il lavoro instancabile e creativo di Lucy Malagoni, Laura Sherlock, David Shelley, Amy Hundley, Anne O'Brien, Sean Garrehy, Cath Burke, Thalia Proctor, Kimberley Nyamhondera, Tilda McDonald, Brionee Fenlon, Gemma Shelley e Cal Kenny.

Grazie a chiunque lavori con i miei libri presso DHA, in particolare a Jane Gregory, Stephanie Glencross, Camille Burns e Georgina Ruffhead. Siete riuscite a mantenere gli ingranaggi in movimento, nonostante tutto.

E ai librai...! I librai sono stati eroici nell'ultimo anno. Innovativi nel modo di rapportarsi ai clienti, attraverso il prenota-e-ritira o eventi su tante piattaforme diverse; d'aiuto tanto ai lettori quanto agli scrittori; ma, soprattutto, capaci di alimentare la nostra immaginazione con una miriade di mondi diversi.

È stato un anno senza precedenti. Io ho passato il lockdown insieme alla mia partner Jo per buona parte del tempo. Non siamo mai rimaste a corto di argomenti di conversazione, non ci siamo mai annoiate, non abbiamo mai mancato di stimolarci a vicenda o di esplorare una gamma vasta e talvolta bizzarra di temi o di ridere di noi. (Ci siamo pure fatte scorpacciate di serie televisive...) Non è passato un sol giorno senza che io non mi sia resa conto di quanto fossi fortunata. E del fatto che milioni di altre persone fossero decisamente meno fortunate di noi. Onore al merito a Jo per avermi mantenuta sana di mente e per avermi incalzata a procedere quando scrivere sembrava impossibile di fronte a quanto stava succedendo intorno a noi.

Avanti così, amici.

LA MIA TOP 40 PER *1979*

Senza un ordine particolare, quella che segue è la rotazione dei quaranta brani che ho ascoltato mentre svolgevo le mie ricerche, preparavo e scrivevo *1979*. Sono usciti sul finire degli anni Settanta, per quanto non tutti esattamente nel 1979. Ma, se per quello, al pari di Allie, ascoltiamo tutti canzoni del nostro passato...

Spero che vi metta dell'umore giusto per la lettura!

Picture This – Blondie
Lovely Day – Bill Withers
Automatic Lover – Dee D. Jackson
Brass in Pocket – The Pretenders
It's A Heartache – Bonnie Tyler
Wild West Hero – Electric Light Orchestra
Because the Night – Patti Smith
Into the Valley – The Skids
YMCA – Village People
Like Clockwork – Boomtown Rats
Stayin' Alive – Bee Gees
Uptown Top Ranking – Althea & Donna
No More Heroes – The Stranglers
Take a Chance on Me – ABBA

Werewolves of London – Warren Zevon
Psycho Killer – Talking Heads
Kiss You All Over – Exile
Top of the Pops – Rezillos
Heroes – David Bowie
Don't Hang Up – 10cc
English Civil War – The Clash
2-4-6-8-Motorway – Tom Robinson Band
Rebel Rebel – David Bowie
Glad to Be Gay – Tom Robinson Band
Heaven Can Wait – Meatloaf
It's Different For Girls – Joe Jackson
The Man With the Child in His Eyes – Kate Bush
Go Your Own Way – Fleetwood Mac
Sex & Drugs & Rock & Roll – Ian Dury
David Watts – The Jam
Until the Night – Billy Joel
Rikki, Don't Lose That Number – Steely Dan
Watching the Detectives – Elvis Costello
(I Am Always Touched by Your) Presence, Dear – Blondie
I Will Survive – Gloria Gaynor
Goodbye Girl – Squeeze
Make Me Smile (Come Up and See Me) – Steve Harley
Girls Talk – Dave Edmunds
I Fought the Law – The Clash
Life in a Day – Simple Minds

Questo libro è fabbricato da Grafica Veneta S.p.A.
con un processo di stampa e rilegatura certificato 100% carbon neutral
in accordo con PAS 2060 BSI.

Questo volume è stato stampato nel maggio 2024
presso Grafica Veneta S.p.A. - Trebaseleghe (PD)